D1926216

rororo

rororo

Über die Autorin

Silke Gyadu, Jahrgang 1951, lebt als freie Autorin in Süddeutschland. Sie war in mehreren Berufen tätig und leitete u. a. die kaufmännische Abteilung eines Dolmetscherbüros. Aus ihrer jahrelangen Faszination für die Kultur und Geschichte Ägyptens entstand bereits ihr Roman »Nofretetes Hofdame« (rororo Nr. 13951).

SILKE GYADU

DIE GELIEBTE DES TUTANCHAMUN

ROMAN

Rowohlt Taschenbuch Verlag

Veröffentlicht im Rowohlt Taschenbuch Verlag
GmbH, Reinbek bei Hamburg, März 2001
Copyright © 1999 by Europa Verlag GmbH, Hamburg/Wien
Umschlaggestaltung C. Günther/W. Hellmann
(Abbildung: Wandmalerei aus dem Grab des Nebamun,
Theben-West. Um 1550–1295 v. Chr./Archiv
für Kunst und Geschichte, Berlin/Werner Forman)
Druck und Bindung Clausen & Bosse, Leck
Printed in Germany
ISBN 3 499 22822 x

INHALT

ÄGYPTEN UND NACHBARLÄNDER AM ENDE DER 18. DYNASTIE

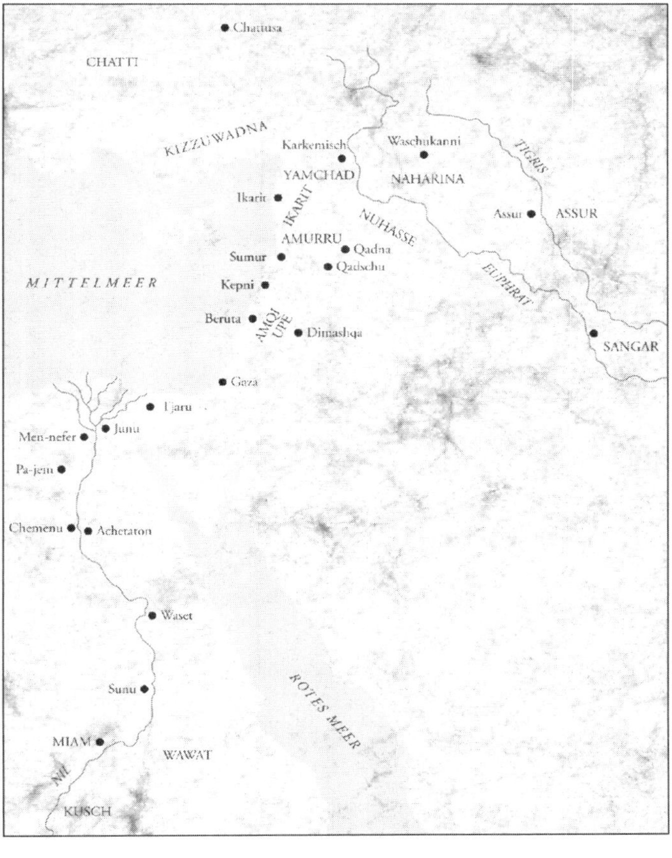

DIE VILLA DES SCHATZKANZLERS

Ich erinnere mich genau an jenen Morgen, als Kiki und ich im vornehmsten Wohnviertel von Achetaton unterwegs waren. Es dämmerte gerade, die Villenbesitzer und ihre Bediensteten schliefen noch, und wir – zwei abgerissene Halbwüchsige, die so gar nicht in diese feine Gegend paßten – bogen unbemerkt in eine Nebengasse ein. Vom Fluß her wehte ein kühles Lüftchen, und mir war kalt. Da ich wußte, daß ich noch klettern mußte, hatte ich keinen Umhang dabei. Komischerweise hatte ich heute zum ersten Mal Angst. Und das war schon mal schlecht!

An der Stelle, wo eine Palme über die weißgekalkte Gartenmauer ragte, hielten wir an. Kiki ging in die Hocke, ich schürzte mein Kleid, stieg auf seine verschränkten Hände, dann auf seine Schultern und zog mich schließlich die Mauer hinauf. Ich war mager und leicht, und das Klettern bereitete mir keine Schwierigkeiten.

Oben duckte ich mich und beobachtete erst einmal das Gelände. Wieder spürte ich ein Prickeln auf der Haut. Für gewöhnlich war es Kiki, mein Vetter und zwei Jahre älter als ich, der sich die Mauern hochzog und in die fremden Gärten einstieg. Aber diese Mauer war nicht bloß mehrere Ziegelsteine breit, sondern auch so hoch, daß man jemanden brauchte, der einem hinaufhalf, und so hatten wir es diesmal umgekehrt gemacht.

Alles blieb ruhig. Kiki reichte mir das Seil und den Sack herauf, damit ich später die Beute verstauen konnte. Ich schaute noch mal zu ihm hinunter, und als er nickte, ließ ich mich am Palmenstamm, der sich innen fast an die Mauer anlehnte, in den Garten hinunter. Auf diesem Weg mußte ich auch wieder zurück; bis dahin würde mein Vetter draußen Wache stehen.

Ich schaute zum Wohngebäude hinüber, das hinter einer weiteren Mauer lag. Es hatte schmale gitterverzierte Fenster, die aber so hoch lagen, daß niemand zufällig hinaussehen konnte. Ich ging an den blühenden Sträuchern und den Beeten mit Klatschmohn, Kornblumen, Stockrosen und Margeriten vorbei zu dem rechteckigen, mit Steinen eingefaßten Teich. Am Rand wuchsen Papyrusstauden und Schilfgras. Die Wasserfläche war mit Lotos bedeckt; bald würden sich die blauen Blüten öffnen. Nachdem ich mich noch mal nach allen Seiten umgesehen hatte, legte ich mein Kleid ab und tauchte ins Wasser, dabei hielt ich mein Messer griffbereit. Zuerst nahm ich Lotosblätter und -blüten, dann schnitt ich mehrere Papyrusstengel durch, um die Dolden zu bekommen. Einen nach dem anderen legte ich die Stiele am Ufer nieder, bis ich eine ansehnliche Menge beisammen hatte.

Der Stoff des Kleides klebte unangenehm auf meiner nassen Haut und wickelte sich ständig um meine Beine, während ich die tropfenden Pflanzenbündel zur Gartenmauer trug. Zum Zeichen, daß alles in Ordnung war, stieß ich den vereinbarten Pfiff aus. Kiki beantwortete ihn leise. Gerade als ich anfangen wollte, die Beute im Sack zu verstauen, entdeckte ich den Granatapfelbusch. Im schönsten Schmuck seiner roten Blüten stand er da! Diese Zweige mußte ich haben. Ich lief hin und fing an, mit dem Messer an den Ästen herumzusäbeln. Nein, auf diese Weise würde die Klinge schnell stumpf werden. Also brach ich nur die dünnen Zweige ab, an deren Spitze sich die Blüten befanden; dabei mußte ich auf die Dornen aufpassen. Immer tiefer kroch ich in das Gestrüpp hinein.

Die Stimmen hörte ich erst, als sie schon ganz nah waren. Plötzlich war ich von Fremden umringt! Ich saß in der Falle. Grob zerrten sie mich aus dem Gebüsch heraus, nahmen mir mein Messer weg. Sie entdeckten die abgebrochenen Zweige, dann auch den Sack mit den Pflanzenbündeln an der Gartenmauer.

»Diebin! Räuberin!« riefen sie und hielten mich fest.

Ein Mann, der im Laufen noch seinen eilig angelegten Schurz verknotete, kam herbei. Er wurde von den anderen mit ›Hausverwalter‹ angeredet und befahl ihnen, mich zum Wohnhaus zu bringen. Sogleich schleppten sie mich vor den Eingang, wo zwei Frauen in langen sauberen Gewändern in der Tür standen. Der Hausverwalter sagte stolz, er und die tüchtigen Diener hätten eine Diebin auf frischer Tat ertappt, bevor sie größeren Schaden anrichten konnte. Die beiden Damen sahen mich an und beratschlagten. Schließlich schlug die ältere vor, mich zum Haus des Bürgermeisters abführen zu lassen.

»Meinst du wirklich, Schwiegermutter«, fragte die jüngere, »daß wir sie zum Ufer bringen lassen sollen? Sie ist so jung, doch noch ein Kind!«

»Diebe verdienen es nicht besser«, entgegnete die andere Frau entschieden. »Ist sie alt genug zum Stehlen, ist sie es auch fürs Gefängnis.«

Ich zog die Schultern hoch und sagte keinen Mucks. Immer hatte ich mich auf mein Glück verlassen und auf meine Geschicklichkeit, nie einen Gedanken daran verschwendet, was passieren könnte, wenn ich geschnappt wurde.

Die Hände wurden mir auf den Rücken gebunden. Zwei Diener nahmen mich in die Mitte, so gingen sie mit mir durch die Stadt. Obwohl die Sonne noch nicht brannte und man uns in den Straßen kaum beachtete, schämte ich mich und schwitzte vor Angst. Der Weg zum Hafen kam mir unendlich lang vor. Als wir das Anwesen des Bürgermeisters erreichten, war ich beinahe froh. Ich wurde in ein Nebengebäude gebracht; dort stieß man mich in einen kahlen Raum, dessen Tür sich mit einem bedrohlichen Knarren hinter mir schloß.

»Was geschieht mit ihr?« hörte ich draußen einen der Diener fragen.

»Sie bleibt eingesperrt, bis die Gerichtsherren das nächste Mal zusammenkommen«, lautete die Antwort des Gefängniswärters. »Dann wird ihr der Prozeß gemacht.«

Stimmen und Schritte entfernten sich, es herrschte Stille. Mutlos fing ich an, in dem finsteren Loch hin und her zu gehen. Wenigstens, dachte ich, ist Kiki entwischt! Und ich kann nichts anderes tun, als zu Sched zu beten, dem göttlichen Retter. Angst und Hunger hatte ich, und meine Kehle war wie ausgedörrt. Aus der Ferne hörte ich die Geräusche der Stadt, sah im Geist die armseligen Gassen des Viertels vor mir, in dem ich bisher gewohnt hatte. Schließlich streckte ich mich auf dem nackten Lehmboden aus, da ich mich nicht auf den schmutzigen zerschlissenen Sack in der Ecke legen wollte.

Gegen Mittag kehrte der Wächter zurück, brachte einen Krug und ein Stück hartes Brot. Ich stürzte das Wasser hinunter. Während ich an dem Brot kaute, sagte er, anschließend habe er mich zum ›Haus des Gerichts‹ zu bringen. Unverschämtes Glück hätte ich, weil sonst nie jemand an ein und demselben Tag eingelocht und gleich abgeurteilt würde. Er band mir wieder die Hände zusammen und führte mich über einen staubigen Hof zu einem Gebäude, das genauso trist aussah wie die anderen lehmgrauen Bauten.

Im Gerichtssaal wartete eine Frau. Zu meiner Überraschung war es die junge Herrin, in deren Garten ich eingestiegen war. Außer ihr war ein Gerichtsdiener da, der meine Bewachung übernahm. Der Gefängniswärter verbeugte sich vor ihm und entfernte sich rasch. Verstohlen betrachtete ich die feine Dame, der das reine Gewand bis zu den zarten sauberen Zehen reichte; natürlich trug sie Sandalen. Sie warf mir einen kurzen Blick zu und setzte sich auf einen Stuhl. Nach einiger Zeit traf ein Schreiber mit einem Armvoll Aktenrollen ein, gefolgt von einem dicken kahlköpfigen Mann, der beim Gehen komisch mit den Armen ruderte. Nachdem sich der Dicke auf den anderen Stuhl – es gab nur zwei – gesetzt hatte, ging der Gerichtsdiener zu ihm hin, nahm eine Perücke aus einer staubigen Truhe und stülpte sie ihm über die Glatze. O Sched, mir schwante nichts Gutes, wenn das der Richter sein sollte!

Unterdessen hatte sich der Gerichtsschreiber auf einer Matte am Boden niedergelassen und umständlich seine Binsenpinsel und ein leeres Papyrusblatt zurechtgelegt. Auf ein Zeichen des dicken Mannes kommandierte er mich nach vorn:

»Hierher, Angeklagte! Verbeuge dich vor Nefer-cheperuhersecheper, dem vorsitzenden Richter des Qenbet und großen und geehrten Bürgermeister der Stadt Achetaton!«

Ich tat, wie mir geheißen wurde, und blieb mit gesenktem Kopf stehen.

»Regierungsjahr eins, erster Monat der Schemu-Jahreszeit, Tag fünfzehn«, diktierte der Richter, und der Pinsel des Schreibers flitzte nur so über das Blatt. Der Bürgermeister hielt inne und schickte den Gerichtsdiener aus dem Raum.

Ich nahm an, daß jetzt die anderen Gerichtsherren geholt wurden. Aber es kam niemand.

Nefer-cheperu-hersecheper diktierte weiter:

»An diesem Tag: Klageerhebung bei mir durch die achtbare Hausherrin Merit, Gattin des Vorstehers des königlichen Schatzhauses, Wedelträgers zur Rechten des Königs und königlichen Schreibers, gegen …?« Wieder ein Wink zum Gerichtsschreiber.

»Name, Angeklagte!« bellte dieser. »Samt Namen deiner Eltern!«

»Ta-mi«, sagte ich widerwillig, »Tochter des Chnumhotep und der Anhai.« Der Schreiber setzte die Namen ein, und der Richter fuhr fort:

»… wegen unrechtmäßigen Eindringens in das Grundstück Majas, des Schatzkanzlers.« Dann wandte er sich zum ersten Mal direkt an mich: »Angeklagte, hast du dort Blumen und Zweige abgeschnitten? In der Absicht, diese zu stehlen? Wahr oder falsch?«

»Wahr!« sagte ich, ohne aufzublicken.

Nachdem der Protokollschreiber mein Geständnis notiert hatte, beugte sich der Bürgermeister zu Merit hinüber.

»Hast du, Hausherrin, feststellen lassen, ob die Gartenmauer gewaltsam beschädigt wurde? Dann wäre es nämlich Einbruch!«

»Aber nein, an der Mauer wurde kein Schaden verursacht«, erklärte Merit, und der Richter wandte sich wieder mir zu.

»Wie können deine Eltern zulassen«, wollte er wissen, »daß du in fremde Gärten einsteigst? Oder halten sie dich etwa dazu an?«

»Nein, nein, o Vorsteher des Qenbet«, erklärte ich wahrheitsgemäß. »Meine Eltern wissen nichts davon. Sie wohnen ja gar nicht in Achetaton, sondern in Chemenu.«

»Wie kommt es dann, daß du in der Metropole herumstreunst und stiehlst, anstatt dich in der Stadt der Achtheit bei deiner Familie aufzuhalten, wie es sich für eine gehorsame Tochter gehört?«

»Vor … vor einigen Monaten, o Herr«, begann ich stotternd, »wurde ich in die Hauptstadt geschickt, um eine Stelle als Dienerin anzutreten. Aber als ich ankam, war schon ein anderes Mädchen genommen worden. Eine neue Stelle fand ich nicht gleich. Und heim traute ich mich nicht. Deswegen blieb ich in Achetaton. Ich verkaufte zuerst« – ich deutete auf meinen kurzgeschnittenen Schopf – »mein langes Haar an einen Perückenmacher. Und danach fing ich an, mich mit dem Verkauf von Blumen durchzuschlagen.«

Der dicke Bürgermeister schnaubte vor Grimm.

»Früher einmal«, sagte er, »war es nur mit königlicher Erlaubnis möglich, in Achetaton zu wohnen. Doch seit Pharao Nefercheperure, der diesen geheiligten Lichtort erschuf, das Diesseits verlassen hat, kommt wie eine Flut von Ratten allerhand Lumpenpack in die Stadt.« Er musterte mich und mein fadenscheiniges Kleid und schnaufte: »Daß manchen Geschöpfen aus dem niederen Volk jegliches Unrechtsbewußtsein abgeht!«

Ich straffte meine Schultern und schaute geradewegs in sein feistes Gesicht. »Mit gut gefülltem Magen, o Herr Vorsteher, ist's nicht schwer, gesetzestreu zu sein!«

Er lief rot an und schnappte nach Luft.

»Dir werden die frechen Reden gleich vergehen!« schrie er. »Nenne mir sofort deine Komplizen! Oder ich lasse die Namen mit dem Stock aus dir herausprügeln.«

»O Herr«, stammelte ich, »ich war allein!«

»Das nehme ich dir nicht ab! Allein wärst du niemals über die Mauer gekommen. Mit dreisten Antworten und Lügen machst du deine Lage nicht besser. Die Namen! Und zwar plötzlich!«

Ich fing an zu zittern. Wenn er mich jetzt schlagen ließ, um Kikis Namen aus mir herauszupressen, würde ich bestimmt nicht lange durchhalten.

»Einen Augenblick, bitte!« sagte die Hausherrin Merit und rückte ihren Stuhl näher an den des Richters heran. Leise fing sie an auf Nefer-cheperu-hersecheper einzureden, doch das, was sie von ihm wollte, schien ihm gegen den Strich zu gehen. Er machte eine ablehnende Handbewegung.

»Ein verderblicher Richter ist ein Vorbild für alle Verbrecher«, sagte er und befahl dem Gerichtsschreiber, für ihn eine der endlos langen Aktenrollen zu öffnen. Er fing an, darin zu lesen, fand anscheinend aber nicht, was er suchte. Er runzelte die Stirn und schüttelte den Kopf.

»Ich verlange keinesfalls etwas Ungesetzliches von dir«, sagte die Frau des Schatzkanzlers zu ihm. »Auch wenn ein vergleichbarer Fall nicht in den Akten steht, sind mir Vorgänge bekannt, in denen genauso entschieden wurde. Ein derart vernünftiges Urteil wird deinen Ruf als strenger, aber gerechter Richter weit über die Grenzen der Stadt hinaustragen.« Während sie den Bürgermeister weiter bearbeitete, kaute der Schreiber gelangweilt auf seinem Binsenpinsel herum. Es dauerte eine Weile, bis sie schließlich doch noch zu einer Einigung gelangten.

»Angeklagte, höre also dein Urteil!« sagte der Richter, schwieg kurz und grimmig und verkündete über meinen gesenkten Kopf hinweg: »Du hast dich sehr schuldig gemacht und bist der folgenden Strafe würdig: dreißig Hiebe und ein Jahr Zwangsarbeit auf einem Landgut des Aton-Tempels!«

Ich biß die Zähne zusammen. Verflucht, dachte ich, jetzt bloß nicht losheulen! Aber er war noch nicht zu Ende.

»In deinem Fall scheint mir Milde völlig unangebracht«, knurrte er. »Und zu gern würde ich den Gerichtsdiener mit dem Stock kommen lassen! Doch die Gattin des Schatzkanzlers hat, obgleich sie das bedauernswerte Opfer deiner Straftat ist, ein gutes Wort für dich eingelegt. Anstatt dich der Bestrafung zuzuführen, möchte sie dich unter die Bediensteten ihres Haushalts aufnehmen. Ich nehme an, du bist damit einverstanden. Oder ziehst du die verhängte Strafe vor?«

»Nein, nein, o verehrter Herr Bürgermeister! Ich will viel lieber bei der Hausherrin Merit Dienerin sein.«

»Mach dir nur keine falschen Hoffnungen!« brummte er. »Dienerin ist ein viel zu hochgegriffenes Wort. Du erhältst keinen Lohn. Unterkunft, Verpflegung und harte Arbeit sind alles, was dich erwartet.«

Er diktierte dem Protokollschreiber weiter:

»Was den Vorfall betrifft, so wurde er ohne weitere Gerichtsherren, nur vor mir, verhandelt. Auf Wunsch der Klägerin wird die Strafe ausgesetzt. Dafür gehört die Verurteilte Ta-mi ein Jahr lang dem Haushalt des Vorstehers des königlichen Schatzhauses an.«

»Ich bin so froh«, sagte Merit, »daß sich auch meine Schwiegermutter zu diesem Schritt durchringen konnte. Ich glaube, wir tun ein gutes Werk an dem Mädchen.«

»Na, hoffentlich!« brummte Nefer-cheperu-hersecheper. »Und hoffentlich ist auch der Schatzkanzler mit Eurer edlen Tat einverstanden. Und du, ungeratenes Früchtchen«, drohte er mir, »hüte dich, rückfällig zu werden! Du wirst dich anständig benehmen im Haus des Schatzkanzlers! Denn selbstverständlich werden dein Name, dein Vergehen und das Strafmaß ins Register eingetragen. Sobald es den geringsten Grund zur Klage gibt, sehen wir uns hier wieder. Und dann gnade dir Aton!«

Ich nickte nur. Die Fesseln wurden mir abgenommen. Merit taxierte mich mit einem prüfenden Blick. Dann rief sie einen von ihren Dienern herein, der draußen gewartet hatte, und befahl ihm, mich unverzüglich nach Hause zu bringen. Erleichtert verließ ich mit ihm das Gerichtsgebäude.

»Ich bin Sennefer, der Sohn des Hausverwalters«, erzählte mir der schlaksige junge Mann unterwegs. »Maja, unser Herr, läßt mich im Schatzamt zum Schreiber ausbilden.«

»Du hast's gut!« gab ich neiderfüllt zurück. »Du darfst zur Schule gehen.«

Als wir auf dem Anwesen des Schatzhausvorstehers ankamen, führte er mich sofort in den Wirtschaftshof, wo mich eine ältere Dienerin namens Sech in Empfang nahm. Sie beäugte mich eingehend von Kopf bis Fuß.

»Ein bißchen dünn bist du, aber gesund und zur Arbeit wohl zu gebrauchen«, stellte sie fest. »Doch das, was du anhast und Kleid nennst, ist nichts anderes mehr als ein Fetzen.«

Ein paar Mädchen in meinem Alter, die neugierig herguckten, stießen sich an und begannen, mit dem Finger auf mich zu zeigen.

»Solche Lumpen«, fuhr Sech fort, »werden bei uns zerschnitten und mit zur Grube genommen, damit man etwas hat, um sich den Hintern abzuwischen. Was nicht mal mehr dazu taugt, wird in Streifen gerissen, zusammengedreht und als Lampendocht verwendet. Nichts wie runter damit! Na, wird's bald?«

Ich trennte mich nur schwer von meinem Kleid. Vor meiner Abreise aus Chemenu hatten es meine Eltern aus vierter oder fünfter Hand für mich erstanden; es war abgetragen, ja, aber man konnte noch gut erkennen, daß es mal fein und elegant gewesen war. Und was kriegte ich statt dessen? Ein grobes sackartiges Leinenhemd, wie es auch die anderen Dienerinnen anhatten! Na ja, eine erste Mahlzeit, die reichhaltig war und mir gut schmeckte, tröstete mich einigermaßen über den Verlust hinweg.

Als nächstes sollte ich mich bei den Hausherrinnen melden. Sie hielten sich, mit Handarbeiten beschäftigt, in der Laube auf, sagte Sech. Ich machte mich gleich auf den Weg durch den Garten. Auf dem Teich schwammen jetzt Enten und Gänse. Daß ein paar Lotosblumen und Papyrusstengel fehlten, fiel überhaupt nicht auf, fand ich. Im Gartenpavillon waren Weinranken und Blätter an die Decke gemalt, von den Balken baumelten pralle dunkelblaue Trauben. Als ich genauer hinschaute, merkte ich aber, daß sie gar nicht echt waren – wie auch um diese Jahreszeit! –, sondern aus glasiertem Ton.

Merit und ihre Schwiegermutter, die, wie ich inzwischen erfahren hatte, Henutiunu hieß und nicht die richtige Mutter des Schatzkanzlers, sondern seine Stiefmutter war, spannen Flachs. Dabei zogen sie aus den Flachsbüscheln einen Faden heraus, der viel feiner und gleichmäßiger war, als ich es jemals fertiggebracht hatte, und wickelten ihn auf ihre alabasternen Spindeln. Gleichzeitig unterhielten sie sich. Ich stand da und wartete. Erst nachdem ich mich ein paarmal geräuspert hatte, bemerkten sie mich.

»Nun hast du«, fing die ältere Hausherrin an, »Bekanntschaft mit dem Gericht und dem Gefängnis gemacht. Das soll dir eine Lehre sein! Sieh zu, daß du von nun an etwas aus deinem Leben machst!«

»Ja, meine Herrin«, erwiderte ich so demütig, wie ich konnte. »Und ich danke Euch, daß Ihr Gnade vor Recht habt ergehen lassen. Ich will sehr fleißig für Euch arbeiten.« Das, dachte ich, wird's wohl sein, was die beiden hören wollen.

»Du hast hier die niedrigen Arbeiten zu erledigen«, erklärte mir Merit. »Wir erwarten, daß du dich geschickt anstellst. Willig und ohne Trödelei hast du alle Aufträge auszuführen!«

»Und paß gut auf, was zu dir gesagt wird!« fügte Henutiunu hinzu und hob ihren Zeigefinger. »Sei gehorsam! Erledige alles schnell! Sei nicht schlapp und faul! Laß dich nicht beim Müßiggang erwischen!«

»Ja, meine Herrin«, brachte ich heraus. O Sched, früher war ich oft hungrig, aber wenigstens frei gewesen!

»Gut«, sagte Merit und schaute mich ungerührt an. »Geh zu Sech zurück! Aber nicht wieder durch den Garten, sondern hintenherum! Durch den Dienstboteneingang!«

Ich lief schnurstracks auf dem angegebenen Weg zum Wirtschaftshof zurück. Dort wies Sech mich an, die Geflügelställe auszumisten. Und so kroch ich den ganzen Nachmittag in den engen Verschlägen herum, kratzte den alten angetrockneten Mist ab und fegte den ganzen Dreck hinaus. Bloß ein einziges Mal durfte ich meine Arbeit unterbrechen. Am späten Nachmittag kehrten nämlich der Hausherr Maja und sein jüngerer Bruder Nahuher von der Reise heim. Auf einem leichten Wagen, den der königliche Schatzhausvorsteher selbst lenkte, fuhren sie in den Hof ein. Pferdeknechte und Diener liefen herbei, die Herren zu begrüßen. Maja war noch nicht so alt, wie ich ihn mir vorgestellt hatte. Er trug blitzende Ohrringe und einen feinplissierten Schurz, der ihm bis in die Kniekehlen reichte. Nachdem er und sein Bruder ausgestiegen waren, blieb er stehen und schaute zu, wie die Stallknechte die Pferde abschirrten und den Wagen in den Unterstand schoben.

Da Sech schon wieder nach mir rief, mußte ich schnell weitermachen. Als alle Ställe sauber waren, hatte ich das Geflügel zu füttern. Das machte mir bedeutend mehr Spaß, und ich streute die Körner in weitem Bogen aus, damit alle was abkriegten und die Hühner einander nicht dauernd hackten.

Am Abend war ich schmutzig und völlig verschwitzt. Da ich mich nicht so ohne weiteres vom Hof entfernen durfte, konnte ich nicht im Fluß baden. Statt dessen zeigte mir Sech einen Zuber in der Hofecke, wo ich mich mit feinem Sand und Sodaseife gründlich abschrubben sollte. Mein Leinenhemd wusch ich gleich mit. Anschließend hatte ich Wasser zu holen. Majas Grundstück verfügte über einen eigenen Brunnen, und zusammen mit den anderen Dienerinnen stieg ich die Brunnentreppe hinunter, die wie eine Spirale in die Tiefe führte. Die vollen Krüge übergaben wir den Hausdienern, die sie in den Zimmern der herrschaftlichen Wohnung verteilten, so daß sie in der Villa genug Wasser hatten. Aber auch wir im Wirtschafthof durften ein paar Gefäße in unseren Unterkünften aufstellen.

Der Raum, den ich mit mehreren Mädchen teilte, hatte ringsherum gemauerte Bänke mit Binsenmatten darauf. Auf diesen Schlafplätzen lag man nicht nur besser als auf der Erde, sondern war auch vor Schlangen und Skorpionen geschützt. Meine Mitbewohnerinnen fragten mich aus, warum ich die Blumen hatte stehlen wollen und ob ich das schon öfter gemacht hatte. Aber ich erzählte ihnen nicht viel, und schließlich ließen sie mich in Ruhe.

Obwohl ich hundemüde war, konnte ich lange nicht einschlafen. An diesem Tag war einfach zu viel passiert!

Was ich dem Richter gesagt hatte, stimmte teilweise: Ich war tatsächlich vor ein paar Monaten aus Chemenu, wo meine Familie wohnte, in die Hauptstadt gekommen, um mir eine Arbeit zu suchen. Da es aber nirgends geklappt hatte, war ich bei Verwandten untergeschlüpft. Meine Tante

Nehet war sogar froh, daß ich geblieben war, denn sie hatte keine große Tochter, die ihr helfen konnte. Da waren bloß Kiki und seine jüngeren Geschwister.

Kiki und sein Vater, mein Onkel Wesi, arbeiteten, wenn sie die Gelegenheit erhielten, im Hafen. Eigentlich wollte Kiki lieber Soldat werden, aber daraus würde höchstwahrscheinlich nie etwas. Was er und mein Onkel verdienten, reichte nur schlecht zum Leben, und deswegen hatten wir mit dem Blumenklauen angefangen.

Wir waren im Armenviertel nicht die einzigen, die Villengegenden ausgekundschaftet und aus den Gärten Pflanzen gestohlen hatten. Die Beute lieferten wir jedesmal bei Rehu ab. Rehu war so etwas wie eine verkrachte Existenz. Er hatte bei einer Behörde als Schreiber gearbeitet, dabei aber mit seinen Fingern geschwindelt, wie man so sagt. Zur Strafe hatte man ihm ein Ohr abgeschnitten und ihn zu mehreren Jahren Landarbeit auf einem abgelegenen Tempelgut verurteilt. Nachdem er seine Strafe abgebüßt hatte, hatte er sich im Armenviertel niedergelassen. Wie der sehr verehrte Herr Bürgermeister schon gesagt hatte, gab es immer mehr Quartiere dieser Art seit dem Tod des Guten Gottes Nefercheperure, der vor ungefähr fünfzehn Jahren die Stadt gegründet hatte.

Da Rehu, wie er behauptete, aus früheren Zeiten Beziehungen hatte, war er inzwischen zu einigem Wohlstand gekommen. Ihm gehörten drei Esel und eine Sklavin, die er einzeln oder gemeinsam vermietete, wenn er Interessenten fand. Außerdem verkaufte er in den bürgerlichen Wohngebieten Blumen; dafür beschäftigte er zwei Blumenbinder. Da er von uns billig mit Pflanzen versorgt wurde, konnte er die kunstvollen Sträuße und Bukette aus Blüten, Knospen, Früchten, Gräsern und Zweigen viel günstiger anbieten, als sie im Tempel verkauft wurden. Die Leute griffen gern zu und kauften die Gebinde als Opfergaben oder als festlichen Schmuck für ihre Häuser.

Für uns, die wir die Pflanzen beschafften, sprang dabei, ehrlich gesagt, nicht viel heraus. Aber ein halbes Leben ist besser als ein ganzer Tod, und wenig ist mehr als nichts. Vielleicht war von unserer Seite auch eine gute Portion Abenteuerlust dabei. Oder wir taten es hauptsächlich, weil Rehu uns immer wieder dazu anstiftete.

Und jetzt mußte ich ein ganzes Jahr umsonst für diese reiche Familie arbeiten! Ich setzte mich im Dunkeln auf. Sollte ich nicht lieber türmen? Aber wie? Und wohin? Meine Spur würde Nefer-cheperu-hersechepers Häscher ja doch gleich nach Chemenu führen! Oder, schlimmer noch, zu meinen Leuten ins Armenviertel!

Auch während der folgenden Wochen dachte ich oft an Flucht, ließ es aber bleiben. Mit der Zeit merkte ich nämlich, wie gut es tat, ausreichend zu essen zu kriegen. Ich gewöhnte mich allmählich ein, auch wenn ich ständig die unangenehmsten und schmutzigsten Arbeiten verrichten mußte und von den anderen gemieden wurde. Und – mußte ich der Hausherrin Merit nicht trotz allem dankbar sein? Weil sie mir Prügelstrafe und Zwangsarbeit erspart hatte! Genaugenommen hatte sie nicht nur mich gerettet, sondern auch Kiki und Rehu und die ganze Bande. Manchmal sagte ich mir allerdings, daß sie mich ja auch einfach hätte laufen lassen können.

Zunächst hatte ich ausschließlich im Wirtschaftsbereich zu tun. Dazu gehörten die Gebäude und Höfe, die sich zwischen dem Dienstboteneingang und dem Brunnen befanden und die knapp die Hälfte des Grundstücks ausmachten. Der andere Teil des Anwesens umfaßte die repräsentative Villa, den prächtigen Garten und den ebenfalls bepflanzten Eingangsbereich, in dem die Hauskapelle lag. An der Rückseite des herrschaftlichen Wohngebäudes standen gewaltige Getreidesilos, die im Sommer bis zum Rand gefüllt wurden. Nachdem auch im Garten die Ernte eingebracht war, sollte die Villa auf Hochglanz gebracht werden.

Zum ersten Mal nahm mich Sech ins Wohnhaus mit, in die Vorratsräume. Entlang der weißverputzten Wände reihte sich Truhe an Truhe, lagerten Kisten, Kästen und Körbe. Ich hatte nicht die geringste Ahnung, was da überall drin sein konnte.

»Wie dir bestimmt aufgefallen ist«, meinte Sech, als wir durch den Hintereingang wieder hinausgingen, »müssen im Haus mal die Fußböden gewischt werden. Und ich würde sagen, diese Arbeit ist wie geschaffen für dich!«

Ich ging mit Freude an die Sache heran. Jede der buntglasierten Kacheln kam mir wie ein kleines Kunstwerk vor, das sorgfältig von Sand, Staub und Schmutz befreit werden mußte. Zeigten schon die Fliesen in den Vorratsräumen schöne Muster, so wurden die Motive um so farbenfroher, je weiter ich mich in den Wohnbereich vorarbeitete. In der inneren Halle, die höher war als die anderen Räume, gingen mir schier die Augen über, so großartig waren die Wände mit Stuckverzierungen und Malereien geschmückt. All die herrlichen Blumen des Gartens, die Lotosblüten auf dem Wasser und die Papyrusstauden am Ufer waren vertreten, sogar Enten waren abgebildet und neben den Wasservögeln auch Fische – rundlich-behäbige und schlanke, wendige. Während ich wischte und wischte, überlegte ich, ob all diese Fische womöglich auch im Teich herumgeschwommen waren, als ich die Pflanzen abgeschnitten hatte.

Sech trieb mich zur Eile an. Ich sollte nicht bunte Bilder betrachten, sondern saubermachen. Also holte ich immer wieder frisches Putzwasser, tauchte den Lappen in den Eimer und rutschte auf den Knien Stück für Stück weiter. Die vornehmen Bewohner des Hauses kriegte ich so gut wie nie zu Gesicht. Sie fanden die Reinigungsarbeiten anscheinend lästig und verbrachten, wenn sie überhaupt zu Hause waren, ihre Zeit lieber auf der Terrasse oder in der Gartenlaube.

Bevor ich zu Majas Zimmer kam, wurde Sech vom Hausverwalter abgelöst. Von jetzt an überwachte er mich, und ich mußte noch zügiger und gleichzeitig sorgfältig arbeiten. An das geräumige Schlafgemach des Schatzkanzlers schlossen sich ein Salbungsraum und ein Zimmer mit einer gefliesten Ecke an, wo man stehen und sich mit Wasser übergießen lassen konnte. Als ich aber in das nächste kleine Gelaß kam, staunte ich noch mehr. Zwischen zwei niedrigen Lehmziegelmäuerchen befand sich ein steinerner Sitz mit einem Gefäß darunter; daneben stand ein Behälter mit Sand. So etwas hatte ich ja noch nie gesehen! Welch ein raffinierter Luxus!

Im Gegensatz zu Majas Räumen erschienen mir die Zimmer seiner Gemahlin und seiner Stiefmutter ziemlich klein, aber auch diese Kammern waren schön möbliert und mit bunten Teppichen und Matten ausgestattet. Ein aromatischer Duft hing in der Luft, überall standen Töpfchen, Tiegelchen und Fläschchen herum. In diesen privaten Räumen, voll mit Kleidertruhen, Schmuck- und Perückenkästen, ließ mich der Hausverwalter keinen Moment aus den Augen. Mir, der Diebin, traute er natürlich nicht.

Jeden Tag fragte ich ihn, wann ich mal meine Verwandten besuchen durfte. Ich bettelte und schwor, auf alle Fälle wiederzukommen. Irgendwann gab er meine Bitte tatsächlich an die Hausherrinnen weiter, und nach vier Monaten endlich – ich hatte die Hoffnung schon aufgegeben – sollte ich einen freien Nachmittag bekommen.

Vormittags hatte ich in der Stadt Botengänge zu erledigen. Der Bäckerei des Schatzkanzlers waren an diesem Tag die Kuchen nämlich so gut gelungen, daß Merit und Henutiunu der Ansicht waren, ihre Bekannten müßten unbedingt davon probieren. Höchstpersönlich wickelten sie das ofenfrische Gebäck in Tücher ein, damit es warm blieb, und legten es in einen Korb. Damit stürmte ich zum Bedienstetentor hinaus, bog nach kurzer Strecke von der breiten Straße ab, die am Haupttor und Nebeneingang vorbeiführte, lief am Staatsarchiv und an den Tempelmagazinen entlang, bis ich zur Königsallee kam, wo sich die prächtigsten Gebäude der Stadt befanden. Zu beiden Seiten der Hauptstraße zogen sich endlos lang die blendendweißen Mauern hin, hinter denen die Wohnhäuser des Guten Gottes und seine Heiligtümer lagen. Zwei der Paläste waren durch einen Übergang verbunden, der wie eine Brücke über die Straße führte.

Wie früher, wenn ich hier vorbeigekommen war, hielt sich auch jetzt eine Menschenmenge unterhalb des Übergangs auf und schaute erwartungsvoll nach oben. Und wirklich – kaum hatte ich mich dazugestellt, erschien droben am Fenster über dem mittleren der drei Torbogen ein Mann im prächtigen Ornat und beugte sich heraus.

»Der Gute Gott! Der Pharao!« flüsterte jemand hinter mir.

»Bei Bes, bist du aber blöd!« entgegnete ein anderer. »Der König ist doch noch ein Kind! Und der da ist schon ziemlich alt. Das ist Gottesvater Eje, ein königlicher Verwandter.«

»Siehst du vielleicht 'ne Krone auf seinem Kopf? Ohne die würde sich Pharao doch nie dem Volk zeigen«, meinte ein dritter.

Auch ich guckte eine Zeitlang mit den Leuten nach oben, der königliche Verwandte starrte herunter, als wollte er uns zählen. Schließlich drehte er sich weg und verschwand.

Ich ging weiter, genoß das Treiben in der Stadt. Immer noch wurde an allen Ecken und Enden gebaut. Lehmziegel, Holz und Steinblöcke wurden durch die Straßen geschleppt, Steinmetze und Arbeiter gingen zu ihren Baustellen, ein Trupp Soldaten aus der nahen Kaserne marschierte vorbei, und je näher ich dem Hafen kam, desto mehr Matrosen und Kaufleute begegneten mir.

Um Bürgermeister Nefer-cheperu-hersechepers Haus machte ich einen Riesenbogen. Zum Glück gehörte er nicht zum engsten Bekanntenkreis der Schatzkanzlerfamilie, der frischen Kuchen erhielt. Mit der Zeit jedoch, als sich die Wege zwischen den einzelnen Villen immer mehr in die Länge zogen und ich auch noch zum Anwesen des Oberbildhauers mußte, wurde ich selber hungrig. Ich hatte die Nase voll von meinem Auftrag. So übergab ich die letzten Gebäckstücke nur schnell den jeweiligen Pförtnern und hoffte, daß diese sie weiterleiteten.

Endlich war mein Korb leer, und ich eilte wieder zur Hauptstraße zurück, überquerte sie, schlug eine Seitengasse ein, bog in die nächste ab und machte keine Pause mehr, bis ich mein Viertel erreichte. Weil hier ständig zusätzliche Wohnquartiere gebraucht wurden, klebte man die neuen Unterkünfte einfach an die Lehmmauern der vorhandenen an, so daß zwischen den verschachtelten Hütten ein Gewirr von Plätzen, Gassen und Gäßchen entstanden war. Am öffentlichen Brunnen herrschte wie üblich reger Betrieb. Ich lief noch schneller. O Sched, hoffentlich ist jemand daheim, dachte ich, als ich um die letzte Ecke bog. Endlich stand ich vor unserer Hütte und trat ein.

Die Behausung meines Onkels hatte ebenso wie die anderen Hütten niedrige unverputzte Wände und einen Fußboden aus gestampftem Lehm. Aber, ehrlich, in diesem

Moment kam sie mir tausendmal großartiger vor als Majas Villa mit ihrer ganzen bunten Pracht! Tante Nehet kochte gerade das Essen auf dem Herd, den Onkel Wesi mit viel Mühe gemauert hatte. Mit einem Freudenschrei schloß sie mich in die Arme, danach musterte sie mich erst mal gründlich.

»Glaub ja nicht, daß wir uns nicht erkundigt hätten, wo du steckst«, sagte sie. »Rehu hat alles für uns rausgekriegt.«

Sie zeigte mir meine neue kleine Base, die während meiner Abwesenheit zur Welt gekommen war. Kikis übrige Geschwister eilten auch herbei; ich hob sie nacheinander hoch und drückte sie. Kiki und Onkel Wesi tauchten genau in dem Augenblick auf, als das Essen fertig war. Wir setzten uns auf die Matte am Boden, und jeder bekam seine Schüssel mit Bohnensuppe.

Onkel Wesi erzählte, daß der Schreiber Rehu ihnen verboten habe, den Richter nach mir zu fragen. Rehu hatte gesagt, er habe keine Lust, mit seinen Blumen aufzufliegen und womöglich auch noch sein anderes Ohr zu verlieren. Statt dessen hatte er alte Beziehungen spielen lassen und herausgefunden, daß ich beim Schatzkanzler gelandet war. Ansonsten, sagte mein Onkel, sei Rehu stocksauer auf mich, weil ich mich hatte erwischen lassen. Jetzt traute sich nämlich niemand mehr, Pflanzen für ihn zu beschaffen, und die Blumenbinder hatte er auch wegschicken müssen.

Nach dem Essen half ich meiner Tante, das Geschirr mit Sand auszureiben. Kiki stellte mir tausend Fragen, wie alles vor sich gegangen sei und wie mein Leben beim Schatzkanzler aussehe. Ich antwortete geduldig und wollte wissen, wie sie denn zurechtkämen ohne den Verdienst mit den Blumen, aber Kiki erklärte, daß er bald als Gehilfe bei einem Maurer anfangen könne, und diese Arbeit werde ein bißchen besser bezahlt als das Lastenschleppen im Hafen.

»Mensch, Kiki!« rief ich. »Schreiber müßtest du werden! Sennefer – das ist der Sohn vom Hausverwalter – sagt, ein Schreiberschüler kriegt jeden Tag drei Brote und zwei Krüge Bier.« Er antwortete aber nichts darauf, starrte bloß auf seine Fingernägel, die nicht gerade sauber waren.

Schließlich wurde es Zeit für mich aufzubrechen. Ich mußte Tante Nehet versprechen, sie bald wieder zu besuchen. Onkel Wesi meinte, ich solle nur durchhalten, meine Leibeigenschaft würde ja nicht ewig dauern.

Auf dem Heimweg hatte ich keine Lust, direkt zur Villa zurückzugehen, und beschloß, einen Abstecher zum Hafen zu machen. Dort angekommen, ließ ich mich hierhin und dorthin treiben, hüpfte die steinerne, in den Fluß hineinragende Hafenmauer entlang, schaute zu, wie die Schiffe be- und entladen wurden, lief an den mächtigen Zedernstämmen vorbei, die am Ufer aufgestapelt waren, und blieb vor einer Ladung Weinkrüge stehen. Dummerweise konnte ich nicht lesen, was drauf geschrieben stand. Die Träger schleppten immer mehr Amphoren an, da verzog ich mich lieber freiwillig, bevor der Händler mich wegscheuchte.

Unter den Schiffen am Kai war auch ein großes fremdländisches; es hatte eine Menge Kisten, Truhen und Ballen an Bord. Als am Ufer eine königliche Eskorte mit einer Sänfte und eine Abordnung von Schreibern und Beamten eintrafen, versammelten sich die ersten Schaulustigen. Unter den Schreibern entdeckte ich auch Sennefer, deshalb blieb ich ebenfalls stehen.

Der fremdländische Kapitän war gerade im Begriff, sein Schiff zu verlassen. Sein sonnenverbranntes Gesicht strahlte. Bestimmt freute er sich, unversehrt ans Ziel gelangt zu sein. Kaum hatte er festen Boden unter den Füßen, stellten sich ihm die Beamten in den Weg.

»Königliches Schatz- und Steueramt«, schnarrte der vorderste. »Als erstes die Papiere!« Der fremde Kapitän schaute ihn verdutzt an.

»Bei Baal!« sagte er. »Was denn für Papiere?«

»Frachtpapiere natürlich! Habt ihr denn keine?«

Der Kapitän warf sich in die Brust. »Höre, guter Mann! Mein Schiff bringt die fürstliche Braut und ihre Mitgift! Und alles, was ich habe, ist ... ist ...« – er griff nach dem Tontäfelchen, das an einem Lederband um seinen Hals hing – »ist ein Brief des Fürsten von Qadna, adressiert an euren verehrten ägyptischen König. Möglicherweise ist darauf unsere Fracht verzeichnet.«

Er wollte dem Beamten das Täfelchen übergeben, aber da rief ihm ein junges Mädchen, das ich bis dahin gar nicht bemerkt hatte, von Deck aus etwas zu. Sie war nicht älter als ich, trug syrische Kleider und um den Hals eine Kette mit einem goldenen Medaillon. Ihr langes Haar leuchtete hell, und ich fand, daß sie wunderhübsch aussah. Der Kapitän zog seine Hand wieder zurück.

»Tut mir leid, guter Mann«, sagte er zu dem Schatzhausbeamten. »Die Prinzessin will den Brief niemand anderem übergeben als Pharao Neb-cheperu-Re, ihrem Bräutigam, direkt und persönlich.«

»Direkt und persönlich!« schnappte der Schatzhausbeamte. »Ohne Amtsweg läuft hier gar nichts!« Er war anscheinend Sennefers Vorgesetzter, denn dieser folgte ihm mit seinem Schreibzeug auf Schritt und Tritt. Der Kapitän überließ ihm den Brief aber nicht, sondern reichte ihn der Prinzessin, die anmutig vom Schiff heruntergekommen war. Sie versteckte die kleine Tontafel schnell unter ihrem kurzen bunten Umhang und stieg in die wartende Sänfte. Eine Prinzessin, dachte ich. Eine leibhaftige fremdländische Prinzessin!

Sennefer gab seinem Vorgesetzten ein Schriftstück. Dieser warf einen Blick darauf und hielt es dem Kapitän unter die Nase. »Alles beschlagnahmt!« erklärte er. »Die gesamte Schiffsladung ist konfisziert!«

»Rampen ran!« brüllte auch schon der Hafenaufseher. Und dann kletterten die Beamten und Schreiber die hölzernen Rampen hinauf, verteilten sich über das Schiff und fingen an zu schreiben und zu registrieren.

Da Sennefer so eifrig für den Schatzkanzler wirkte, regte sich in mir langsam das schlechte Gewissen. Ich hatte das Gefühl, daß ich mich endlich wieder in der Villa des Schatzkanzlers blicken lassen mußte. Als ich dort ankam, fragte mich Henutiunu wegen der Kuchen aus. Sie wollte in allen Einzelheiten wissen, was die betreffenden Hausherrinnen gesagt hätten. Als ich zugeben mußte, daß ich das Gebäck nicht jedesmal persönlich bei der Dame des Hauses abgeliefert hatte, fing sie an zu schimpfen. Eine ellenlange Strafpredigt mußte ich über mich ergehen lassen! Ich hätte ihr und Merit die Großzügigkeit schlecht gedankt und nach vier Monaten überhaupt noch keinen freien Nachmittag verdient. Sie zeterte und meckerte, und ich machte mich schon darauf gefaßt, wieder zum Fußbodenschrubben verdonnert zu werden.

Aber es kam alles ganz anders.

GLÜCK IM SPIEL

Wenn die Familie des Schatzkanzlers Gäste hatte, was häufig geschah, nahmen die Vorbereitungen für das Festmahl Tage in Anspruch. Es wurde geschlachtet, gekocht und gebacken, auch gebraut, obwohl die vornehmen Herrschaften natürlich lieber Wein als Bier tranken. Eingeladen wurden Adelige vom Hof, hohe Offiziere, Oberpriester und Majas Beamtenkollegen.

Am Ende der Überschwemmungszeit sollte wieder ein Fest stattfinden. Wir im Wirtschaftshof waren alle sehr beschäftigt, und es paßte Sech und mir überhaupt nicht, als der Hausverwalter uns beide rufen ließ. Er erklärte uns, daß dieses Mal besonders viele Gäste erwartet wurden. Aus diesem Grund sollte ich – sofern Sech meinte, daß ich dazu in der Lage sei – bei den Mädchen aushelfen, die gewöhnlich beim Festessen bedienten. »Es käme auf einen Versuch an«, sagte Sech und nickte mir aufmunternd zu.

Also wurde ich in die Villa geschickt, damit mir eine von Merits Dienerinnen zeigte, worauf ich zu achten habe. Wabet hieß das Mädchen, und ich bewunderte sie insgeheim, weil sie sich wie eine Dame schminken und zur Laute singen konnte; außerdem hieß es, sie würde sich jeden Tag mit Natron die Achseln pudern. Wabet gab mir einen Gürtel, der mit Tonperlen besetzt war, die bei jeder Bewegung rasselten. Zusätzlich erhielt ich zwei Bänder mit aufgefädelten Blütenblättern, eines um den Hals und eines fürs Haar, und dazu goldene Ohrringe. So was Hübsches hatte ich noch nie getragen, und ich freute mich.

Wabet sagte, meine Aufgabe sei es, den Gästen das Essen zu servieren, ihnen Getränke nachzuschenken und sie mit Blumen zu schmücken. Darüber hinaus hätte ich behilflich zu sein, wenn jemand seine Perücke in Ordnung bringen oder mit einem frischen Kegel aus parfümierter Salbe versorgt werden wollte. Kurzum, es werde verlangt, daß ich mich geschickt und aufmerksam zwischen den hochrangigen Persönlichkeiten bewege und ihnen die Wünsche sozusagen von den Augen ablese. Und den Gürtel, die Bänder und die goldenen Ohrringe, fügte sie hinzu, hätte ich erstens pfleglich zu behandeln und zweitens nach dem Fest schleunigst wieder bei ihr abzuliefern.

Sie selbst trug bei dem Gastmahl ein feines Kleid, das eine schmale gelbe Borte hatte.

Allerdings hielt sie sich weniger in der Nähe ihrer Herrin auf, sondern kümmerte sich hauptsächlich um Nahuher, den jungen Stiefbruder des Schatzkanzlers.

Und dabei, dachte ich verblüfft, hat sie gestern noch dem angehenden Schatzhausschreiber Sennefer schöne Augen gemacht!

Bürgermeister Nefer-cheperu-hersecheper war auch eingeladen. O Sched, bestimmt würde er mir ununterbrochen auf die Finger sehen! Ehrengast war aber ein General, der kürzlich das Gold der Tapferkeit erhalten hatte; das waren lauter Löwen und Fliegen aus purem Gold, die an einer dicken goldenen Kette um seinen Hals hingen. Und außerdem waren ein Hoherpriester aus No-Amun und ein königlicher Sekretär gekommen, dazu der königliche Oberbildhauer und ein Haushofmeister vom Palast. Und der Stellvertretende Harimsvorsteher, den Maja von der Schule her kannte, war ebenfalls da.

Ich brachte Henutiunu Zimttee, ihr Lieblingsgetränk. Sie und Merit unterhielten sich mit den anderen Damen über die leidigen Probleme mit dem Hauspersonal und darüber, daß zur Zeit kein Geschirr aus Keftiu aufzutreiben sei. Als ich dann Maja Wein nachschenkte, sprach er gerade mit dem ordenverzierten General über die unter ägyptischer Herrschaft stehenden Stadtstaaten in den nördlichen Provinzen, die einander ständig angriffen und sich gegenseitig ihre Gebiete streitig machten. Andere Gäste mischten sich ins Gespräch ein, alle hielten sie mir ihre Weinschalen hin. Ich hatte alle Hände voll zu tun. Während ich einschenkte, begannen sie, sich darüber zu streiten, ob es notwendig sei, das Heer zu verstärken und besser auszurüsten und auf einen Feldzug nach Norden, nach Retjenu, zu schicken.

Obwohl wir ein Dutzend Mädchen waren, schwirrten wir pausenlos hin und her. Anfangs hatte ich noch Angst, ich könnte was verkehrt machen, Wein verschütten – womöglich auf Nefer-cheperu-hersechepers Kleider! –, einen Krug fallen lassen. Aber dann hatte ich gar keine Zeit mehr, mir solche Schreckensbilder auszumalen. Als das Fest zu Ende war, konnte ich Wabet nicht finden. Deswegen brachte ich ihr die Sachen erst am nächsten Tag.

»Wenn's nach mir ginge, dürftest du alles behalten«, sagte sie. »Aber die Hausherrin Merit ist nicht so großzügig. Sie ist genauso geizig wie ihre Schwiegermutter. Und sie weiß auch, wie sie an kostenlose Arbeitskräfte kommt! Komm, setz dich doch!« Sie deutete auf ein Kissen und lächelte nett. Das wunderte mich, denn das Personal in der Villa verhielt sich uns Leuten vom Wirtschaftshof gegenüber normalerweise ziemlich hochnäsig. Ich nahm Platz. Anscheinend war die Hausherrin nicht da, und Wabet hatte im Moment nichts zu tun. Sie hielt mir eines von Merits Salbentöpfchen hin. »Da! Riech mal! Herrlich, nicht wahr?« Sie verdrehte die Augen. »Ach, wenn du wüßtest, wie streng es im Haus zugeht. Andauernd wird man herumgehetzt. Alles muß in die richtigen Truhen geräumt werden. Die Betten müssen gemacht sein, ordentlich natürlich! Die Tage, an denen die schmutzige Wäsche abgeholt wird, soll ich auch im Kopf behalten. Und dann ist noch dieser Hausverwalter zu ertragen, der seine Nase in alles steckt! Das hast du bestimmt auch schon gemerkt?«

Bevor ich darauf antworten konnte, rief aus dem anderen Zimmer Nahuher nach ihr. Wabet schaute mich bedeutungsvoll an und rief, daß sie gleich zu ihm rüberkomme.

»Ist gut, Ta-mi, du kannst gehen«, meinte sie und zwinkerte mir zu.

Von diesem Tag an unterhielt sich Wabet öfter mit mir. Darauf war ich mächtig stolz, denn mit den anderen Dienerinnen redete sie kaum. Oder wollten diese nichts von ihr wissen? Na ja, ich jedenfalls fand, daß sie interessant erzählen konnte, und wenigstens hatte ich jemanden, bei dem ich mal meinen Kummer und meine Sorgen loswerden konnte.

»Wie ein dressiertes Äffchen muß ich hier parieren!« beschwerte ich mich bei ihr. »Dabei heiße ich ›Die Katze‹. Und das bedeutet doch soviel wie freiheitsliebend und eigenwillig, nicht wahr?«

Verständnisvoll gab sie mir recht. Sie wußte, daß der Hausverwalter ein strenges Regiment führte. Es hatte eine Zeit gegeben, da hatte ich schon den Kopf eingezogen, wenn er bloß in meine Nähe gekommen war. Auch Sech ließ mir so leicht nichts durchgehen. Warum Wabet bei den anderen Dienerinnen nicht beliebt war, verstand ich ganz und gar nicht.

»Die hat es faustdick hinter den Ohren«, meinte Sech. »Ich sag dir, die hat es nicht nur auf den jungen Herrn Nahuher abgesehen!«

Ich riß die Augen auf. »Auf Maja etwa auch?«

Sech zuckte die Achseln. »Wundern würd's mich nicht!«

Ich konnte nicht herausfinden, ob Wabet ihre Verführungskünste am Schatzkanzler ausprobierte. Zu dieser Zeit wahrscheinlich noch nicht. Sonst hätte sie es bestimmt nicht geschafft, die junge Hausherrin zu überreden, mich ihr, Wabet, zuliebe in den Palast mitzunehmen. Merit war eine Freundin der Großen Königlichen Gemahlin und wurde häufig in die Residenz eingeladen. Komischerweise war die Königin etwa im gleichen Alter wie unsere Herrin, während der König noch ein Junge war. Bei ihren Besuchen wurde Merit immer von Dienerinnen begleitet, unter denen sich auch Wabet befand.

»Wenn du ebenfalls mitkämest, würde mir nicht so schnell langweilig«, sagte Wabet zu mir. »Wir könnten uns unterhalten, während wir im Vorzimmer der Königin warten müssen.«

Sie sprach mit Merit und meinte, hin und wieder ein neues Gesicht unter den Begleiterinnen wäre nicht schlecht. Auf jeden Fall sagte Merit schon kurz darauf zu mir, ich hätte mich am nächsten Tag bereitzuhalten, um für sie einen Blumenstrauß zum Palast zu tragen.

Dieses Mal bekam auch ich ein Kleid, dazu Bastsandalen, außerdem trug ich wieder die goldenen Ohrringe. Ich fand meinen Aufzug ungeheuer fein und wünschte, Tante Nehet könnte mich so sehen. Wenn bloß der verdammte Stabstrauß nicht gewesen wäre! Er war fast so groß wie ich und so schwer, daß ich ihn kaum schleppen konnte.

»Warum laden wir die Blumen nicht auf den Wagen?«

fragte sogar Nahuher, der seine Schwägerin zur Residenz bringen wollte.

»Dazu ist kein Platz«, wehrte Merit ab. »Und Ta-mi soll sich den Vorzug, mich begleiten zu dürfen, ruhig verdienen.«

Aufgrund dieser Worte begann ich ziemlich finstere Gedanken gegen meine Dienstherrin zu hegen, aber mir blieb nichts anderes übrig, als mich zu fügen. Die anderen Dienerinnen hatten ebenfalls Geschenke für die Königin dabei, allerdings viel kleinere und leichtere. Wabet führte einen Fächer mit, um Merit bei Bedarf Kühlung zuzufächeln. Inzwischen war es fast Mittag geworden, und Re meinte es gut mit uns. Vorerst war das Wedeln aber nicht nötig, weil die Herrin ja im Wagen fuhr und den Fahrtwind genießen konnte. Der Gute Gott Nefercheperure hatte diese Art der Fortbewegung auch innerhalb der Stadt eingeführt, und die Vornehmen, die sich Pferde und Wagen leisten konnten, hielten daran fest. Es ging schnell, war praktisch und machte was her. Nahuher, in lässiger Pose, lenkte das Gefährt durch die Straßen – immer im Schrittempo, damit wir Dienerinnen hinterherlaufen konnten. Natürlich keuchte ich wie ein überlasteter Esel und war völlig außer Atem, als wir am Palasttor ankamen.

Merit und Nahuher fuhren in den ersten Hof, dort überließen sie Wagen und Pferde den Knechten. Während ich japsend und schnaufend dastand, schaute ich mich bewundernd um. Aber dann gingen Merit und Nahuher auch schon weiter, und wir mußten ihnen folgen. Als letzte stapfte ich mit meinem Strauß durch Höfe und Hallen, vorbei an Mauern und Säulenreihen. Alle Wände und Tore, ja selbst die einfachsten Durchgänge waren mit farbigen Reliefs verziert, die durch die Schatten der Mittagssonne noch eindrucksvoller wirkten, und weiter oben an den Fassaden waren Verzierungen aus Alabaster und Gold angebracht. Vor lauter

Herumschauen wäre ich beinahe gestolpert. Wabet kam zurück und half mir, den Stabstrauß wieder zu schultern. Von da an bemühte ich mich, nicht mehr hinter den anderen zurückzubleiben.

Auf dem Weg zum Wohnsitz der Königin betraten wir den inneren Palastbezirk, durchquerten eine Gartenanlage mit Baumgruppen, Sträuchern, Wasserbecken und so vielen Blumenbeeten, daß ich mir ziemlich albern vorkam, weil ich Blumen an einen Ort schleppte, wo es sie im Überfluß gab. Wir gingen an einem flachen Gebäude vorbei, aus dessen Fenstern Stimmen drangen. Zuerst hörte man einen Erwachsenen sprechen, anschließend wiederholten Kinderstimmen die Worte in einem eintönigen Singsang. Das mußte die Palastschule sein! Jetzt war es nicht mehr weit bis zum königlichen Frauenhaus. Schon steuerte Merit auf das Eingangstor zu. An einer Säule neben der Tür aus dunklem poliertem Holz lehnte ein Mann, den ich von Majas Fest her kannte. Es war Amenmose, der Stellvertretende Harimsvorsteher.

»Du, Merit?« fragte er erstaunt, stieß sich von der Säule ab und schritt auf uns zu. »Hat dir niemand Bescheid gesagt? Die Königin ist nicht da. Sie und Gottesvater Eje empfangen im kleinen Thronsaal General Huya, der mit mehreren Fürsten aus Kusch angereist ist.« Auch der Prinz von Miam sei eingetroffen, berichtete er weiter.

»Hekanefer und ich haben uns für später verabredet«, sagte er zum Stiefbruder des Schatzkanzlers. »Kommst du auch in den Kap?«

»Dort will ich gerade hin«, antwortete Nahuher.

Merit dagegen war ratlos. Sie überlegte hin und her, ob sie die Geschenke bloß schnell im Frauenpalast abgeben und wieder heimgehen oder sich lieber zum Thronsaal aufmachen sollte. Na ja, Wabet und ich, wir warfen uns verschwörerische

Blicke zu. Ich legte den Blumenstrauß ins Gras und ruhte mich aus. Schließlich entschied sich die Herrin doch für den Thronsaal, und wir mußten die ganzen Sachen zurückschleppen.

Als wir wieder am Ort der Belehrung vorbeikamen, ging ich langsamer, weil ich unbedingt hören wollte, was der Lehrer gerade über die Provinzen vortrug, in die Tameri, unser Land, eingeteilt ist. O Sched, wenn ich bloß länger zuhören könnte! Aber Merit und die Dienerinnen waren schon weit voraus, und ich lief schnellstens hinterher.

Nachdem wir das Gartengelände verlassen hatten, bogen wir in einen Hof ein, in dem lauter riesige Steinkolosse aufgestellt waren, die den Guten Gott Nefercheperure, den Stadtgründer, darstellten. Ich erkannte ihn auf der Stelle, weil ich ihn, allerdings in viel kleinerer Gestalt, in der Hauskapelle des Schatzkanzlers dargestellt gesehen hatte, als ich dort eimal saubermachen mußte. Jetzt ging es durch eine Säulenhalle, und dann – ich hätte keinen Schritt weitergekonnt! – erreichten wir endlich den Thronsaal.

In diesem Raum herrschte dichtes Gedränge; die Leute redeten laut durcheinander. Meine Verwirrung war groß, denn ich hörte nur fremde Sprachen. Zum Glück hielt die Hausherrin an. Sie reckte den Hals und blickte sich um, aber von einer Königin war weit und breit nichts zu sehen. Schließlich rauschte Merit, wir dicht auf ihren Fersen, auf den leeren Thronsessel zu. Vor diesem häuften sich Gegenstände aus Elfenbein, Gold in Ring- und Barrenform, und über die Armlehnen waren Leopardenfelle gebreitet.

Auf einmal tauchte neben Merit ein hochgewachsener Nubier in einem Schurz aus Gazellenleder auf. Er und unsere Herrin begrüßten einander, sie redete ihn mit Prinz Hekanefer an und wollte von ihm wissen, wo sich denn nun die

Große Königliche Gemahlin aufhalte. Der Prinz sagte, die Königin hätte sich mit General Huya, Gottesvater Eje und anderen königlichen Beratern ins Nebenzimmer zurückgezogen, um sich die Berichte aus Kusch anzuhören. Abschließend bemerkte er noch, daß er eine seiner Schwestern in die Residenz mitgebracht habe, die so bald wie möglich ihrem kleinen Bruder, der seit zwei Jahren am königlichen Hof erzogen wurde, guten Tag sagen wollte. Und er selbst wolle das natürlich auch!

»Prinz Bai wird noch beim Unterricht sein«, erwiderte Merit, drehte sich zu uns Dienerinnen um, und ihre Augen fanden – wieder einmal – mich. »Geh zur Palastschule zurück«, befahl sie mir, »und hole Prinz Bai her!«

Ich zwängte mich durch das Gewühl aus dem Thronsaal hinaus, lief durch die Säulenhalle und den Hof mit den gewaltigen Standbildern, bis ich wieder zum inneren Palastbezirk und dem Garten kam. Als ich beim Schulgebäude vorsichtig durchs Fenster lugte, erblickte ich fein gekleidete Kinder, die auf dicken Binsenmatten saßen. Gerade forderte der Lehrer, der auch vornehm und dazu auffallend schön aussah, eines der älteren Kinder auf, die Orte der Provinz aufzuzählen, die er soeben genannt hatte. Für mich war das alles neu und überwältigend, und ich mußte mich erst mal auf die Treppe vor dem Eingang setzen, um den Mut zu fassen, anzuklopfen und hineinzugehen.

Als ich mich schließlich traute, schienen die Schüler ganz froh über die Unterbrechung zu sein. Der Lehrer aber beachtete die Störung nicht und behandelte mich wie Luft. Ohne Pause redete er weiter, rief einen Schüler nach dem anderen auf. Ich fand, daß er die Kinder, die doch zumeist aus adeligen Familien stammten, ziemlich herablassend behandelte. Erst nach einer Ewigkeit unterbrach er seine Fragerei.

»Warum störst du? Was willst du?«

Verlegen stotterte ich meine Botschaft heraus. Sofort sprang in der vordersten Reihe freudig ein junger Nubier von seiner Matte auf.

»Setze dich wieder hin, Bai!« befahl ihm der Lehrer. »Du wirst diesen Raum erst verlassen, wenn der Unterricht beendet ist.«

Ein Blick von ihm genügte, und der Prinz kehrte an seinen Platz zurück. Die Kinder saßen wieder still und aufmerksam da, und der Lehrer setzte seinen Unterricht fort, als sei nichts geschehen. Ich schlich aus dem Zimmer. Und von Merit, sagte ich mir, kriege ich jetzt auch noch eins aufs Dach, weil ich ohne den Prinzen zurückkomme!

Ich hatte es daher nicht eilig mit der Rückkehr, ließ mir Zeit und schlenderte in aller Ruhe die Gebäude entlang, die sich an die Schule anschlossen. Plötzlich öffnete sich vor mir eine Tür, ein älterer Palastsoldat hielt sie dienstbeflissen auf, und ein Junge trat ins Freie heraus. Er war sehr schön gekleidet und trug Goldschmuck. Schon wieder ein Prinz! dachte ich, denn von kleinen Adeligen hatte ich momentan wirklich genug. Aber selbstverständlich verneigte ich mich vor ihm.

»In Frieden, junger Herr!«

»In Frieden!« grüßte er zurück und pflanzte sich vor mir auf. »Dich habe ich hier aber noch nie gesehen. Sag mal, spielst du Tjau?«

»Klar spiele ich Tjau. Und das nicht mal schlecht!«

»Wie heißt du? Und wer bist du?«

»Ich heiße Ta-mi und bin Dienerin bei der Gattin des Vorstehers des königlichen Schatzhauses«, gab ich Auskunft.

»Und was machst du, Ta-mi, hier im inneren Palastbezirk?«

Ich hatte keine Lust mehr, mich weiter von ihm ausfragen zu lassen. Er beeindruckte mich längst nicht in dem Maße, in dem er sich das vielleicht vorstellte; schließlich war er jünger als ich und ein Stück kleiner. Ich konterte mit einer Gegenfrage.

»Und warum bist du, junger Herr, nicht am Ort der Belehrung? Schwänzt du etwa?«

»Na, hör mal!« grinste er. »Ich bekomme Einzelunterricht! Aber Sennodjem, mein Erzieher, wurde zu Gottesvater Eje und zur Königin gerufen. Und du hast meine Frage noch nicht beantwortet. Was machst du hier?«

Ein wenig erinnerte mich der Prinz an meinen jüngeren Bruder daheim in Chemenu, und so berichtete ich ihm von meinem schiefgelaufenen Auftrag.

»Wie sah denn der Lehrer aus?« wollte der Prinz – ich schätzte ihn auf neun Jahre – wissen. »War er schlank, noch nicht so alt und furchtbar hochmütig?«

Ich nickte.

»Dann war es Iri«, erklärte er. »Er ist der strengste von allen Lehrern. Aber auch der beste, sagt jedenfalls Sennodjem. Früher bin ich gemeinsam mit meinen Freunden in die Palastschule gegangen. Das hat mir bedeutend besser gefallen als der Einzelunterricht.« Er winkte mir. »Komm rein! Ich schreibe eine Nachricht für Merit auf, daß du hier bist. Und dann spielen wir Tjau!«

Die Vorstellung, nicht gleich zurückzumüssen, hatte etwas Verlockendes. Also folgte ich ihm ins Gebäude und in ein Zimmer, in das durch ein großes Fenster viel Sonnenlicht einfiel. Die Möblierung schien mir noch kostbarer zu sein als bei Maja; überall schimmerte es golden. Der Prinz nahm ein Blatt Papyrus, das zusammen mit den Schreibgeräten und ein paar Schriftrollen von der abgebrochenen Unterrichtsstunde herumlag. Außer dem graubärtigen, in syrische Tracht gekleideten Palastsoldaten, der dem Prinzen nicht von der Seite wich, und einer Nubierin in buntem Rock, die in einer Ecke döste, war niemand im Raum.

Ich beobachtete, wie der Prinz schrieb, und langsam stiegen Bedenken in mir auf. Dieser Junge wirkte so selbstsicher und hatte auch keine Jugendlocke mehr; sein Kopf war kahlgeschoren. Ich sah ihn mir noch genauer an. Die Halskette und die juwelenbesetzten Armbänder an beiden Handgelenken waren sehr kostbar. Seine goldenen Ohrringe hatten kleine Anhänger in Form von Mohnkapseln. Er trug vergoldete Ledersandalen, einen gefältelten Schärpenschurz und dazu ein zartes, weißleinenes Hemd, in das rote und blaue Gänse eingewebt waren.

Ich konnte ja nicht lesen. Aber Sennefer hatte für mich einmal den königlichen Thronnamen in den Sand geritzt. Als der Prinz jetzt als letztes diese vier Schriftzeichen auf das Papyrusblatt schrieb und den Königsring darum malte, war mir alles klar.

»Pachar«, sagte er zu dem Soldaten und gab ihm den zusammengerollten Papyrus, »sei so gut und bring das in den Thronsaal! Gib es Merit! Du kennst doch die Frau des Schatzkanzlers?«

»Ja, Majestät! Zu Befehl.«

Nun gab es keinen Zweifel mehr! O Amun, gib Luft! O Sched, komm und rette mich! Der Prinz war kein Prinz, sondern der König selbst! Pharao Neb-cheperu-Re Tutanchaton! Würde die Sonne mich verbrennen? Mußte ich zu Stein erstarren? Sollte ich vor ihm niederknien? Oder besser weglaufen? Wieso, verdammt, hatte er denn keine Krone auf!

Ich verneigte mich tiefer, als ich mich je zuvor in meinem Leben verneigt hatte.

»Majestät«, sagte ich leise. »Ich gehe jetzt lieber.«

»Wieso denn, Ta-mi?« Seine großen, dunkel bewimperten

Augen blickten erstaunt. »Wir wollten doch Tjau miteinander spielen! Hast du auf einmal Angst?«

Und wie! Dann schon lieber Merit als der Gute Gott!

»Herr der Beiden Länder«, bat ich, »laß mich weg! Ich kann unmöglich mit Deiner Majestät ein Brettspiel machen. Ich bin ja bloß eine Dienerin.«

Sein voller und doch feiner Mund lächelte. »Wenn Sennodjem hier wäre, würde er das selbstverständlich verbieten. Er würde mir um diese Tageszeit überhaupt kein Spiel erlauben. Und Tjau schon gar nicht. Ich spiele es aber lieber als Senet, weil es dabei um Diebe geht.«

Er dirigierte mich zum Fenster, wo sich ein Sessel, ein Hocker und ein Tisch befanden. Auf letzterem stand das Spielbrett, ein länglicher Kasten, ganz aus Ebenholz, Gold und Elfenbein, mit goldenen Schriftzeichen verziert und auf einem hölzernen Schlitten befestigt. Der junge König nahm auf dem Sessel Platz, der genau für ein Kind seiner Größe gearbeitet war. Er bedeutete mir, mich ihm gegenüber auf den weißgestrichenen Hocker zu setzen. Während ich benommen gehorchte, öffnete er die Schublade des Kastens und nahm für jeden fünf Spielsteine und die Wurfhölzchen heraus.

»Ich drehe das Brett um, damit wir statt der dreißig Senet-Felder die zwanzig Tjau-Felder haben«, erklärte er eifrig. »Wir machen drei Spiele. Was ist dein Einsatz?«

Ich schaute ihn groß an. »Ich … ich hab nichts zu setzen, Majestät.«

Er hielt beim Aufstellen der Spielsteine inne. »Überhaupt nichts?«

»Nein«, sagte ich. »Mir gehören weder die goldenen Ohrringe noch das Kleid, noch die Bastsandalen.«

»Mit deinem Kleid könnte ich sowieso nichts anfangen. Und Gold habe ich, glaube ich, selbst genug.« Er klapperte mit den Wurfstöckchen. »Ich weiß was viel Besseres«, verkündete er. »Du selbst bist der Einsatz! Wenn ich gewinne, mußt du hierbleiben. Damit wir jeden Tag spielen können!«

Verlegen rutschte ich auf meinem ungewohnten Sitzplatz hin und her. »Es ist bloß leider so, Sohn des Re, daß ich nicht mal mir selbst gehöre. Jedenfalls nicht bevor mein Arbeitsjahr vorüber ist. Mit so einer Abmachung ist meine Dienstherrin bestimmt nicht einverstanden.«

»Darum brauchst du dich nicht zu kümmern«, entgegnete er kurz, warf die Hölzchen auf den Tisch und rief: »Los! Fangen wir an!«

Ich starrte auf das Spielbrett. Was aus mir wurde, wenn ich verlor, wußte ich ja nun. Aber wie würde er es aufnehmen, falls ich ihn besiegte? Womöglich konnte das von Nachteil für mich sein.

»Moment mal, Majestät!« sagte ich und setzte mich gerade hin. »Was kriege ich eigentlich, wenn ich gewinne?«

Mit einer unbestimmten ungeduldigen Geste deutete er durch den Raum. »Du kannst dir wünschen, was du willst!«

Ich sprang vor Freude und Überraschung auf. »Das gibt's ja nicht! Ich werd verrückt! Wirklich? Was immer ich mir wünsche?«

»Bin ich der König von Ober- und Unterägypten und der Herr der ganzen Welt?« Er hob die Stupsnase. »Oder etwa nicht?«

»Doch, doch, Majestät«, murmelte ich und setzte mich wieder hin. »Dein Name möge ewig leben!«

Ich schaute mich im Zimmer um. Jeder einzelne Gegenstand hier konnte mir für Jahre ein sorgenfreies Leben sichern. Sollte ich als Gewinn diese silberne Vase in Form eines Granatapfels wählen? Oder lieber das bunte Glasgefäß? Nein, besser die Lampe aus durchscheinendem Alabaster!

Oder vielleicht doch diese goldbeschlagene Schatulle? Oder, nein, dort …? Ich riß meinen Blick von den Kostbarkeiten los und schaute wieder Tutanchaton an. Der goldene Anhänger an seiner Kette hatte die Form des Königsrings, der die Schriftzeichen – die Gottesworte – seines Namen umschloß. Dieser Name war heilig und voller Magie und konnte mich vor Unheil bewahren.

»Sag schon, Ta-mi«, drängte er, bevor ich mich entschieden hatte, »sollen deine Steine die Häscher oder die Diebe sein?«

»Die Diebe natürlich!«

»Wieso natürlich?« kicherte er. Ich beugte mich über den Tisch und flüsterte: »Das, Majestät, verrate ich dir ein andermal.«

Allmählich fing ich an, mich mit meiner Lage abzufinden. Ich freute mich sogar auf das Spiel. Schon daheim in Chemenu hatte ich immer mit den rotznasigen Kindern aus der Nachbarschaft Tjau gespielt. Doch halt, sagte ich mir, wir sind zwar in keinem Hinterhof, trotzdem muß ich auf Nummer Sicher gehen!

»Hab ich dein königliches Ehrenwort, Majestät«, erkundigte ich mich, »daß du nicht schummelst?« Nachdenklich zog er die Stirn kraus, dann grinste er und nickte. Jetzt war ich bereit, alles ringsherum zu vergessen. Der erste Zug, den ich machte, war für den Anfang nicht schlecht. Vorsichtig nahm ich den kostbaren kegelförmigen Spielstein und setzte ihn ein paar Felder weiter. Tutanchatons Spielsteine waren aus Alabaster und sahen wie kleine liegende Löwen aus. Sein Häscher holte meinen Dieb schnell ein. In einem der drei beschrifteten Felder durfte er ihn festnehmen. Ich hatte also schon einen Stein verloren. Aber dann machte ich mit meinem Stäbchen lauter gute Würfe. Alle meine Diebe konnten entkommen, Pharaos Häscher hatten das Nachsehen. Als ich merkte, daß ich haushoch gewinnen würde, wurde mir angst und bange, wie er meinen Sieg aufnehmen würde. Aber er gab sich von sich aus geschlagen. Meine Diebe, meinte er, seien eben geschickt und ziemlich schlau. Ich konnte mein Glück nicht fassen.

»Darf ich mir meinen Gewinn bis morgen überlegen?«

»Nein«, maulte er. »Du mußt gleich sagen, was du dir wünschst!«

»Dann, Majestät, möchte ich genauso ein goldenes Amulett mit deinem Namen, wie du umhast.«

»Einverstanden!« sagte er sofort. »Ich lasse dir eines anfertigen. Los! Die nächste Runde!«

Wieder beugten wir uns über das Spielbrett mit den drei Reihen zu je vier, zwölf und vier Feldern, warfen die Hölzchen und schauten gespannt, ob die flache oder die gerundete Fläche nach oben zeigte. Daß ich auch das zweite Spiel gewann, wunderte mich nicht. Schließlich war ich mindestens drei Jahre älter und hatte – jedenfalls was Tjau anging – einen Erfahrungsvorsprung.

Er strahlte. »Und? Was wünschst du dir jetzt?«

Einen zweiten Gewinn auszuwählen fiel mir schwerer. Inzwischen war mir nämlich aufgegangen, daß es mit Sicherheit Leute gab, die auf meinen wertvollen goldenen Anhänger scharf wären. Daher mußte es diesmal etwas sein, das mir niemand wegnehmen konnte. Ich stand auf und ging neben seinem Sessel in die Hocke.

»Bitte, bitte, Guter Gott«, flüsterte ich, »mach es möglich, daß ich zur Schule gehen darf!« Er schaute mich verdutzt an. »Ja, ... aber bist du denn in den vergangenen Jahren nicht zur Schule gegangen?«

»Nein«, sagte ich. »Ich bin doch ein Mädchen!«

»Aber, also … «, wandte er ganz und gar nicht überzeugt ein, »aber Anchesenpaaton, meine Große Königliche Gemahlin, kann lesen und schreiben. Und alle möglichen Gebete kennt sie auch auswendig.«

»Prinzessinnen und vornehme Damen kriegen ja auch Unterricht, das weiß ich von meiner Herrin. Aber Dienerinnen und einfache Mädchen eben nicht.« Wie sollte ich ihm bloß klarmachen, wie ich mir das mit der Schule vorstellte? »Ich bin zu ungebildet, Majestät, ich weiß so gut wie nichts! Nicht mal die Namen der Städte und Provinzen in unserem Land Kemet kenne ich. Kannst du es nicht einrichten, daß ich irgendwo am Unterricht teilnehmen darf? In irgendeiner Schule. Ich möchte ja nur dabeisitzen und zuhören.«

»Hm, ein bißchen schwierig wird das schon«, meinte er zögernd. Dann gab er sich einen Ruck und versprach mir: »Trotzdem! Dein zweiter Gewinn geht ebenfalls in Ordnung.«

»Danke, Sohn des Re, danke!« Ich war ganz aus dem Häuschen. Siehst du, sagte ich zu mir, der Gute Gott kann einfach alles!

»Na, Ta-mi, deine Gewinne gefallen mir. Sie kosten mich ja fast nichts. Ich hatte damit gerechnet, daß du dir ein Grundstück mit Villa wünschst. Oder Truhen, randvoll mit Edelsteinen. Oder Berge von Gold.«

Bei Sched, diese Möglichkeit war mir überhaupt nicht eingefallen! Meine Freude schrumpfte beträchtlich. Was ich für eine großartige Idee gehalten hatte, war in Wirklichkeit kurzsichtig und dumm. Ein Haus, groß genug für die ganze Verwandtschaft, für die in Chemenu und die in Achetaton – das wäre das Naheliegendste gewesen! Und das Richtige. Noch ist's nicht zu spät, dachte ich. Mit meinem nächsten Sieg werde ich alles rausreißen!

Tutanchaton hatte inzwischen die Spielsteine wieder aufgestellt.

»Unsere letzte Partie«, sagte er und hielt sich beim Gähnen die Hand vor den Mund. Auch ich tat mich mit der Aufmerksamkeit allmählich schwer. Und gerade jetzt mußte ich bei der Sache sein!

Wir spielten erst kurze Zeit, als dem König das Wurfhölzchen hinunterfiel. Ich wollte es auf dem Boden suchen, aber er wünschte das nicht – und schon hatte er einen Knochenwürfel auf den Tisch gelegt. Damit, meinte er, könne er genausogut spielen. Also nahm ich ihm gegenüber wieder Platz. Während ich zusah, wie er würfelte und zog, dachte ich daran, daß ich, als ich noch in meiner Heimatstadt gelebt hatte, nicht mal den Namen des Königs gekannt hatte. Ich hatte bloß gewußt, daß der Gute Gott über das Land Kemet und über die Welt herrscht.

Jetzt war wieder ich an der Reihe und warf mein Stäbchen. Das Ergebnis war enttäuschend. Ich konnte immer noch nicht vorrücken, aber wenigstens erging's ihm auch nicht besser.

»Du bist dran«, sagte er, wie mir vorkam, ziemlich lustlos.

Hoffentlich bricht er das Spiel nicht einfach ab, betete ich im stillen. Ich muß doch mein Haus gewinnen! Auch beim nächsten Wurf brachte ich meinen vordersten Spielstein nur zwei Felder voran. Tutanchaton hatte bei seinen nächsten Würfen mehr Glück. Er holte auf, übersprang sogar meinen vordersten Stein. Zu meiner Überraschung hatte er jetzt nur noch gute Würfe und fing an, meine Steine einen nach dem anderen zu kassieren. Ich fiel aus allen Wolken. Hatte ich ihn womöglich doch unterschätzt? O Sched, wann hatte ich nicht aufgepaßt?! Mir blieb keine Zeit mehr, darüber nachzudenken. Nur ein paar hilflose Züge gelangen mir noch – schon grapschte er sich meinen letzten Spielstein.

Ich hatte verloren!

Einen Moment war es ganz still. Dann sprang er von seinem Kinderstuhl auf. »Ich habe gewonnen!« schrie er. »Ich habe Ta-mi gewonnen! Sie muß für immer und ewig hierbleiben.«

Die nubische Dienerin, die vor sich hin geträumt hatte, rieb sich erschrocken die Augen. Tutanchaton setzte mit gewichtiger Miene zu der Erklärung an, daß letztendlich stets Maat, die göttliche Gerechtigkeit, siege. Und was Aton, sein Gott, damit meine, wisse ausschließlich er, der König, allein. Auf alle Fälle müßten die bösen Diebe am Ende immer von den königlichen Verfolgern überwältigt werden. Ich wußte nicht, was ich darauf antworten sollte. Ich hatte ja keine Ahnung, warum er mir all das erzählte. Ach, ich wollte auf der Stelle wieder heim zu Sech in den Wirtschaftshof!

Aber er ließ mich nicht fort. Alles Flehen und Bitten half mir nichts. Als erstes stellte er mich der Nubierin vor. Sie war seine frühere Amme, hieß Ama und war stumm. Ich merkte gleich, daß er sehr an ihr hing. Auch Pachar, der syrische Palastsoldat, schien mehr als nur ein Leibwächter zu sein.

Als ich dann mal zufällig zur Tür schaute, durchfuhr mich ein Schrecken. Iri, der junge Lehrer aus der Palastschule, war hereingekommen. Ein ernster älterer Mann begleitete ihn. Das war bestimmt der königliche Erzieher höchstpersönlich! Pharao teilte den beiden mit, daß ich im Palast bleiben und – das hatte er sich plötzlich so ausgedacht – bei seinem eigenen Unterricht dabeisein sollte. Natürlich gab das Probleme.

»Was für ein unmöglicher Einfall, Kind des Kamutef!« sagte der alte Erzieher und hob die krummen Schultern. »Gewiß bist du die göttliche Majestät, die Verkörperung des Aton. Dennoch hast du auf deine Berater und Betreuer zu hören, deren Aufgabe es ist, die Menschen auszusuchen, mit denen du dich umgibst. Schon deine Angewohnheit, dich von deiner Amme und diesem Leibwächter überallhin begleiten zu lassen, findet wenig Anklang im Palast. Und nun soll auch noch ein Mädchen, das uns heute zum ersten Mal unter die Augen tritt, in deiner göttlichen Nähe weilen? Nein, Majestät, das wird Gottesvater Eje, dein Großvater, der dich sehr liebt, nicht billigen.«

Ungeduldig trat Tutanchaton von einem Fuß auf den anderen.

»Ach, Sennodjem! Jedesmal hast du tausend Bedenken! Du meinst es wahrscheinlich gut, aber dieses Mal werde ich nicht auf dich hören.«

Die beiden Männer wechselten vielsagende Blicke. Nur zu deutlich war ihre Ablehnung zu spüren. Der junge Lehrer rümpfte seine wohlgeformte Nase und bemerkte zu Sennodjem: »Nichts als eine Dienerin ist sie und keinesfalls geeignet, beim königlichen Unterricht zugegen zu sein.« Der alte Erzieher nickte zustimmend und fing wieder an:

»Göttlicher Sprößling aus dem erhabenen Ei! Soeben nahm ich an einer Besprechung bei deiner Gemahlin teil. Dabei wurden wichtige Dinge erörtert. Dein Großvater, der Gottesvater, schlägt Huya für das Amt des Vorstehers der südlichen Fremdländer vor, denn der General hat sich bei der Verwaltung dieser Provinzen verdienstvoll bewährt. Königin Anchesenpaaton ist damit einverstanden. Und nun wollte ich Deiner Majestät den damit verbundenen Sachverhalt erläutern. Statt dessen müssen wir uns mit einer solchen unsinnigen Angelegenheit aufhalten.«

Pharao verzog den Mund und sagte mit seiner hellen Kinderstimme:

»Aber ich halte mein königliches Versprechen!«

»Wer wollte es von dir einfordern, Herr der Beiden Länder? Etwa dieses Mädchen?« fragte Iri, der Palastschullehrer, höhnisch. Mit vor der Brust verschränkten Armen stand er da und schaute auf seine arrogante Art an mir herunter. »Schulstunden sind bei ihr ohnehin vergeblich. Fast schon im heiratsfähigen Alter, würde sie ja doch nichts mehr begreifen!«

Wütend starrte ich ihn an. »Und ob ich noch was lerne!« Die Augen hätte ich ihm auskratzen können!

Sennodjem hörte nicht auf, den Kopf zu schütteln. »Viel zuviel Mühe«, murmelte er immer wieder. »Viel zuviel Mühe wegen einer Dienerin. Ich bin gewiß, Abbild des Aton, auch Gottesvater Eje, dein geliebter Großvater, wird ...«

»Eje ist nicht mein Großvater!« unterbrach ihn Tutanchaton trotzig. »Er ist Anchesenpaatons Großvater, aber meiner ist er nicht!«

»Majestät, diese Art von Auseinandersetzungen bin ich leid. So sei es denn, wie du es wünschst. Fürs erste!« Er warf Iri, der wieder etwas einwenden wollte, einen beschwichtigenden Blick zu. »Nehmen wir das Ganze nicht zu ernst, mein junger Kollege«, meinte er, bevor er hinausschlurfte. »Spielerglück und Kinderlaunen ändern sich schnell!«

Auch Iri wollte das Zimmer verlassen. An der Tür drehte er sich noch einmal um.

»Was für ein Glück, Lebender Hor«, bemerkte er spöttisch, »daß du nicht dein Königreich verspielt hast!«

Pharao wohnte nicht, wie ich angenommen hatte, in dem Wohnpalast auf der anderen Seite der Allee der Könige. Diesen beanspruchte der Gottesvater als Residenz für sich und Tey, seine Gemahlin. Mir wurde klar, daß Eje deshalb viel öfter in dem Fenster über der Hauptstraße zu sehen war als der König, weil er ständig in die Residenz herüberkam, während ihn Tutanchaton drüben nur selten besuchte.

Für Pharao hatte man im inneren Palastbezirk, nicht weit vom Männerhaus und der Schule entfernt, eine königliche Villa eingerichtet. Von nun an war auch ich hier zu Hause. Wie Ama und Pachar schlief ich in einer Nische des geräumigen königlichen Schlafzimmers, unweit von Pharaos Prunkbett. Seltsamerweise träumte ich in der ersten Nacht von Iri.

Alles war so neu für mich. Von den anderen Dienern wurde ich nicht gerade herzlich aufgenommen. Auch die Palastsoldaten, die die Türen bewachten, machten am Anfang oft Schwierigkeiten und wollten mich nicht durchlassen. Nur mit Ama und Pachar freundete ich mich an. Die Amme war eine Frau aus einem Dorf im Süden und hatte bei Pharao Mutterstelle vertreten, weil seine richtige Mutter, eine Nebenfrau des Guten Gottes Nefercheperure, jung verstorben war. Daß sie stumm war, verunsicherte mich zuerst, aber mit der Zeit lernte ich, ihre Zeichen und Gesten zu verstehen.

Der syrische Leibwächter hatte eine aufregende Geschichte hinter sich. Vor einigen Jahren war er zusammen mit einem rebellischen Stadtoberhaupt aus Charu als Gefangener vor Tutanchatons Vater geführt worden. Der König war über den Aufstand des Fürsten so erzürnt gewesen, daß er ihn sofort hatte hinrichten lassen. Und mit dem einfachen Krieger, der bei ihm gewesen war, wollte er ohne viel Federlesens dasselbe machen. Tutanchaton, damals noch ein ganz kleiner Prinz, muß gespürt haben, daß Pachar am Aufruhr nicht schuld war. Er war zu dem alten Kämpfer hingelaufen und hatte die Arme um ihn geschlungen, daraufhin hatte der König Pachar das Leben geschenkt. Seitdem war der Syrer Tutanchatons treuester und ergebenster Leibwächter und wich ihm nicht von der Seite. Ich war sicher, daß er ihn, wenn es sein mußte, bis zum letzten Blutstropfen verteidigen würde.

In diesen ersten Tagen in der Residenz, als mir noch alles neu und ungewohnt war, sagte ich mir, daß es beim Schatzkanzler gar nicht so verkehrt zugegangen war. Immerhin war Sech in der letzten Zeit nicht mehr so barsch gewesen, und ich hatte mich mit Wabet angefreundet. Doch hatte ich keine andere Wahl. Außerdem bildete sich Merit viel darauf ein, daß sie Pharao eine ihrer Dienerinnen überlassen durfte. Und – mitzuerleben, was ein König lernt, das war ein Glücksfall, wie es keinen zweiten gab. Es war schlicht und einfach das Beste, was mir passieren konnte!

Die Schulstunden fanden in dem Raum statt, in dem wir Tjau gespielt hatten. Sennodjem trug als Erzieher des Königs ebenfalls den Titel Gottesvater. Er war einer von Ejes engsten Vertrauten und am Hof sehr angesehen.

»Gib deine Ohren! Höre, was gesagt wird!« pflegte er seinen königlichen Schüler zu Beginn des Unterrichts zu ermahnen.

Ich staunte nicht schlecht, was Tutanchaton alles wußte. Er konnte nicht nur die Taten seiner erhabenen Vorgänger auf dem Thron des Hor auswendig vortragen, sondern ratterte auch die Titel seiner Beamten der Rangordnung nach herunter und beherrschte die Formulierungen, mit denen er gleichgestellte Könige oder aber abhängige Vasallen anschreiben mußte; außerdem glänzte er mit Kenntnissen in Mathematik, Geographie und vielen anderen Fächern. Die Kemit, das erste Schulbuch, hatte er längst durchgearbeitet. Jetzt waren die Lehre des Cheti und die Weisheitsbücher dran. Ich fand, daß Seine Majestät außerordentlich gescheit war. Und das sagte ich ihm auch – nach der Schulstunde, versteht sich. Mit der Zeit duldete mich Sennodjem ohne Einwände im Unterrichtszimmer, war aber kein einziges Mal auch nur ein bißchen freundlich zu mir.

Zum Sport traf sich Tutanchaton regelmäßig mit seinen Freunden. Unter den Jungen, die die Palastschule besuchten, waren etliche, die kräftiger und geübter waren als er und sich bei den Waffenübungen hervortaten. Pachar, der alte Krieger, zeigte seinem Schützling manchen Kämpfertrick, machte ihm geduldig vor, wie man das Übungsschwert oder beim Fechten den Stock richtig hielt, ermunterte ihn und feuerte ihn an. Aber Iri, der gelenkig alle Übungen vormachte, dabei unwahrscheinlich hoch und weit sprang, schnell wie ein Gepard rannte und mit allen Waffen gleich gut umgehen konnte, tat Tutanchatons Leistungen jedesmal mit spöttischen Worten ab. Er tadelte, wo er nur tadeln konnte; ständig war Tutanchaton seinen boshaften Äußerungen ausgesetzt, gegen die er sich nicht zu wehren vermochte. Oh, wie ich Iri dafür haßte! Ich fand ihn maßlos eingebildet und ungerecht.

Der Tagesablauf des jungen Königs war, obwohl er noch nicht regierte, genau festgelegt und ausgefüllt mit einer Menge Zeremonien und Verpflichtungen. Da waren die Rituale, die morgens, mittags und bei Sonnenuntergang im Tempel stattfanden. Außerdem hielt er manchmal Audienz. Und bei den wichtigen Beamtenbeförderungen mußte er auch dabeisein. Wenn er doch mal eine Stunde tun und lassen konnte, was er wollte, spielten wir meistens Tjau oder Senet zusammen oder wir hielten uns im Garten auf. Bei offiziellen Anlässen verlangte er, daß ich zu seinen Füßen saß, das heißt, ich kauerte neben seinem Thronsessel auf dem Boden. Das lange Stillsitzen fiel mir anfangs schwer. Bis jetzt hatte ich ja dauernd flink und in Bewegung sein müssen.

Die erste große Feierlichkeit, die ich miterlebte, war General Huyas Ernennung zum Vorsteher der südlichen Fremdländer. Bei diesem Anlaß sah ich zum ersten Mal die Königin. Anchesenpaaton war mindestens doppelt so alt wie

Pharao. Mit gleichgültiger Miene erschien sie im Thronsaal, auf dem Kopf eine Krone aus Gold, Edelsteinen und Federn. Sie und Tutanchaton kamen nur zusammen, wenn das Hofzeremoniell es erforderte. Gottesvater Eje dagegen besuchte den König täglich. Bis jetzt war ich aber noch nicht schlau aus diesem Mann geworden. Mal trat er so selbstherrlich auf, als sei er der Herr der Beiden Länder in eigener Person, dann wieder gab er sich bescheiden und sprach von der Verehrung, die Tutanchaton als dem Sohn aller Götter zustand. Mal tat er alt und gebrechlich, dann wieder konnte man ihn in rasender Fahrt mit dem Streitwagen in einer Staubwolke verschwinden sehen. Früher war er nämlich Anführer der Streitwagentruppe gewesen, und auch sein Sohn Nachtmin hatte bei der Armee einen hohen Rang. Beide legten großen Wert auf ihre verwandtschaftlichen Beziehungen, fast die gesamte Sippe hatten sie aus Chenti-Min, ihrem Heimatort, an den Hof geholt. Und man konnte meinen, die Königin tat keinen Schritt ohne Ejes Frau Tey, eine ziemlich aufgetakelte Person, die außerdem gar nicht ihre leibliche Großmutter war.

Zu Huyas Ernennung zum Vizekönig von Kusch waren auch mehrere Heerführer aus Men-nefer, der unterägyptischen Residenz- und Garnisonsstadt, eingetroffen; sie durften in der Nähe der königlichen Throne stehen. Dann kamen mit großem Getöse die Fürsten aus Wawat und Kusch herein, begleitet von ihrem bunten Gefolge. Nubische Musiker spielten auf Trommeln und Flöten, Tänzer und Tänzerinnen begannen den Rhythmus zu stampfen. Als sich einige Frauen aus dem Harim anschlossen, fiel mir die blonde Prinzessin wieder ein, deren Ankunft ich am Hafen miterlebt hatte. Ob ich den Stellvertretenden Vorsteher des Frauenhauses mal nach ihr fragen sollte?

Pharao beugte sich zu mir herunter.

»Mir gefällt die Musik. Dir auch?«

»Ja, Majestät«, antwortete ich und lächelte zu ihm hoch.

König und Königin saßen nur da und taten eigentlich nichts. Es war Gottesvater Eje, der die Rede hielt und im einzelnen zu den Anwesenden sprach und Huya den Amtsring überreichte. Außerdem ernannte er Hekanefer zum königlichen Sandalenmacher. Aber ich konnte mir nicht vorstellen, daß der Prinz von Miam in seinem Leben auch nur eine einzige Sandale zusammengebastelt hatte. Er und sein Bruder, Prinz Bai, trugen Schärpen aus Leopardenfell über ihren Lederschurzen, dazu viel schweres Gold und um den Kopf ein schmales Band, in dem vorn und hinten eine Straußenfeder steckte.

Anschließend gab Maja bekannt, wieviel nubisches Gold im königlichen Schatzhaus eingegangen sei, und zählte die Sklaven und die Tiere auf, die mitgebracht worden waren. Es störte, als ein Gesandter aus den nördlichen Fremdländern dazwischenrief, daß der König von Jerusalem Pharao ebenfalls hundert Sklaven geschickt hatte. Schon fingen die nubischen Stammesoberhäupter an zu murmeln und gekränkt zu blicken, doch der Prinz von Miam rettete die Situation, indem er die Fürstensöhne vorstellte, die neu in den Kap aufgenommen und dort erzogen werden sollten. Schnell ließ er die jungen Prinzen Bündel von Straußenfedern und fellbezogene Klapphocker überreichen. So hätte Huyas feierliche Ernennung doch noch gut enden können.

Da ertönten Trompetensignale, und einer der Heerführer aus Men-nefer – es war der tapfere General, dem ich beim Festmahl des Schatzkanzlers Wein eingeschenkt hatte – ergriff das Wort und lud Pharao ein, mit nach draußen zu kommen, um sich eine Vorführung der Elitesoldaten anzusehen. Klar, Tutanchaton war begeistert. Sofort legte er Krummstab und

Geißel aus der Hand, verließ seinen goldenen Thronsessel und lief hinaus, ohne sich darum zu kümmern, ob die Königin auch mitkommen wollte. Ama, Pachar und ich, Sennodjem und die Wedelträger mußten natürlich mit.

Draußen auf dem Sandplatz waren schon die Soldaten aufmarschiert. Schnell wurde ein tragbarer Baldachin für das Königspaar gebracht, dann ließ der Befehlshaber seine Leute exerzieren. Ein Teil von ihnen führte mit Schwertern Scheingefechte vor, dann schossen andere gleichzeitig Pfeile ab, die nächsten warfen Speere. Pharao verfolgte die Vorführungen aufmerksam und klatschte eifrig in die Hände.

Als es immer länger dauerte, wurden die Sklaven weggeführt, die vor dem Thronsaal gewartet hatten, daß Pharao sie begutachtete. Anschließend brachten die Wärter nach und nach die Tiere fort, die sie dem König hätten zeigen sollen. Und dabei geschah es. Ein Speer traf den zahmen Löwen, der als besonderes Geschenk für Tutanchaton gedacht war. Es ging nicht nur darum, daß ein prächtiges Tier, für das viel Mühe aufgewendet worden war, getötet werden mußte, weil es zu schwer verletzt war. Man sah noch etwas Schwerwiegenderes in diesem Zwischenfall: Der Löwe war, neben dem Stier und dem Falken, ein Symbol für den König. War seine Verletzung ein Hinweis der Götter? Ein Vorzeichen? Wenn, dann doch nur ein schlechtes!

Bedrückt brach Pharao die Vorführung ab. Noch nie hatte ich Gottesvater Eje so wütend gesehen. Er fuhr den Befehlshaber an, die Sache sei nicht mit ihm abgesprochen gewesen und mitten auf dem Palastgelände ohnehin viel zu gefährlich. Aber der General ließ sich nichts gefallen. Er sagte, es sei ein verirrter Speer, keine Absicht gewesen, und er werde den Schuldigen finden. Ansonsten sei es seinen besten Kriegern aus dem Regiment ›Geliebt von Aton‹ gelungen, zur Freude des Königs ihr Können zu beweisen. Die Offiziere und die Soldaten waren alle auf seiner Seite und riefen immer wieder seinen Namen: Horemheb!

Die Stimmung blieb jedoch gereizt. Auf dem Rückweg zu Pharaos Gemächern hörte ich, wie Iri leise und mit Spott in der Stimme zu Sennodjem sagte: »Wie kann die Lotosblüte sich entfalten? Wie soll der königliche Falke die Schwingen heben? In dieser Atmosphäre aus Neid und Streit und Uneinigkeit?«

Die nächsten Unterrichtsstunden fielen aus, weil es Sennodjem nicht gutging. Bald hieß es, er sei ernstlich krank. Tutanchaton besuchte ihn und brachte ihm Geschenke. Der königliche Erzieher lag bis zum Hals zugedeckt im Bett und erklärte mit schwacher Stimme, er sei sehr leidend und außerdem alt und würde seine Tätigkeit, auch wenn er mit Atons Hilfe genesen sollte, nicht wiederaufnehmen. Iri solle sein Nachfolger werden.

Schon ab dem nächsten Tag malte der junge Lehrer das Auge, das Zeichen für ›gesehen‹, auf die königlichen Schularbeiten. Er wurde nicht so oft wie Sennodjem, aber doch hin und wieder zu Gottesvater Eje gerufen. Tutanchaton lernte bei ihm ebenfalls fleißig und gewissenhaft – und ich zwangsläufig auch.

Ach, ich fand, daß die Schulstunden jedesmal viel zu schnell vergingen! Der Grund dafür war nicht nur mein Wissensdurst, es lag vor allem daran, daß ich nicht genug davon bekam, Iri anzusehen. Während ich in der Ecke saß und gebannt seinen Unterweisungen lauschte – Schreibtafel und Pinsel, geschweige denn ein Papyrusblatt, kriegte ich selbstverständlich nie in die Hand –, betrachtete ich ihn. Sein Gesicht war fein geschnitten, er bewegte sich mit einer geradezu aufreizend stolzen Lässigkeit! Eigentlich konnte ich ihn ja nicht leiden. So gut wie nie lobte er Tutanchaton, kritisierte dagegen jeden kleinen Fehler unnachsichtig. Er war ein fachkundiger Lehrmeister, ohne Frage verstand er es auch gut, sein Wissen zu vermitteln. Wieso hatte er diese Abneigung gegen seinen königlichen Schüler? Angesichts von Tutanchatons heiterem gewinnendem Wesen war mir das unbegreiflich. Mal ein lobendes Wort, ein freundlicher Scherz hätten so gut getan! Aber sosehr ich auch darauf hoffte, so etwas kam nie über Iris Lippen. Daher blieb das Verhältnis zwischen den beiden gespannt, und meine erwachenden Gefühle für den Lehrer stürzten mich in eine tiefe Gewissensnot.

Auch mit mir sprach Iri immer nur das Nötigste, meist gab er mir Anweisungen als Dienerin. Nie redete er mich mit meinem Namen an, er pflegte mich als ›Pharaos Lieblingsdienerin‹ anzusprechen. Ich spürte deutlich, daß er sehr von sich eingenommen war. Erst sechsundzwanzig Jahre alt, hatte er diese hohe Position sozusagen über Nacht erreicht: Gottesvater!

Er stammte aus einer traditionsreichen Familie, deren Mitglieder seit Generationen zu den königlichen Beratern gehörten. Sein Vorbild war Amenhotep, der Sohn des Hapu, jener legendäre Weise, für den Pharao Usir Nebmaatre, Tutanchatons Großvater, einen eigenen Totentempel hatte erbauen lassen.

IM ARMENVIERTEL

Abgesehen von den religiösen Zeremonien stand Tutanchaton nicht gerade im Mittelpunkt des allgemeinen Interesses. Denn die Regierungsgeschäfte führte Gottesvater Eje, das gesellschaftliche Leben spielte sich bei der knapp zwanzigjährigen Königin ab, und am Hauptverwaltungssitz des Militärs, in Men-nefer, kochten die Generäle ihr eigenes Süppchen.

Da es nicht oft vorkam, daß Tutanchaton in seiner königlichen Villa aufgesucht wurde, war es um so erstaunlicher, als sich eines Tages wichtiger militärischer Besuch ankündigte. Es war kurz nach Mittag. Pharao und ich hatten nach dem Essen zwei Partien Tjau gespielt; einmal hatte er gewonnen, einmal ich. Wir spielten jetzt immer bloß zum Vergnügen. Welchen Einsatz hätte ich auch wagen sollen? Alles, was mir gehörte, hatte ohnehin er mir geschenkt. Da es auf der Terrasse keinen Schatten mehr gab, waren wir in den dahinterliegenden Raum gegangen, wo es dämmerig und ein bißchen kühler war. Ama zog dem König die verschwitzten Kleider aus, tauchte ein Tuch in die Wasserschale auf einem halbhohen rotbraunen Keramikständer und fing an, seinen Körper mit gleichmäßigen Bewegungen abzuwaschen. Ich streckte mich auf der Matte in meiner Nische aus, betrachtete die Wandmalereien, deren Farben im gedämpften Licht satt leuchteten. Inzwischen fühlte ich mich heimisch im Palast, hatte Alltag, Feierlichkeiten und auch den königlichen Geburtstag miterlebt, der jedes Jahr mit einem großen Fest begangen wurde, weil am gleichen Tag auch der Geburtstag des Re, des Sonnengottes, gefeiert wurde. Blinzelnd sah ich zu, wie Tutanchaton Rosinen naschte und auf Ama einredete, während sie ihm frische Kleider anzog. Pachar, der sich an der Tür zum Vorraum mit den diensthabenden Wachsoldaten unterhielt, steckte auf einmal den Kopf herein und sagte, ein fremder Diener sei da, der für Horemheb, seinen Herrn, um eine Audienz ersuche.

»Noch heute!« rief Tutanchaton, den Mund voller Weinbeeren. »Gleich heute nachmittag soll der Große Vorsteher des Heeres zu mir kommen!«

Trotz Gottesvater Ejes Widerstand war Horemheb zum Obersten Heerführer aufgestiegen. Und Pharao wollte bei dem Zusammentreffen mit ihm gern den blauen Kriegshelm, die Chepresch-Krone, tragen. Iri hatte dafür zu sorgen, daß sie von ihrem Aufbewahrungsort, einem besonderen Gebäude, hergebracht wurde, denn der königliche Erzieher trug außerdem den Titel ›Hüter des königlichen Diadems‹. Iri würde ebenfalls an der Audienz teilnehmen, was mich glücklich machte und gleichzeitig auch wieder verwirrte.

Ich half Ama, Tutanchaton ein mit goldenen Rosetten und blauen Tonperlen besticktes Gewand anzuziehen; um seine Taille banden wir eine lange Schärpe. Er ließ sich die Fingerringe überstreifen, den königlichen Halsschmuck anlegen und von Iri die Krone aufsetzen. Als alles an ihm gerichtet war, stapfte er ins Empfangszimmer hinüber. Zu unserer Überraschung war der Oberste Heerführer nicht allein gekommen. Er hatte seine Gattin mitgebracht, eine schmale blasse Frau. Horemheb selbst hatte ein dunkles flächiges Gesicht mit breiter Stirn und einen kräftigen Hals; die feingelockte modische Perücke stand ihm eigentlich nicht. Er verneigte sich bis zur Erde.

»Die Strahlen des Aton mögen immer über dir aufgehen!« wünschte er dem König. Tutanchaton bat seine Gäste, Platz zu nehmen. Höflich, aber mit deutlicher Ungeduld erkundigte er sich, wie es ihnen gehe. Horemheb kam gleich zur Sache.

»Herr der Beiden Länder, ich habe den Soldaten ermittelt, der bei der Militärvorführung deinen Löwen gespeert hat.« Er räusperte sich. »Hm, Majestät! Der Mann wartet draußen.«

Fragend schaute Pharao von dem stämmigen Heerführer zu Iri. »Der Soldat kann in dem Maß bestraft werden, wie es Deiner Majestät beliebt«, erklärte dieser.

»Dann allerdings, Lebender Hor, gebührt ein Teil der Strafe mir«, mischte sich Horemheb sofort ein. »Sementaui heißt der Unglücksrabe. Er ist ein junger Offizier, ein Armeeschreiber. Vermutlich wegen seiner Verwaltungstätigkeit ist er im Umgang mit der Waffe ein wenig aus der Übung gekommen. Und es war allein mein Fehler, ihn bei der Vorführung einzusetzen. Es tut mir leid, daß Deine Majestät auf diese Weise um das königliche Tier gebracht wurde.«

»Ach na ja«, meinte Tutanchaton. »Meine Majestät macht sich eigentlich gar nicht so viel aus Löwen.« Er zögerte. »Dieser Sementaui soll doch mal reinkommen!«

Ein Diener ging, um den Soldaten zu holen. Währenddessen nahm Horemheb einen Schluck aus dem goldenen Weinpokal, der ihm vorhin kredenzt worden war und den er bis jetzt nicht angerührt hatte. Kurz darauf trat Sementaui herein, ein unauffälliger Mann von mittlerer Größe. Vor dem königlichen Thronsessel warf er sich nieder und blieb wie plattgedrückt liegen.

»Du brauchst keine Strafe zu befürchten, Sementaui«, sagte Pharao und streckte wie segnend die Hand aus. »Meine Majestät verzeiht dir den Fehler.«

»Lob und Preis dir, Schicksalslenker«, wimmerte der junge Armeeschreiber und rutschte, das Gesicht zum Boden, ein Stück nach vorn. »Dank dir, o Herrscher, der das Leben gibt und der weise war schon im Ei!« Er rappelte sich hoch und stand, die rechte Hand an die linke Schulter gelegt, vor dem König, verbeugte sich nochmals und verließ das Empfangszimmer. Als er an Horemheb vorbeikam, vollführte er auch vor seinem Vorgesetzten die Ehrenbezeigung. Der Oberste Heerführer sandte ihm einen freundlichen Blick nach und wandte sich an seine Gemahlin.

»Amenia, willst du Seiner Majestät jetzt das Gewand überreichen, das du für ihn gewebt hast?«

Horemhebs Frau holte eine zusammengelegte Tunika aus ihrem Korb und faltete sie mit stolzem Lächeln auseinander. Das Kleidungsstück hatte ein Muster aus roten und blauen Margeriten; außerdem waren Schriftzeichen eingewebt, und der Halsausschnitt war prächtig mit Falkenschwingen verziert. Es war wirklich etwas ganz Besonderes.

»Ich habe es genau nach den Maßen Deiner Majestät angefertigt«, sagte Amenia mit warmer, melodischer Stimme. Ihre Wangen bekamen Farbe, als sie sah, daß ihr Geschenk dem König gefiel.

»Auch ich habe ein Mitbringsel für Deine Majestät!« lenkte Horemheb die Aufmerksamkeit wieder auf sich und überreichte Tutanchaton einen kunstvoll gearbeiteten Dolch, dessen goldener Griff von einem durchsichtigen Bergkristall gekrönt wurde. »Schau dir die Klinge an, Herr der Beiden Länder«, forderte er Pharao auf, während er vorsichtig mit dem Finger die Schneide entlangfuhr. »Sie ist aus einem seltenen Metall, das sehr viel härter ist als Gold oder Bronze. Die Chatti verwenden es seit langem. Man nennt es Eisen.«

Staunend betrachtete Tutanchaton die Waffe von allen Seiten ganz genau. An der Rückseite der Scheide aus Gold waren zwei Ösen angebracht, mit denen der Dolch am Gürtel befestigt werden konnte. Iri schickte mich los, um einen von Tutanchatons Gürteln zu holen. Als ich ihn brachte, stand Pharao gleich auf, damit ich ihm den Gürtel mit dem neuen Prachtstück daran umlegen konnte. Es paßte so richtig schön zum Kriegshelm.

»Nicht wahr, Horemheb, du kennst alle Geheimnisse im Land Chatti und bist über alles, was es dort gibt, informiert?« fragte er, nachdem er sich wieder auf seinen Kinderthron gesetzt hatte.

»Nun ja, Lebender Hor, so einigermaßen«, entgegnete der Befehlshaber mit einem unterdrückten Lächeln. »Meine Späher und Kundschafter sind überall für mich unterwegs.«

»Leben die Menschen in den fremden Ländern genauso wie die Leute hierzulande?«

»Nein, Sohn des Re. Sie haben andere Sitten und Gebräuche. Ich sage dir, manches davon kommt uns seltsam vor. Und selbstverständlich sprechen sie andere Sprachen, essen andere Speisen.«

»Aber den Aton kennen sie auch?«

»Die ganze Welt wird durch den Aton belebt. Er hat alles geschaffen. Es gibt kein Land, das er nicht mit seiner Schönheit erfüllt.«

»Und hast du den Fluß gesehen, der vom Himmel kommt und dafür sorgt, daß es auch in den Bergländern Tiere und Pflanzen gibt?«

»Ja, Majestät, ich habe in den Fremdländern gewaltige Regengüsse erlebt.«

Tutanchaton nahm seine Beine vom Fußbänkchen und streckte sie aus. »Und stimmt es, Horemheb, daß mein Name in der ganzen Welt bekannt ist?«

»Du bist für alle Länder die Sonne, Majestät! Große Hoffnungen ruhen auf dir.« Der Befehlshaber machte eine Pause, bevor er in bedeutungsvollem Ton fortfuhr: »Aber die ägyptischen Provinzen in Retjenu vermissen deinen starken bewaffneten Arm, das Heer.«

»Die Oberhäupter der Städte dort ..., es sind ja alles meine Städte, nicht wahr?« fragte Tutanchaton, schaute in Horemhebs wettergegerbtes Kriegergesicht und sagte, als dieser nickte: »Sie schreiben mir andauernd Briefe, ständig fordern sie Hilfe von mir.«

»Sohn des Re, laß dir erklären, was in Retjenu vorgeht!« Der Oberste Heerführer erhob sich und fing an, vor Tutanchatons Thronsessel auf und ab zu schreiten. »Seit langem bekämpfen sich die syrischen Vasallen Deiner Majestät gegenseitig. Aufrührerische Stadtfürsten überfallen ihre Nachbarn, um mit deren Gebieten ihre eigenen Reiche zu vergrößern.«

An der Tür klirrte es, weil die Palastsoldaten salutierten. Gottesvater Eje, gefolgt von Schatzkanzler Maja, kam herein. Horemheb ließ sich dadurch aber nicht aus dem Konzept bringen. Seinem Ton und seinen Gesten war jedoch anzumerken, daß er jetzt mehr zu den beiden Beamten sprach.

»Diese Unruhestifter müssen bestraft werden«, redete er mit erhobener Stimme weiter. »Und es gibt einen weiteren Grund, Truppen nach Norden zu schicken. Denn der Herrscher von Groß-Chatti, König Scha-pa-lu-lu, der während der Regierungszeit von Usir Nebmaatre, deinem königlichen Großvater, das Land Naharina angriff und von König Tuschratta, unserem Verbündeten, besiegt wurde, gewinnt zusehends an Macht. Es wird nicht lange dauern, Majestät, und er bedroht …«

»Pah!« rief Tutanchaton und zog seinen neuen Dolch aus der Scheide. »So leicht lasse ich mir keine Angst einjagen. Vor Scha-pa-lu-lu fürchte ich mich nicht!« Er fuchtelte mit der Waffe herum, steckte sie dann wieder weg und verkündete: »Meine Majestät hat überhaupt niemals Angst! Und vor solchen Barbaren schon gar nicht! Und auch diese Provinzprobleme erledigen sich von ganz allein!«

»Provinzprobleme? Von selbst erledigen? Nein, Lebender Hor!« Horemheb ließ Gottesvater Eje nicht aus den Augen, während er den König fragte: »Redet man das Deiner Majestät allen Ernstes ein?« Bevor Tutanchaton antworten konnte, fuhr der Befehlshaber fort: »Dem Chatti-König sowie den ägyptischen Vasallen muß Pharaos militärische Macht vor Augen geführt werden! Die Nordprovinzen sich selbst zu überlassen, Herr der Beiden Länder, wäre ein Verbrechen gegen den Aton, gegen die Götter und gegen Deine Majestät! Dazu …«

»Deinen Kampfgeist in Ehren, Vorsteher der Generäle«, unterbrach ihn Eje mit kühler Herablassung. »Wäre es nicht weitaus sträflicher, Ägyptens Reichtum in unnötigen kriegerischen Unternehmen zu vergeuden? Solange keiner dieser kleinen Staaten zu mächtig wird, stören uns ihre Streitereien und Kleinkriege doch nicht. Und vom Großreich der Chatti sind unsere Nordprovinzen durch die Vasallengebiete König Tuschrattas getrennt. Nein, uns geht das fortwährende Gezänk ferner Länder nichts an! Nein, nein, für das Land Kemet besteht nicht die geringste Gefahr!«

»Betet ihr diese Worte«, fragte Horemheb mit blitzenden Augen, »als Beschwörungsformeln täglich dreimal in den Tempeln von Achetaton herunter? Reine Selbsttäuschung ist das! Beim Hor von Hutnesu, wie kann man die Lage nur so falsch ...!« Er unterbrach sich, als lägen ihm zu viele und zu deutliche Worte auf der Zunge, und fing an, mit den Löwen- und Fliegenanhängern an seiner Halskette herumzuspielen.

Stumm und betreten saß Pharao auf seinem Kinderthron und schaute von einem zum anderen. Ich hatte, ohne es zu merken, seinen Fußknöchel umklammert, ließ ihn aber schnell los, bevor es jemand sah. Horemhebs Blick wanderte von Gottesvater Eje zum Schatzkanzler.

»Wenn das Schatzhaus Mittel bereitstellte«, sagte er, »könnte ich von den Keftiu in großem Umfang Waffen kaufen!«

Maja schüttelte sich die glänzenden feingeringelten Perückenlöckchen aus dem Gesicht. »Ich bin nach wie vor der Meinung«, erklärte er mit überlegener Miene, »daß kostspielige Feldzüge und die Verstärkung der Schutztruppen eine Verschwendung darstellen, die wir uns erstens nicht leisten können und die zweitens auch unnötig ist.«

»Die Kriegskasse aufzufüllen ist keine Verschwendung!« gab Horemheb heftig zurück. »Um die Handelsverbindungen aufrechtzuerhalten, brauchen vor allem die Städte mit Statthalterposten Verstärkung. Und Kepni zu halten wäre schon allein deshalb wichtig, weil es uns Holz liefert. Aber der Fürst, einer von Pharaos treuesten Vasallen, wurde aus der Stadt vertrieben.«

Er wandte sich wieder an Tutanchaton.

»Auch die Stadt Qadna ist bedroht, der Fürst seines Lebens nicht sicher. Nicht nur feindliche Nachbarn haben sich gegen ihn verbündet, seine eigenen Verwandten bekämpfen ihn innerhalb der Stadt. Um seinen Bitten um königliche Schutztruppen Nachdruck zu verleihen, schickte er vor einigen Monaten seine eigene Tochter ins Frauenhaus Deiner Majestät.«

»Davon weiß ich ja gar nichts«, sagte Tutanchaton.

»Bedauerlicherweise hat auch Fürst Akkizzi nichts mehr von seiner Tochter gehört, seit sie im königlichen Harim verschwunden ist. Die Prinzessin sollte Deiner Majestät eine Botschaft überreichen. Ihr Vater ist sehr betrübt, weil sein Brief noch unbeantwortet ist.«

»Woher weißt du denn das alles, Horemheb?«

»Wie ich bereits erwähnte, sind meine Späher und Kundschafter unablässig für mich im Einsatz. Ich kann Deiner Majestät daher versichern, daß meine Kenntnisse der gegenwärtigen Lage in Retjenu bedeutend genauer sind als das, was deine Berater hier am Hof sich aus den Briefen zusammenreimen.«

Während Amenia bei Horemhebs Worten zustimmend nickte, blickte Iri beunruhigt zu Gottesvater Eje. Doch dieser schwieg.

»Mir hat niemand etwas von der Prinzessin und dem Brief gesagt«, stellte Tutanchaton vorwurfsvoll fest und fragte: »Maja, hattest du davon eine Ahnung?«

Der Schatzhausvorsteher wechselte die beiden langen goldenen Stäbe, die seine Amtsabzeichen darstellten, von einer Hand in die andere. Er sei zwar von der Ankunft der Fürstentochter unterrichtet und auch der Umfang ihrer Mitgift sei bei ihm genauestens registriert, erklärte er, von einem Schreiben jedoch sei ihm nichts bekannt. Eje meinte daraufhin verächtlich, daß Fürst Akkizzis Brief vermutlich auch nichts anderes enthalte als die üblichen Übertreibungen und Beschwerden über andere Stadtfürsten sowie über die ägyptischen Behörden.

Ich kann nicht sagen, daß dieses Retjenu oder Charu, wie sie es abwechselnd nannten, mich sonderlich interessierte. Aber ich sah ein, daß Horemheb loswerden wollte, worüber er sich Sorgen machte. Und Tutanchaton, so jung er auch war, mußte sich als König natürlich mit diesen Vorgängen befassen. Ich für meinen Teil betrachtete lieber Iri. Einmal, als er zufällig herschaute – es konnte bloß zufällig sein, denn mit Absicht schaute er nie zu mir her –, trafen sich unsere Blicke. O Sched, es war jedesmal dasselbe! Erst wurde ich fast besinnungslos, dann fing mein Herz so an zu hämmern, daß ich dachte, man müsse es im ganzen Palast hören, dann durchflutete mich ein Glücksgefühl, das in dem gleichen Tempo abebbte, in dem mir zu Bewußtsein kam, daß er mich ja niemals wirklich beachten würde. Ach, es war so aussichtslos! Und so schwer, sich damit abzufinden!

»Kriegstreiberei hilft den Beiden Ländern nicht weiter!« ergriff Gottesvater Eje wieder das Wort. »Sie schadet nur der heiligen Ordnung, die wiederherzustellen oberstes Gebot ist. Alle Schätze und eingehenden Steuern sind für den Wiederaufbau und die Instandsetzung der vernachlässigten Heiligtümer vorgesehen. Die Gottheiten, die jahrelang vertrieben waren, kehren nach Kemet zurück und sollen aufs neue ihre Tempel und heiligen Stätten beziehen.«

»Ich will diese Götter aber nicht«, rief Tutanchaton. »Meine Majestät findet, es geht auch ohne sie! Aton, der Gott meines königlichen Vaters, ist auch mein göttlicher Vater. Und ausschließlich durch Meine Majestät geschehen sein Wille und seine Liebe auf der Welt.«

»Die anderen Götter und Göttinnen fordern ebenfalls ihr Recht«, belehrte ihn der Gottesvater. Er wechselte einen Blick mit Iri, der die Stirn runzelte. Selbst wenn Iri ärgerlich schaute, sah er schön aus. Ich dagegen fühlte mich häßlich und linkisch, ach, und überhaupt …! Iris Freundinnen, das waren reich geschmückte Damen mit prachtvollen Perücken und schönen Kleidern, alles Prinzessinnen und Töchter von hochgestellten Leuten. Eine von ihnen würde er sich mal erwählen. Mich bemerkte er bloß, wenn es etwas zu holen oder wegzuräumen oder sonst eine Arbeit zu tun gab.

»Für Amun und Mut in der südlichen Stadt Waset«, sprach Eje weiter, »für Ptah, Sechmet und Nefertem in der nördlichen Residenz Men-nefer, für Re und Atum am uralten Ort von Junu, für Toth in der Hasenstadt Chemenu, für Chnum in Ta-seni und für alle anderen Gottheiten an ihren jeweiligen Hauptorten müssen Priester und Propheten ernannt und Tempeldiener eingesetzt werden. Nur so kann ich dafür sorgen, daß das Land Kemet von innen her erstarkt, wodurch …«

»Wodurch gleichzeitig deine eigene Macht wächst!« unterbrach ihn Horemheb scharf. »Dadurch, daß du so viele Menschen und Einrichtungen an dich bindest, gewinnst du Einfluß im ganzen Land. Als ehemaliger Befehlshaber solltest du aber die Armee nicht vergessen. Das Militär hat vor allem die Notwendigkeit kriegerischer Einsätze in den Provinzen und an den Grenzen vor Augen. Die Streitkräfte fordern ebenfalls Ausrüstung und Unterhalt. Freunde dich daher mit dem Gedanken an, Gottesvater, einen guten Teil der Schätze für das Heer einzuplanen!« Er ging auf Eje zu und blieb, höchstens eine Elle von ihm entfernt, stehen. »Denn die Geduld der Generäle«, sagte er leise, aber sehr deutlich, »ist nicht so unerschöpflich wie die Liebe der Götter.«

»Ta-mi, findest du, daß ich mit Sementaui richtig umgegangen bin?« fragte Tutanchaton abends beim Zubettgehen.

Er war noch völlig außer Atem. Nach dem Füßewaschen hatten wir ›Harfe‹ gespielt. Das war ein Spiel, das er erfunden hatte. Dabei war er die Harfe und ich die Spielerin. Da ich keine Ahnung hatte, wie man eine Harfe spielt, griff ich die tiefen Töne bei seinen Füßen und Beinen, die hohen bei seinen Armen und Schultern. Ich bemühte mich, die Finger genauso zierlich zu bewegen und anmutig zu biegen, wie es die Musikerinnen taten, wenn sie die Melodien spielten, die ihm so gefielen. Bei den ganz hohen Tönen berührte ich ihn am Kinn, zupfte ihn an der Nase oder an den Ohren. Natürlich war er in den Achselhöhlen und am Bauch furchtbar kitzelig. Daher endete das Ganze immer mit großem Gekicher in einer Balgerei. Sein Lachen klang wie das Gezwitscher eines Vogels, bloß herzhafter. Und es war unbedingt ansteckend. Ama und Pachar mußten jedesmal mitlachen – und ich sowieso.

»Ich glaub schon, Majestät«, beantwortete ich seine Frage. »Der Löwe wäre ja nicht wieder lebendig geworden, wenn du Sementaui bestraft hättest. Aber ein Tritt in den Hintern hätte ihm auch nicht geschadet.«

Er grinste und stieg in sein Bett. Ich räumte das Fußwaschbecken weg, dann legte ich Amenias Geschenk, das neue Prachtgewand, zusammen und verstaute es in einer der vielen Kleidertruhen.

»Ich muß immer dran denken, was Eje gesagt hat«, sagte er. »Über Amun und die vielen Götter und Göttinnen, die jahrelang beleidigt waren. Deswegen fordern sie jetzt soviel. Ta-mi, du glaubst doch an den Aton? Und an mich?«

Ich klappte den Truhendeckel zu. »Ja, Lebendiges Abbild des Aton.«

Sonnenscheibe und König waren sichtbar und anwesend. Und, sagte ich mir, es ist bestimmt nicht verkehrt, an etwas zu glauben, das man sehen kann. Auch Merit und Maja beteten in ihrer Hauskapelle vor einem Altarbild, das Pharao Neferchepérure, Königin Nofretete und ihre Töchter unter dem Strahlenaton zeigte.

»Aton ist auch nachts in meinem Herzen und sagt mir, was er möchte und was ich tun soll«, flüsterte er, als ich neben seinem Bett niederkniete. Ich küßte seine Hand, bevor ich ihn mit der seidenen Decke zudeckte. Ich durfte Pharaos Hand jederzeit küssen; das war eine Gunst, um die mich mancher hohe Beamte beneidete.

Als ich wieder nach ihm schaute, schlief er bereits. Sein zartes Gesicht lächelte. Er lag da, den Kopf ein bißchen vorgestreckt, so als lausche er auf etwas.

Seit dem Gespräch mit Horemheb war Pharaos Begeisterung für alles Militärische geweckt. Er löcherte Pachar mit allen möglichen Fragen, bis der alte Soldat versprach, einen richtigen syrischen Bogen anzufertigen und ihm beizubringen, wie man damit umgeht. Auch beim Unterricht spielte die neue Vorliebe eine Rolle. Tutanchaton wollte alles wissen, was mit dem Heer zusammenhängt. Iri ging darauf ein, allerdings nicht ohne zu bemerken, daß dieses Thema eigentlich erst für später vorgesehen sei. Meinem Wissensdurst war jeder Unterrichtsstoff recht; Iris Gegenwart machte für mich auch das langweiligste Thema interessant. Ich war froh, wenn er da war, und unglücklich, wenn er fort war. Wenn es mir nur gelänge, seine Aufmerksamkeit zu erregen! Wieso nahm er mich nie wahr und merkte nicht, was ich für ihn empfand? Wie konnte ich denn erwachsener und schöner wirken? In meiner Verzweiflung überlegte ich, ob ich's mal mit Magie versuchen sollte.

Pharaos Aufmerksamkeit war mir jedenfalls sicher, sogar mein Wissen war bei ihm gefragt. Immer wieder mußte ich ihm von Achetaton erzählen – von dem Achetaton, das er nicht kannte. Und so berichtete ich ihm vom Armenviertel und seinen Bewohnern, von den Frauen am Brunnen und den Kindern, die in den Gassen spielten. Fortwährend fragte er mich über das Leben ›draußen‹ aus. Natürlich hatte ich ihm schon erzählt, wie ich in den Garten des Schatzkanzlers eingestiegen war. Meine Vergangenheit als Diebin kam ihm spannend vor, und den Vorfall, bei dem ich meine Freiheit verloren hatte, fand er lustig. Er hatte nicht die geringste Vorstellung davon, wie die Leute außerhalb der Palastmauern lebten. Wie sollte er auch! Die Metropole, das waren für ihn die abgeschlossenen Bezirke der Paläste und Heiligtümer. Das Volk kannte er nur als Menschenansammlung entlang der Prachtstraße, wenn er mit dem Wagen vorbeifuhr oder vom Erscheinungsfenster auf sie herunterblickte. Von der königlichen Anlegestelle aus sah er auch nur die Leute geschäftig auf den Hafenkais herumwimmeln. Wie seine einfachen Untertanen aber lebten, wohnten, arbeiteten – das wußte er nicht. Andächtig hörte er meinen Beschreibungen zu. Für ihn tat sich eine fremde Welt auf, die er nicht kannte und auch nie kennenlernen würde. Gelegenheit zu solchen Unterhaltungen fanden wir in den seltenen freien Stunden, wenn wir irgendwo im Garten in einem schattigen Versteck saßen.

Eines schönen Tages nahm mich Tutanchaton in den Nordpalast mit, wo er aufgewachsen war. Er führte mich durch die Palastanlage, die um einen See herum angelegt war, zeigte mir den Thronsaal und die Räume, die er besonders gern mochte. In den Gartenzimmern stellten die Wandmalereien ein Papyrusdickicht mit Vögeln dar, und überall in den Nischen standen Vogelkäfige. In diesem Palast war es recht ruhig, da niemand mehr von der königlichen Familie ständig hier wohnte. Lediglich wegen des schönen Gartens und um die Tiere in den Gehegen zu beobachten, wurde der Palast für gelegentliche Aufenthalte benutzt. In den Nebengebäuden waren jetzt Werkstätten eingerichtet, wo Sklaven und Sklavinnen webten und Handwerksarbeiten ausführten. Außerdem waren hier natürlich die Leute untergebracht, die den Garten pflegten und die Tiere versorgten. Tutanchaton sagte, er wolle die Raubkatzen woandershin bringen lassen, damit er nicht mehr an den Tod des Löwen erinnert werde, aber die Strauße, Antilopen, Gazellen und die seltenen Schafe und Ziegen sollten bleiben. Dann riß er Grasbüschel heraus, ging ganz nah an den Zaun heran und fütterte die Lämmer und die kleinen Ziegen. Aus dem Arbeitshaus, wo die Sklaven am Werk waren, hörte man Hämmern und das Schlagen der Webstühle. Pachar, der den königlichen Wagen gelenkt hatte, machte es sich im Schatten bequem. Ama war nicht mitgekommen, weil sie sich nichts aus Garten und Zoo machte.

»Schau doch, die Schwalben!« machte Pharao mich auf die Vögel aufmerksam, die über die Wasserflächen der Teiche flitzten. »Sie können überallhin fliegen und sich alles ansehen.«

Wir stellten uns an den Rand eines Wasserbeckens und schauten hinein. Nachdem Tutanchaton eine Weile die Fische beobachtet hatte, versuchte er, einen Frosch zu fangen, der von Lotosblatt zu Lotosblatt hüpfte.

»Fall bitte nicht ins Wasser, Majestät!« sagte ich und begann, da er ja beschäftigt war, mich in der spiegelnden Wasserfläche zu betrachten. Umwerfend, mein neues Kleid! Und wie schön das goldene Amulett glänzte! Ich strich die Vorderseite des Kleides glatt. Ach, von einem tollen Busen keine Spur! Aber wenigstens mein Haar war gewachsen. Es war pechschwarz und reichte wieder zu den Schultern. Tutanchaton hatte mal, als ich auf seinem Fußbänkchen gesessen hatte, hineingefaßt und gesagt, er finde es hübsch.

»Ta-mi!« sagte er plötzlich. »Ich möchte gern die ganze Welt sehen, die der Aton geschaffen hat. Als Pharao muß ich doch Abenteuer erleben und tapfer sein und Heldentaten vollbringen. Weißt du, was Horemhebs Frau in das Gewand, das sie mir geschenkt hat, mit Gottesworten eingewebt hat?« Als ich verneinte, trug er feierlich vor: »Schutzherr der Beiden Länder! Und Bezwinger aller Feinde Ägyptens! Das gefällt mir.«

»Ja, Majestät, es klingt gut.«

Er ging zum nächsten Wasserbecken, drehte ein Lotosblatt nach dem anderen um, ob sich vielleicht ein Frosch oder irgendein anderes kleines Tier darunter versteckte. Als er eine Sandale auszog, um sie als Boot auf dem Wasser schwimmen zu lassen, wußte ich nicht, was ich sagen sollte. Goldüberzogenes Leder! Sech hätte mir eine Ohrfeige verpaßt, wenn ich das auch nur mit einer Binsensandale gemacht hätte. Und dabei wäre die viel besser geschwommen!

»Bloß ein einziges Mal«, sagte er, »möchte ich den Palast verlassen, ohne daß Gottesvater Iri oder Gottesvater Eje oder sonst jemand es merkt.« Er nahm die Sandale aus dem Wasser und zog sie wieder an. »Aber irgendwann spaziere ich durch Achetaton, ich versprech's dir! Und du zeigst mir die Stadt, weil du dich auskennst. Wir besuchen deinen Onkel und deine Tante. Und Kiki will ich natürlich auch kennenlernen.«

Ich schaute ihn fassungslos an.

»Neb-cheperu-Re!« sagte ich streng. »Das ist das Verrückteste, was ich jemals gehört habe!« Aber dann dachte ich: Ach was, er hat bloß Spaß gemacht. Wieso nicht den Gedanken weiterspinnen? »Es ist so schäbig und schmutzig dort«, erklärte ich. »Alle möglichen Leute könnten dich anfassen, Majestät. Du würdest ganz schnell wieder in den Palast zurückwollen!«

»Nein!« sagte er. »Da wette ich mit dir!«

Bevor ich etwas einwenden oder eingreifen konnte, war er

aus seinem feinen bestickten Hemd geschlüpft – o Sched, er hatte sich doch noch nie allein ausgekleidet! – und planschte, die Arme bis zu den Schultern im Wasser, mit den Händen zwischen den Fischen und Pflanzen herum.

»Herr der Beiden Länder, nimm die Arme aus dem Wasser!« bat ich. Grinsend hielt er mir die Hände hin, damit ich seine juwelenbesetzten Armbänder trockenreiben konnte. Anschließend ließ er sich wieder das Hemd anziehen.

»Wenn wir nach Achetaton gehen, du und ich«, fing er von neuem an, »müssen wir es nachts tun, wenn alle schlafen. Genau in dem Moment, wenn die Leibwache in die andere Richtung geht, schleichen wir raus. Ich kann ganz leise sein. Schau! So!« Er schlüpfte aus seinen goldenen Sandalen und schlich im Gras auf und ab. Ich fing an zu kichern.

»Du schleichst leiser als Wadjet, deine göttliche Schutzschlange.«

Er blieb stehen und sah mich ernsthaft an. »Ama und Pachar müssen wir aber einweihen«, meinte er.

»Ach, Majestät, hör endlich auf mit dieser Idee! Es geht nicht, daß der Sohn des Re in der Stadt rumwandert. Und noch dazu nachts!«

»In der Nacht ist die Stadt nicht tot, nicht wahr?« fragte er. Ich ahnte, was er damit sagen wollte. Er stellte sich die nächtliche Metropole geheimnisvoll und aufregend vor. »Mir kann überhaupt nichts passieren, falls du deswegen Angst hast«, versicherte er. »Der Aton schützt mich auch in der Nacht. Und ich beschütze dich! Mit meinem neuen Eisendolch.«

Ich lachte über seine Ahnungslosigkeit. »Den wären wir schnell los!«

Andererseits, überlegte ich, wenn man es nur richtig anstellte, war die Sache vielleicht sogar zu machen. Man mußte eben alles genau und sehr gründlich planen. Und der Besuch bei meinen Verwandten war sowieso längst überfällig. Die Vorbereitungen würde ich schon übernehmen: einfache Kleidung beschaffen, Geschenke für die Familie organisieren, Täuschungsmanöver durchziehen! Pharao würde staunen, wie gut ich das konnte. In der Stadt wären wir dann ganz auf uns gestellt. Was für ein Abenteuer!

Vorerst konnten wir unsere Pläne nicht weiterschmieden, denn es war fast Mittag, und Tutanchaton mußte rechtzeitig, wenn der Schatten sich wendet, und zeremoniell gekleidet in der Weiten Halle des Per-Aton, des großen Aton-Tempels, erscheinen. Weder Ama noch Pachar noch ich durften ihn in eines der Heiligtümer begleiten. Obwohl er immer meinte, ich müsse unbedingt mal die herrlichen Häuser sehen, die sein königlicher Vater für den Aton gebaut habe; vor allem, weil darin einfache Leute, Diener wie ich, nicht bloß Götter und Könige abgebildet seien. Aber die Priester duldeten es nicht, und daran war eben nicht zu rütteln.

Als wir aufbrechen wollten, merkten wir, daß Pachar an seinem schattigen Plätzchen eingenickt war. Tutanchaton sagte, ich solle einen Grashalm nehmen und ihn damit wach kitzeln, und lachte sich halb tot, als der alte Leibwächter mit einem erschrockenen Schnarchen hochfuhr.

Pachars grauer Bart sträubte sich, Ama rollte angstvoll mit den Augen, als wir ihnen von unserem Plan erzählten. Dabei verrieten wir ihnen gar nicht die Wahrheit, sondern gaben vor, nachts im Garten eine langwierige Zauberzeremonie abhalten zu wollen, von der niemand etwas wissen dürfe. Unterdessen sollten sie so tun, als schlafe der König im Palast; sie sollten Kissen unter die seidene Bettdecke stopfen, damit es so aussähe, als liege jemand darunter. Hätten wir ihnen reinen Wein eingeschenkt, hätten sie niemals mitgemacht! Natürlich kamen mir zwischendurch Zweifel, ob das, was wir vorhatten, auch richtig war. Aber wenn der Gute Gott es so wollte? Wer war ich, ihn aufzuhalten! Der Gedanke, was für einer Gefahr wir die Amme und den Leibwächter aussetzten, kam mir erst später.

Aus zweierlei Gründen warteten wir eine Vollmondnacht ab. Zum einen sah man bei Mondlicht einfach besser, und die Stadt würde belebter sein. Zum anderen nutzte die Königin die hellen Nächte meistens für ihre Feste, und je größer der Trubel auf dem Palastgelände war, um so leichter konnten wir unbemerkt entwischen.

Ich bereitete alles vor und besorgte, was wir brauchten. Darüber vergaß ich ein bißchen meinen Liebeskummer. Ach, wie weh tat unerwiderte Liebe! War es überhaupt Liebe? Ich konnte Iris überhebliche Art nicht ausstehen, aber dann dachte ich wieder, ich würde alles für ihn tun …

Nicht daß ich im Palast etwas gestohlen hätte! Das war gar nicht nötig. Ich hatte ja noch mein altes Dienerinnenkleid. Merit in ihrer Großzügigkeit hatte es mir zusammen mit den Binsensandalen überlassen, sozusagen als Abschiedsgeschenk. Die Sandalen sollte Tutanchaton tragen; zusätzlich tauschte ich für ihn einen einfachen Schurz ein, und zwar gegen einen halben Krug Wein von einem Bäckerlehrling, mit dem ich vor dem ›Haus des Brotes‹ mal ins Gespräch gekommen war. Als Gaben für meine Angehörigen hatte ich Lebensmittel vorgesehen. Die wurden am dringendsten gebraucht und waren am einfachsten zu beschaffen. Ich brauchte den König nur zu bitten, die Sachen, die ich mir vorstellte, in der Palastküche anzufordern. So hatten wir alles schnell beisammen.

An dem bewußten Abend nahmen es die Palastwachen mit ihrem Dienst nicht so genau. Statt ununterbrochen Wache zu schieben, spielten sie lieber mal Zaungast beim Fest der Königin. Das hatte Tutanchaton vorhergesehen. Zuerst löschte ich die Alabasterlampen, um anzuzeigen, daß Pharao zu Bett gegangen war. Als der Soldat, der allein Wache stand, uns den Rücken zukehrte, schlüpften wir einfach zur Tür hinaus. Vorsichtshalber hatte ich Tutanchatons Gesicht ein wenig mit Ruß beschmiert – nicht ungewöhnlich für einen Jungen, der in der Palastküche für die Befeuerung der Herde zuständig war.

Den Garten zu durchqueren stellte ebenfalls kein Problem dar. Wer achtete schon auf zwei junge Küchendiener, die einen Korb Brot wegbrachten. Da alle mit dem Fest beschäftigt waren, lagen die übrigen Palastbereiche verlassen da. Außerdem hatte ich Tutanchaton eingeschärft, stets mit gesenktem Kopf zu laufen und demütig zur Seite zu treten, sobald uns jemand entgegenkam.

Da konnte er mal sehen, wie es ist, wenn man nicht als Prinz zur Welt gekommen ist!

Gefährlich würde es, so befürchteten wir, vor allem am äußeren Tor. Aber als wir dort ankamen, wurde gerade eine neue Ladung Wein für das Fest geliefert. Sklaven und Bedienstete liefen rein und raus, unzählige Krüge wurden durchs Tor geschleppt. Kein Wachsoldat konnte in diesem Durcheinander den Überblick wahren –, und schon standen wir draußen auf der mondbeschienenen Straße.

»Es hat geklappt, Majestät! Wir haben's geschafft!«

Oh, wenn Iri das wüßte! Mir lief es heiß und kalt den Rücken hinunter. Denn leider hatten wir nicht die geringste Idee, wie wir später wieder in den Palast hineinkommen sollten. Sind wir erst mal draußen, hatten wir uns gesagt, kommen wir irgendwie auch wieder zurück.

Tutanchaton atmete die neue Freiheit in tiefen Zügen.

»Ich kann den Aton auch hier spüren«, sagte er leise. »Ganz deutlich! Er ist einfach da und umglänzt mich.«

Ich sah nur den Mond. Sein kaltes Licht zeichnete die Umgebung mit scharfen Konturen und ließ einen seltsamerweise doch alles undeutlicher wahrnehmen. Ich tastete nach meinem Messer. Wer wußte schon, worauf wir uns einließen! Verspätete Gewissensbisse halfen uns jedenfalls nicht weiter.

Da wir den Palast nicht durch das Haupttor, sondern auf der Seite verlassen hatten, mußten wir erst ein Stück an der Palastmauer entlang, bevor wir zur Königsallee kamen. Hier herrschte fast so reger Betrieb wie tagsüber. Überall hatten Händler Verkaufsstände aufgebaut, es gab Garküchen, und an jeder Straßenecke konnte man Amulette kaufen: von Sched dem Retter, dem Schutzgott Bes und den Nilpferdgöttinnen, die so unverwüstlich waren, daß man sie auch während der Herrschaft von Tutanchatons Vater weiterverehrt hatte. Einheimische und Fremde drängten sich vor den Ständen, am Straßenrand hockten die Bettler. Zögernd ging Tutanchaton an den zerlumpten Gestalten vorbei. Als ihm zwei Aussätzige die verstümmelten Hände entgegenstreckten, blieb er stehen. »Was kann ich tun«, fragte er mich leise, »damit diese Menschen wieder gesund werden?«

»Du kannst sie nur leise segnen. Und dann schenkst du jedem ein Brot. Aber paß auf, daß du sie nicht berührst!« Gierig griffen die Kranken nach der Gabe. Bevor er auch die übrigen Brote an die anderen Bettler verschenken konnte, nahm ich ihm den Korb ab. Schließlich mußte ich Sorge tragen, daß für meine Leute auch etwas übrigblieb.

Wir gingen schnell weiter. Bei einem Mann, der Zauberpapyri für alle möglichen Zwecke verkaufte, erkundigte ich mich, ob er nicht ein Mittel gegen unerfüllte Liebe hätte. Er machte ein geheimnisvolles Gesicht und hielt mir ein verschnürtes Stoffpäckchen hin. Bevor ich aber den Preis aushandeln konnte, zog mich Tutanchaton zu einer Bude, wo kleine Teigstücke in heißem Fett schwammen, und behauptete, er hätte auf einmal Hunger.

»Bestimmt kriegen wir bei meiner Tante etwas zu essen«, sagte ich.

Wir verließen die Hauptstraße, und ich führte ihn durch die verschlungenen Gassen. Überall brannten Kochfeuer, und die Leute saßen vor ihren Hütten. Hier duftete es nicht mehr nach feinem Fettgebackenem, hier wurden Linsen und Bohnen gekocht. In der engen Gasse trottete vor uns ein Esel, der mit Körben voller Steinsplitter beladen war. Erst als das Packtier und der Junge, der es antrieb, in einem Toreingang verschwanden, konnten wir unsere Schritte beschleunigen. Je näher wir meinem früheren Zuhause kamen, desto froher wurde ich. Aus manchen Höfen erklang Musik, Leute lachten und sangen; heute nacht war einfach alles auf den Beinen. Auch bei unserer Hütte hatten sich die Nachbarn um das Feuer versammelt. Tante Nehet beugte sich gerade über den Kessel und gab Kräuter an die Suppe und bemerkte uns erst nach einer Weile.

»Deine Dienstherrin hat dich aber lange nicht weggelassen!« begrüßte sie mich.

»Ich bin nicht mehr bei der Hausherrin Merit. Stellt euch vor, ich hab in der Palastküche 'ne Stelle gekriegt!«

»Das ist ja großartig!« freute sie sich. »Ich hab's immer gesagt, daß aus dir noch mal was wird!«

Kiki, dessen Schurz fleckig und lehmig aussah, und Onkel Wesi wollten wissen, wen ich denn da mitgebracht hätte.

»Er ist ein Waisenjunge, der wie ich in der Palastküche arbeitet«, stellte ich Tutanchaton vor. »Und weil ich ihn gern hab, nenne ich ihn Ibib – Liebling.«

»Ibib! Ibib!« riefen die kleinen Kinder und tanzten um ihn herum.

Ich gab meiner Tante die Brote und die Kuchen, dazu ein Töpfchen mit in Wein eingelegten Rosinen. »Ah!« machte sie, tauchte den Finger hinein und leckte ihn genüßlich ab. »Die Katze läßt das Mausen nicht!«

Tutanchaton schob eine meiner kleinen Cousinen zur Seite, die mitten in der Tür stand. »Ich will mal die Hütte von innen sehen«, erklärte er. Es dauerte nicht lange, bis er wieder herauskam. »Da ist ja nichts weiter drin als zwei strohbespannte Hocker, von denen einer kaputt ist, Binsenmatten, ein paar Schüsseln und Krüge! Sonst nichts!«

Ich zuckte die Achseln.

»Tja, Luft ist die Habe der Armen! Was hast du denn erwartet? Einen goldenen Thronsessel vielleicht?«

Das kann ja heiter werden, dachte ich, wenn er anfängt, hier überall herumzustöbern! Aber zum Glück setzte er sich ans Feuer und betrachtete die Leute, die im Kreis darum herumsaßen. Die Nachbarschaft war vollzählig versammelt. Neben Rehu, dem Schreiber, hatte der nubische Zauberer Platz genommen, die zweite Respektsperson im Viertel. Rehu unterhielt sich mit einem sauber gekleideten Fremden, von dem meine Tante berichtete, er sei ein ›Diener an der Stätte der Wahrheit‹ und habe als Vorzeichner in der Mannschaft der rechten Seite am Grab des Guten Gottes Nefercheperure und seiner Familie gearbeitet. Als einziger sei er in der Arbeitersiedlung östlich der Stadt geblieben, während die anderen Handwerker längst nach Waset, in die frühere Hauptstadt, zurückgekehrt seien.

»Und wer, Tante Nehet, sind die zwei Männer dort, abseits vom Feuer?« fragte Tutanchaton unbefangen.

»Ach, mein Kleiner«, winkte sie ab. »Die beiden haben

vielleicht was durchgemacht! Auch sie kriegen etwas zu essen. Denn wie heißt es doch? Wer die Armen bewirtet, den empfängt Gott in ewiger Gnade!«

Der eine sei ein Rinderhirte, erzählte sie, der bei der alljährlichen Zählung der Tiere festgenommen worden sei, den Steuereintreibern aber habe wieder entkommen können. Er sollte nämlich die Felle der Tiere in seiner Herde, die an einer Krankheit gestorben waren, abliefern. Aber diese Häute waren bereits vor der Steuerschätzung durch die örtlichen Behörden einkassiert worden. Das hatten ihm die Beamten von der Rinderverwaltung aber nicht geglaubt. Nun hielt er sich in Achetaton mit Schweinehüten über Wasser, in ständiger Furcht, doch noch geschnappt und bestraft zu werden.

Tutanchaton hatte aufmerksam zugehört.

»Schau«, flüsterte er mir zu, »sein Hirtenstab hat die gleiche Form wie mein goldener Krummstab!« Dann meinte er zu meiner Tante: »Was diese Beamten tun, ist aber überhaupt nicht richtig.«

»Da hast du recht, mein Junge«, lachte sie. »Bloß können einfache Leute wie du und ich nicht das geringste daran ändern.«

»Dann muß der Herr der Beiden Länder eben Gesetze erlassen, die das verbieten, und dafür sorgen, daß sie auch eingehalten werden.«

»Ach, weißt du, Ibib«, meinte sie. »Ich glaub nicht mal, daß der Gute Gott davon weiß.«

Er blinzelte mir zu, bevor er antwortete. »Tante Nehet, du scheinst vom König ja keine besonders hohe Meinung zu haben.«

»Für uns Arme macht's keinen Unterschied, wer die Welt regiert«, erwiderte sie. »Unsereins ist immer auf sich selbst gestellt. Wir vertrauen darauf, daß Bes und Taweret uns …«

»Und Sched der Retter!« ergänzte ich mit Nachdruck.

»Ja, der auch! Uns helfen und das Schlimmste von uns abwenden.«

»O Herrin meiner Hütte«, mischte sich Onkel Wesi ein. »Wann kriegen wir denn endlich etwas zwischen die Zähne?«

Also machten Tante Nehet und ich uns daran, aus dem Kochtopf Bohnen in Schüsseln zu schöpfen und diese an die Leute zu verteilen. Tutanchaton fiel über das Essen her, als wär's der größte Leckerbissen.

Während Rehu und der fremde Handwerker anscheinend etwas Besseres vorhatten und den Kreis um das Feuer verließen, rückten die beiden ausgemergelten Gestalten näher heran und nahmen dankbar ihre Portionen entgegen. Wie sich herausstellte, war der zweite Mann ein Bauer und hatte sich ebenfalls vor den Steuerbeamten in Sicherheit gebracht.

»Der Bauer, hab ich mal gelernt«, sagte Tutanchaton, nachdem seine Schüssel wieder aufgefüllt worden war, »klagt mehr als ein Perlhuhn. Seine Stimme ist lauter als die eines Raben, denn seine Finger sind Geschwüre geworden mit einem Übermaß an Gestank ...«

Am liebsten wäre ich im Erdboden versunken. Wie hatte ich bloß annehmen können, er würde sich wie ein anderes Kind verhalten! Er war gewohnt, ohne Scheu mit Erwachsenen zu reden, und erwartete auch, daß sie ihm zuhörten.

Die Umsitzenden hatten erstaunt die Köpfe gehoben.

»Wo hast du bloß deine Weisheiten her, Ibib?« fragte Tante Nehet.

Ich warf Tutanchaton einen warnenden Blick zu.

»Ach«, kam ich seiner möglichen Antwort zuvor. »Er schnappt im Palast allerhand auf.«

»Laß ihn nur weiterreden!« sagte Onkel Wesi.

Tutanchaton grinste mich triumphierend an und setzte seine Rede fort. »Die Schlange stahl die Hälfte des Korns, das Nilpferd fraß den Rest. Auch Mäuse sind zahlreich auf dem Feld, die Heuschrecke fällt ein, die Rinder fressen ebenfalls! An dem Rest, der noch auf der Tenne ist, ... bedienen sich« – mit vor Vergnügen blitzenden Augen sah er Kiki und mich an – »... die Diebe. Sein Wert ist verloren, und die Joche der Ochsen sind zerstört vom Dreschen und Pflügen. Dann landen die Schreiber und Steuereintreiber mit ihren Bütteln und sagen: Gebt Getreide! Es gibt aber keines mehr. Sie schlagen den Bauern hart. Er wird gebunden und in den Brunnen geworfen. Sie schlagen ihn, stoßen ihn unter Wasser, während seine Frau in seiner Gegenwart gefesselt wird. Seine Kinder sind ebenfalls gefesselt, und seine Nachbarn haben sie aufgegeben und sind geflohen. Ihr Getreide wird eingesammelt.«

»Genau so ist es mir ergangen«, murmelte der Bauer niedergeschlagen. »Wenn ich nur wüßte, was aus meiner Familie geworden ist!«

Mit einemmal tauchte der Schreiber wieder im Lichtkreis des Feuers auf. Die anderen forderten ihn ehrerbietig auf, wieder bei ihnen Platz zu nehmen. Tante Nehet verteilte gekochten Barsch, den ein anderer Nachbar, der Fischer, gespendet hatte, und gab auch Rehu ein großes Stück davon. Eine Zeitlang aßen alle schweigend. Dann bemerkte der Töpfer, der neben Onkel Wesi saß, nachdenklich:

»Man schüttelt nur den Kopf. Die einen pflügen, ohne zu ernten. Die anderen fahren eine gute Ernte ein, ohne gepflügt zu haben.«

»Auch die Bauern, die ihre Steuern bezahlen, werden betrogen«, sagte mein Onkel. »Denn das Getreide, das sie abliefern, wird oft mit einem Oipe-Maß gemessen, das zu groß ist. Wenn die Beamten das Getreide bei der Getreideverwaltung abgeben, nehmen sie selbstverständlich das richtige Maß und streichen den Überschuß ein.«

Tutanchaton machte große Augen. »Das gibt's doch nicht!«

»Mein Junge, es gibt nichts, was es nicht gibt«, meinte Tante Nehet weise und schöpfte seine Schale zum dritten Mal voll: »Iß nur tüchtig, Ibib, damit du auch mal so groß und stark wirst wie Kiki!«

Und es stimmte. Mein Vetter war, seit ich ihn das letzte Mal gesehen hatte, ein gutes Stück gewachsen und auch viel kräftiger geworden. Von dem vielen Mauern mit Lehmziegeln hatte er Schwielen an den Händen.

»Paß auf!« sagte Tutanchaton zu ihm. »Ich sag dir, wie es dir als Maurer ergeht!« Er holte Luft und begann mit wichtiger Miene: »Du mauerst ohne Hemd, und deine Niere ist krank, weil du draußen im Wind stehen mußt. Dein Gürtel ist nur eine Schnur für den Rücken und ein Strick für dein Hinterteil.« Ein paar Mädchen fingen an zu kichern. »Deine Arme sind kaputt von Müdigkeit und Steifheit, weil du allerlei Kot knetest. Du ißt dein Brot mit den Fingern, obwohl du sie nur einmal am Tag waschen kannst.«

Es war still geworden in der Runde. Alle schauten Tutanchaton an. Auch Kiki hatte es die Sprache verschlagen.

»Hört euch bloß den kleinen Klugscheißer an!« stieß er schließlich hervor.

»Wie kommst du als Küchenjunge denn an ein Schulbuch?« fragte Rehu scharf. Den anderen erklärte er: »Was der Junge da von sich gegeben hat, ist ein Lehrstück aus der Schreiberausbildung. He, du, wo hast du Schreiben und Lesen gelernt?«

»Ich … ich kann's gar nicht richtig«, stotterte Tutanchaton, »sondern nur ein kleines bißchen.«

Ich hatte es ja geahnt! Es konnte nicht gutgehen! Als Schreiber kannte Rehu natürlich die Lehre des Cheti und wurde mißtrauisch.

»Ibib hat schon mal bessere Zeiten gesehen«, behauptete ich. »Seine Eltern waren ziemlich reich, bevor sie verarmt starben.«

»Ich bin Fischer von Beruf«, rief der spendable Nachbar dazwischen. »He, Kleiner, weißt du auch, wie's mir ergeht?«

»Klar«, sagte Tutanchaton. »Der Fischer ist schwächer als jeder andere Beruf, der auf dem mit Krokodilen durchsetzten Fluß tätig ist. Wenn ihm der Termin der Abrechnung geschieht, da wird er klagen, denn keiner hat ihn gewarnt: Das Krokodil hält sich dort auf. So hat ihn die Furcht geblendet. Wenn er aber dem strömenden Wasser entkommt, so fällt er wie durch die Macht Gottes.«

»Bei den Beiden Pavianen! Der Junge spricht wahr«, sagte der Fischer, der auch aus Chemenu stammte und der sich geschmeichelt fühlte, weil ihm so eine lange Erklärung gewidmet worden war.

»Was weißt du über den Töpfer?« wollte der andere Nachbar wissen.

»Der Töpfer ist unter der Erde, obwohl seine Lebenszeit noch unter den Lebenden ist, indem er sich in das Feld hineinwühlt mehr als die Schweine, um seine Gefäße zu brennen.« Die Mädchen gackerten wieder los. »Seine Kleider sind steif vom Lehm, und sein Kopftuch besteht aus Fetzen.« Die Lacher wurden mehr. »Luft tritt in seine Nase, die direkt aus seinem Ofen kommt. Er macht den Stößel mit seinen Füßen, wobei er selbst die Stoßzange ist, wobei er den Hof jedes Hauses durchstößt und die öffentlichen Plätze einrammt.«

»Du bist mir aber ein drolliges Kerlchen!« sagte der Töpfer und lachte mit den anderen. Tutanchaton strahlte. Obwohl Rehus Augen immer noch forschend auf ihn gerichtet waren, zog es der Schreiber vor zu schweigen. Dann wandten sich die Gespräche anderen Dingen zu. Onkel Wesi erinnerte an einige Begebenheiten aus der Regierungzeit des Guten Gottes Nefercheperure und war bald bei seinem Lieblingsthema angelangt, dem Feldzug ins Land Akujati. Nur als einfacher Proviantträger war er dabeigewesen, hatte aber dennoch zahllose Heldentaten vollbracht. Da ich diese Geschichten schon viele Dutzend Male gehört hatte, machte es mir nichts aus, als Rehu mich zu seinem Haus schickte, um für ihn Wein zu holen. Es sei zwar lediglich ein Krug der Sorte ›Zur Belustigung‹, erklärte er säuerlich, aber er ziehe selbst Wein der einfachsten Qualität dem Bier vor, das die anderen tranken.

Da ich das Haus des Schreibers von früher her kannte, fand ich mich auch im Mondlicht zurecht. Die Sklavin war nicht da, anscheinend hatte der Handwerker sie gemietet und mitgenommen. In der kleinen Halle stand auf einem Hocker der Weinkrug. Gerade als ich ihn nehmen wollte, entdeckte ich hinten an der Wand zwei hohe schimmernde Gefäße. Salbenbehälter aus Alabaster, wie es sie im Palast gab! Ich konnte erkennen, daß sie Aufschriften trugen, und versuchte, mit den Fingerspitzen die leicht vertieften Linien der Gottesworte zu ertasten. Ich spürte, da war ich mir ziemlich sicher, die Konturen des Königsrings. Sollten die Beziehungen, mit denen Rehu immer so prahlte, bis in die Residenz reichen? O Sched, gelang es ihm, durch Tutanchatons Schulbuchkenntnisse hellhörig gemacht, womöglich herauszufinden, daß weder ich in der Palastküche beschäftigt war, noch daß es dort Ibib, den Küchenjungen, gab? Und wennschon! Bis dahin wären wir längst in den Palast zurückgekehrt. Und beweisen konnte er nichts. Trotzdem, sagte ich mir, ist es das beste, wenn wir uns bald auf den Rückweg machen. Schon wegen Ama und Pachar, die wir ahnungslos zurückgelassen hatten. Ihnen und den Soldaten der Leibwache würde man den Kopf abreißen, wenn man feststellte, daß der König spurlos verschwunden war. Ich brachte schnell den Krug hinaus, und der Schreiber trank seinen Wein, selbstverständlich ohne ihn mit irgend jemandem zu teilen. Für meine Dienste hatte er sich nicht einmal ein Danke abringen können.

Tutanchaton zur Rückkehr zu bewegen war gar nicht so einfach. Er stand mit Kiki vor unserer Hütte und lauschte gebannt, wie mein Vetter vom Stockfechten im allgemeinen und über die Fertigkeiten im besonderen sprach, die er darin erworben hatte. Anscheinend hatte er seinen Traum, Soldat zu werden, noch nicht ganz aufgegeben und trainierte, sooft er Zeit hatte.

»Dann zeig mir doch mal ein paar Tricks!« forderte Tutanchaton ihn auf. Kiki ging sofort darauf ein, holte zwei lange Holzstöcke, die innen an der Hüttenwand lehnten, und gab Tutanchaton einen davon. Kaum hatten sich beide in Positur gestellt, griff Kiki an, dämpfte aber die Schwungkraft seiner Hiebe, so daß Tutanchaton sie parieren konnte. Kiki erklärte ihm, wie wichtig es sei, in der Kampftechnik des Gegners die Schwachstellen auszumachen. Als er dann seinen Angriffen mehr Kraft gab, rief er Tutanchaton gleichzeitig zu, wie dieser die Attacken abwehren sollte. Tutanchaton bemühte sich eifrig, Kikis Anweisungen zu befolgen. Ich sah den beiden eine Weile zu. Dann traf mich fast der Schlag: Ich hörte, wie Tutanchaton meinem Vetter anbot – anscheinend wollte er jetzt seinerseits den Älteren beeindrucken –, daß er, Kiki, den Boden vor Pharaos Füßen küssen dürfe.

Kiki ließ den Fechtstock sinken.

»Eines muß man dir lassen, Kleiner«, grinste er. »Sprüche

klopfen, das kannst du!« Gelassen ergriff er Tutanchatons Arm, korrigierte die Handhaltung und sagte, er solle noch mal den vorher mißlungenen Ausfall probieren. Und siehe da, es klappte! Tutanchaton war überglücklich – und steigerte sein Angebot! Mein Vetter dürfe sogar, versprach er, die Füße des Königs küssen. Das überstieg Kikis Vorstellungsvermögen natürlich erst recht.

»Du Angeber!« sagte er. »Wie willst du das denn fertigkriegen?«

»Manchmal darf ich Seiner Majestät servieren«, behauptete Tutanchaton. »Da werde ich ihn einfach fragen.«

»Ausgerechnet von dir Rußgesicht wird sich der Gute Gott bedienen lassen«, lachte Kiki, haute ihm freundschaftlich auf die Schulter und erklärte: »Wenn du das nächste Mal wiederkommst, bringe ich dir die richtig guten Kniffe bei.«

»Möchtest du nicht ganz bei uns bleiben, Ibib?« fragte meine Tante und betrachtete Tutanchaton voll mütterlicher Fürsorge. »Eine Henne, hinter der viele Küken herlaufen, wird zwar nicht satt, aber sie fühlt sich wohl mit ihrer Kinderschar. Ich werde am besten gleich mit Wesi reden. Wo sechs Kinder sind, wird auch ein siebtes …«

Da packte ich Tutanchaton bei der Hand und machte mich mit ihm eilig aus dem Staub. Bei Sched, das fehlte mir noch, daß meine Tante den verwaisten König adoptierte!

»Bei deinen Verwandten hat's mir gut gefallen«, erklärte er auf dem Heimweg. »Weißt du was? Ich schenke ihnen ein schönes, vollständig eingerichtetes Haus. Deinen Vetter nehme ich in meine Leibwache auf. Und wegen der Betrügereien knöpfe ich mir die Vorsteher der Rinder und der Scheunen von Ober- und Unterägypten vor. Und bevor wir in den Palast zurückkehren, sehe ich mir noch den Hafen an!«

»Ibib, es ist fast Mitternacht! Nicht alle Menschen in der Stadt sind so lieb und nett wie meine Leute.« Meine Worte überzeugten ihn nicht im geringsten. Als ich mich weiterhin weigerte, wurde er richtig bockig, nannte mich einen Angsthasen und was weiß ich noch alles. Wir fingen an, uns zu zanken. Er zerrte hin, ich zerrte her.

»Na gut«, gab ich schließlich nach. »Wir haben nichts Wertvolles dabei. Uns wird schon nichts passieren.«

Wir kamen nicht mal bis zum Kai. Vor den Hafenschenken drängten sich Reisende, Nachtschwärmer, Müßiggänger. Ständig griffen Hände nach uns. Was wollten diese Leute? Fraßen die vielleicht Kinder? Mir wurde angst und bange, auch Tutanchaton war kleinlaut geworden. Wir kämpften uns durch das Gedränge, landeten zufällig vor dem Haus der Hafenbehörde. Konnten wir hier wenigstens für einen Moment Schutz finden? Kaum hatten wir uns auf der Schwelle niedergekauert, öffnete sich die Tür, und der Hafenaufseher trat heraus.

»Hier wird nicht gebettelt!« schrie er und holte mit dem Stock aus. Ich schoß hoch, mein Messer in der Hand. Ich konnte doch nicht zulassen, daß er den König schlug!

»Lauf!« rief ich. Und schon rannte Tutanchaton los.

Wütend, weil ich auf ihn losgegangen war, griff der Hafenaufseher nach mir. Dabei schlug er mir das Messer aus der Hand, erwischte mich aber nicht. Ich sprang auf die Straße, rannte, so schnell ich konnte. Fluchend jagte er mir nach. Die Umstehenden bildeten johlend eine Gasse. Immer näher hörte ich ihn kommen. Als ich merkte, daß er mich gleich einholen würde, bückte ich mich im Laufen, nahm eine Handvoll Sand, stolperte weiter, drehte mich um und schleuderte sie ihm ins Gesicht. Er mußte stehenbleiben, sich den Sand aus den Augen reiben und brüllte: »Haltet sie!«

Bevor die Leute reagierten, war ich schon aus ihrem Blickfeld verschwunden. Ich hetzte durch den Hafenbezirk auf ein Palmenwäldchen zu. Wohin mochte Tutanchaton wohl geflohen sein? Durch die Bäume sah ich in der Ferne die helle Palastmauer schimmern. Hatte er sich ebenfalls in Richtung Residenz orientiert? Ich mußte ihn unbedingt finden, bevor der Mond unterging und es ringsum finster würde.

»Ibib!« rief ich. »Ibib!« Ich horchte, rief noch einmal.

»Mi … mi … miau!« ertönte es von weit her.

Im ersten Moment dachte ich wirklich an eine Katze, dann erkannte ich die Jungenstimme und folgte dem Klang. Ich heulte fast vor Erleichterung, als ich ihn hinter einem Baum hervorkommen sah. Keuchend lehnte ich mich an den Stamm, dann kauerten wir uns auf den Boden und beratschlagten. Vielleicht würde uns das Fest der Königin ein weiteres Mal helfen. Allerdings konnten wir uns so spät in der Nacht nicht am Tor herumdrücken und warten, bis es mal für einen Wagen oder eine Sänfte geöffnet wurde. Die Wachsoldaten würden aufmerksam werden. Womöglich ließen sie den Vorsteher der Palastküche holen. Dieses Risiko durften wir auf keinen Fall eingehen.

Mir fiel ein, daß es in der Nähe des Flusses einen Abschnitt gab, wo die Palastmauer nicht so hoch war. Dahinter erstreckte sich der Garten. Also trotteten wir zum Ufer, abseits der Straße. Als wir die Stelle erreichten, stellte sich leider heraus, daß die Mauer doch höher war, als ich in Erinnerung gehabt hatte. Ratlos schauten wir hinauf. Langsam stieg Panik in mir auf. Ich mußte Tutanchaton so schnell wie möglich in den Palast zurückbringen! Aber ich wußte nicht, wie ich das anstellen sollte.

Das schläfrige Schnauben eines Tieres machte uns auf einen palmenblättergedeckten Unterstand in der Nähe aufmerksam, wo mehrere Esel angebunden waren. Das konnte unsere Rettung sein. Ich führte eines der Tiere ganz nah an die Mauer heran. »Steig auf seinen Rücken, Ibib!«

Tutanchaton schwang sich auf den Esel und richtete sich vorsichtig wieder auf. Jetzt stand er so weit oben, daß er sich auf die Mauer hinaufziehen konnte. Ich staunte, wie geschickt er kletterte. Er war eben ein wendiger kleiner Kerl. Nachdem auch ich die Mauer erklommen hatte, legte ich das Seil, mit dem der Esel angebunden gewesen war, um Tutanchatons Hüfte, verknotete es und seilte ihn auf der anderen Seite ab. Mir fehlte der nötige Halt, um Tutanchatons Schwung zu bremsen, außerdem hatte ich nur diesen kurzen Eselsstrick, aber er gelangte heil hinunter. Ich hingegen landete mit einem Schmerzensschrei im Gras. Ich hatte mir den Knöchel verstaucht! Zu den Zeiten meiner Diebestaten, als ich im Klettern noch Übung hatte, wäre mir das nicht passiert.

Tutanchaton sah mich besorgt an.

»Halb so schlimm, Ibib!« beruhigte ich ihn.

Ich blieb sitzen und lauschte. Die Musik und der Lärm vom Fest der Königin drangen bis in diesen entlegenen Winkel des Gartens. Da Tutanchaton an meiner Seite saß, legte ich die Arme um ihn. Gemeinsam sahen wir zum Himmel hinauf. Der Mond war weitergewandert, das Fest war noch in vollem Gang, nur ein paar Stunden waren verstrichen, und unser Abenteuer war schon vorbei. Und doch hatte sich in dieser kurzen Zeitspanne vieles verändert!

Einen Wunsch hegte ich noch, und ich war selbst über meine Kühnheit überrascht. Ohne lange zu überlegen, preßte ich Tutanchaton an mich, drückte meine Lippen auf seine Stirn, dorthin, wo sich, wenn er die Krone trug, die königliche Schutzschlange aufbäumte.

DER GEBURTSTAG DES GUTEN GOTTES

Pharao dachte, er könne alle Mißstände, die ihm aufgefallen waren, beseitigen: die Lepra, die Armut, den Aufseher mit dem Stock, die unredlichen Beamten. Wann immer wir allein waren, redete er von unserem Ausflug. Dabei tat er so, als seien meine Angehörigen auch seine Verwandten und als gehörten die Nachbarn zu seinem Bekanntenkreis. Am liebsten wollte er so schnell wie möglich wieder in die Stadt, schon allein weil ihm Kiki weitere Lektionen im Stockfechten versprochen hatte.

Sobald er in den Verwaltungen wegen der Mißstände nachhakte, stieß er auf Widerstand. Als er den Vorsteher der Scheunen und den Vorsteher der Rinder zu sich bestellte, bekam Gottesvater Eje Wind davon und gesellte sich – wie schon bei der Audienz mit Horemheb – unerwartet dazu. Bevor Tutanchaton Zeit hatte, die beiden hohen Beamten auszufragen, stellte Eje klar, daß derartige Vorwürfe völlig aus der Luft gegriffen und solche Verfehlungen schlichtweg unmöglich seien. Ihm seien nie Unregelmäßigkeiten zu Ohren gekommen. Niedrigstehende und daher wenig vertrauenswürdige Leute hätten diese Verleumdungen in die Welt gesetzt, um denjenigen zu schaden, die sich um das Wohl des Landes bemühten. Und weil Tutanchaton ja nicht verraten durfte, woher er seine Kenntnisse bezog, konnte er keine Namen nennen. Folglich verlief die ganze Angelegenheit auch nach einem weiteren vergeblichen Versuch, sie wieder aufzugreifen, im Sand.

Die zweite Sache, die er sich ernstlich vornahm, war, nach dem Brief des Stadtfürsten von Qadna zu forschen. Er ließ im Staatsarchiv fragen, aber dort war Fürst Akkizzis neues Schreiben nicht zu finden. Da ich vermutete, daß die Prinzessin den Brief ihres Vaters noch hatte, wollte ich sie im Harim ausfindig machen. Tutanchaton konnte sie schwerlich zu sich bestellen oder womöglich selbst hingehen. Das hätte Staub aufgewirbelt, der Hofstaat und die ausländischen Gesandten hätten bestimmt falsche Schlüsse daraus gezogen.

Zuerst fragte ich in dem Frauenpalast mit den vergoldeten Fenstergittern nach, wo die Königin residierte. Aber Amenmose, der Stellvertretende Harimsvorsteher, sagte, die Prinzessin aus Qadna sei in einem anderen Gebäudekomplex untergebracht. Er erklärte sich sogar bereit, mich dort hinzuführen. Auf dem Weg unterhielten wir uns, und er erinnerte sich daran, daß ich bei Majas Festmahl serviert und für Merit den Strauß geschleppt hatte. Von da an rechnete ich Amenmose zu den netten Menschen. Ich merkte mir nämlich genau, wer im Palast von Anfang an freundlich zu mir war und wer es erst später auf einmal wurde. Bloß bei Iri war ich blind!

Die meisten Nebengemahlinnen von Pharaos Vorgängern hatten den Harim längst verlassen, nur einige königliche Verwandte mit ihren Kindern waren dort wohnen geblieben. Neue Mädchen trafen kaum noch ein; so übereifrige Väter wie den Fürsten von Qadna gab es nicht viele. Amenmose klärte mich darüber auf, daß die junge syrische Dame irgendeinen unaussprechlichen Namen habe, in dem die Göttin Chepa vorkomme, aber lieber Qafraiat – das bedeutete: ›Die-mit-den-blonden-Haaren‹ – genannt werden wolle, weil ihre

Mutter sie immer so gerufen habe. Auf einmal schaute er mitten im Satz auf, denn jemand kam uns entgegen. »Sieh an!« meinte er erfreut. »Die Dienerin Wabet!«

»Was machst du denn hier?« fragte ich verblüfft. Obwohl ich dachte, meine Frage hätte mehr Berechtigung, wollte Wabet zuerst von mir wissen, ob ich womöglich schon zur königlichen Nebengemahlin aufgestiegen sei und von Amenmose in mein Zimmer gebracht würde.

»Nein«, antwortete ich. »Ich bin nach wie vor Dienerin. Wie du!«

»Na, einen Unterschied gibt's da schon«, meinte sie. »Du bist Dienerin an allerhöchster Stelle, ich dagegen bin nur eine von vielen im königlichen Frauenhaus.«

»Warum bist du denn nicht mehr bei Merit?«

»Die Herrin hat mich rausgeschmissen«, erwiderte sie leichthin. »Aber Maja hat mir diese neue Stelle besorgt. Und ich muß sagen, es gefällt mir hier ausgesprochen gut!« Dabei strahlte sie Amenmose an, und der schaute sie an wie jemand, der vor sich auf dem Teller einen Leckerbissen liegen hat. Ich kam mir richtig überflüssig vor. Außerdem keimte in mir der Verdacht auf, daß er mich vielleicht nicht bloß aus reiner Liebenswürdigkeit begleitet hatte. Er faßte Wabet unters Kinn und streichelte ihr die Wange, dann sagte er bedauernd, er habe jetzt leider keine Zeit mehr, denn er müsse die Visite der Königin vorbereiten, die für diesen Nachmittag angekündigt sei. Deshalb bitte er sie, mich zur Prinzessin zu führen, denn sie kenne die kleine syrische Hoheit ja recht gut. Ja, sagte Wabet, und auch deren ägyptische Freundin, die gerade zu Besuch gekommen sei.

Wir waren bald bei dem Gebäude angelangt, in dem Qafraiat wohnte. Wie den anderen Zimmern war auch dem der Prinzessin eine mit Sträuchern bewachsene Terrasse vorgelagert. Ein riesiger Webstuhl machte die Kammer noch enger. Neben zwei syrischen Dienerinnen war auch jenes junge ägyptische Mädchen anwesend, von dem Wabet gesprochen hatte. Wabet stellte uns einander vor, und ich erfuhr, daß die Besucherin Sit-Re hieß. Sie und die Prinzessin schauten mich neugierig an. O Sched, dachte ich, hätte ich nur den königlichen Erzieher gefragt, was die Hofetikette für den Umgang mit einer fremdländischen Nebenfrau vorschreibt!

Qafraiat bot mir einen Sitzplatz an. Sie trug noch ihre syrischen Kleider, einen bunten gestuften Rock und einen kurzen Wollumhang; auf ihrer Brust prangte das goldene Medaillon. Ich vergeudete keine Zeit, sondern rückte sofort mit dem Grund meines Erscheinens heraus.

»Endlich hat Nin-egal meine Bitten erhört!« seufzte sie. »Ich dachte schon, ich müßte den Brief meines Vaters eines Tages ungelesen mit ins Grab nehmen!« Sie seufzte wieder und fing an sich zu beschweren, daß Pharao bis auf zwei alle Dienerinnen, die sie mitgebracht hatte, in seine Arbeitshäuser und Webereien gesteckt habe. Auch ihre Medaillons habe man ihr abgenommen – außer dem einen, das sie niemals ablege –, und ihren goldenen Schmuck. »Da!« rief sie und kippte ihr Schmuckkästchen auf den Boden. »Das ist alles, was mir mein Bräutigam gelassen hat!« Betreten schaute ich den beiden Fingerringen nach, die über die Fliesen davonkullerten.

»Aber Seine Majestät kann überhaupt nichts dafür«, sagte ich. »Denn über die Frauen und Dienerinnen im Harim gebietet allein die Königin. Und der Schmuck und deine Mitgift wurden vom Schatzhaus konfisziert. Aber ich werde Seiner Majestät alles ausrichten. Wie kommt es, Prinzessin, daß du unsere Sprache schon so gut sprichst?«

»Das habe ich Sit-Re zu verdanken. Sie gibt mir Sprachunterricht«, erwiderte sie und funkelte mich schon wieder mit ihren graugrünen Augen an. »Doch anwenden kann ich meine Kenntnisse ja nicht! Weil ich nie aus dieser öden Kammer herauskomme! Immerzu soll ich nur hier sitzen und weben!«

Obwohl mir die Art, wie sie redete, etwas altklug vorkam, fand ich sie ganz nett – für eine syrische Prinzessin jedenfalls. Qafraiat, Sit-Re und ich waren ungefähr im gleichen Alter. Als ich überlegte, was ich für die Syrerin tun konnte, kam mir die Idee, daß sie den Brief ihres Vaters nicht nur an Pharao übergeben, sondern ihm das Schreiben auch vorlesen sollte, natürlich in unserer Sprache. Dafür mußten sie und Sit-Re den Text erst mal übersetzen, mit vereinten Kräften – am besten mit Amenmoses Unterstützung.

»Den wickle ich schon um den Finger«, versicherte uns Wabet.

Ich versprach, dafür zu sorgen, daß Qafraiat zu Tutanchatons Geburtstagsfeier eingeladen wurde, die in einigen Wochen bevorstand. Wir fingen an, genauer zu planen und unsere Aufgaben zu verteilen. Mit der Zeit schlugen wir einen immer ungezwungeneren Ton an, wie junge Mädchen eben. Die Prinzessin berichtete von ihrer langen und gefährlichen Reise hierher. Sit-Re, so stellte sich heraus, war die Tochter eines Militärführers und stammte aus Men-nefer. Gemeinsam mit ihrer Mutter weilte sie zu Besuch bei einer königlichen Verwandten, die mit ihren Kindern im Frauenhaus lebte. Bei dieser Gelegenheit hatte sie sich mit Qafraiat angefreundet.

»In einer richtigen Soldatenfamilie bin ich aufgewachsen«, erzählte Sit-Re. »Mein Großvater war Seket-Offizier, mein Vater ist Vorsteher der Bogenschützen. Meine beiden Brüder dienen im Regiment ›Geliebt von Aton‹, der eine als Anführer der Fünfzig, der andere als Bannerträger. Entsetzlich langweilig, nicht wahr?« Sie verdrehte ihre braunen Kulleraugen. »Für mich jedenfalls steht fest, daß ich mich niemals in einen Soldaten verlieben werde.«

»Du wirst schön brav den nehmen, mit dem deine Eltern dich verheiraten! Wie ich auch«, entgegnete Qafraiat und fragte mich: »Wie ist er denn so, der König?«

Ihr Ton klang munter, trotzdem merkte ich, daß ihr das Herz schwer war. Kein Wunder: Jung wie sie war, hatte man sie weit fort in ein fremdes Land geschickt, um jemanden zu heiraten, den sie überhaupt nicht kannte.

»Sehr nett!« sagte ich ihr. »Wenn wir allein sind, nenne ich ihn Ibib. Und manchmal läßt er mich von seinem Essen probieren.«

»Hat er denn keinen Vorkoster? Mein Vater, der Fürst, würde nichts zu sich nehmen, was sein Vorkoster nicht geprüft hat. Seine eigenen Brüder trachten ihm nach dem Leben. Jeder von ihnen möchte Qadna regieren. Deswegen gab er mir ja den Brief an Pharao mit.«

Während unserer Unterhaltung hatten sich die syrischen Dienerinnen am Haar der Prinzessin zu schaffen gemacht, es gekämmt und mit farbigen Bändern geschmückt. Als sie fertig waren, gingen wir in den Innenhof hinaus, wo bereits die anderen Frauen auf die Ankunft der Königin warteten. Amenmose tauchte auf, jetzt mit Würdestab und längst nicht mehr so locker wie vorhin. Schließlich traf Anchesenpaaton ein, begleitet von Tey und Beamten der Harimsverwaltung. Amenmose ging ihr entgegen, begrüßte sie und kündigte sie an:

»Die Große Königliche Gemahlin, Herrin Beider Länder und Gebieterin des Palastes!«

Sie trug ein weites plissiertes Gewand mit Umhang und um die Taille eine rote Schärpe, deren Enden lang herunterhingen. Ihre Lippen waren hennarot geschminkt, ein dunkelblauer Lidstrich umrahmte ihre Augen und war bis zu den Schläfen hin gezogen. Anstatt einer Krone oder eines Diadems trug sie eine enganliegende blaue, mit Goldperlen bestickte Kappe. Amenmose rief die Frauen der Rangfolge nach auf, und jede trat vor und verneigte sich vor der Königin.

»Abgesehen von ihren hellen Haaren ist sie wirklich nichts Besonderes«, bemerkte Anchesenpaaton zu Ejes Gattin, als Prinzessin Qafraiat an die Reihe kam. »Doch jedesmal, wenn ich sie sehe, muß ich an Kija denken. Geht es dir nicht genauso, Großmutter? Diese hatte auch helle Augen und blondes Haar.«

Bei der Erwähnung von Kijas Namen hatte ich die Ohren gespitzt. Immer noch wurde am Hof über die Favoritin des Guten Gottes Nefercheperure, über ihren Aufstieg und ihren plötzlichen Tod getuschelt, aber es war schwierig, Genaues zu erfahren. Und jetzt diese Worte aus dem Mund der Königin! Was ich bisher mitbekommen hatte, war, daß Kija alles darangesetzt hatte, sich vor Anchesenpaaton und deren ältere Schwester Meritaton, die damalige Kronprinzessin, zu drängen. Schon vor dem Tod der Großen Königlichen Gemahlin Nofretete spielte sich Kija, die dem König eine Tochter geboren hatte, als Herrscherin im Frauenpalast auf – offensichtlich mit Pharaos Zustimmung, denn er zog seine Favoritin Nofretetes Töchtern vor. Erst als Kija und ihre kleine Tochter plötzlich starben – manche sprachen von Mord –, kam Meritaton als die älteste Königstochter und somit rechtmäßige Erbprinzessin zu ihrem Recht. Sie wurde Königin und heiratete, als Pharao Nefercheperure in die Ewigkeit eintrat, einen jungen

Verwandten, der unter dem Namen Anchcheperure Herrscher über die Beiden Länder wurde. Jedoch verschied Meritaton schon bald, und Anchesenpaaton, die nun Thronerbin war, sollte die Gemahlin des jung verwitweten Pharaos werden, aber auch dieser starb. Daraufhin war der damals knapp neunjährige Tutanchaton gekrönt und mit Anchesenpaaton, seiner älteren Halbschwester, verheiratet worden.

Früher, als die Königin ein junges Mädchen gewesen war, hatten die Herrscher benachbarter Reiche ihr geschrieben und Schmuck geschickt. Aber, nun ja, alles immer aus der Ferne, und zu Hause in Achetaton nur der Vater – das war eben auch nicht das Wahre! Wahrscheinlich, dachte ich, ist sie vom Leben enttäuscht, weil sie nie den passenden König bekommen hat.

Anchesenpaaton warf Prinzessin Qafraiat einen haßerfüllten Blick zu. »Kija, diese Fremdländerin, hatte unseren königlichen Vater vollkommen behext«, zischte sie. »Wie wurden wir von ihr gedemütigt!«

»Laß die alten Geschichten ruhen, geliebte Enkelin«, sagte Tey beschwichtigend. Aber ich hatte den Eindruck, daß der Ausbruch der Königin sie eigentlich freute. Bis auf das Königinnenzepter und die Kronenkappe mit den beiden schützenden Göttinnen an der Stirn war sie genauso aufgemacht wie Anchesenpaaton.

Die Stimme der Königin zitterte, als sie weitersprach.

»Ich möchte diese Fremde lediglich wissen lassen, daß es nicht gut für sie ausgeht, wenn sie der Großen Königlichen Gemahlin den Rang streitig machen will.«

»Das würde ich nie wagen, Majestät!« flüsterte Qafraiat und sank in eine tiefe Verbeugung. »Ich kenne Pharao Tutanchaton doch gar nicht persönlich. Und er ist ja auch noch kein … kein Mann.«

Die Königin lachte auf, ihr Blick wanderte zu mir.

»Manche hält das nicht ab«, sagte sie und schaute mich durchdringend an. »Manche legen es darauf an, den König schon jetzt am Gängelband zu führen.«

Mein Herz setzte aus. Warum ging sie auf mich los? Warum, o Sched, war die Königin meine Feindin? Ich führte immer nur aus, was Pharao mir auftrug. Ich war bloß seine Dienerin und auch nur drei Jahre älter. Wie konnte ich ihn da gängeln? Ja, andere taten das schon, Gottesvater Eje vor allem! Aber ich? Nein, ich doch nicht!

Mit einem Ruck wandte sie sich ab und strebte, ihrem Gefolge voran, den Räumen zu, in denen die Nebenfrauen wohnten.

»Zeige mir, wie weit du mit deiner Webarbeit bist!« forderte sie Qafraiat auf, als wir in deren Zimmer angekommen waren. Tey ging derweil herum und spähte in jeden Winkel. Die beiden syrischen Dienerinnen schauten ängstlich drein; bestimmt fürchteten sie, wie die anderen im Arbeitshaus zu landen. Anchesenpaaton trat an den Webstuhl und begutachtete den angefangenen vielfarbigen Wollteppich.

»Du könntest schon viel weiter sein«, beanstandete sie. »Sei künftig fleißiger!«

Dann befahl sie Amenmose, Angaben darüber zu machen, was bis zu diesem Tag für die Verköstigung der syrischen Stickerinnen und Weberinnen aufgewendet worden sei. Nachdem er die Brote, Bierkrüge und Schalen mit Datteln und Gemüse aufgezählt hatte, sagte Gottesvater Ejes Gattin, es sei nicht mehr als recht und billig, wenn die Dienerinnen für das, was sie verzehrten, auch arbeiteten.

Wir atmeten auf, als die Königin und ihr Gefolge das Gebäude verlassen hatten. Ich mußte gleich Tutanchaton Bericht erstatten! Wabet bot an, mich ein Stück zu begleiten. Sie erzählte munter drauflos, beteuerte immer wieder, wie sehr es ihr nicht nur die neue Arbeitsstätte, sondern auch der Stellvertretende Harimsvorsteher angetan hätten. »Wir Dienerinnen sind doch bedeutend besser dran als die Hausherrinnen«, sagte sie und kicherte, während wir uns verabschiedeten. »Gefällt uns der Gebieter nicht mehr, wechseln wir einfach die Stelle!«

Als ich bei Pharao eintraf, war er für eine Audienz angekleidet und ganz aufgeregt. »Endlich bist du da, Ta-mi! Gottesvater Eje will mich sprechen. Ay ist auch mitgekommen. Es muß etwas Wichtiges sein.«

»Wieso hast du die beiden dann noch nicht empfangen, Ibib?«

»Ich will unbedingt, daß du dabei bist!«

Gottesvater Eje und sein Neffe Ay, auch schon ein Mann in gesetztem Alter, warteten im Audienzzimmer. Eje machte vor Pharao die übliche kraftlose Verbeugung, die daran erinnern sollte, wie alt und gebrechlich er sei. Und dabei, dachte ich, hält er mit Leichtigkeit stundenlange Beratungen durch. Dann erging er sich wie gewöhnlich in Floskeln, in die er mehrmals das unvermeidliche ›liebe gekrönte Enkelkind‹ einflocht. Tutanchatons Körper spannte sich vor Widerwillen sichtlich an.

»Du kennst doch meinen Neffen, Majestät, der auch dein Verwandter ist?« schloß Eje seine Einleitung. »Und du weißt, daß er ein Priester Amuns ist?«

»Natürlich kenne ich Onkel Ay.«

Ich wußte, daß Tutanchaton Ay gut leiden konnte; ich mochte ihn ebenfalls. Er hatte sich immer freundlich gezeigt. Die angebliche Vergeßlichkeit und betonte Umstandskrämerei des Gottesvaters schienen ihn genauso zu stören wie den König und mich.

»Schön, vollkommenes Kind des Lebendigen Aton«, setzte Eje seine Rede fort. »Ich, dein Großvater, der dich liebt, und Onkel Ay sind gekommen, um dir ein Anliegen deines Volkes, das dich anbetet, vorzutragen. Von Anbeginn der Zeit lebten wir mit einer Vielzahl von Gottheiten, bis dein Vater, Pharao Usir Nefercheperure, sie verfolgte und aus dem Land vertrieb. Den Menschen in Kemet hat die Abwesenheit der Götter und Göttinnen sehr weh getan, Sohn des Re. Kein Gott kam herbei, wenn man ihn um Rat fragte. Keine Göttin hörte, wenn man sich an sie wandte. Die Götter kümmerten sich nicht um dieses Land, ihre Herzen waren schwach geworden, und sie hatten zu wirken aufgehört. Dieser Zustand, Majestät, war wie eine Krankheit, die das Land befiel. Anders kann man es nicht beschreiben. Doch mittlerweile sind neben Amun und Mut, dem obersten Götterpaar, auch alle anderen Gottheiten nach Ägypten zurückgekehrt, weil sie Deine Majestät mehr lieben als alle Könige vor dir.«

Tutanchatons Hand lag, zur Faust geballt, auf der Armlehne des Thronsessels. Schon als Eje seinen Vater als Usir bezeichnet hatte, hatte er gemurrt. Er glaubte nicht an diese Vorstellung vom Leben nach dem Tod. Aber es war kein Geheimnis, daß sich in der Residenz immer mehr Leute wieder den alten Göttern zuwandten.

Eje sprach weiter: »Ein beispielloser Jubelrausch ging durch das Land, als vor wenigen Jahren dein Vorgänger auf dem Thron des Hor, Pharao Usir Anchcheperure, alle Einschränkungen aufhob und niemanden mehr bestrafte, wenn er Hymnen an Amun sang. Aber es genügt nicht, Lebender Hor, daß neben Aton und der königlichen Familie alle früher verehrten Gottheiten angebetet werden dürfen. Das niedere Volk wie auch die Oberen verlangen nach Götterfesten, nach Orakeln, Prozessionen und nach dem Glauben an ein mythisches Geheimnis. Deshalb müssen alle alten Kulte wieder eingeführt werden. Im gleichen Umfang wie früher!«

Wie üblich kauerte ich neben dem goldenen Thron auf dem Boden. Als ich zu Tutanchaton hochschaute, sah ich Tränen in seinen Augen.

»Es gibt aber nur den Aton!« sagte er trotzig. »Er hat die Welt erschaffen und er hält sie am Leben. Er ist Re, der horizontische Herrscher, der im Lichtland jubelt, in seinem Namen als Aton, der als Sonnenscheibe kommt und seinen Willen, seine Liebe und das Leben an mich weitergibt.«

Eje erwiderte nichts; es war Ay, der das Wort ergriff.

»Auch ich liebe dieses schöne, klare und helle Bild, Sohn des Re«, meinte er in einfühlsamerem Ton als der Gottesvater. »Täglich bildet dein göttlicher Vater die Welt neu mit seinem Licht. Wir alle können es sehen. Doch ist es nicht denkbar, daß Re und Usir in einer einzigen Gottheit verbunden sind, aus der alle anderen Götter hervorgehen? Und so, wie Re den Tag und die Welt der Lebenden schuf, so entstanden durch ihn auch die Nacht und das Totenreich. Verbindet er sich mit Usir, durchfährt er als nächtliche Sonne die Unterwelt. Niemand leugnet den Aton, Majestät. Aber niemand will auch, daß alle die vertrauten Göttinnen und Götter verleugnet werden, die sich von jeher der Ängste und Probleme der Menschen annehmen.«

»Wie ich schon sagte«, schaltete sich Eje erneut ein, »müssen alle Gottheiten zufriedengestellt werden. Und du, Majestät, der du als Herrscher des Landes ebenso das Oberhaupt aller Priesterschaften bist, mußt an einem Ort residieren, an dem es möglichst viele unterschiedliche Heiligtümer gibt. Von No-Amun rate ich ab! Sonst erhielte der Götterkönig wieder zu viel Gewicht. Und das« – er rang sich ein dünnes Lächeln ab – »wäre nicht im Sinne von Pharao Usir Nefercheperure und mit Sicherheit auch nicht nach dem Wunsch Deiner Majestät. Der Große Vorsteher des Heeres, Horemheb, und seine Generäle schlagen Men-nefer vor, denn die Lage der Stadt ist günstig für eine erfolgreiche Verteidigung der Nordgrenze. Mich überzeugt vor allem die Tatsache, daß in den zahlreichen Tempeln der nördlichen Metropole nahezu alle einheimischen Gottheiten, dazu viele fremdländische, verehrt werden.«

Er machte eine vielsagende Pause und sprach dann, den Blick auf Tutanchaton gerichtet, das Ungeheuerliche aus:

»Die Verlegung der königlichen Residenz von Achetaton nach Men-nefer ist zwingende Notwendigkeit, Herr der Beiden Länder! Die Vorteile liegen klar auf der Hand.«

Tutanchaton war von seinem Thronsessel aufgesprungen.

»Nein!« rief er. »Das kann ich nicht! Das wäre zu schrecklich! Meine Majestät kann nicht die Millionen von Bas, die Seelen der Verstorbenen, im Stich lassen, die sich von den täglichen Opfern im Per-Aton ernähren!«

»Sohn des Re«, sagte Ay bedächtig. »Sicherlich werden Lebende wie Tote gewissermaßen durch dich versorgt. Aber du kannst den Aton an jedem beliebigen Ort in Kemet anbeten und ihm opfern.«

»Nein! Meine Majestät geht niemals weg von hier! Die Stadt Achetaton wurde von meinem königlichen Vater erbaut, genau wie der Aton es ihm sagte. An diesem Erscheinungsort spendet mir die lebendige Sonne ewige Lebenszeit. Nur hier kann ich mit dem Aton ständig in Verbindung sein.«

»Selbstverständlich wirst du dem Umzug zustimmen, geliebtes Enkelkind«, sagte Eje kalt. »Gib nicht soviel auf die Einflüsterungen deiner eigenen Priesterschaft! Sie fürchtet lediglich den Verlust ihrer Vorrangstellung und die Konkurrenz der anderen Götter. Laß es dir im guten sagen, Majestät! Die Menschen wollen nicht mehr den König und die Königin als alleinige Götter anbeten. Es gibt ja nicht einmal eine göttliche Familie, wie wir sie unter deinem Vater, seiner Gemahlin Nofretete und ihren Töchtern hatten!« Er lachte verächtlich. »Wir haben lediglich eine schwache Königin und dich – ein Kind, das kaum den Unterschied zwischen Leben und Tod kennt!« Er ließ dem König keine Zeit, zu sich zu kommen, sondern fuhr fort: »Nun zum nächsten Punkt! Bereits dein Vorgänger, Pharao Usir Anchcheperure, wurde nicht in den Ostbergen von Achetaton, sondern wieder im Westen von Waset, am Großen Platz, beigesetzt. Auch für Deine Majestät ist dort eine Begräbnisstätte vorgesehen. Lebender Hor, Göttlicher Sprößling aus dem erhabenen Ei« – auf einmal wurde seine Stimme so schmeichlerisch, wie ich sie noch nie gehört hatte –, »ich wünsche mir ebenfalls eine Wohnung für die Ewigkeit in diesem Tal. Gewähre deinem geliebten Großvater die Gnade und teile mir am Geheimen Ort ein Grab zu!«

Tutanchaton hatte die Bitte überhaupt nicht wahrgenommen. Ejes Forderung eines Umzugs beschäftigte ihn. »Majestät! Ich will deine Antwort sofort!« forderte der Gottesvater, jetzt wieder ohne jeden kriecherischen Unterton. Tutanchaton fuhr auf.

»Nimm dir deine Begräbnisstätte, wo du willst!« sagte er. »Aber Meine Majestät geht niemals aus Achetaton fort. Niemals!«

»Ay, mein Sohn, halte die königliche Entscheidung sogleich fest und bezeuge sie in einem Dokument!« wies Eje seinen Neffen an. Dann wandte er sich wieder an den König. »Deine Majestät wird an dem Ort im Land wohnen, wo sich die wichtigsten Behörden und Verwaltungen, der Hauptsitz des Militärs und die bedeutendsten Heiligtümer befinden. Und damit bin ich beim dritten und letzten Grund unserer Zusammenkunft angelangt. Auch wenn die Residenz nicht nach Waset, der heiligen Stadt Amuns, zurückverlegt wird, sollte dem Götterkönig insofern Genüge getan werden, daß sich Deine Majestät vor aller Welt als lebendige Verkörperung Amuns zu erkennen gibt. Das bedeutet« – voll Hohn blickte er in Tutanchatons weit aufgerissene Augen –, »du mußt deinen Namen ein klein wenig ändern! Nenne dich fortan TutanchAMUN!«

Das war mehr, als Pharao verkraften konnte. Er sank auf seinen Thronsessel zurück. Ich wußte nicht, ob das, was ich hörte, ein Seufzen, ein Stöhnen, ein Schluchzen war. Erschrocken richtete ich mich auf den Knien auf, rieb seine klammen Hände. Ich hatte solche Angst um ihn, daß ich den Mut aufbrachte, mich einzumischen.

»Hör auf, Unmögliches von Seiner Majestät zu verlangen!« fuhr ich den mächtigen Gottesvater an. »Siehst du denn nicht, daß du ihm das Herz brichst!«

Ein kaum sichtbares Lächeln lag auf Ejes Lippen, als er zu Tutanchaton sagte: »Ich habe dir lediglich das Begehren deines Volkes und der Großen des Landes überbracht. Damit ist meine Mission für heute beendet.«

Ohne Verbeugung drehte er sich um und verließ mit schwungvollen Schritten den Audienzsaal. Tutanchaton war ganz bleich. Ay hob ihn vom Sessel hoch und trug ihn ins königliche Schlafzimmer, wo er ihn behutsam aufs Bett legte. Nachdem wir ihn bequem auf Kissen gebettet hatten, nahm er ihm das Diadem ab und strich ihm ein paarmal beruhigend über die Stirn. Dann ließ er die königlichen Leibärzte kommen. Sie verordneten Stärkungstränke, vor allem aber Ruhe. Natürlich sprach sich dieses Ereignis schnell herum, und immer mehr Beamte, Diener und Höflinge versammelten sich an der Tür. Ay schickte sie alle weg. Erst als die Ärzte gingen, entfernte auch er sich.

Tutanchaton bedeutete Ama und mir, daß wir näher treten und uns an sein Bett setzen sollten. »Möchtest du vielleicht die Geschichte von dem Prinzen hören, der weit reiste und hoch sprang?« fragte ich ihn leise, aber er schüttelte nur den Kopf. Ich überlegte. »Oder möchtest du Dattelmus, mit frischem Rahm verrührt?« Wieder verneinte er. »Wir drei lassen dich niemals allein, Ibib«, versprach ich ihm, und Ama und Pachar nickten. »Wir kommen mit dir nach Men-nefer – wenn's denn sein muß!«

Ich dachte an meine Angehörigen, die wir dann nicht mehr besuchen konnten. Und Chemenu, von Achetaton nicht weit entfernt, würde dann ebenfalls unerreichbar sein. Und was war mit dem Haus, das er meiner Familie versprochen hatte? Aber im Augenblick war Pharao viel schlimmer dran als ich. Er brauchte meinen Trost. So drückte ich ihm einen Kuß auf die Nasenspitze.

»Men-nefer«, sagte ich, »hat einen großen Hafen mit Schiffen aus aller Welt. Und weißt du was, Ibib? Von dort aus fahren wir mal zu den Ruhestätten von König Chufu und König Chafre und sehen sie uns …«

»Es gibt keine schönere Stadt als Achetaton!« unterbrach er mich.

»Ja natürlich, hier scheint die Sonne strahlender als anderswo. Aber in Men-nefer gibt's den Tempel des Ptah. Und der Hohepriester dort hat eine seltsame Frisur.«

»Woher weißt du das?« fragte er mißtrauisch.

»Ich hab's bloß gehört.«

Endlich schlief er ein. Er tat mir unendlich leid in seiner Verunsicherung. Das Weltgefüge war für ihn ins Wanken gekommen. Von wegen Gott! Aber diesen Gedanken schob ich ganz schnell wieder beiseite. Wenn ich ihn auch behandeln durfte, als wäre er mein jüngerer Bruder, eines mußte ich auf jeden Fall – an ihn glauben!

Mehrere Tage lang blieb er im Bett und grübelte. Auch mir gingen die Worte des Gottesvaters immer wieder durch den Kopf. Waren der Umzug nach Men-nefer und die Änderung von Pharaos Geburtsnamen wirklich notwendig? Von seiten der hohen Staatsbeamten, des Militärs und der Priester schien es eine längst beschlossene Sache zu sein. Wenn ich nur jemanden fand, mit dem ich darüber sprechen konnte! Mit dem königlichen Erzieher vielleicht?

Da der Unterricht wegen Pharaos Unpäßlichkeit ausfiel, suchte ich Iri im Männerhaus auf, wo er wie andere junge Höflinge einen Teil seiner Zeit verbrachte; da er noch alleinstehend war und sich die Villen und Ländereien seiner Familie in der Südlichen Stadt, in Waset, befanden, wohnte er auch dort.

Ich entdeckte ihn schnell in einem der Räume, die den Mitgliedern des Kaps vorbehalten waren. Außer dem Prinzen von Teh-chet war niemand bei ihm, und auch dieser war schon aufgestanden und verabschiedete sich. Ich fand es günstig, daß ich Iri allein sprechen konnte. Er saß im Sessel und hatte eine Art Plan vor sich, auf dem er mit schwarzer Tusche pinselte. Er hatte einfach überhört, daß ich hereingekommen war! Er bequemte sich erst aufzuschauen, als ich schon eine ganze Weile vor ihm stand und auf den Füßen auf und ab wippte.

»Ah!« machte er. »Pharaos Lieblingsdienerin! Was führt dich her?«

»Du bist schuld daran, daß Pharao krank ist!« platzte ich heraus. »Du hättest Seine Majestät doch darauf vorbereiten müssen, daß er plötzlich anders heißen soll und daß die Residenz verlegt wird!«

Er musterte mich mit hochgezogenen Brauen, antwortete jedoch ruhig, daß er sich nicht über Ejes Anordnungen hinwegsetzen könne. Dieser hätte Stillschweigen angeordnet, weil er derart wichtige Angelegenheiten persönlich mit dem König besprechen wollte.

»Du hättest aber wenigstens Andeutungen machen können«, fauchte ich. Nicht genug damit, daß er mich hatte warten lassen, fing er jetzt auch noch an, vor sich hin zu lächeln! Meine Aufgebrachtheit amüsierte ihn!

»O ja, ich weiß schon«, fuhr ich erbittert fort. »Das Ganze ist ein Komplott! Und du steckst mit Gottesvater Eje unter einer Decke. Gottesvater Iri, du bist der herzloseste Mensch, der mir jemals begegnet ist!«

Wie nicht anders zu erwarten, war das Lächeln aus seinem Gesicht verschwunden, und er war genauso wütend, wie ich ihn – ich wußte auch nicht wieso – haben wollte. Anscheinend mußte ich mich erst so unmöglich aufführen, damit er mich wenigstens mal bemerkte und mir zuhörte.

Er starrte mich böse an.

»Was fällt dir denn ein! Glaubst du, frech werden zu können, weil du ständig zu Pharaos Füßen hocken darfst? Bilde dir bloß nicht ein, du hättest im Palast eine sichere Stellung auf Lebenszeit! Und jetzt verschwinde und stiehl mir nicht länger meine kostbare Zeit! Ich habe mich mit dem Plan für das königliche Grab zu befassen. Und du störst!«

Er vertiefte sich wieder in die Zeichnungen auf dem Papyrusblatt. Mich beachtete er nicht mehr, obwohl ich weiterhin vor ihm stand. Ach, ich wußte ja, er fand mich lästig und wild und traute mir nicht zu, daß irgend etwas von dem, was er dem König beibrachte, auch bei mir hängenblieb.

Tutanchaton aber schätzte mich wirklich, das wußte ich, er hatte mich nicht umsonst bei dem Gespräch mit Eje dabeihaben wollen!

»Anstatt dich Pharaos Grab zu widmen«, redete ich wieder auf Iri ein, »solltest du dich lieber mal an seinem Krankenbett sehen lassen!«

Er legte den Papyrus auf seine Knie und strich sorgfältig die Enden glatt, die sich immer wieder einrollen wollten.

»Soviel ich weiß, hat sich Seine Majestät jeden Besuch verbeten.«

»Weil er nicht will, daß der gesamte Hofstaat an seinem Bett vorbeimarschiert. Aber von gewissen Leuten erwartet er schon, daß sie kommen!«

Als Iri den Kopf hob und mich ansah, spielte um seinen Mund wieder das gewohnte spöttische Lächeln.

»Und das muß ich mir als königlicher Erzieher nun von einer Dienerin sagen lassen! Oder würde die Bezeichnung ›Wirkliche Einzige Vertraute des Königs‹ deinem Status besser gerecht?«

»Darüber brauchst du dir dein edles Haupt nicht zu zerbrechen!«

Als Antwort grinste er mich an, schlug lässig die Beine übereinander und sagte zu meiner Verblüffung:

»Ta-mi, wollen wir beide uns nicht arrangieren?«

O Sched, er hatte mir den Wind so verdammt plötzlich aus den Segeln genommen! Sein Lächeln verwirrte und beunruhigte mich und zog mich gleichzeitig an. Ich wurde rot.

»Wie du meinst«, willigte ich ein. »Hm, Gottesvater Iri, darf ich dich etwas fragen? Ändert die Königin eigentlich auch ihren Namen?«

»Selbstverständlich«, erwiderte er. »Sie wird dann Anchesenamun heißen. Übrigens sollen die Namensänderungen an Pharaos elftem Geburtstag erfolgen. Du kannst doch bei Seiner Majestät deswegen schon mal vorfühlen?«

»Natürlich kann ich das«, sagte ich. Ach, wie erhaben fühlte ich mich, als ich das königliche Männerhaus wieder verließ!

Während der nächsten Wochen war Gottesvater Eje die Güte in Person. Meine Ungehörigkeit ihm gegenüber hatte nicht die geringsten Folgen. Und was Pharao betraf, fand er sich schweren Herzens mit dem Umzug ab. Ich sagte ihm, daß ich von Iri erfahren hätte, wir würden in Men-nefer in dem altehrwürdigen Palast von Pharao Usir Aacheperkare wohnen. Und wenn er an seinem nächsten Geburtstag den neuen Namen erhielte, sei das so etwas wie eine zweite Geburt. Ich malte ihm die bevorstehende Feier, die noch in Achetaton stattfinden sollte, in den schillerndsten Farben aus und kündigte ihm außerdem eine Überraschung an.

Am Morgen des Geburtstages stand der Hofstaat vor dem königlichen Privatgemach Schlange. Alle waren gekommen, um Tutanchaton zu gratulieren und ihm eine lange, lange glückliche Lebenszeit zu wünschen. Anschließend wurde im Per-Aton, dem großen Heiligtum, eine Zeremonie abgehalten, an der ich wie üblich nicht teilnehmen durfte. Aber ich hatte sowieso etwas anderes zu tun.

Ama war, entgegen ihrer Art, unruhig; auch sie machte sich Sorgen, wie der König den Tag überstehen würde. Pachar war mit Kleidung und Waffen neu ausgerüstet worden und stolzierte umher wie ein Pfau. Das Mittagessen sollte dann im Familienkreis stattfinden. Während König und Königin gemeinsam im Tempel opferten, fragte ich mich, ob sie sich je aneinander gewöhnen konnten. Das heißt, von Tutanchatons Seite bestand eigentlich keine Abneigung, er schien seine ältere Halbschwester sogar zu bewundern. Aber was wußte er denn von ihrer Boshaftigkeit!

Als er zurückkehrte, wirkte er erschöpft. Ama entkleidete ihn und rieb ihn mit kühlem Wasser ab. Unterdessen tupfte ich mir schnell ein paar Tropfen vom königlichen Salböl ins Haar. Zu einer gründlicheren Schönheitspflege reichte es leider nicht, denn Pharao mußte angekleidet werden. Dabei ließen wir uns Zeit, damit er sich eine längere Erholungspause gönnen konnte. Doch ein aufgeregter Diener platzte herein und meldete die Ankunft des Gottesvaters und seiner Frau; wenig später traf die Königin ein. Als alle Gäste im Speisesaal versammelt waren, überreichte Eje, nicht ohne ihn wiederholt seinen geliebten Enkel und Zögling zu nennen, Tutanchaton einen Dolch ganz ähnlich dem, den ihm Horemheb geschenkt hatte. Nur war bei diesem die Klinge nicht aus Eisen, sondern aus Gold. Pharaos Freude darüber war nicht annähernd so groß wie die über den Eisendolch.

Die Speisen wurden aufgetragen, Tutanchaton aß wenig, die Königin hielt sich noch mehr zurück. Während des Essens standen Ama und ich hinter Pharaos Sessel. Auch wir hatten neue Kleider bekommen. Amas war nubisch und bunt, meines aus zartem weißem Königsleinen; dazu trug ich mein Amulett und die Schmuckstücke, mit denen meine Dienste hin und wieder belohnt wurden. Schließlich brachen alle zum Thronsaal auf. Vorher tauschte Pharao mit Iris Hilfe das königliche Diadem gegen die blaue Krone aus; sie war nicht so schwer und stand ihm vorzüglich.

»Weißt du, wieso Horemheb heute nicht dabei ist?« fragte er mich, als ich mich neben seinem Thronsessel niederkauerte.

»Ja. Heute früh, als du im Per-Aton warst, kam die Nachricht, daß er mit dem Heer früher als geplant nach Retjenu aufgebrochen ist. Entschuldige, daß ich dir's nicht gesagt habe.« Er wußte ebensogut wie ich, daß es nicht meine Aufgabe war, ihn über die Entscheidungen des Obersten Befehlshabers zu unterrichten. Aber die zuständigen Leute hatten anscheinend wieder mal geschlafen – oder es, wie so oft, nicht für nötig gehalten, ihm die Neuigkeit mitzuteilen.

Ich ließ meine Blicke durch den Saal wandern, bis ich den Mann gefunden hatte, den ich suchte. Iri sah noch schöner aus als sonst. Er hatte einen langen plissierten und kunstvoll geschlungenen Leinenschurz an und eine elegante Perücke, die bestimmt wundervoll duftete und die er alltags nie trug. Auch er kam nach vorne zum Thron und verbeugte sich vor Pharao. Während er sich wieder aufrichtete, sah er mir in die Augen, und mein Herz schlug Purzelbäume.

»Wo bleibt denn die Überraschung?« wollte Tutanchaton wissen.

»Wart's ab, Ibib!«

In den vergangenen Wochen war ich mehrmals im königlichen Frauenhaus gewesen, hatte nicht nur mit Qafraiat, Sit-Re und Amenmose, sondern auch mit Beamten des Staatsarchivs und der Fremdländerverwaltung gesprochen und zu guter Letzt mit dem Zeremonienmeister verhandelt. Jetzt kam es nur noch darauf an, daß die Prinzessin ihre Sache gut machte.

Wegen der bevorstehenden Ereignisse war Pharao nicht so vergnügt wie sonst bei solchen Festen, aber er hatte doch Freude am Gesang und an der Musik, beobachtete die Akrobaten und sah sich die Kunststücke an, welche die dressierten Tiere vorführten. Den Auftritt der Prinzessin hatte der Zeremonienmeister als Überleitung vom unterhaltsamen zum feierlichen Teil eingeplant. Zuerst sprach ein Vertreter der für die nördlichen Fremdländer zuständigen Behörde und versuchte, Pharao und die Anwesenden für Fürst Akkizzis Anliegen zu gewinnen. Dann erschien Qafraiat, die in ihrer fremdländischen Tracht sehr hübsch aussah; zwei breite Bänder hielten ihr langes blondes Haar zusammen. Sie verneigte sich vor Pharao bis zur Erde, zeigte ihm jenes Tontäfelchen, das sie bei ihrer Ankunft so entschlossen verteidigt hatte, und trug ihm und dem Hofstaat Folgendes vor:

»An den großen König, meinen Herrn, meinen Gott, meine Sonne. Siebenmal und siebenmal falle ich zu deinen Füßen nieder. Ich gebe dir meine Tochter zur Frau, samt einer umfangreichen Mitgift. Schicke du mir dafür Soldaten! Meine Brüder sind Rebellen, die sich mit Aitakama von Qadschu verbünden, um mich zu stürzen. Mein Herr, mein Gott, meine Sonne! Vernichte meine Feinde! Gewähre deinem getreuen Gefolgsmann Schutz und Hilfe! Dies sagt dein Diener, das Oberhaupt der Stadt Qadna. Der König ist die einzige Sonne. Ich bin Staub unter den Sandalen des Königs, meines Herrn. Ich falle nieder vor dir. Abwechselnd siebenmal auf den Bauch und auf den Rücken.«

Qafraiat mußte alles auswendig gelernt haben, aber es waren bestimmt auch ihre eigenen Worte, mit denen sie das Schreiben wiedergab. Ich konnte mir gar nicht vorstellen, daß das, was sie vorgetragen hatte, auf so einer kleinen Tontafel Platz fand. Mit einer anmutigen Geste überreichte sie zum Schluß dem Beamten, der vor ihr gesprochen hatte, das Schreiben.

»Na, wie findest du die Überraschung?« flüsterte ich zu Tutanchaton hoch. »Jetzt haben alle mitgekriegt, wie sehr man Deine Majestät in der Welt verehrt.«

»Ja«, sagte er. »Der Brief gefällt mir.«

»Gefällt dir die Überbringerin auch?«

»Wieso denn …?« Mit zusammengekniffenen Augen schaute er zu mir herunter. Na, macht nichts, dachte ich. Ich schaffe es schon noch, sein Interesse für die Prinzessin zu wecken. Wegen des Briefes an sich machte ich mir keine Gedanken. Da Horemheb nach Retjenu unterwegs war, erhielt Fürst Akkizzi bestimmt bald die ersehnte Hilfe. Mir lag daran, etwas für Qafraiat persönlich zu erreichen. Auch wenn es noch eine Weile dauern würde, bis sie einmal mit Pharao zusammenkam, hatte er sie immerhin schon zu Gesicht bekommen; durch ihren Auftritt war sie herausgehoben aus der Schar unbekannter Nebenfrauen.

Als nächstes ließ Ejes Sohn, General Nachtmin, Soldaten einmarschieren. Obwohl sie mit ihrer unterschiedlichen Bewaffnung einen prächtigen Anblick boten, war Tutanchaton nicht besonders begeistert. Nachdem die Krieger im Laufschritt die Thronhalle wieder verlassen hatten, sang ein Chor vornehmer junger Mädchen ein feierliches Lied. Während Pharao gelangweilt lauschte, äußerte einer der Wedelträger – es war aber nicht Maja –, Tänzerinnen hätten ihm mehr zugesagt. Aber darum ging's ja gar nicht! Die Familien wollten auf diese Weise ihre heiratsfähigen Töchter präsentieren.

Dann kam Gottesvater Ejes große Stunde. Mit wohlklingenden Worten setzte er sich und seine Verdienste ins rechte Licht. Schon bei Pharaos Vorgängern habe er sich bewährt, sagte er, und nun lenke er unter Tutanchaton die Geschicke des Landes mit sicherer Hand. Eigentlich hätte die Zeremonie in No-Amun stattfinden müssen, doch dort befänden sich die Heiligtümer immer noch in einem beklagenswerten Zustand und es gebe keine ausgebildeten Priester und keine Tempeldiener. Daher finde das Ganze – selbstverständlich auch, um den Aton zu ehren – in Achetaton statt. Pharaos göttliche Majestät sei von Amun selbst gezeugt und als dessen

Sohn anerkannt. Chnum habe den König gebildet, auch sei er ein Sohn der Nut, habe einen kräftigen Arm wie Hor, sei der wirkliche Sohn des Re und kundig wie dieser, außerdem ein Erkennender wie Thot und ein Künstler wie Ptah.

Ptahemhet, der Hohepriester des Ptah, der am Vortag eingetroffen und Pharao in einer kurzen Audienz vorgestellt worden war, lächelte milde. Dieser Mann strahlte wirkliche Güte aus. Er führte den Titel Oberster der Leiter der Handwerker, worüber Tutanchaton und ich uns ziemlich gewundert hatten. Seine Haartracht sah insofern komisch aus, als er noch die Jugendlocke trug, was bei einem würdigen Mann seines Alters natürlich seltsam wirkte. Da Pharao äußerst empfindlich reagierte auf alles, was mit Men-nefer zusammenhing, war es bei der Audienz zu einem kleinen Zwischenfall gekommen. Im Lauf der Vorstellung hatte Ptahemhet – vielleicht eine Spur zu jovial – den König aufgefordert, ihn doch kurz und einfach Ti zu nennen, wie alle seine Freunde.

»Oberster der Leiter der Handwerker, hier hast du keine Freunde!« hatte Tutanchaton dem Hohenpriester schroff geantwortet.

Gottesvater Sennodjem, der alte königliche Erzieher, war auch gekommen; er wirkte rüstiger als noch vor einigen Monaten. Sit-Re stand neben ihrer Mutter; ich sah auch Majas Damen und seinen Bruder Nahuher. Mit Nefercheperu-hersecheper hatte ich fast Mitleid. Was sollte aus dem ehrenwerten Herrn Bürgermeister werden, wenn der Hof Achetaton verließ, das sich dann in eine verschlafene Provinzstadt verwandeln würde?

Über meinen Betrachtungen war Gottesvater Eje mit seiner Rede an dem Punkt angelangt, wo er sagte, Pharao wäre heute als der entstanden, der er wirklich sei. Und nun, fügte er hinzu, solle er den Namen erhalten, den ihm Amun, sein göttlicher Vater, bei der Geburt verliehen habe. Er machte eine Pause und schaute zu Pharao. Das war für Tutanchaton das Zeichen, aufzustehen und einen Schritt nach vorn zu treten. Doch der König zögerte.

»Ich will nicht!« murrte er. Er schüttelte den Kopf und blieb einfach sitzen.

»Keiner im Saal«, flüsterte ich zu ihm hoch, »traut dir zu, daß du mit dieser schwierigen Situation zurechtkommst. Zeig ihnen, was du als Pharao wert bist!«

Er brauchte noch einen Augenblick, dann erhob er sich. Und Eje verkündete mit lauter Stimme:

»Erschienen auf dem Thron des Lebenden Hor ist Nebcheperu-Re, der Gute Gott, der König von Ober- und Unterägypten, beschenkt mit Leben wie Re für immer und dauernd, geliebt von Amun-Re, dem Gebieter der Throne der Beiden Länder, geliebt von Atum, dem Herrn von Junu, geliebt von Re-Hor-achti, geliebt von Ptah, der südlich seiner Mauer ist, und geliebt von Thot, dem Herrn der Schrift.«

Pharao machte einen kleinen Schritt rückwärts, stand im nächsten Moment jedoch wieder sicher. Gottesvater Eje fuhr fort:

»Verkündet sei der Welt der Name, den die Götter ihm gaben. Neb-cheperu-Re, Sohn des Re, Herrscher des südlichen Junu, Tutanchamun. Tutanchamun!« Er trat zur Seite und wischte sich die Stirn ab.

Der Hofstaat stimmte den Jubel an, zuerst den höflichen, verordneten. Dann begannen einige, mit Pharaos neuem Namen ihre Erleichterung geradezu herauszuschreien. Diese Rufe wurden mehr und immer lauter. Freude griff um sich, verwandelte sich in brausende Begeisterung.

»Tutanchamun! Tutanchamun! Tutanchamun!« donnerte es durch die Thronhalle. Das war echte Verehrung, wahre

Huldigung! Pharao hätte glücklich sein können. Doch er hielt sich die Ohren zu.

Sobald Eje den Lärm übertönen konnte, verkündete er den neuen Namen der Königin und löste damit wieder einen Freudensturm aus.

»Anchesenamun! Anchesenamun! Anchesenamun!«

Bald war die Begeisterung des ersten Augenblicks verflogen. Und als der Gottesvater, weil drei nun mal eine heilige Zahl ist, den bevorstehenden Umzug bekanntgab, klangen die Beifallsäußerungen schon gedämpfter. Bestimmt dachte mancher an das schöne Haus, das er in Achetaton zurücklassen mußte. Ich schaute zu Maja hinüber. Der Schatzkanzler schien unbeeindruckt zu sein. Na ja, er wußte, daß er in Men-nefer wieder eine luxuriöse Villa beziehen durfte. Und die Hausherrin Merit war in Gedanken bestimmt schon beim Einrichten und beim Aufstellen der Möbel. Eje beschwichtigte den Hofstaat, indem er verkündete, daß sich die Vornehmen an der Stätte des Gottes Sokar, nämlich in der Nekropole von Men-nefer, Gräber errichten durften. Er konnte sich nicht verkneifen, damit zu prahlen, daß er im Westgebirge von Waset, an der Stätte der Wahrheit, ein Grab erhielt, wie es einem um Königshaus und Staat so verdienten Beamten wie ihm gebühre.

So viele Neuigkeiten machten hungrig. Alle strömten in den Bankettsaal. Vorher schritt das Königspaar durch die Gasse, die die Beamten und Höflinge bildeten. Es war schon ein höchst merkwürdiger Anblick, als der kleine König die große Königin geleitete! Sie wirkten eher, fand ich, wie Mutter und Sohn als wie Frau und Mann. Auf den offiziellen Darstellungen hingegen, auch auf dem goldenen Thronsessel, auf Gefäßen und Truhen war Pharao stets größer als seine Gemahlin abgebildet und mit ihr gleichaltrig.

Irgendwann, kurz vor Mitternacht, wurde Tutanchamun müde. Wir begleiteten ihn in sein Schlafzimmer. Iri, der sich im Lauf des Abends lange mit dem Schatzkanzler unterhalten hatte, nahm ihm die Chepresch-Krone ab und verwahrte sie in dem dafür vorgesehenen tragbaren Behälter. Ama und ich entkleideten den König und brachten ihn zu Bett. Er schlief schnell ein.

»Ich muß noch den Kriegshelm ins Kronenhaus zurückbringen«, sagte Iri zu mir. »Da wäre es hilfreich, wenn du mich begleiten und mir den Weg durch den Garten mit einer Fackel beleuchten könntest.«

Ich blickte ihn an und nickte stumm. Das Herz klopfte mir bis zum Hals. Ganz benommen war ich vor Glück, weil er auf meine Gesellschaft Wert legte! Ich würde endlich einmal allein mit ihm sein. Und diesmal wollte ich ihm beweisen, was für eine interessante Gesprächspartnerin ich sein konnte.

»Wegen des königlichen Grabes wirst du in Zukunft viel mit dem Vorsteher des Schatzhauses zu tun haben, nicht wahr, Gottesvater Iri?« erkundigte ich mich und streckte den Arm mit der Fackel weit vor, damit der Weg ausreichend beleuchtet war.

»Richtig. Maja ist für die Finanzen zuständig.«

»Bist du mit den Berechnungen für die Gänge und Innenräume inzwischen fertig?«

»Fast. Wenn die Pläne endgültig vorliegen, können die Ausschachtungsarbeiten beginnen. Anschließend werde ich die Ausstattung des Königs für die Ewigkeit entwerfen. Du weißt schon, Schreine, Särge und dergleichen. Das Grab Seiner Majestät wird im Westtal angelegt, wo Pharao Usir Nebmaatre bestattet liegt.« Seine Beschreibung sagte mir wenig; ich war ja noch nie in Waset gewesen.

»Iri«, begann ich nach kurzem wieder, in der Hoffnung, auch auf kühne Fragen von ihm eine Antwort zu erhalten, »verrate mir doch, was in Wirklichkeit hinter dem Umzug steckt! Wieso sind Eje und Horemheb sich auf einmal einig? Müssen wir denn unbedingt aus Achetaton fort? Pharao fällt es so schwer, sich von der Stadt zu trennen!«

Der königliche Erzieher blieb stehen und schaute mich über den Kronenbehälter hinweg an. »Du hast Seine Majestät sehr lieb, Ta-mi«, meinte er. »Hat außer ihm denn in deinem Herzen sonst niemand Platz?«

»O doch!« erwiderte ich und fing an, meine Angehörigen aufzuzählen, aber er unterbrach mich gleich wieder und wollte wissen, wie es denn mit ihm, Iri, stehe und ob ich nicht auch ihn ein bißchen gern hätte.

»Ach, Iri, ich denke pausenlos an dich!« sagte ich wahrheitsgemäß und seufzte.

Da kam er mit einemmal ganz dicht an mich heran und wollte meine Hand fassen. Das gelang ihm aber nur kurz, weil er ja den Behälter mit der Chepresch-Krone festhalten mußte. Wie eine Flamme war seine Berührung durch meinen Körper gegangen, und ich hatte Schwierigkeiten, die Fackel gerade zu halten. Ich hatte Angst, daß meine Stimme in der Aufregung versagte, und so hielt ich lieber den Mund. Auch Iri unternahm keinen Versuch mehr, die Unterhaltung fortzusetzen. Endlich erreichten wir das Gebäude, wo das Kronenzimmer lag.

Rasch leierte er an der Tür irgendwelche Beschwörungssprüche herunter, dann betraten wir den bedeutungsvollen Raum. Er sagte, ich solle ein paar von den Öllampen anzünden, damit wir etwas sehen könnten. Alle Kronen des Königs und der Königin wurden hier aufbewahrt. Da waren Diademe und Widderhörner, Straußenfedern, goldene Sonnenscheiben, Kobras, Geier und die riesigen Kästen, in denen sich die rote und die weiße Krone befanden. Iri stellte den Behälter mit der Blauen Krone dazu und erklärte – für mich vollkommen überraschend –, er hätte in der letzten Zeit festgestellt, daß ich zu einem hübschen jungen Mädchen herangewachsen sei. Und nun würde er mich reizvoll und unwiderstehlich finden.

Ich stand wie angewurzelt. Solche Worte hatte ich von ihm nicht erwartet. Auch wenn sich alle meine sehnsüchtigen Träume um ihn drehten, in seiner Gegenwart war ich mir immer ungeschickt und wenig anziehend vorgekommen. Verlegen versuchte ich, in seiner Miene zu lesen. Er schaute so eigenartig und lächelte dabei.

»Du brauchst dich vor mir doch nicht zu fürchten«, sagte er samtig.

Auf diese Weise redete er weiter, und sein weicher, schmeichelnder Tonfall machte, daß ich mich nicht sträubte, als er mich an sich zog. Als ich aber auf einmal überall seine Hände spürte, erschrak ich doch. O Sched, ist das, was jetzt kommt, die Liebe?

Liebe wollte ich ja von ihm!

Und, sagte ich mir, wenn ich mich jetzt dumm anstelle, wird er mich bestimmt nie mehr im Leben anschauen. Daher hielt ich still, als er mir das Kleid hochschob und dann ganz auszog. Nun legte auch er seinen feinen, aufwendig drapierten Leinenschurz ab und schließlich das Lendentuch. Als ich ihn jedoch so sah, bekam ich wieder Angst und wollte weglaufen. Ein paar Schritte vor der Tür holte er mich ein, hielt mich fest und küßte mich. Nach kurzem Sträuben erwiderte ich seine Küsse, und er mußte mich nicht mehr festhalten. Er küßte mich immer weiter und überall, und mir wurde ganz heiß.

Iri hatte wirklich an alles gedacht. Neben den königlichen Kopfbedeckungen gab es nämlich auch Stapel von Laken und Stoffen, so daß wir ein weiches Lager fanden. Natürlich hatte ich eine Vorstellung von dem, was den Küssen folgen würde, aber als es anfing, weh zu tun, bat ich Iri, doch lieber aufzuhören. Er hörte nicht auf! Da biß ich ihn in die Schulter, doch das half mir auch nichts mehr. Also hielt ich ihn umklammert und starrte in die dunkelste Ecke, wohin das unruhige Licht der Öllampen nicht drang. Allmählich ließ der Schmerz nach, und ich verkrampfte mich nicht mehr. Ich nahm den männlichen Geruch von Iris geschmeidigem, schwitzendem Körper wahr, fing an, ihn zu streicheln und seine Nähe als köstlich zu empfinden. Als es vorbei war, säuberte ich mich, so gut es ging, mit einem Leinentuch.

Jetzt wußte ich, wie die Liebe war. Und daß ich Iri tatsächlich liebte! Schmerz und Angst waren schon vergessen, sie würden ja nicht wiederkommen. O Sched, wie ich ihn liebte! Während er auf einem Stapel Leinentücher saß und sich geistesabwesend die Schulter rieb, malte ich mit zärtlichen Fingern unsichtbare Zeichen auf seinen Rücken.

»Iri, ich liebe dich wahnsinnig!« flüsterte ich ihm ins Ohr. »Liebst du mich auch?«

»Was?« Verwundert drehte er sich um, gab mir einen Kuß und dann einen Klaps. »Ja, natürlich. Komm jetzt! Wir müssen los. Sonst stöbert uns am Ende noch die Palastwache auf.«

Wir räumten notdürftig auf und verließen das Kronenhaus, diesmal ohne die Fackel anzuzünden. Mond und Sterne wiesen uns den Weg. Schon ein gutes Stück bevor wir Pharaos Palast erreichten, verabschiedete sich Iri von mir. »Seine Majestät darf auf keinen Fall etwas merken«, schärfte er mir ein. Ich nickte und ging allein weiter.

An der königlichen Tür hielt nach wie vor Pachar Wache.

»Hat aber lange gedauert, die Krone wegzubringen«, brummte er mir entgegen. »Wollte gerade anfangen, mir Sorgen zu machen.«

»Völlig unnötig!« sagte ich und schritt an ihm vorbei durchs Tor.

Er war doch Tutanchamuns Leibwächter und nicht meiner! Ich brauchte keinen Aufpasser. Ich war jetzt eine erwachsene Frau!

Lange konnte ich nicht einschlafen, weil ich so glücklich und noch so aufgeregt war. Iri und ich – ein Liebespaar! Am Morgen konnte ich es immer noch nicht fassen, dachte, ich würde träumen. Oder hatte er vielleicht bloß Gefallen an mir gefunden, weil ich mich vor dem Fest mit dem magischen königlichen Duftöl eingeschmiert hatte? Was war, wenn er heute wieder seine hohe Stellung herauskehrte und mir mit jeder Geste zu verstehen gab, daß ich nur eine Dienerin war? Seit unserem Gespräch im Männerhaus war er netter gewesen, hatte bitte und danke gesagt und mich mit meinem Namen angeredet. Aber ich kannte doch seine arrogante Art. Was, wenn er tat, als wäre nichts zwischen uns gewesen? Womöglich ging er einfach darüber hinweg, weil es für ihn längst nicht die gleiche Bedeutung hatte wie für mich. Meine Zweifel nahmen zu. Hätte ich das, was im Kronenzimmer passiert war, überhaupt zulassen dürfen? Aber ich liebte ihn doch!

Als Tutanchamun wach wurde, fiel es mir schwer, ihn und die anderen nicht merken zu lassen, wie verliebt ich war. Mußte ich deswegen ein schlechtes Gewissen haben? Nein, die Liebe zu Pharao war doch etwas ganz anderes als das, was ich für Iri empfand.

Später am Vormittag kam er, weil er in den königlichen Räumen zu tun hatte. Jetzt würde es sich zeigen! Unsicher sah ich ihn an. Erst schaute er überhaupt nicht her, aber dann hatte er doch einen Blick für mich. Wie froh ich darüber war! Ansonsten benahm er sich genau wie am Tag vorher. Als gerade niemand in der Nähe war, flüsterte er mir zu, wir sollten uns wieder treffen, er wisse ein abgelegenes Lagergebäude, das kaum benutzt werde, und er beschrieb mir, wo es lag. Alle meine argwöhnischen Gedanken waren weggeblasen. Ich schwebte wie auf Wolken. Er liebte mich wie ich ihn.

Das Magazin, das unser geheimer Treffpunkt wurde, war vor dem Umzug als eines der ersten leer geräumt und danach überhaupt nicht mehr benutzt worden. Wir legten sogar eine Binsenmatte dorthin, und sie war jedesmal noch da, wenn wir uns trafen. So gesehen hatte der Umzug auch seine Vorteile. Und wie gut, daß sich Iri ohne weiteres im inneren Palastbereich aufhalten konnte. Was Ama und Pachar anging, mit denen ich so eng zusammenlebte, nahm ich an, daß sie mit der Zeit zumindest etwas ahnten.

Ich genoß zaghaft mein Glück. Da Iri den König nicht mehr zu allen religiösen Zeremonien begleiten mußte, konnten wir uns bei diesen Gelegenheiten immer treffen. Meistens war ich vor ihm da, weil ich mich so sehr nach ihm sehnte. Er sagte, in Men-nefer wäre mit den Heimlichkeiten Schluß. Dort würde er ein Haus beziehen, und dann könnte ich zu ihm kommen und bei ihm wohnen. Wie ich mich darauf freute! Momentan jedoch dürften wir Pharao auf keinen Fall etwas verraten. Seine Majestät müsse schonend vorbereitet werden. Warte nur, sagte Iri, wir werden noch eine schöne Zeit miteinander haben. Ja, in Men-nefer würde alles anders werden.

Als ich einmal verspätet zu unserem Treffen kam, beschwerte er sich, weil er hatte warten müssen. Ich erklärte ihm, daß mich der Verwalter der Süßigkeiten aufgehalten hatte, um nach den königlichen Wünschen zu fragen.

»Na gut«, sagte Iri und nahm mich in die Arme. »Jetzt bist du ja da.«

Manchmal hingen wir unseren Zukunftsträumen nach, häufig sprach er auch von Gottesvater Eje und davon, wie gut und weise dieser seine Entscheidungen treffe. Der König, meinte er, sei gut beraten, sich in allem und jedem nach ihm zu richten.

»Das tut Seine Majestät aber nicht! Er macht bloß, was der Aton ihm eingibt«, entgegnete ich. »Und was ist denn, Iri, wenn Pharao mal erwachsen ist? Ich meine, wenn er in der Lage ist, selbst zu herrschen? Wie wird der Gottesvater das verkraften?«

»Auch ich kann nicht in die Zukunft blicken«, meinte er unwirsch.

Ach, dachte ich, am besten ist's, ich frage nicht mehr, sondern freue mich, daß ich mit ihm zusammensein kann. Ich war so glücklich, seine Freundin zu sein. Hatte er womöglich noch andere?

Aber er versicherte, er habe genug damit zu tun, mich zu treffen, und für Pharao und Gottesvater Eje müsse er ja schließlich auch dasein. Ab und zu schilderte ich ihm meine Liebe und meine Bewunderung. Dann gab er mir meistens einen Klaps und sagte, wenn er das alles aufschriebe, was ich so zusammenredete, wäre schnell eine Papyrusrolle von acht Ellen voll. Auf solchen notierte er nämlich seine Berechnungen und Aufzeichnungen wegen des königlichen Grabes. Na ja, was er über seine Liebe zu mir sagte, hätte auf einen kleinen Zettel gepaßt.

Anfangs brachte ich ihm oft etwas Gutes von der königlichen Tafel mit, aber er sagte, ich solle das unterlassen. Er erhalte genug zu essen, und was er aus der Palastküche bekomme, sei ebenfalls ausgezeichnet. O Sched, und ich wollte ihn doch besser kennenlernen und rauskriegen, was er mochte und was nicht! Aber ich lernte, glaube ich, trotzdem eine Menge. Nicht nur über ihn, auch im allgemeinen. Denn manches, was mir bis dahin nicht richtig klar gewesen war, konnte ich ihn fragen. Iri war nicht nur der schönste, sondern auch der klügste Mensch auf der Welt.

MEN-NEFER

Der Tag des Umzugs rückte immer näher. Als erste sollten König und Königin mit einem Teil des Hofstaates umziehen, die übrigen Beamten und Höflinge würden nach und nach folgen. Eje reiste mit seinem Mitarbeiterstab ständig zwischen den beiden Städten hin und her. Das Vorhaben, meinen Verwandten ein Haus zu schenken und Kiki in die königliche Leibwache aufzunehmen, hatte Pharao aufgeschoben; erst einmal mußten wir umziehen und uns in Men-nefer eingewöhnen.

Am Tag vor der Abreise besuchten wir ein letztes Mal den Garten des Nordpalastes. Pharao trug eine Perücke mit halblangem Haar und darauf das Diadem mit der göttlichen Schutzschlange aus Gold. Sonst hatte er seine königlichen Abzeichen immer vorher im Palastgebäude abgelegt und sie dort einem Beamten übergeben, damit er unbeschwert durch den Garten streifen konnte. Aber heute war alles ein wenig anders. Das schwarze Haar der Perücke paßte gut zu seinen dunklen Augen; ich fand, daß er ein richtig hübscher Junge war. Bald würde er ein gutaussehender junger Mann sein. Prinzessin Qafraiat und die anderen Nebenfrauen hatten wirklich Glück. Ob auch die Königin schon daran dachte?

Heute hatte er sogar einen seiner Spazierstöcke dabei, ein Monstrum aus dunklem Holz, das dazu diente, seine Würde zu unterstreichen. Ich fand ihn damit lustig und gleichzeitig rührend, und auch wenn Iri meine Gedanken ausfüllte, wurde mir doch wieder bewußt, wie lieb ich Seine Majestät hatte. Ich betete zu Sched, daß ich immer seine Vertraute bleiben dürfe.

Wegen des königlichen Diadems traute ich mich zuerst nicht, mich neben ihn an den Rand des Wasserbeckens zu setzen, bis er mich ungeduldig dazu aufforderte. Nachdem wir eine Weile, jeder in seine Gedanken versunken, dagesessen hatten, hielt er mir seine zur Faust geschlossene Hand hin. Als er sie öffnete, sah ich, was darin war. Es war ein Knochenwürfel.

»Es ist genau derselbe, mit dem ich damals gewonnen habe«, sagte er und fügte mit feierlicher Miene hinzu: »Aber ich schwör dir, Ta-mi, ich habe ihn seitdem nie mehr benutzt!«

»Das möchte ich Deiner Majestät auch geraten haben!« erwiderte ich gespielt streng. »Du hattest mir doch versprochen, nicht zu schummeln. Wieso hast du es trotzdem getan?«

Er steckte den Würfel weg und erklärte:

»Es ist ja überhaupt nicht möglich, daß Meine Majestät schummelt!«

»Natürlich nicht«, stimmte ich ihm zu. »Deine Herrlichkeit darf sich schon ein bißchen die Maat zurechtbiegen. Das ist nun mal dein königliches Vorrecht.«

Da er jetzt doch ein wenig gekränkt dreinschaute, fügte ich schnell hinzu: »Was unter seine Tatze kommt, gehört dem Löwen! Deiner Majestät gehören sowieso alle Untertanen und das ganze Land. Du hättest auch einfach befehlen können, daß ich dableiben muß. Mit dem Tjauspiel war's doch viel interessanter.« Ich hatte die richtigen Worte gefunden, denn er grinste versöhnt.

»Was meinst du, Ta-mi?« fragte er. »Ob es uns in Mennefer gefällt?«

»Hm, in dem alten Palast von Pharao Usir Aacheperkare soll es recht förmlich zugehen. Strengstes Hofzeremoniell und so!« Ich schaute über die Blumenbeete und Teiche zu den Gehegen. »Ob's dort auch so einen schönen Park und Tiere gibt?«

Er zog die Schultern hoch. »Eje sagt, da wären wichtigere Dinge für mich. Der Zoo ist nicht so groß wie hier. Es gibt nur ein paar Strauße und Antilopen. Und für die Tiere aus Achetaton ist kein Platz!«

Ich fand das schade, wußte aber nicht, wie man es hätte ändern können. Als auf einmal Tutanchamuns Magen laut knurrte, ging ich ins Palastgebäude, um ihm etwas zu essen zu holen. Er hatte ständig Hunger. Dabei sah man ihm gar nicht an, daß er so viel aß. Er war furchtbar dünn, wuchs bloß in die Länge. Der Palastvorsteher wollte rasch eine Mahlzeit zubereiten und im Speisesaal anrichten lassen. Oder wünschte Seine Majestät lieber im Gartenzimmer zu speisen?

»Nein«, sagte ich. »Er will nur Brot und etwas Obst. Und das nimmt er einfach so in die Hand.« Lediglich einen Diener mit einer Kanne Wasser forderte ich an, damit er sich die Finger waschen konnte.

»Weißt du, was ich mir überlegt habe?« fragte er, nachdem sich der Diener mit dem Waschgeschirr wieder entfernt hatte und wir nebeneinander saßen. Ich schüttelte den Kopf. Er deutete zu den Umzäunungen hinüber. »Man sollte die Tiere freilassen.«

Ich verstand ihn nicht recht. »Wie meinst du das, Ibib?«

»Wenn sie nicht mehr in meiner göttlichen Nähe sein dürfen, sollen sie in ihrer Heimat so leben, wie es der Aton für sie bestimmt hat.«

»Na ja, du bist der Herr über sie«, sagte ich vorsichtig. Mir war immer noch nicht klar, worauf er hinauswollte. Ich wußte aber, daß er nach wie vor ausschließlich den Aton als die göttliche Macht anerkannte, die ihn leitete. Auch wenn er nicht von klein auf für die Thronfolge vorgesehen war, war er als Prinz doch in gewissem Maß auf diese Rolle vorbereitet worden. Und seit seiner Krönung war er von der Priesterschaft, die für seine eigene Verehrung zuständig war, in dem Glauben seines Vaters bestärkt worden. Mit seinem neuen Namen jedoch hatte die Unterweisung in die alten Mythen und Rituale begonnen, aber er ließ diese Ausbildung über sich ergehen, ohne daß die Lehren in sein Herz eindrangen. Der Unterricht wurde ihm nicht von Iri, sondern von Ay und anderen Priestern erteilt, und ich durfte nicht teilnehmen, weil es sich um heilige und göttliche Geheimnisse handelte, die nur der König wissen durfte.

»Ay sagt, daß die Tiere der Wildnis und der Fremdländer das Feindliche versinnbildlichen«, klärte er mich weiter auf. »Sie werden gefangengehalten, damit man sieht, daß Pharao alles bezwingt und unter seiner Gewalt hält. Für meinen Vater zeigte sich in den vielen unterschiedlichen Tieren vor allem die Schöpferkraft Atons. Ohne den Aton ist alles tot. Mit ihm lebt alles. Mit ihm und durch mich. So einfach ist das.« Er hielt inne, als lausche er in sich hinein. Dann fragte er: »Hast du dir darüber noch nie Gedanken gemacht?«

»Nein, Ibib«, gestand ich.

»Ich aber schon! Wenn die Tiere frei sind, ist das wie ein Opfer an den Aton. Eine neue und ganz andere Art von Opfer. Und genauso ist es doch« – er machte eine ausholende Geste – »mit den Sklaven im Arbeitshaus. Das sind alles Leute aus fremden Ländern, meistens Kriegsgefangene. Sie gehören mir. Dennoch bestimmen Maja und die anderen Beamten über sie.«

»Prinzessin Qafraiats Dienerinnen müssen in den Webereien des Frauenhauses auch ohne Lohn arbeiten«, stimmte ich eifrig zu. »Ich weiß, wie das ist! Man schuftet und schuftet, und nach einer Woche, nach einem Monat, nach einem Jahr ist man zwar noch am Leben, aber es gehört einem nicht mehr als das Schwarze unterm Fingernagel.«

»Die fremden Menschen machen ebenfalls die Unterwerfung durch Pharao deutlich. Hier, sieh nur!« Er hielt mir den Spazierstock unter die Augen, dessen geschnitzter Griff zwei besiegte Feinde zeigte, einen syrischen und einen nubischen. »Aber der Aton ist das Leben an sich, er hat die Macht über alles, was sich auf der Erde befindet. Und deswegen will Meine Majestät die Sklaven und die Tiere einfach freilassen!«

»O Sched!« rief ich aus und starrte ihn an. »Gottesvater Eje wird aus der Haut fahren!«

Seine Augen funkelten – aber nicht vor Vergnügen.

»Ich frage ihn überhaupt nicht«, sagte er. »Er würde es nicht verstehen. Außerdem ist er schon nach Men-nefer abgereist. Erst hat er die Hymnen meines Vaters in seine Wohnung der Ewigkeit schreiben lassen, und jetzt will er sein Grab im Ostgebirge von Achetaton nicht mehr. Er will ein neues im Westen von Waset! Er denkt nur an Amun und an die anderen Götter, weil sie ihm helfen, noch mächtiger zu werden.«

Als er sich vorbeugte, zuckte ich vor der goldenen Kobra an seiner Stirn zurück, doch er legte den Arm um meinen Nacken, zog mich zu sich heran. »Und deswegen, Ta-mi«, sagte er leise, »müssen wir beide es heimlich tun.«

Unversehens waren wir wieder beim Pläneschmieden. Gut, sagte ich mir. Auf diese Weise können wir es denen heimzahlen, die uns zwingen, Achetaton, unser wunderschönes Zuhause, zu verlassen.

Die Abfahrt der königlichen Schiffe war für den späten Vormittag angekündigt. Iri sollte uns auf der Fahrt begleiten und Tutanchamun teilte ihm mit, er beabsichtige, vorher ein letztes Mal durch Achetaton zu fahren. Vor allem wolle er Maru-Aton, im Süden der Stadt, noch einmal sehen. Und niemand außer Pachar und mir solle ihn auf diesem Ausflug begleiten. Inmitten der Packerei und des geschäftigen Aufbruchs konnte Iri nicht viel dagegen einwenden. Er trug mir aber auf, darauf zu achten, daß wir rechtzeitig zurückkehrten.

»Wir kommen gar nicht mehr in die Residenz, sondern fahren gleich zur Anlegestelle«, erwiderte ich übermütig.

Der Abstecher nach Maru-Aton war natürlich ein reines Ablenkungsmanöver. Nachdem wir ein Stück in Richtung Süden gefahren waren, bogen wir von der Königsallee ab, fuhren in der Parallelstraße zurück und dann weiter zum Nordpalast. Im Vorhof hielt Pachar den Wagen an. Ich folgte Tutanchamun an den wenigen Wachen vorbei, die überrascht salutierten. Wir durchquerten den Palast und betraten den Garten. Hier war es noch still, nur einige Gärtner waren damit beschäftigt, die Pflanzen und Bäume zu bewässern. Wir näherten uns dem ersten Gehege. Die Gazellen hoben die Köpfe. Tutanchamun machte das Gatter auf, wir entfernten uns ein paar Schritte und warteten. Ein junges Tier kam, schnupperte am Tor und sprang mit einem Satz hinaus. Es würde nicht lange dauern, bis alle den Weg ins Freie gefunden hatten.

»Sie werden es eilig haben, in ihre Heimat zurückzukommen, wo sie viel mehr Platz haben«, meinte Tutanchamun. Eigenhändig öffnete er Gatter für Gatter. Anschließend liefen wir zum Arbeitshaus, aus dem schon die gewohnten Geräusche drangen. Pharao wandte sich an die Aufseher in den Werkstätten: »Meine Majestät braucht euch nicht mehr. Ihr seid entlassen!« Und zu den Sklaven sagte er: »Ihr seid frei. Geht heim in eure Länder!«

Alle standen starr da und schauten ihn ungläubig an. Da er aber bereits den Ornat für die Reise trug und mit seiner ganzen königlichen Autorität sprach, wagte niemand eine Widerrede. Bei Sched, es war ein sehr schönes und großes Werk, das Seine Majestät damit vollendete! Alle Lebewesen auf Erden würden den Aton und ihn, den guten König, loben. Bloß Gottesvater Eje würde den Sinn dieser Maßnahme mit Sicherheit nicht begreifen.

Pachar wartete am Palasttor; von dem, was drinnen geschehen war, hatte er nichts mitbekommen. In wilder Fahrt ging es zum Hafen. Das Schiff der Königin befand sich schon in der Flußmitte und wartete, um der Barke des Königs zu folgen, die ablegte, sobald Pharao an Bord war.

Ich hatte nicht damit gerechnet, daß sich die Reise wie eine Triumphfahrt gestalten würde. Jedesmal, wenn wir an einer Stadt oder einem Dorf vorbeikamen, versammelten sich die Bewohner am Ufer und jubelten ihrem jungen König zu. Tutanchamun saß auf seinem Thron unter dem Baldachin, ich wie üblich zu seinen Füßen. Ich war tief beeindruckt von der lieblichen Landschaft, die an uns vorbeizog; bis zu diesem Zeitpunkt war ich ja nicht weiter als von Chemenu bis Achetaton gekommen. Reiste Seine Majestät nicht so triumphal wie Re in der Götterbarke? Und ich bin es, die bei ihm ist, dachte ich. Und nicht die Königin!

Als wir an einer Uferstelle vorbeikamen, wo Kühe am Wasser standen und tranken, meinte Tutanchamun:

»Ich stelle mir vor, wie die Menschen und die Tiere nach

Norden oder nach Süden ziehen, je nachdem, wo sie mal hergekommen sind.«

»Ja, Ibib«, antwortete ich. Für einen Moment hatte ich ein komisches Gefühl im Bauch. Ach was, sagte ich mir, auch wenn unsere geheime Aktion vielleicht doch nicht so großartig war, wie ich ursprünglich gedacht hatte – dem König kann niemand etwas anhaben. Und mir somit auch nicht!

Auch die übrigen Reisetage verliefen ohne Zwischenfall. Iri war meistens in der Nähe, und wir tauschten heimlich Blicke. Da die Nächte so kalt waren, wickelten wir uns in wollene Decken. Endlich war es soweit. Bei Tagesanbruch sollte die königliche Barke in Men-nefer landen, damit Pharao erscheinen konnte wie Chepre, die aufgehende Sonne. Die Sonnenscheibe ging blaß am bewölkten Himmel auf, und es wehte ein scheußlich kalter Wind. Der ›Oberbürgermeister der Weißen Mauer‹ erwartete den König und hieß ihn in der Stadt willkommen. Trotz der frühen Stunde waren viele Leute auf den Beinen. In die Jubelrufe mischte sich immer wieder Tutanchamuns alter Name, und jedesmal, wenn er ihn hörte, freute er sich. Aber nach einer Weile wurde er ungeduldig.

»Ta-mi, frag nach, wann wir zum Palast fahren! Ich friere.«

Ich drängte mich zu Iri durch. Er sagte, daß wir noch warten müßten, weil Eje seinen königlichen Enkel abholen wolle. Nach kurzem Aufleuchten verschwand die Sonne wieder hinter den Wolken und kam nicht mehr hervor; es blieb kühl. Schließlich traf der Gottesvater an der Spitze einer Wagenkolonne ein. Er ließ es sich nicht nehmen, höchstpersönlich Pharaos Streitwagen zu lenken. Ich wurde einfach zur Seite geschoben, es war das erste Mal, daß ich nicht mitfahren durfte. Nein, das war kein schöner Auftakt in dieser wolkenverhangenen Stadt!

Gemeinsam mit Ama und Pachar erreichte ich den königlichen Palast. In den Räumen roch es muffig; es gab nicht mal Blumenschmuck. Ama sah sich das Schlafzimmer, die Wohnhalle und die anderen Räume an, klappte mißmutig einen Truhendeckel nach dem anderen auf und wieder zu und ließ sich schließlich gekränkt in einem Winkel nieder. Ich fand es so ungemütlich, daß ich mich nicht mal hinsetzte. Ich wollte unbedingt die Umgebung erkunden. Das sagte ich auch zu Pharao, der auf einem altertümlichen Sessel Platz genommen hatte und sich enttäuscht umschaute. Ich ging in den Vorraum zurück und durch die Eingangshalle. Als ich zum Tor hinauswollte, kreuzten die beiden Wachsoldaten ihre Speere vor mir.

»Was soll das? Laßt mich durch!«

»Hausarrest!« war die Antwort.

»Wie bitte? Ich habe Hausarrest?«

»Nicht nur du.«

Ich schnappte nach Luft. »Seine Majestät etwa auch?«

»Wir haben Anweisung, niemanden hinauszulassen!«

Während ich noch überlegte, wie ich Tutanchamun diese Neuigkeit beibringen sollte, tauchte ein fremder Beamter auf und gab bekannt, daß der festliche Empfang, der für den Abend angesetzt sei, nicht stattfinden würde. Eje sei der Meinung, der König müsse sich erst von den Anstrengungen der Reise erholen.

»Meine Majestät möchte sofort den königlichen Erzieher sprechen«, sagte Tutanchamun. Der Mann lächelte förmlich. »Leider ist Gottesvater Iri unabkömmlich, Herr der Beiden Länder. Gottesvater Eje kann während des ganzen Tages nicht auf ihn verzichten.«

»Meine Majestät auch nicht!«

Der Beamte verbeugte sich. »Es tut mir außerordentlich

leid, Lebender Hor. Zu meinem allergrößten Bedauern …« Er brach ab und glotzte stumm wie ein Fisch vor sich hin, bis der König ihm ein Zeichen gab zu verschwinden. Kaum war er weg, kamen andere fremde Diener ins Zimmer. Wenigstens brachten sie etwas zu essen und zu trinken und mehrere Kohlepfannen und warmes Wasser, damit Ama den König waschen konnte. Ich befühlte das Bettzeug. Es war kalt und klamm. Daheim in Achetaton hätte ich mich ohne zu zögern ins königliche Bett gelegt, um es anzuwärmen. Aber hier traute ich mich nicht – womöglich wurde dann gleich die Palastwache geholt!

Eine Probe aufs Exempel wollte ich aber noch machen. Amenmose war als hoher Harimsbeamter in der Barke der Königin mitgereist.

Ohne Tutanchamun erst zu fragen, sagte ich im Vorraum zu einem Diener: »Seine Majestät wünscht den Stellvertretenden Vorsteher des königlichen Frauenhauses zu sprechen. Geh und hole ihn!«

Der Mann kehrte schnell zurück. Ohne Amenmose! Dieser sei mit den Angelegenheiten der Königlichen Gemahlin beschäftigt und könne nicht kommen.

»Weigert sich der Harimsvorsteher?«

»Nein, nein«, antwortete der Diener. »Es ist nur so, daß heute niemand zu Pharao darf.«

»Wer hat das angeordnet?« fragte ich, obwohl ich es mir denken konnte.

»Gottesvater Eje«, war die Antwort.

Die Diener verschwanden. Wir vertrieben uns den restlichen Tag mit Herumsitzen, Geschichtenerzählen und ein paar lustlosen Partien am Spielbrett. Bei Einbruch der Dunkelheit wurden Lampen und das Abendessen gebracht. Danach waren wir wieder allein. Was für ein ungehöriger

Empfang für den Herrn der Welt! Wir sahen uns ratlos an. Was konnten wir tun?

»Abwarten«, sagte Pachar. »Vielleicht bringt der morgige Tag Besseres.«

In der Früh sah es aus, als habe er recht. Die Sonne schien freundlich und warm, wir fühlten uns gleich viel zuversichtlicher, und der vergangene Tag kam uns vor wie ein merkwürdiger Traum. Als Iri die königlichen Gemächer betrat, stürzte ich ihm entgegen.

»Iri, endlich! Was hat das alles zu bedeuten?«

Er warf mir einen Blick zu, den ich nicht deuten konnte, und ging ohne die geringste Erklärung an mir vorbei. Pharao saß vor einem – gemessen an früheren Verhältnissen – dürftigen Frühstück.

»Gottesvater Eje bittet dich zu einem Gespräch«, sagte Iri nach einer knappen Verbeugung zu ihm.

Tutanchamun blickte erstaunt auf. »Ja und? Meine Majestät ist bereit. Er kann jederzeit kommen, wenn er will.«

»Er wird nicht kommen. Du wirst dich zu ihm begeben. Er und mehrere andere Personen erwarten dich. Dich und Ta-mi.«

»Ta-mi kommt sowieso immer mit mir«, meinte Pharao und biß in sein Brot.

Iri wich meinem Blick aus und wandte sich wieder an Tutanchamun. »Wenn du dein Frühstück beendet hast, bringe ich euch hin.«

Begleitet von zwei Soldaten, durchquerten wir das Palastgelände. Die Wege waren sauber, die Gartenanlage gepflegt; auf den Grashalmen und Blättern schimmerte noch Feuchtigkeit. Die Gebäude sahen altehrwürdig, stabil und recht repräsentativ aus. Wir betraten eine hohe Halle und kamen von dort in einen Raum, der von der Morgensonne erhellt und erwärmt wurde. Ich blinzelte ins Licht und erkannte Gottesvater Eje, seinen Neffen Ay und seinen Sohn, General Nachtmin. Außerdem waren Gottesvater Sennodjem und Schatzkanzler Maja anwesend. Iri setzte sich zu ihnen, nachdem auch der König Platz genommen hatte. Da für mich keine Sitzgelegenheit vorgesehen war, blieb ich hinter Tutanchamuns Sessel stehen. Sonst war niemand im Zimmer. Es gab keine Diener, um aufzuwarten, und auch die beiden Soldaten waren draußen geblieben.

Ein leichtes Nicken mit dem Kopf war Ejes einzige Ehrenbezeigung vor dem König, bevor er zu sprechen begann. »Durch einen Schnellruderer wurde mir gemeldet, daß in Achetaton im Nordpalast die …«

»Ja, Meine Majestät hat es gemacht«, fiel ihm Tutanchamun ins Wort. »Ich habe die Tiere aus den Gehegen und die Sklaven aus dem Arbeitshaus befreit.«

Er richtete sich im Sessel auf und schlug mit seiner zierlichen Faust auf die Armlehne.

»Es sind meine Sklaven! Und meine Tiere! Ich kann mit ihnen machen, was ich will. Möchte ich sie freilassen, brauche ich niemanden zu fragen. Will ich«, sagte er und hob stolz den Kopf, »so tue ich!«

Bravo, kleiner König! dachte ich. Zeig's ihnen nur!

Ejes Mundwinkel verzogen sich in seltsamer Erheiterung.

»So einfach, mein Junge, liegen die Dinge nicht! Die Nachricht von deiner Tat – oder Untat, das sei vorerst dahingestellt – verbreitet sich wie ein Lauffeuer. Was meinst du, halten die Menschen im Land Kemet von einem Herrscher, der solches tut? Die Kunde davon wird sich weiter herumsprechen, sie wird in die Provinzen vordringen, bis in ferne Länder! Und allerorten wird man, fürchte ich, lachen über den ägyptischen Pharao.«

»Es war recht getan!« beharrte Tutanchamun, jedoch nicht mehr so sicher. »Ich habe ausgeführt, was ich als Atons Willen ansah.«

»Nachtmin, mein Sohn, berichte, was nach der Abfahrt der königlichen Barken in Achetaton geschah!«

Der General stand auf. Im Sitzen mit seinem König zu reden, traute er sich nun doch nicht. Er war jünger als Ay und sah drahtig aus.

»Am Morgen nach deiner Abreise, Herr der Beiden Länder, wurden am Fuß des Ostgebirges Gazellen, Wildziegen und Wildschafe, Antilopen und Strauße gesichtet. Daraufhin ließen die Prinzen und Adeligen die Pferde vor ihre Wagen spannen und griffen zu ihren Bogen, Pfeilen und Speeren. Alles Wild wurde erlegt. So eine vortreffliche Jagd hat der Hof in Achetaton noch nie erlebt!«

»Sie werden sich deswegen verantworten müssen«, rief Pharao zornig. »Sie haben es ohne meine Erlaubnis getan! Die Tiere sollten in ihre Heimatländer ziehen.«

Eje entgegnete gelassen: »Sie wären niemals dorthin gelangt, sondern herumgeirrt, verhungert und verdurstet. Und was ist mit den Arbeitssklaven? Sollten auch sie zurück in ihre Heimat?« Als Tutanchamun nickte, fuhr er fort: »Wie hätten sie, führungslos, dorthin finden sollen? Amun sei Dank, sind Soldaten und Polizei ihrer habhaft geworden! Nicht wenige der Entlaufenen kamen freiwillig zurück, weil sie nicht wußten, wohin. Sie hätten sich aber auch zu Banden zusammenrotten, plündern und Schlimmes anrichten können. Siehst du ein, daß das, was du getan hast« – er kam mit raschen Schritten auf Tutanchamun zu –, »über alle Maßen verantwortungslos war?«

Schnell hatte ich mich vor den König gestellt. »Nein! Seine Majestät hat nicht unbedacht gehandelt. Er hat ...«

»Halte den Mund, Straßengöre!« blaffte Eje, schob mich zur Seite und setzte, knapp vor Pharao stehend, seine Vorwürfe fort: »Bereits im Kindesalter wird von einem Herrscher eine gewisse Eignung für dieses Amt erwartet. Ein guter Hahn, sagt man, kräht fast schon im Ei. Du jedoch mit deinen immerhin elf Jahren hast nichts als krause Ideen im Kopf! Und du handelst gegen die Maat! Du bist unfähig! Absolut unfähig!«

Er maß Tutanchamun mit verächtlichem Blick, wandte sich dann ab, um einen nach dem anderen die Versammelten anzusehen. »Ich für meinen Teil«, sagte er langsam und nachdrücklich, »ziehe die geistige Tauglichkeit des Königs in Zweifel.«

»Onkel, nun gehst du zu weit!« widersprach ihm Ay. »Seine Majestät trifft doch nicht die alleinige Schuld.«

»Werten wir den Vorfall einfach als Kinderstreich«, schlug Maja vor. »Und als solchen haken wir ihn ab. Solange das Ganze nicht unnötig aufgebauscht wird, haben wir die Sache schnell im Griff. Und Seine Majestät verspricht uns sicherlich, so etwas nie wieder zu tun.«

»Kinderstreich? Nein, Vorsteher des Schatzhauses«, wehrte Eje ab. »Zusätzlich zu diesem Vorkommnis gibt es einen weiteren Zwischenfall, von dem mir bereits früher berichtet wurde. Ich muß gestehen, daß ich der Behauptung anfänglich keinen Glauben schenkte. Nach diesem Zwischenfall jedoch …! Nun, mir wurde gemeldet, Tutanchamun sei in Achetaton in einem der Armenviertel gewesen. Nachts! Begleitet von niemandem als von diesem Mädchen.« Erst deutete er auf mich, dann musterte er wieder die Anwesenden. »Ich sage euch, daß ein König, der sich solcher Verfehlungen schuldig macht, nie und nimmer an der Spitze der Beiden Länder stehen darf!«

»Ihr könnt mich doch nicht einfach absetzen!« rief Tutanchamun. So wachsbleich hatte ich ihn noch nie gesehen. »Absetzen … nein!« lachte Eje. »Diese Mühe würde ich mir allerdings nicht machen!«

»Beruhige dich, Majestät!« sagte Ay. »Niemand will und kann dich absetzen! Auch Gottesvater Eje nicht!« Maja pflichtete ihm bei. Ay wandte sich an die anderen. »Meine Kollegen, habt ihr nicht bemerkt, daß diese Dummheiten erst begangen wurden, seitdem dieses Mädchen bei ihm ist? Ihren Einflüsterungen ist Seine Majestät erlegen. Sie ist die wahrhaft Schuldige!«

Fassungslos starrte ich Ay an, den Amun-Priester. War das derselbe Mann, der, als wir nach Ejes schockierender Eröffnung wegen des Umzugs und der Namensänderung den König zu Bett gebracht hatten, auch mich in den Arm genommen, auch für mich ein tröstendes Wort gefunden hatte? Abwartend blickte er von Eje zu Nachtmin, zu Maja, dann zu Sennodjem und schließlich zu Iri. Geliebter! flehte ich im stillen. Sag was! Tu was! Tritt wenigstens du für mich ein! Aber Iri rührte sich genausowenig wie die anderen. Und so zog Ay weiter gegen mich zu Felde.

»Das Mädchen muß aus der Nähe des Königs verschwinden! Sofort! Dann wird es, dessen bin ich sicher, nie mehr zu solchen Verfehlungen kommen. Wir alle wissen, daß Seine Majestät ein überaus gelehriger Schüler und ein pflichtbewußter Oberster Priester ist. Er wird künftig nicht nur den Aton, sondern auch die anderen Gottheiten zufriedenstellen. Sie« – er deutete mit dem Finger auf mich – »hat ihn, den verleitbaren Jüngeren, auf Abwege gebracht. Allein ihr schlechter Einfluß hat ihn verdorben. Mir ist vollkommen unbegreiflich, wie sie so lange Zeit in der Residenz geduldet werden konnte.«

»Auch ich war stets dagegen, sie in Pharaos Umgebung zu belassen«, pflichtete Sennodjem bei. »Und Iri, mein junger Kollege, ebenfalls.«

Und Iri – mein Iri –, den ich so oft in den Armen gehalten hatte, er, nein, er widersprach nicht! Tutanchamun selbst war wie erstarrt. Den Intrigen, die hier gesponnen wurden, war keiner von uns beiden gewachsen. Die unsichtbare Schlinge um meinen Hals zog sich weiter zu.

»Das Mädchen ist vorbestraft«, fuhr Ay mit erhobener Stimme fort. »Wegen Einbruchs! Sie war im Gefängnis, wurde vom Richter zu Körperstrafe und Zwangsarbeit verurteilt.«

»Von mir weißt du diesen Sachverhalt aber nicht«, sagte Maja. »Ich kenne ihn selbst kaum. Meine Frau hat damals alles erledigt.«

»Ich habe auch andere Möglichkeiten, mir Auskunft zu verschaffen«, entgegnete Ay und stellte an die anderen die Frage: »Dürfen wir unserem jungen Herrscher die schlechten Charaktereigenschaften dieser Bediensteten anlasten? Nein, meine Kollegen, wir können nicht den König dafür verantwortlich machen!«

»Mitschuldig ist das Mädchen in jedem Fall«, gab Gottesvater Eje zu. »Ihre alleinige Schuld bezweifle ich jedoch.«

»Meine Majestät wußte von Anfang an, daß Ta-mi früher mal eine Diebin war«, mischte sich Tutanchamun unerwartet ein. »Alles, was wir taten, habe ich ausgedacht! Sie hat lediglich meine Befehle ausgeführt.«

»Deine Befehle! Und heimlich?« Eje rieb sich die Hände. »Heimlich deswegen, weil du wußtest, daß deine Pläne verwerflich waren? Mit Wissen und Absicht hast du als König Böses getan! Vor allem wolltest du den Umzug behindern, indem du Unruhe stiftetest, nicht wahr?«

»Wäre es spontan gewesen«, unterstützte Nachtmin seinen Vater, »könnte man es als dummen Einfall abtun, eben als Kinderstreich. Aber wenn ein König Schlimmes auch noch von langer Hand plant, ist es um so verdammenswerter. Was haben wir wohl zu erwarten, wenn er eines Tages ans Staatsruder kommt?«

»Das ist in der Tat auch meine Sorge«, meinte Eje. »Daher schlage ich vor, ganz offiziell einen Regenten einzusetzen.«

»Genauso sehen Iri und ich das auch«, sagte Sennodjem.

»Ich führe die Amtsgeschäfte für Pharao«, sprach Eje rasch weiter, »trage aber keineswegs den Titel ›Stellvertreter des Königs‹. Und mit der Zeit komme ich mir schlichtweg töricht vor, weil ich unablässig eine Arbeit verrichte, für die ich nicht in aller Form und mit den entsprechenden Befugnissen ausgestattet bin.«

»Die Großen des Landes kennen deine jahrzehntelangen Verdienste«, meinte Sennodjem. »Du würdest das Amt des Regenten doch übernehmen, wenn man dich darum bäte?«

»Nun ja … ich würde nicht ablehnen!«

»Du willst damit sagen, du erwartest, daß man dich dazu bestimmt?« fragte Ay seinen Onkel.

Betont gleichmütig zuckte Eje die Schultern. Darauf, sagte er, habe er keinen Einfluß.

»Wie sieht es denn mit dem Militär aus?« wollte Maja wissen.

»Da gibt es keine Probleme«, erwiderte Nachtmin zuversichtlich. »Die anderen Generäle werden sich meiner Meinung anschließen.«

»Verwaltet Gottesvater Eje das Land nicht seit langem zur allgemeinen Zufriedenheit?« erhob Sennodjem wieder seine hohe Greisenstimme. »Vier Herrschern hat er gedient, dabei viel Erfahrung gesammelt. Und es ist, bei Gott, kein Fehler, alle Macht in seine Hände zu legen, damit er die Herrschaft über die Beiden Länder ausübe!«

»Was soll also geschehen?« fragte Ay.

Eje erhob sich geschäftig. »Der Junge ... ich meine, der König kehrt in seinen Palast zurück. Die Großen des Landes werden befragt. Und sie« – er zeigte auf mich – »wird in Gewahrsam genommen.«

»Nein!« rief Pharao. »Ta-mi bleibt bei mir!«

»Es gibt keine andere Möglichkeit, Majestät«, versuchte Ay ihn zu überzeugen. »Ihre Anwesenheit ist schlecht für dich. Es wird dir viel bessergehen, wenn sie weg ist. Wache!« Er mußte zweimal rufen, bevor die Soldaten ihn durch die dicke Tür hörten. »Abführen!«

»Meine Majestät will aber nicht, daß Ta-mi weggebracht wird!«

Sie ergriffen mich. Den einen Soldaten kannte ich aus Achetaton. Wir hatten uns manchmal unterhalten, wenn er am königlichen Tor Wache gestanden hatte. Jetzt zerrte er mich mit unbewegter Miene hinaus. Ich drehte mich noch mal zu Tutanchamun um. Er hatte sich halb aus dem Sessel erhoben und blickte mir voller Bestürzung nach. O Sched, konnte denn der Gute Gott gar nichts für mich tun?

In einem Harimsgebäude wurde ich in einen kleinen Raum gesperrt. Zwar war es hier nicht so schlimm wie im Gefängnis in Achetaton, und ich mußte auch nicht auf der Erde schlafen, aber ich befand mich im Machtbereich der Königin. Als am Morgen die Tür entriegelt wurde, trat Ay ein. Ich drehte ihm den Rücken zu. Er wollte sich ja nur an meinem Unglück weiden!

»Ich habe dafür gesorgt, daß du dich im Frauenhaus frei bewegen kannst«, sagte er. »Pharaos Palast zu betreten ist dir jedoch untersagt!«

Ich fuhr zu ihm herum. »Wieso jagt ihr mich nicht gleich davon! Es wäre euch doch nur recht, wenn ich verschwände!«

Er wollte etwas darauf erwidern, aber schon erschien Tey, Ejes Gattin. Der Harim, meinte sie gehässig, sei viel zu gut für meine Schlechtigkeit, daher käme ich jetzt in eines der Arbeitshäuser, von denen es auch in Men-nefer eine große Anzahl gebe. Ay erwiderte, noch stünde ich unter Pharaos Schutz und es wäre eine Respektlosigkeit gegenüber Seiner Majestät, wenn ich als seine bisherige persönliche Dienerin dorthin gebracht würde.

»Solange nicht der König selbst es anordnet, wird sie hierbleiben«, sagte er zu seiner Tante. Wieso sprach er plötzlich zu meinen Gunsten? Ihm konnte es doch gleichgültig sein, was aus mir wurde!

»Dann«, bestimmte Tey, »soll sie im Frauenhaus als Bedienstete gehalten werden.«

Es war mein Glück, daß ich Wabet kannte und auch mit Amenmose, dem Harimsvorsteher, ganz gut stand, der es sich darüber hinaus nicht mit Pharao verderben wollte. Obwohl Teys Anordnungen hier ebenso bindend waren wie die Befehle der Königin, durfte ich mich in ein Zimmer verkriechen, in dem eine Kohlenpfanne brannte. Manchmal kam Wabet herein und leistete mir Gesellschaft. Mir war nicht nur auf der Haut kalt, ich fror auch innerlich. Man hatte mich von Tutanchamun getrennt. Und Iri hatte sich von mir abgewandt! Mit keinem Wort hatte er mich verteidigt, immer nur den anderen zugestimmt. War er so feige, hatte er so große Angst vor Sennodjem und Eje? Warum war er nicht wenigstens für Tutanchamun eingetreten? Ließ ihn unser Schicksal völlig kalt? Schon als er uns abgeholt hatte, hatte er sich so eigenartig benommen. Ich verstand all das nicht. Galt denn auf einmal nichts mehr von dem, was er mir versprochen hatte? War das, was ich getan hatte, in seinen Augen so schlimm, daß er nichts mehr von mir wissen wollte? Ach, alles würde ich tun, bloß damit er mich wieder mochte! Ich war verzweifelt und vor Kummer ganz krank. Vielleicht gab es ja eine Erklärung für sein Verhalten.

Als besonders beängstigend empfand ich, daß Eje es gewagt hatte, Pharao anzugreifen. Wer war er denn, sich über den göttlichen Herrscher zu erheben! Und wieso regte er sich so auf? Tutanchamun allein kannte Atons Wünsche und wußte, was der Maat entsprach und was nicht. Er war ein guter König! Das Volk liebte ihn. Er hatte doch das Recht, Sklaven freizulassen, er durfte sie sogar auf hohe Posten setzen. Und nun war unser ganzes Unternehmen umsonst gewesen! Die Menschen waren zurück in die Arbeitshäuser getrieben, die Tiere getötet worden. Auch wenn unsere Tat zugegebenermaßen ein bißchen leichtsinnig gewesen war, erkannte ich doch, daß Eje den Vorfall hauptsächlich dazu benutzen wollte, sich zum Regenten aufzuschwingen. Und was unseren nächtlichen Streifzug durch Achetaton anging, geschadet hatte er dem König jedenfalls nicht. Jetzt, da er Gottesvater Eje ausgeliefert war, war er doch in viel größerer Gefahr! Trübe Aussichten für Tutanchamun – und für mich noch trübere! Wie meine Chancen standen, konnte ich nicht abschätzen. Sollte ich für immer Dienerin im Frauenhaus bleiben? Oder würde ich die Residenz ganz verlassen müssen? Aber wohin konnte ich mich in dieser fremden Stadt wenden? Ich kannte hier doch niemanden.

Wabet hielt mich auf dem laufenden. Sie sagte, der König verlasse weder seinen Palast, noch dürfe er jemanden empfangen. Nicht einmal der Nechby, der Hohepriester aus Junu, sei vorgelassen worden. Dann kehrte Horemheb aus Retjenu zurück. Sit-Re, die mit ihrer Mutter wieder in der Familienvilla in Men-nefer wohnte, weil mit dem Heer auch ihr Vater und ihre Brüder erwartet wurden, und Prinzessin Qafraiat, die mittlerweile ihr Quartier im Frauenhaus bezogen hatte, besuchten mich, und ich war erleichtert, als ich merkte, daß unsere Freundschaft weiterbestand.

An einem kühlen Vormittag gegen Ende der dritten Woche hieß es, die Großen des Landes hätten ausreichend über Ejes Vorschlag nachgedacht, dazu Stellung genommen und darüber beraten. Eine Entscheidung würde in Kürze fallen.

Ich befand mich gerade im Zimmer der Prinzessin. Qafraiat saß am Webstuhl, ich war mit Flachs und Spindel beschäftigt, da stürmte Sit-Re mit der Neuigkeit herein. Sie schrie fast vor Freude.

»Stellt euch nur vor! Ach, es ist so wunderbar! Nicht Gottesvater Eje, sondern Horemheb wird Regent!« Wäre der Raum höher gewesen, ich wäre fünf Ellen hoch gesprungen. »Wie ging das zu? Erzähle!«

Sit-Res Bericht war kurz. Die Militärführer hatten sich durchgesetzt. Sie vertraten die Meinung, der Große Vorsteher des Heeres solle auch ›Stellvertreter des Königs an der Spitze Beider Länder‹ sein. Ejes Sohn hatte seinen Einfluß gewaltig überschätzt. Die altgedienten und in vielen Kämpfen erprobten Anführer hielten wenig von diesem durch Beziehungen hochgekommenen General. Auf Horemheb dagegen war das gesamte Heer eingeschworen – vom höchsten Offizier bis zum einfachsten Soldaten. Sogar etliche Verwaltungsbeamte, darunter der mächtige Schatzkanzler, dazu mehrere Hohepriester, unter ihnen der tonangebende Ptahemhet, genannt Ti, hatten sich für den Obersten Heerführer ausgesprochen.

Bei Sched, war das eine Niederlage für den Gottesvater!

»Ja, wer gegen die Sonne spuckt«, sagte ich triumphierend zu meinen Freundinnen, »dem fällt die Spucke ins Gesicht!«

Der Oberste Befehlshaber bekräftigte sofort die Unantastbarkeit und Unfehlbarkeit des Königs. Kurz darauf wurde mein Arrest aufgehoben.

»Beeil dich!« sagte Sit-Re. »Die Festlichkeiten sind in vollem Gang. Der General der Generäle will die Ernennung so schnell wie möglich hinter sich bringen. Es kann ja jederzeit passieren, daß er wieder in Retjenu eingreifen muß. Und Pharao erwartet dich. Du willst doch dabeisein, oder?«

»Ja. Aber nicht so, wie ich jetzt bin!«

Die Feier selbst war mir ziemlich gleichgültig. Hauptsache, Horemheb wurde Regent, bevor er wieder in den Krieg ziehen mußte. Ich hatte nicht die geringste Lust, den Nachmittag bei der Hofgesellschaft zu verbringen. Wie Sit-Re mitgeteilt hatte, hatte es keinen Eklat gegeben. Trotz ihrer Umtriebe waren Eje und seine Anhänger unbeschadet geblieben.

Ich verlangte ein frisches Kleid, ließ mir meinen Schmuck und einen besonders schönen Umhang bringen, nahm mir Zeit, mich in aller Ruhe herauszuputzen. Tutanchamun ließ zwischendurch nachfragen, wann ich endlich erschiene, der Festakt sei ja gleich vorbei. Gut! Für mich war es noch früh genug. Als ich schließlich fertig war, betrat ich durch die geöffnete Flügeltür die große Halle und ging durch die Mitte nach vorn. Horemheb thronte zwischen den Sesseln des Königs und der Königin, nur etwas tiefer. Es wurde still, als ich mich Pharaos Thron näherte. Zum erstenmal trug Tutanchamun das gefältelte Königskopftuch. Sein Gesicht kam mir schmaler vor; er sah noch dünner aus als früher. War er in der kurzen Zeit, die ich ihn nicht gesehen hatte, wieder so viel in die Höhe geschossen?

»Ta-mi!« rief er mir entgegen.

»Majestät!« Die letzten Schritte rannte ich fast. Unmittelbar vor dem Thron führte ich, ganz auf Eleganz und Wirkung bedacht, den großen Fußfall aus. Und hinter mir, stellte ich mir vor, schlug der lange Umhang Wellen. Der König verließ seinen Sitz, trat die Stufen herunter und wollte mich aufheben, aber ich blieb auf den Knien, küßte seine Hände. Er bückte sich, legte die Arme um mich und flüsterte: »Schön, daß du endlich da bist!«

»Ist alles wieder in Ordnung, Ibib?«

»Ja«, sagte er und hielt mich fest. Und ich hielt ihn. Eine ganze Weile verharrten wir so, und ich genoß diese Innigkeit. Bei Sched, ich genoß diesen Augenblick in vollen Zügen! Niemand, sagte ich mir, kann uns je wieder trennen. Leider erhörten die Hathoren, die Schicksalsgöttinnen, meinen Wunsch nicht.

Ich setzte mich ganz selbstverständlich zu seinen Füßen nieder und verfolgte von meinem erhöhten Platz aus den Rest der Zeremonie. Horemheb versprach dem König feierlich, an seiner Seite zu stehen wie der Mond neben der Sonne. Er war nicht nur ›Stellvertreter des Königs im ganzen Land‹ und ›Vorsteher aller königlichen Ämter‹, sondern auch Erbprinz, das heißt offizieller Thronfolger; vom Alter her hätte er allerdings eher Tutanchamuns Vater sein können. Maja schien ihn jetzt voll und ganz zu unterstützen, Gottesvater Eje dagegen blickte ihn haßerfüllt an. Ja, solange er sich einen Vorteil davon versprochen hatte, hatte er mit ihm am gleichen Strang gezogen, aber jetzt kam die alte Rivalität wieder zum Vorschein. Rechts neben Eje stand Gottesvater Sennodjem, an seiner linken Seite, mit über der Brust verschränkten Armen, Iri – ach, so stolz, so edel, so schön!

Eine Anzahl Frauen und Mädchen, unter ihnen Sit-Re

und ihre Mutter, hatten sich um Horemhebs Gemahlin geschart. Amenias zartes, blasses Gesicht strahlte; unverwandt ruhte ihr Blick auf ihrem Gatten. Ama und Pachar waren auch da, auch sie gutgelaunt und wohlauf.

Während Horemheb noch seine Ansprache an den König hielt, hörte man plötzlich vom Tor her lauten Wortwechsel. Vergeblich versuchte die Palastwache, einen jungen hochgewachsenen Soldaten aufzuhalten. Dieser stürmte, das Kinn nach vorne gestreckt, in die Halle herein auf Horemheb zu und nahm vor ihm Haltung an.

»Exzellenz!« keuchte er, die Hand an der Schulter. »Aitakama von Qadschu greift zum wiederholten Mal die Provinz Upe an. Er belagert Dimashqa! Wir sind mit knapper Not durchgekommen!«

»Verbeug dich erst einmal vor Seiner Majestät!« befahl ihm Horemheb und erklärte, an Pharao gewandt: »Das ist Ramessu, Herr der Beiden Länder, einer meiner besten Kundschafter und Anführer eines eigenen Spähtrupps. Erlaube, daß ich seine Meldung höre!«

Tutanchamun gestattete es, rutschte auf seinem Thronsessel ein Stück nach vorn und betrachtete, wie wir alle, Ramessu, der, abgekämpft und staubbedeckt, sehr draufgängerisch aussah.

»Auf dem Rückweg von Ikarit die Küste entlang«, begann der Späher seinen Bericht, »kamen wir bis Kepni unentdeckt und ohne Schwierigkeiten. Von Beruta aus wandten wir uns landeinwärts. Als wir das Land Amqi durchquert hatten und in die Provinz Upe kamen, warnten uns die Leute vor Aitakamas Söldnern. Prompt gerieten wir kurz vor Dimashqa in seinen Belagerungsring und hatten mit seinen Kriegern eine höchst« – er ließ ein nüchternes Lachen hören – »ungemütliche Begegnung!«

»Verluste?«

»Zwei meiner Männer, Exzellenz. Einen Verwundeten konnten wir mitschleppen.« Die Nachricht rief nicht mehr als ein Zucken auf Horemhebs Gesicht hervor. Der Kundschafter in seinem abgewetzten Lederschurz fuhr fort: »Die restliche Strecke schlugen wir uns weiter landeinwärts auf Umwegen durch. Einmal, als wir doch ein Stück die Handelsstraße benutzten, stießen wir auf die Überreste einer Karawane. Überfallen und ausgeraubt! Von Schasu-Beduinen, vermutlich. Zwei der Toten waren Chatti. So weit nach Süden, Exzellenz, wagen sich König Scha-pa-lu-lus Spione schon vor! Der einzige Überlebende war ein Kaufmann aus Kizzuwadna. Wir nahmen ihn mit nach Gaza. Der dortige Statthalter gab mir etliche Briefe für Deine Exzellenz mit. Doch davon später. In der Militärstation Abisigub wechselten wir die Pferde und ritten weiter zur Grenzfestung Tjaru. Von dort aus war dann alles einfach. Die gute ägyptische Organisation« – er lächelte, was sein markantes Gesicht recht anziehend machte – »hatte uns ja wieder!«

Er vollführte eine halbe Drehung und betrachtete die seitlich von ihm Stehenden. Als ich seinem Blick folgte, stellte ich verwundert fest, daß sich Sit-Re auf die Zehenspitzen gestellt hatte, um ihn über ihre rundliche, etwas kleinere Mutter hinweg ansehen zu können. Ich erinnerte mich dunkel an Worte wie ›nie in einen Soldaten verlieben‹ oder so. Und jetzt konnte sie die Augen gar nicht von Horemhebs verwegenem Kundschafter wenden!

Er berichtete weiter: »Nachdem uns die Festungskommandantur mit Proviant versorgt hatte, folgten wir dem Karawanenweg bis zu der Handelsroute, die von den Bitterseen kommt. Übrigens, Exzellenz, in Tjaru trafen wir jenen Waffenhändler aus Keftiu an. Er beklagte sich, daß die Südoststürme seine Reise verzögert hätten. Das heißt doch, daß er auf dem Seeweg die Küstenstädte abklappert und unter anderem auch den Chatti seine Ware verkauft? Er war auf dem Weg nach Men-nefer.«

»Mit Sicherheit unterbreitet er der Garnisonsverwaltung ebenfalls sein Angebot«, murmelte Horemheb, verstummte dann und saß, das Kinn auf die Hand gestützt, schweigend da. Nach einer kurzen Weile stand er auf, legte seine beiden Zepter auf der Sitzfläche des Sessels ab und begann, mit langen Schritten vor den Thronsesseln hin und her zu gehen. Auf einmal schien ihm seine elegante Aufmachung nicht mehr zu behagen, der lange gestärkte Leinenschurz und der fransenbesetzte Umhang, der seine Schultern und Oberarme einengte, und die modische Perücke und die vielen Goldketten und Armbänder, die ihm verliehen worden waren. In Gedanken versunken lief er weiter hin und her, als befände er sich in seinem Feldherrnzelt und nicht vor dem Königspaar im Prunksaal des Palastes. Voller Besorgnis betrachtete Amenia, seine Ehefrau, wie er rastlos auf und ab ging.

»Hori!« rief sie zwei- oder dreimal halblaut, aber er hörte sie nicht. Erst als Tutanchamun wissen wollte, ob er, wenn er ein bißchen älter sei, mit nach Retjenu kommen dürfe, nahm der Regent seine Umgebung wieder wahr. Er suchte nach Worten. Das sei gut möglich, meinte er, denn sobald die Ordnung in den Nordprovinzen völlig hergestellt sei, könne das Erscheinen Seiner Majestät in den syrischen Städten nur von Vorteil sein. Dann bat er den König, ihn und die anderen Befehlshaber zu entschuldigen. Sie hätten miteinander zu beraten, erklärte er und verließ, gefolgt von seinen Stabsoffizieren und dem Spähtruppanführer Ramessu, die Thronhalle.

Die Feierlichkeiten waren ohnehin beendet. Die Hofleute strömten aus dem Saal, Eje und seine Getreuen entfernten sich ebenfalls. Gleich darauf erhob sich die Königin, um sich mit einer widerwilligen Verneigung von Pharao zu verabschieden. Widerwillig, dachte ich, vielleicht auch deswegen, weil sie sich damit ja gleichzeitig vor mir verbeugt. Hocherhobenen Hauptes schritt sie mit ihrem Gefolge davon.

»Morgens, wenn ich aufwache, stehen lauter fremde Leute an meinem Bett«, beschwerte sich Pharao, nachdem wir in seinen Privatgemächern angelangt waren, und fügte mit unglücklichem Gesicht hinzu: »Ein richtiges Ritual veranstalten sie hier jeden Morgen.«

Zu meiner Enttäuschung war für mich in seinem Schlafzimmer künftig kein Platz mehr vorgesehen. Auch Ama und Pachar mußten in Nebenräumen übernachten. Nicht nur bei der täglichen Morgenzeremonie wurde der König jetzt von Kammerherren und Pagen bedient, auch beim Umkleiden und ähnlichen Gelegenheiten hatten wir dort nichts mehr zu suchen. Entgeistert sah ich am Morgen eine ganze Kolonne von Beamten und Dienern in sein Gemach hineinlaufen. Als erster trat der Vorsteher des königlichen Schlafzimmers durch die Tür, ihm folgten der Oberste Kammerherr und sein Stellvertreter sowie der Vorsteher des Baderaums des Palastes, der Vorsteher der Salber und der Vorsteher des Königsschmucks. Nach ihnen kamen der Vorsteher der Speisemeister und der Vorsteher des königlichen Frühstücks; letzterer sah aus, als ob er jedesmal die dreifache Portion von dem vertilgte, was er Pharao bringen ließ. Nach dem Frühstück schauten der Tschati von Unterägypten und mehrere hohe Beamte herein, unter ihnen auch Maja, wünschten dem König einen schönen Tag und ewiges Wohlergehen.

In der Residenz hielten sich so viele Palastsoldaten auf, daß sich Pachar schlichtweg überflüssig vorkam. Er verließ kaum noch den Nebenraum, den er als Aufenthaltsort zugewiesen bekommen hatte, und holte dort allen Schlaf nach, den er in den vergangenen Jahren beim Wachestehen versäumt hatte. Auch mit dem Unterricht hatte sich eine tiefgreifende Veränderung ergeben. Iri war, wie seinerzeit sein Vorbild Amenhotep, der Sohn des Hapu, Bauleiter an der Stätte der Ewigkeit geworden und unterrichtete nicht mehr. Er würde, da er für Tutanchamuns und Ejes Gräber zuständig war, demnächst für längere Zeit nach Waset reisen. Ausschließlich Priester der Götter Ptah, Re und Amun erteilten Pharao jetzt die nötigen Stunden. Und das Anlegen und Abnehmen des königlichen Schmucks, das Holen, Aufsetzen und Wegbringen der Kronen – all das waren hier langwierige Zeremonien.

Da ich nun mehr freie Zeit hatte, suchte ich oft Prinzessin Qafraiat im Frauenhaus auf; manchmal traf ich dort auch Sit-Re an. Bei ihr gab es immer Neuigkeiten. Sie hatte sich nämlich tatsächlich in Ramessu verliebt! Er war zum königlichen Kundschafter befördert worden, hatte sich mit Minchai, ihrem Bruder, angefreundet und war daher häufig bei ihr zu Hause eingeladen.

»Wenn ich nur mal ganz allein mit ihm sein könnte!« seufzte sie mit einem sehnsuchtsvollen Glanz in ihren hübschen Augen. »Aber jedesmal ist entweder mein Vater oder meine Mutter dabei, oder einer meiner Brüder.«

Na ja, ihre Eltern schienen eben andere Vorstellungen vom zukünftigen Schwiegersohn zu haben. Qafraiat und ich machten uns über ihre verliebte Schwärmerei lustig, aber in Wirklichkeit waren wir nur neidisch. Wie Sit-Re durchblicken ließ, erwiderte Ramessu ihre Gefühle, und sie war einfach glücklich, auch wenn sie noch nicht am Ziel ihrer Wünsche angelangt war. O ja, ich beneidete sie sehr, denn ich hatte ja niemanden mehr zum Lieben …

Als ich eines Spätnachmittags nach einem Besuch im Frauenhaus, bei dem wir wieder mal von Sit-Re den neuesten Stand erfahren hatten, zu Pharaos Palast zurückging, lief mir Iri über den Weg. Ich wollte ohne Gruß an ihm vorbeigehen, doch er hielt mich am Arm fest.

»In Frieden, Ta-mi! Sag mal, kennst du mich nicht mehr?«

»Nur zu gut kenne ich dich jetzt«, fauchte ich ihn an, »nachdem du mich so schäbig im Stich gelassen hast!«

»Du tust mir sehr unrecht«, sagte er, »wenn du glaubst, ich wolle nichts mehr mit dir zu tun haben.«

»Nicht ein einziges Wort hast du zu meinen Gunsten gesagt! Auch für Seine Majestät hast du dich nicht eingesetzt!«

»Das haben Ay und der Schatzkanzler zur Genüge getan. Ihr Wort hat ohnehin mehr Gewicht, denn ich bin der Jüngste von ihnen. Hätte ich nur wiederholen sollen, was sie bereits gesagt hatten? Und was dich betrifft, warst du in Wahrheit gar nicht ernsthaft in Gefahr. Hast du nicht bemerkt, daß Ay Gottesvater Eje nur einen Knüppel zwischen die Beine werfen wollte, um dessen Anschuldigungen gegen den König die Kraft zu nehmen? Anschließend hat sich Ay doch um dich gekümmert und ja auch verhindert, daß du ins Arbeitshaus gesteckt wurdest.«

Aus diesem Blickwinkel hatte ich die Sache allerdings noch nicht betrachtet.

»Inzwischen bewohne ich ein schönes Haus«, fuhr er fort. »Und mein Herz, Ta-mi, sehnt sich nach dir! Soll es denn nun nicht so werden, wie ich dir versprochen habe? Willst du mich mit verwundetem Herzen nach Waset entlassen? Soll ich abreisen, ohne daß wir in Liebe vereint sind?«

Ich sah ihn voller Beklemmung an. Ich konnte es ja gerade noch ertragen, böse auf ihn zu sein, wenn ich ihn nur irgendwo in der Nähe wußte. Aber jetzt von Angesicht zu Angesicht

– in dem Wissen, daß er Men-nefer bald verließ! Hatte sich nicht alles als einziges großes Mißverständnis herausgestellt? Waren es in Wahrheit nicht die unglücklichen Umstände gewesen, die uns auseinandergebracht hatten?

»Liebst du mich denn?« fragte ich.

Er sah mir direkt in die Augen. »Es gibt nur dich für mich!«

Ich schluckte. »Wirklich, Iri? Wirklich und wahrhaftig?«

»Komm!« flüsterte er ungeduldig. »Komm mit mir! Wir gehören für immer zusammen. Und in ein paar Tagen nehme ich dich mit nach Waset.«

»Aber Pharao?« fragte ich bang. »Wie wird er es aufnehmen?«

»Glaubst du denn allen Ernstes, Seine Majestät hat etwas dagegen, daß du glücklich bist?«

»Nein«, sagte ich, »eigentlich nicht.«

Iri behielt mich den ganzen Abend und die ganze Nacht bei sich. Genaugenommen wollte er überhaupt nicht, daß ich wieder wegging. O Sched, war ich glücklich, daß ich ihn wiederhatte! Im Morgengrauen ließ er mich dann doch fort. Die bevorstehende Reise mit ihm brachte meine Pläne ziemlich durcheinander, denn ich hatte mir vorgestellt, daß ich, auch wenn ich mit Iri zusammen war, weiterhin beim König meinen Dienst versehen konnte. So sehr wie früher brauchte Tutanchamun mich ja nicht mehr.

Die Wachsoldaten ließen mich in den königlichen Palast ein; es kam mir vor, als grinsten sie verstohlen. Auf Zehenspitzen schlich ich durch den Vorraum, wollte ins Nebenzimmer, wo meine Schlafmatte lag. Plötzlich stand Tutanchamun vor mir. Wieso war er schon wach?

»Wo kommst du her?« fuhr er mich an. »Seit gestern abend warte ich auf dich!«

»O Ibib …«, sagte ich, »… ich habe bei Iri übernachtet.«

Er blickte mich unschlüssig an, überlegte lange, bevor er die Frage stellte. »Ist er … dein Liebhaber?«

O Himmel, ich ahnte Schlimmes. Aber ich konnte doch das königliche Kind nicht anlügen! »Ja«, gestand ich schließlich.

Sein Gesichtsausdruck umwölkte sich und es schien ihn Kraft zu kosten, mich anzusehen.

»Und ich habe immer gedacht«, sagte er langsam und schwer, »ich kann dir vertrauen! Und du hättest *mich* lieb.«

»Ich liebe dich mehr als mein Leben, Ibib!«

Er ballte die Fäuste. »Das stimmt nicht! Und nenne mich nie wieder Ibib! Meine Majestät verbietet es dir!« Verächtlich und voller Enttäuschung schaute er an mir herunter. »Wie eine streunende Katze kommst du am Morgen heim! Von Iri! Er hat nicht zu uns gehalten, als sie uns anklagten!«

»Er hatte seine Gründe. Ich bitte dich, versteh doch!«

Entschieden schüttelte er den Kopf, straffte den mageren Körper und wies zur Tür. »Entferne dich von Re! Ich will dich nicht mehr bei mir haben.«

»Nein, nur das nicht! Schick mich nicht weg, Sen-scheri – kleiner Bruder«, flehte ich. »Verzeih, teuerste Majestät …!« Ich fand die Worte nicht. »Nur durch dich lebe ich. Fern von dir ist nichts als Finsternis.«

»Pack deine Sachen und verschwinde! Und laß dich nie wieder hier blicken!« Ohne ein weiteres Wort drehte er sich um, ging ins königliche Schlafgemach und schloß die Tür hinter sich zu. Ich hörte, wie der Riegel einrastete.

Was sollte ich tun? Mutlos suchte ich meine Sachen zusammen, verstaute sie in dem leinenen Beutel, den ich vor dem Umzug für meine persönliche Habe genäht hatte. Weder

Ama noch Pachar versuchten mich zurückzuhalten. Ich ging, ohne irgend jemandem Lebwohl zu sagen.

Wenig später stand ich wieder vor Iris Tür. Ein mißmutiger Diener öffnete, tat so, als hätte er mich nicht noch vor kurzem im Haus gesehen. Wie einen fremden Besucher führte er mich in die Halle, wo ich warten sollte. Der Herr sei bei der Morgentoilette, beim Baden und Salben, erklärte er. Aufgebracht entgegnete ich, wenn Iri nicht auf der Stelle käme, ginge ich selbst in sein Zimmer; soweit kannte ich mich ja aus. Aber da erschien er schon, mit einem Handtuch um die Hüften; hinter ihm ein Diener mit dem Rasiermesser in der Hand.

»Ta-mi! Es hat doch nicht etwa Schwierigkeiten gegeben?«

Wenigstens verstand er gleich! Mit einem Wink scheuchte er die Diener weg.

»Doch!« schluchzte ich. »Seine Majestät hat mich beschimpft und weggejagt. Oh, ich schäme mich so! Es gibt bloß eine Möglichkeit. Bitte, Iri, wenn du mich liebst … mach mich zu deiner Gemahlin!«

Er lachte auf. »Ich kann nicht jede kleine Dienerin heiraten, mit der ich schlafe! Eine königliche Verwandte, eine Prinzessin, werde ich eines Tages ehelichen, verstehst du? Ich muß nur noch ein, zwei Jahre warten, bis sie erwachsen ist. Mit dir eine Verbindung einzugehen würde mir nicht im Traum einfallen.«

»Noch vor einer Stunde hast du zum wievielten Mal beteuert«, brachte ich mühsam hervor, »daß du für ewig mit mir zusammenbleiben willst.«

»Ja, das mag sein, aber du schenkst meinen Worten ja allzugern Glauben!«

»Weil ich dich liebe … liebte!« Jedes Wort, jeder Atemzug fiel mir schwer. »Iri! Nimm mich wenigstens für ein paar Tage bei dir auf. Vielleicht ändert der König seine Meinung. Und ich darf wieder zu ihm.«

»Hier kannst du nicht bleiben! Stets bin ich dafür eingetreten, dich des Palastes zu verweisen. Und jetzt, da Pharao es von sich aus tut, sollte ausgerechnet ich dir Unterschlupf gewähren? Nein! Es ist das beste, wenn du so schnell wie möglich die Residenz verläßt. Und die Stadt! Warum kehrst du nicht zu deiner Familie nach Chemenu zurück? Du hättest ihnen sicher eine Menge zu erzählen.« Er grinste höhnisch. »Was die Reise wohl kostet? Warte einen Augenblick! Ich glaube, ich habe ein paar Kupferdeben griffbereit. Ich lasse dich doch nicht ohne die Mittel für die Reise ziehen!«

»Du … du widerlicher Lügner!« schrie ich, packte mein Bündel und rannte hinaus.

IN DER HERBERGE

Die Stadt Men-nefer war mir fremd. Kurz nach Tagesanbruch herrschte in den Straßen schon reger Betrieb. Wohin sollte ich mich wenden? Den ganzen Vormittag lief ich ziellos herum, bis mir die Füße schmerzten und ich hungrig und durstig war. Ich dachte an die stets gefüllten Krüge im Palast; nicht mal Wasser hatte ich holen müssen. Jetzt wäre ich mit Freuden bereit gewesen, den schwersten Krug zu schleppen, bloß um ein paar Tropfen zu bekommen. Außerdem hatte ich verlernt, Hungergefühle zu ertragen. In dieser Hinsicht war ich so verwöhnt, daß ich beinahe am nächstbesten Essensstand für ein paar Bissen eines von meinen Schmuckstücken eingetauscht hätte. Erst im letzten Moment erlegte ich mir Zurückhaltung auf. Hier auf der Straße herrschten andere Regeln. Ich hätte mich nur verdächtig gemacht, die Wertsachen gestohlen zu haben, und wäre schnell im Gefängnis gelandet.

Mein Leben lag in Scherben. Einen Augenblick lang fühlte ich mich so verzweifelt, daß ich dachte, alles hätte keinen Sinn mehr. Schließlich brachte ich doch die Energie auf, mich zu einem öffentlichen Brunnen durchzufragen. Ich ging an Verkaufsständen mit Früchten und Gemüse und duftenden Brotfladen vorbei. Als ich den Brunnen erreichte, lieh mir eine Frau ein Gefäß, und ich trank und trank. Dabei merkte ich, wie die Frauen mich beobachteten. Mein Kleid war inzwischen zwar verdrückt und nicht mehr sauber, aber von feinster Qualität. Meine Füße hatten weder Schrunden noch Schwielen, und meine Hände waren gewiß keine Arbeitshände. Neugierige Blicke musterten mein Gepäck. Für wen die Leute mich wohl hielten? Hastig gab ich der Frau die Schöpfkelle zurück und schaute, daß ich weiterkam.

Aber wohin? Sollte ich tatsächlich nach Chemenu zurückkehren? Für meinen Schmuck konnte ich mir jederzeit eine komfortable Reise leisten; dafür brauchte ich nicht Iris lumpige Kupferdeben. Aber die Möglichkeit einer Heimkehr blieb mir als letzter Ausweg immer noch. Lieber wollte ich erst einmal versuchen, in Men-nefer zu bleiben. Ob es mir gelang, irgendwo eine Anstellung zu finden? Wenn ich mich erst mal kämmte und den Staub von meinem Kleid klopfte, sah ich doch ganz passabel aus! Wie allerdings sollte ich das reiche und vornehme Haus ausfindig machen, wo die Herrin händeringend eine Dienerin suchte? Ich sah die schmutzige Straße auf und ab. Nein, in diesem Viertel bestimmt nicht!

Ich trottete weiter, erkundigte mich nach einer besseren Wohngegend und erfuhr, daß diese nordwärts, etwas außerhalb, lag. Also machte ich mich von neuem auf die Wanderschaft. Nach einer guten Strecke sah ich an der lockeren Bebauung und den weiß ummauerten Gärten, daß ich auf dem richtigen Weg war. Gleich im ersten Haus, das mir vertrauenerweckend erschien, weil es gerade frisch gekalkt wurde, sprach ich beim Pförtner vor. Der alte Mann war hilfsbereit, erklärte mir jedoch, daß die Dame des Hauses keine Dienerin brauche. Anscheinend sah er mir an, daß ich nicht nur enttäuscht, sondern auch hungrig war, und gab mir ein Stück von seinem Brot. Während ich aß, dachte er nach und schlug anschließend eine andere Villa vor, wo ich es versuchen sollte. Ich schöpfte neue Hoffnung. Ich durfte nicht erwarten, daß es beim ersten Mal klappte! Und wenn man etwas im Magen hat, sieht die Welt gleich viel freundlicher aus.

Bei meiner nächsten Anfrage beglückwünschte ich mich im stillen, als ich hörte, daß tatsächlich eine Dienerin gesucht wurde. Ich wurde zur Herrin des Hauses geführt. Aber dann fragte diese nach Referenzen! Ich fiel aus allen Wolken. Fast hätte ich lauthals zu lachen angefangen. Sollte ich ihr vielleicht sagen, daß meine Dienste, verdammt noch mal, auch für sie gut genug seien, wenn sie es für den König gewesen waren? Natürlich tat ich das nicht. Sie hätte mich in hohem Bogen rauswerfen lassen, die alte Wachtel! Meine Beteuerungen, daß ich in den allervornehmsten Häusern des Landes beschäftigt gewesen war, machten sie bloß noch mißtrauischer. Wenn das tatsächlich stimme, erklärte sie, hätte man mir selbstverständlich Papiere mitgegeben, die das bestätigten.

»Keine Referenzen, keine Stelle«, sagte sie. »Auf Wiedersehen!«

Niedergeschlagen ging ich auf die Straße hinaus, da rief der Pförtner mich zurück. »Vielleicht hast du ja schräg gegenüber Glück«, meinte er. »Dort wechseln die Dienstboten rasch. Irgend jemand wird dort immer gebraucht.«

Das Gebäude sah nicht gerade gepflegt aus, ein frischer Anstrich hätte nicht geschadet; der Garten wirkte ebenfalls ziemlich vernachlässigt. Aber die Hausherrin war füllig und nett. Sie erzählte mir gleich, daß es ihr nicht vergönnt sei, auf großem Fuß zu leben, weil ihr Mann nur ein kleiner Beamter und bei der letzten Beförderung bedauerlicherweise wieder übergangen worden sei. Und ich hätte sie und ihre beiden Töchter zu bedienen.

»Wenn dir das nicht zu viel Arbeit ist, kannst du bleiben«, sagte sie und strahlte mich erwartungsfroh an. Als ich zusagte, meinte sie, ich solle am besten gleich mit den Zimmern der Mädchen anfangen.

Es war ein Graus! Auf dem Boden lagen Essensreste und schmutzige Kleidungsstücke herum. Erstere warf ich in den Trog für die Schweine, letztere, da kein Waschtag war, in eine Truhe, die, in dem Bestreben, kostbare Materialien vorzutäuschen, in grellen Farben bemalt war. Doch war ich so froh zu wissen, wo ich die kommende Nacht verbringen konnte, daß ich trotzdem blieb und weitermachte. Als es schließlich dämmerte, hatte ich außer den Zimmern der drallen, schlampigen Töchter auch den Raum, den die Herrin des Hauses bewohnte, aufgeräumt und gesäubert. Ich wurde aufgefordert, in die Küche zu gehen, wo ich mit den anderen Dienstboten, die mir mürrisch Platz machten, eine nicht gerade wohlschmeckende Mahlzeit einnahm. Zum Schlafen wurde mir einer der Wirtschaftsräume angewiesen. Zuvor wurde ich noch kurz dem Hausherrn vorgestellt. Er war ebenso wohlgenährt wie der weibliche Teil seiner Familie und starrte mich aus trüben Augen an.

Ich wünschte allen eine gute Nacht, ging in meine Kammer und legte mich zur Ruhe, wobei ich den Beutel mit meinen Sachen als Unterlage für den Kopf benutzte. Bevor ich einschlief, nahm ich mir vor, gleich morgen früh um Nadel und Faden zu bitten, damit ich meinen Schmuck in die Säume der beiden Kleider einnähen konnte, die ich mitgenommen hatte. Während der Nacht schlief ich schlecht, wachte mehrmals auf. Gegen Morgen hatte ich einen beklemmenden Traum von einem Felsbrocken, der mich unter sich begrub. Halb schlief ich, halb war ich wach, und in diesem Dämmerzustand hörte ich die Damen des Hauses in ihren Zimmern schnarchen. Als ich ganz aufwachte, lastete der Felsbrocken noch immer auf mir. Er fing an zu schnaufen und sich zu bewegen. Da merkte ich, daß es der Hausherr war.

Ich wehrte mich, kratzte und biß. Sobald ich etwas Freiraum hatte, rammte ich ihm mein Knie in den Bauch oder etwas tiefer, so daß er aufheulte. Ich befreite mich und schlug ihm meinen Beutel auf den Kopf, was aber sinnlos war. Denn die Stofftasche war auf einmal ganz leicht; das hatte ich vorher nicht bemerkt. Nachschauen konnte ich aber nicht, denn der ekelhafte Kerl rappelte sich schon wieder hoch. Also rannte ich, so schnell mich meine Beine trugen, aus dem Zimmer und aus dem Haus und durch den Garten und zum Tor hinaus.

Nachdem ich ein Stück weit gelaufen war, machte ich halt. Im Schatten eines Baumes ließ ich mich in den Sand fallen, schluchzend durchwühlte ich meine Habseligkeiten. Der ganze Schmuck war weg, mein bestes Kleid auch. Nur den nicht sehr wertvollen Umhang hatten sie mir gelassen, vermutlich damit nicht gleich auffiel, daß etwas fehlte. Und das schlimmste war, ich war selber schuld dran! Wieso hatte ich nicht besser aufgepaßt? Am Abend, bevor ich mich schlafen legte, hätte ich nach meinen Sachen sehen sollen. Man mußte mir die Tasche ausgeräumt haben, während ich gearbeitet oder gegessen hatte. Sicher hatten die Leute angenommen, es handle sich um Diebesgut und ich müsse froh sein, wenn sie mich nicht anzeigten. Nur der goldene Anhänger mit Pharaos Namen war mir geblieben, weil ich ihn zusammen mit ein paar Muscheln und hübschen Steinen in einem Stoffsäckchen ständig bei mir trug. Und dieses Amulett mußte ich unbedingt behalten. Sonst war ich verloren – in diesem Leben und in alle Ewigkeit!

Ich heulte und schrie mir die Seele aus dem Leib. Der Bezirk war nicht so dicht besiedelt; vermutlich hörte mich niemand. Schließlich kamen ein paar Leute die Straße entlang, und ich schluckte meine Tränen hinunter. Dann machte ich mich wieder auf den Weg. Diesmal ging ich in südliche Richtung, bis ich zu einem Kanal kam, der in einem Hafenbecken endete. In diesem Viertel gab es viele Verkaufsstände, Schenken und verschiedene Arten von Unterkünften, wo sich Reisende einmieten konnten. Und hier befanden sich auch die königlichen Magazine und Lagerhäuser.

Eine der Herbergen schien mir besonders gut geführt zu sein. An der einen Seite des Gebäudes befand sich ein Garten mit einer überwachsenen Laube, in der die Gäste speisten. Auf der anderen Seite des Anwesens lagen die Ställe für die Last-, Zug- und Reittiere sowie die Quartiere für die Bediensteten der Handelsleute. Ich wollte mir das unbedingt alles näher ansehen; daher tat ich einfach so, als ob ich dazugehörte.

Allem Anschein nach handelte es sich um ein Rasthaus für wohlhabende Kaufleute, denn hier herrschte nicht das übliche Lärmen und Geschrei, sondern es ging verhältnismäßig ruhig zu. Die Wirtin wirkte sehr energisch und wurde beim Bedienen der Gäste von einigen jungen Mädchen unterstützt. Auch der Wirt kam mir vertrauenswürdig vor; jedenfalls sah er nicht aus wie jemand, der sich nachts auf schlafende Dienerinnen stürzt. Er wies die Knechte an, die Lasten abzuladen und zu verstauen, die Tiere zu versorgen und was sonst noch zu tun war. Ich beobachtete die Reisenden aus nah und fern, die teils auf dem Landweg, teils mit dem Schiff angekommen waren. Da waren Leute aus der westlichen Wüste und aus dem Süden, aus Wawat und Kusch, und aus dem Norden, aus Retjenu und außerdem aus Sangar, Naharina und Chatti und sogar von den Inseln inmitten des Großen Grünen Meeres. Ich fand es aufregend, die vielen Menschen zu beobachten und zu hören, wie sie sich in ihren verschiedenen

Sprachen verständigten. Und die Handelswaren, die sie dabeihatten, waren bestimmt auch sehr selten und wertvoll.

Bis auf die Wirtin nahm niemand Notiz von mir. Nachdem sie ein paarmal zu mir hergeschaut hatte, schickte sie eines der Mädchen. Doch anstatt fortgejagt zu werden, wurde ich höflich gefragt, was man für mich tun könne.

»Eigentlich ... suche ich ... Arbeit«, murmelte ich, ohne das Mädchen anzusehen. Ich erwartete, daß sich ihr Ton gleich ändern würde, aber sie stieß nur einen Seufzer der Erleichterung aus und nahm mich zur Wirtin mit.

»Hier ist sie, Herrin«, sagte sie, »die dringend benötigte Aushilfe!«

Die Wirtin musterte mich genau.

»Kannst du servieren, Zimmer saubermachen, Wäsche wechseln und auch mal beim Kochen aushelfen?«

»Ja, meine Herrin. Mein Leben lang hab ich nichts anderes getan.«

»Na, das wird sich rausstellen. Immerhin hast du ein ordentliches Kleid an. Es muß nur mal gewaschen werden. Auf adrettes Aussehen lege ich nämlich Wert.«

»Ich hab sogar ein Kleid zum Wechseln«, sagte ich und zog mein verbliebenes Gewand aus dem Leinenbeutel.

»Um so besser. Wie heißt du? Ich bin Weret, das ist Wija. Sie wird dir alles zeigen. Und eines will ich dir Neuen gleich sagen. Wer mehr fragt, braucht weniger zu rennen!«

Natürlich konnten Weret und ich nicht die ganze Arbeit allein erledigen. Es gab Leute, die kochten, putzten, spülten und wuschen. Bei diesen Arbeiten mußten wir nur in ganz dringenden Fällen mit anpacken. In erster Linie hatten wir uns um die Gäste zu kümmern und dafür zu sorgen, daß sie sich wohl fühlten, gern und lange blieben und dabei möglichst viel verzehrten und tranken. Dabei durfte es keine Eile geben; wir konnten uns Zeit nehmen für ein Gespräch, denn gerade die Neuankömmlinge hatten ja tausend Fragen, wenn sie nach einer langen, beschwerlichen Reise eintrafen.

Das Leben in der Herberge war bunt und interessant, und mit der Zeit gefiel es mir immer besser hier. Dank meiner Erfahrungen im Haus des Schatzkanzlers und in der Residenz ging mir die Arbeit gut von der Hand. Natürlich dachte ich zwischendurch daran, einfach alles stehen- und liegenzulassen, zum Palast zu laufen und Tutanchamun zu bitten, mich wieder in Gnaden aufzunehmen. Ich vermißte ihn sehr. Aber hatte ich vom Großen Haus Entgegenkommen zu erwarten? Wenn Pharao noch böse auf mich war, würde mein Auftauchen alles nur schlimmer machen. Nein, da schüttelte ich lieber weiterhin in den Zimmern die Decken und Laken aus, richtete den Reiseproviant her und verstreute Kräuter gegen das Ungeziefer, bevor die nächsten Gäste einzogen. An diesem Ort fühlte ich mich sicher, hatte sogar etwas wie eine Familie gefunden.

»Laß dich ja nicht mit den Gästen ein!« hatte Weret, die Wirtin, mich gleich zu Anfang ermahnt. Und Wija hatte gekichert: »Unter manchem schönen Rock steckt bloß ein alter Ziegenbock!« In dieser Hinsicht brauchten sie sich nun wirklich keine Sorgen machen. Von Männern hatte ich für den Rest meines Lebens genug. Und von der Krankheit, die man Liebe nannte, war ich auch vollständig geheilt.

Unser Essen wurde in der ganzen Stadt gerühmt, und so trafen neben den Kaufleuten aus fernen Ländern auch zahlreiche in Men-nefer ansässige Händler ein, um hier ihre Geschäfte abzuwickeln. Da sich ganz in der Nähe die königlichen Magazine befanden, verlegten die Beamten der Lagerhäuser, wenn sie für den Palast Waren einkauften oder

Überschüsse aus den eigenen Beständen abstoßen wollten, häufig ihre geschäftlichen Verhandlungen ebenfalls in die Herberge.

Soldaten sah man hier eigentlich selten. Deshalb wunderte ich mich, als ich eines Abends Sementaui unter den Gästen entdeckte. Der ungeschickte Offizier aus Horemhebs früherem Regiment, der mit dem Speer versehentlich Pharaos Löwen getroffen hatte, saß mit dem Vorsteher der königlichen Magazinverwaltung zusammen; dessen junger Schreiber hockte einsatzbereit daneben. Ich hatte Sementaui seit jenem Zwischenfall nicht mehr gesehen, und er erkannte mich nicht. Im Palast von Achetaton hatte er bei seinen Fußfällen und vielen Verbeugungen kaum auf das halbwüchsige Mädchen geachtet, das neben dem königlichen Thronsessel gekauert hatte.

Hier jedenfalls spielte er den feinen Herrn. Während ich bediente, schnappte ich auf, daß ihn der Regent nach Mennefer geholt und zu seinem privaten Sekretär ernannt hatte. Mit dem hohen Magazinbeamten war er anscheinend gut befreundet. Dieser hielt ihn frei und forderte ihn immer wieder auf, sich nach Belieben zu essen und zu trinken bringen zu lassen; außerdem schickte er ein paarmal seinen Untergebenen los, damit dieser irgendwelche Besorgungen für Sementaui erledigte. Dabei blieb der junge Mann, der Schreiber, immer aufmerksam und höflich.

Ich war überrascht, zu hören, wie sich Sementaui, der doch, wie ich annahm, in hohem Maß Horemhebs Vertrauen genießen mußte, über den Regenten beklagte. Er fühlte sich in der Gunst des Obersten Heerführers zurückgesetzt, und zwar deswegen, weil Horemheb den königlichen Kundschafter Ramessu ebenfalls in seinen Stab aufgenommen hatte. Und während ich, um ja recht viel in Erfahrung zu bringen, mit schneckenartiger Langsamkeit die Speisen auf seinem Tisch arrangierte, beschwerte sich Sementaui säuerlich, daß Ramessu Sit-Re heiraten werde, die Schwester des Standartenträgers Minchai, der ebenfalls ein Günstling des Heerführers und völlig unverdient Stabsoffizier geworden sei. Gebannt hörte ich zu, den Weinkrug in der Hand, und sah im Geist Sit-Re vor mir, wie sie der Prinzessin und mir von ihrem Späher vorschwärmte. Darüber vergaß ich glatt einzuschenken.

»Was trödelst du herum, Mädchen!« schnauzte Sementaui mich an. »*Du* wirst die Leute, von denen ich rede, schwerlich kennen!«

Der junge Schreiber des königlichen Magazinverwalters hatte in der Folge ziemlich oft in der Herberge zu tun. Und jedesmal, wenn er hier war, versuchte er, ein Gespräch mit mir anzufangen. Er hieß Djehuti und stammte ebenfalls aus Chemenu. Sonst aber hatten wir wenig miteinander gemein. Er hatte im Tempel des Weisheitsgottes Thoth eine hervorragende Schreiberausbildung erhalten. Er machte kein Geheimnis daraus, daß er seine Erziehung sowie sein berufliches Fortkommen einem unbekannten Gönner aus höchsten Kreisen verdankte. Dieser fördere Kinder aus armen Verhältnissen je nach ihrer Eignung, berichtete er. Diejenigen, deren Stärke mehr im körperlichen Bereich lag, wurden zu Elitekämpfern ausgebildet, während den in geistiger Hinsicht Begabten eine Priester- oder Beamtenlaufbahn ermöglicht wurde. Es lag auf der Hand, daß diese Leute ihr Leben lang ihrem Wohltäter ergeben blieben, auch wenn sie ihn vielleicht nie zu Gesicht bekamen. Denn ohne seine großzügige Unterstützung hätten sie es vermutlich nicht weiter als bis zum Lastenträger oder Diener gebracht.

»Hat einer die Möglichkeit, sich zu bilden, und greift nicht zu, so ist er wahrlich ein Narr«, gab Djehuti eine bekannte Schreiberweisheit wieder und erzählte mir, wie froh er sei, im königlichen Handelsbüro diese Schreiberstelle und darüber hinaus in der Nähe der Lagerhallen eine Wohngelegenheit gefunden zu haben. Und sein Herr, versicherte er mir, sei ebenfalls rundherum in Ordnung. »Die Ämter haben keine Kinder. Aus diesem Grund braucht man immer tüchtige Schreiber, die man in die Ämter setzen kann«, zitierte er schon wieder einen Spruch, womit er mir allmählich auf den Geist ging.

Jeden Tag suchte eine große Zahl von Händlern das Büro des königlichen Magazinverwalters auf, um dort ihre Waren anzubieten. Außer dem Vorteil, daß es das Ansehen eines Händlers hob, wenn er sagen konnte, er liefere Waren an den ägyptischen Königshof, nahmen die Kaufleute an, sie könnten hier besonders gute Preise erzielen. Doch Djehuti verriet mir, dem sei gar nicht so. Sein Chef verhandle knallhart und drücke die Preise so sehr, daß für den Anbieter kaum eine Gewinnspanne blieb. Von diesem Mann, meinte Djehuti, könne er eine Menge lernen. Und das tat er anscheinend schnell – na ja, er war eben ein kluger Kopf –, denn er erhielt zusehends mehr Vollmachten. Nach kurzer Zeit führte er die Verhandlungen allein, und ich hatte den Eindruck, daß eigentlich er die Arbeit seines Vorgesetzten tat. Dieser ging derweil anderen, wahrscheinlich einträglicheren Beschäftigungen nach.

Das führte so weit, daß Djehuti eines Tages sogar bei einer Verabredung mit Sementaui seinen Herrn, den Vorsteher der königlichen Magazinverwaltung, vertrat. Er richtete Sementaui aus, der Magazinverwalter sei zu seinem großen Bedauern verhindert, spendiere aber das Essen und Wein, soviel sie wollten. Dann klärte er mit ihm einige private Geschäfte, die Sementaui mit dem Vorgesetzten vereinbart hatte. Darüber kamen sie ins Gespräch. Horemhebs Sekretär trat aufgrund seines hohen Postens ziemlich großspurig auf, aber Djehuti hatte eine entwaffnende Art und hörte allen seinen Ausführungen aufmerksam zu, so daß der um vieles Ranghöhere schließlich nichts mehr dabei fand, mit ihm zu tafeln und zu trinken.

Während ich bediente und natürlich alles einzeln brachte, damit ich recht oft kommen und mithören konnte, erfuhr ich, daß Sit-Re und Ramessu geheiratet hatten und daß wieder einmal der Abmarsch des königlichen Heeres unter Horemhebs Leitung bevorstand. Schadenfroh erwähnte Sementaui, wie schwer Ramessu die Trennung von seiner jungen Frau falle, die bereits ein Kind erwartete. Ich konnte gerade noch einen Seufzer unterdrücken und ein möglichst unbeteiligtes Gesicht machen. Dann mußte ich mich von diesem Tisch entfernen, um neu eingetroffene Gäste nach ihren Wünschen zu fragen. Zwischendurch bekam ich aber mit, daß sich Djehuti für irgendwelche militärischen Neuigkeiten interessierte, die ihm Sementaui wichtigtuerisch und herablassend anvertraute.

Als ich zum Abräumen kam, hatten sie den ganzen Krug ausgetrunken und unterhielten sich weinselig mit den anderen Gästen über das Götterfest, das in ein paar Tagen stattfinden sollte. Beim Hinausgehen lächelte mir Djehuti zu, und ich lächelte zurück – aber bloß deswegen, weil wir angehalten waren, den Gästen gegenüber stets freundlich zu bleiben. Er mochte ja einiges auf dem Kasten haben, aber ich legte keinen Wert darauf, ständig seine klugen Sprüche zu hören. Da ich an dem Tag, da die Götterprozession abgehalten wurde, aber nichts Besseres vorhatte, schaute ich sie mir gemeinsam mit ihm an. Die Wirtin hatte mir freigegeben und gemeint, wir zwei sollten nur hingehen und uns in der Hitze und dem Gedränge die Beine in den Bauch stehen.

»Du wirst staunen, was die Stadt alles zu bieten hat«, versprach Djehuti, als ich erklärte, daß ich, abgesehen vom ersten Tag, als ich von einem Stadtteil zum anderen geirrt war, von Men-nefer noch nicht allzuviel gesehen hatte. Im Gegensatz zu mir hatte er bereits alle Stadtteile systematisch durchstreift. Men-nefer, schwärmte er, sei eine großartige, weltoffene Metropole, kurz gesagt, das Tor zu den Fremdländern im Norden. Er zerrte mich durch die verschiedenen Tempelbezirke, von denen die beiden größten und bedeutendsten Ptah, dem Gott der Künstler und Handwerker, und der Göttin Hathor geweiht waren, die hier als ›Herrin von der Sykomore‹ verehrt wurde. Allerorten waren die Heiligtümer erneuert worden, Tausende von Priestern, Tempelsoldaten und Beamten hatten ihren Dienst aufgenommen. Und hinter allen diesen Maßnahmen war Gottesvater Eje die treibende Kraft.

Um den heiligen Hap-Stier und seine Mutterkuh zu besichtigen, die in einem Hof an der südlichen Einfahrt zum Ptahtempel lebten, hätten wir wegen des großen Andrangs ziemlich lange anstehen müssen. Deswegen beschlossen wir, ein anderes Mal wiederzukommen, wenn kein Feiertag und die Stadt nicht so überlaufen war. Der festliche Umzug entpuppte sich als riesiger Menschenauflauf, in dem die Götterstatuen und goldenen Standarten der verschiedenen Tempel mitgeführt wurden. Auch ausländische Gottheiten waren vertreten. Da waren die ›Nackte Göttin Qu-adschu‹, die man als Ptahs Gemahlin ansah und daher im hiesigen Tempel untergebracht hatte, und Ishtar, die reitende Göttin und ›Herrin von Peru-Nefer‹. Außerdem waren Reschef und Baal, Kriegsgötter aus Retjenu, dabei und Hauron, der als Hirtengott im Land Amurru verehrt wurde. Djehuti ließ mich wissen, daß andererseits auch ägyptische Götter im Ausland verehrt wurden, wie beispielsweise Thot und Hathor in Kepni. Und die Göttin Hathor habe als ›Herrin der Türkise‹ bei den Türkisminen zusätzlich eine Kultstätte.

Als das Gewühl immer dichter wurde, sah er freundlicherweise davon ab, mich weiter in seine Kenntnisse einzuweihen. Ich sagte, nun absolut keine Lust mehr auf geschmückte Götterbilder zu verspüren. Zu meiner größten Verwunderung war er sofort einverstanden und begleitete mich überallhin, wohin ich nur wollte. Da mir herzlich gleichgültig war, ob er mich für eitel oder berechnend hielt, zeigte ich ihm bei den Verkaufsbuden längs der Straße gleich mal ein paar hübsche Dinge, die mir gefielen. Ich sagte mir nämlich, wenn er mit seinen Spesen ständig den blöden Sementaui freihält, kann er auch für mich mal was springen lassen. Tatsächlich kaufte er mir einen Halsschmuck und ein Armband und noch einen Fußreif und außerdem ein schönes Tuch mit einem wirren fremdländischen Muster. Dann stellten wir fest, daß wir Durst hatten, und er meinte, wir sollten am besten nach Peru-Nefer gehen, wo er eine halbwegs einladende Schenke kenne.

In Peru-Nefer befinden sich die königlichen Werften, und Djehuti wies mich auf die Zedernstämme hin, die entlang dem Kanal lagerten, und darauf, daß sie für den Bau von Schiffen vorgesehen seien. Einige Straßen weiter fanden wir die Schenke. Sie war sehr viel kleiner als die Herberge, aber sie hatte auch eine Laube neben dem Haus, und wir setzen uns unters Blätterdach. Ein kleines Mädchen brachte uns zu trinken und einen Imbiß, zu dem Djehuti mich ebenfalls einlud. Während wir Linsensuppe und Brot aßen, betrachtete ich seine Geschenke, die sich aber mit den Sachen, die ich mal besessen hatte, in keiner Weise messen konnten. Er erzählte mir, daß er im Anschluß an seine Schulausbildung vier Jahre lang Wabpriester gewesen war, selbstredend auch in Chemenu. Denn Weisheit und Wissenschaft wohnten seiner Meinung nach allein im Heiligtum des weisen Gottes Thot.

»Nichts ist kostbarer«, versicherte er mir mit abgeklärter Miene, »als wahre Gelehrsamkeit.«

»Hast du Wissen, so sei deswegen nicht aufgeblasen!« entgegnete ich giftig, denn etwas von dem Spruchgut, das die königlichen Erzieher Tutanchamun nahegebracht hatten, war auch bei mir hängengeblieben. Noch eine Spur bissiger fügte ich hinzu: »Auf dein Wissen sollst du nie stolz sein! Und auf deine Gelehrsamkeit sollst du dich nie verlassen. Es gibt nämlich eine Menge Dinge, von denen du noch nie was gehört hast!«

»Na ja, wer mit der Katze spielt, muß wissen, daß sie Krallen hat«, fiel ihm als Antwort ein. Danach hielt er wenigstens eine Weile den Mund.

Eine alte Frau, vermutlich die Ururgroßmutter des kleinen Mädchens, kam und meinte, sie hätte gerade Dattelbrot gebacken, ob wir etwas davon wollten. Ich sagte, sie solle es ruhig bringen, die Suppe hätten wir verputzt, da käme etwas Süßes recht. Djehuti erhob keinen Einspruch, und wir teilten uns den Kuchen.

»Ich habe dir schon so viel über mich erzählt«, sagte er. »Aber von dir weiß ich so gut wie nichts.«

»Du weißt doch, daß ich auch aus der Hauptstadt des Hasengaus komme. Meine Leute leben dort, aber ich habe sie seit einer Ewigkeit nicht mehr gesehen.« Ich mußte mich räuspern und blinzeln und konnte ein paar Augenblicke vor Traurigkeit nicht sprechen, aber gleich darauf tischte ich ihm eine wundersame Geschichte auf, indem ich sagte, ich hätte – erst in Achetaton, dann in Men-nefer – in einem sehr reichen Haus den jungen Sohn umsorgt und dabei sogar ein bißchen Schreiben und Lesen gelernt. »Ich war immer fein angezogen und durfte den jungen Herrn überallhin begleiten. Dummerweise verliebte ich mich in seinen Erzieher, aber der war ein Schuft! Und deswegen verlor ich meine gute Stelle und alles, alles!«

Djehuti starrte mich an. War mir doch egal, ob er mir glaubte oder nicht. Und irgendwie stimmte es ja! »Eigentlich hatte ich damit gerechnet«, sprach ich schnell weiter, »daß heute beim Götterumzug Pharao zu sehen ist. Er ist inzwischen zwölf Jahre, nicht wahr? Weißt du, wieso er sich nicht dem Volk gezeigt hat?«

»Soviel ich von Sementaui erfuhr, ist Pharao außer Landes. Er ist mit dem Regenten auf dem Weg nach Retjenu.«

Ich erschrak.

»Aber Seine Majestät ist doch noch viel zu jung, um in den Krieg zu ziehen!«

»Sementaui sagt, daß er den Regenten nur so lange begleitet, wie sie sich auf sicherem Gebiet bewegen«, beruhigte er mich. »Später wird der junge Herrscher in Begleitung zuverlässiger Offiziere nach Men-nefer zurückkehren, während Horemheb mit dem Heer weiterzieht.«

O Sched, ich würde keinen ruhigen Augenblick haben, bis Tutanchamun in der Residenz zurück war! Aber das ging Djehuti nichts an.

»Na ja«, sagte ich zu ihm, »es ist zwar gut, daß du das von Sementaui erfahren hast, aber ich würde mich trotzdem nicht mit ihm unterhalten. Weil ich ihn nämlich nicht leiden kann.«

Lächelnd beugte er sich zu mir, suchte meinen Blick.

»Aber mich, Ta-mi, magst du doch leiden?«

Mit einem Ruck stand ich auf. Auf diese Art von Fragen würde ich nie wieder antworten. Den Weg nach Hause fand ich auch allein. Es paßte mir sogar sehr gut, Djehuti hier sitzenzulassen. Aber er warf dem kleinen Mädchen, das im Hauseingang saß, schnell einen halben Deben Kupfer zu, was viel zuviel war, kam hinter mir her und bestand darauf, mich heimzubringen. Ich dachte, er hätte wenigstens kapiert, daß ich auf seine Annäherungsversuche niemals eingehen würde, doch als wir die Herberge erreichten, fragte er, ob es mir nicht ein kleines bißchen gefallen hätte und ob wir bald wieder etwas miteinander unternehmen wollten.

Darauf gab ich ihm gar keine Antwort, sondern raffte meine neuen Besitztümer zusammen und schlug ihm die Haustür vor der Nase zu. Ich lief die Treppe hinauf aufs Dach des Gebäudes, wo ich gemeinsam mit Wija und den anderen Mädchen mein Nachtlager hatte.

Da sich Djehuti längere Zeit nicht bei uns blicken ließ, befürchtete Kasa, der Wirt, schon, einen Stammgast verloren zu haben. Meine Vermutung war, daß Djehuti mehr Spesen verbraucht hatte, als ihm gestattet war, und daß sein Vorgesetzter ihn nun kürzer hielt. Oder vielleicht war Djehuti auch beleidigt und wollte, daß ich ihn vermißte, was aber ganz und gar nicht der Fall war. Oder gab's in den königlichen Magazinen momentan einfach nichts, womit man handeln konnte?

Nach und nach blieben auch die fremden Kaufleute aus. Die Straßen und Handelswege waren unsicher geworden, denn in den Nordprovinzen herrschte ja so etwas wie Krieg. Pharao kehrte – Sched sei Dank! – unversehrt, heil und gesund nach Men-nefer zurück. Weil ich keinen freien Tag bekam, konnte ich nicht zum Hafen, um die Ankunft der königlichen Barke mitzuerleben. Aus Nord-Retjenu trafen Meldungen ein, erst von einem Mißerfolg des ägyptischen Heeres, dann hieß es, Horemheb habe mehrere Siege errungen. Schließlich erreichte uns die Nachricht, der Oberste Heerführer habe zur Genüge unter den Unruhe stiftenden Stadtfürsten aufgeräumt und befinde sich mit seinen Truppen auf dem Rückmarsch, es sei ein siegreicher Zug gewesen, man bringe reiche Beute und Tausende von Gefangenen mit. Die Hauptstadt und das ganze Land gerieten in einen Freudentaumel. Mit einemmal setzte auch der Strom der Kaufleute wieder ein. Unser Haus wurde voll; bis zum letzten Strohsack war alles belegt. Und die Beamten der königlichen Magazinverwaltung kamen ebenfalls, um sich gleich die besten Waren zu schnappen.

Im Hof stapelten sich die Handelsgüter, die Lasttiere standen dicht an dicht. Treiber, Träger und die Diener und Sklaven der Kaufleute bevölkerten den Hof und sogar das Gelände rund um die Herberge. Kasa engagierte Musiktruppen, Sänger und Tänzerinnen, um seinen Gästen etwas Schönes zu bieten. Mitunter gab es auch Streit und Mißverständnisse bei den Reisenden wegen der vielen unterschiedlichen Sprachen.

Als eines Nachmittags Sementaui vorbeigeschlendert kam, nahm sich Djehuti für ihn Zeit, obwohl er gerade mitten in einer Verhandlung mit mehreren Tuchhändlern steckte. Im Gegensatz zu anderen Soldaten, die im Kampf verletzt worden waren, hatte Horemhebs Sekretär nicht die kleinste Schramme davongetragen. Er sah fast aus, als sei er zur Erholung in Retjenu gewesen. Erst redeten er und Djehuti eine Zeitlang miteinander, dann bestellte Djehuti für sich und Sementaui bei Wija etwas zu essen. Ich tauschte mit ihr; sie übernahm dafür meine Gäste.

Sementaui redete ununterbrochen während der ganzen Mahlzeit. Der Schreiber des königlichen Magazinverwalters warf nur ab und zu ein paar Worte ein, anscheinend um Sementauis Redefluß in die gewünschte Richtung zu lenken. Ich hörte Horemhebs Sekretär darüber meckern, daß ihm irgendwelche Entscheidungen des Obersten Heerführers nicht paßten. Er hielt sich mit Tadel nicht zurück und urteilte hart über die anderen jungen Offiziere. Allem Anschein nach war es nur Minchais Gutmütigkeit und Ramessus Beherrschtheit zu verdanken, daß es im Stab Seiner Exzellenz nicht andauernd krachte. Außerdem empfand Horemhebs Privatsekretär seine Arbeit als Zumutung und oft langweilig, was mich nicht wunderte, weil er ja sämtliche Arbeiten delegierte. Jede noch so vorsichtige Anregung faßte er als persönliche Kränkung auf. Ich fand ihn schwierig und humorlos, aber Djehuti lauschte seinen Worten mit aufmerksamer Miene und hatte, als sie mit dem Essen fertig waren, die ganze Unzufriedenheit aus ihm herausgekitzelt. Die Gelegenheit, endlich wieder mal alles loswerden zu können, schien überhaupt der Grund dafür zu sein, daß sich Sementaui mit Djehuti getroffen hatte.

Schließlich holte ich Kasa, den Wirt, damit er die Rechnung machte. Es kostete, weil sie den delikatesten Fisch verspeist hatten, insgesamt zweieinhalb Kupferdeben; das war soviel wie mein halber Monatslohn. Aber unsere Herberge war ein nobles Haus, und Zechen dieser Größenordnung waren nichts Ungewöhnliches. Mit Sicherheit verdiente Sementaui genug, um sich den Spaß leisten zu können, und bei der Beuteverteilung war er bestimmt auch nicht zu kurz gekommen. Ich hatte inzwischen alle möglichen Preise und Werte im Kopf. Die wenigsten Reisenden zahlten nämlich mit Kupferdeben. Die meisten gaben dem Wirt irgendwelche Dinge, die sie aus ihren Heimatländern mitgebracht hatten, und es war für ihn manchmal schwierig, den Wert zu schätzen, zu dem er die Waren später wieder eintauschen konnte.

Da Djehuti bis jetzt nie etwas schuldig geblieben war, behielt mein Herr die Ruhe, als keiner von beiden Anstalten machte, die Zeche zu begleichen.

»Sagtest du nicht, heute sei ausnahmsweise ich eingeladen?« fragte Djehuti den Sekretär des Regenten leise.

Sementauis Gesichtszüge gefroren. »Tatsächlich? Sollte ich das gesagt haben ...?«

»Na, dann sei wiederum du mein Gast«, überspielte Djehuti die Situation.

Ich glaube aber, daß Sementaui in Wirklichkeit gar nicht verlegen war. Er war ganz einfach geizig. Auch über Djehuti machte ich mir so meine Gedanken. Ich konnte mir nicht vorstellen, daß er für Sementaui echte Freundschaft empfand. Was bezweckte er also mit den Zusammentreffen? Hoffte er, seinen Geschäftspartnern eine Nasenlänge voraus zu sein, wenn er über die Bewegungen des Heeres, über Unsicherheiten und Kämpfe an den Handelsstrecken unterrichtet war? Aber jetzt herrschte doch wieder Ruhe in den Nordprovinzen. Horemheb hatte in die Auseinandersetzungen der Kleinkönige eingegriffen, umherstreifende Räuberhorden bekämpft und für Sicherheit gesorgt. Uns stand sogar eine große Siegesfeier bevor. Ach, was ging mich das alles an! Ich war bloß ein Serviermädchen. Die Gäste in der Laube, im Garten und im Saal wurden immer mehr, und ich mußte mich tummeln.

Alles, was in Retjenu erbeutet worden war, sollte Pharao und dem Volk vorgeführt werden.

Djehuti sagte zu mir: »Kürzlich habe ich einen Schulfreund aus Chemenu wieder getroffen. Er ist Schreiber im Büro des Vorstehers der Gilde der Hersteller von Möbelbeinen. Und er kennt jemanden, der jemanden kennt, na, wie dem auch sei … Auf jeden Fall kann er uns einen Platz besorgen, von dem aus die Siegesfeier und der Triumphzug gut zu verfolgen sind.«

»Ein Schulfreund, ach so«, erwiderte ich. »Ich dachte schon, Sementaui hätte mal was für dich getan. Aber das wäre ja zuviel verlangt.«

»Kommst du nun mit?« fragte er.

Ich sah ihm an, daß er wenigstens einen Hauch von Begeisterung von meiner Seite erwartete, und tat ihm den Gefallen. In Wirklichkeit war ich überglücklich. Ich konnte den Tag kaum erwarten. Endlich würde ich meinen Ibib wiedersehen – wenn auch nur von weitem.

Der Platz war gut gewählt. Wir standen auf dem flachen Dach eines Hauses und konnten ungehindert die weite Fläche vor dem Palast überblicken, wo die Siegesfeier stattfinden sollte. Ein Baldachin beschattete die beiden Thronsessel; trotzdem würden wir das Königspaar gut sehen können. Ich trug den Tonperlenschmuck, den mir Djehuti gekauft hatte, und das bunte Tuch und stellte mir vor, es seien Gold und Königsleinen. Während wir darauf warteten, daß es losging, erzählte mir Djehuti von seiner Arbeit und von den Dingen, mit denen die königlichen Lagerhäuser nun bis oben hin gefüllt waren. Teils handelte es sich um Kriegsbeute, teils um die Waren, die er und die anderen Magazinbeamten von den Kaufleuten eingetauscht hatten.

Kurz vor dem König trafen die drei Gottesväter ein. Oh, wie ich Iri haßte! Als dann Jubel zu hören war, wußten wir, daß gleich Pharao kam. Djehuti beobachtete mich und sagte sich vermutlich, daß er mit seiner Einladung genau ins Schwarze getroffen hatte. Eigentlich war es ja nett von ihm, daß er mir die Freude machen wollte. Tutanchamun stieg aus der Sänfte. O Sched, war er aufgeschossen! Und dabei war sein Gesicht noch zart, fast wie das eines Mädchens. Er trug die Doppelkrone und den Königsschurz; sein Oberkörper steckte in einem goldenen Mieder, das mit bunten Edelsteinen besetzt war. Ein Glänzen und Strahlen umgab ihn wie einen Gott. So schön und vollkommen erschien Seine Majestät auf seinem Thron.

Ich schloß die Augen, flüsterte: »O Ibib, wie ich dich vermisse! Mein Leben ist so klein geworden ohne dich!«

Auch er kam mir einsam vor auf seinem Prunksessel. Aber natürlich stimmte das nicht; er war ja von Dutzenden von Leuten umgeben, außerdem wurde gerade die Königin in ihrer Sänfte die Rampe zum Thronpodest hinaufgetragen. Ich fragte mich, mit wem er den Garten besuchte. Und die Tiere in den Gehegen. Mit wem beobachtete er die Vögel, die Insekten, die Fische und Pflanzen, die Wolken am Himmel? Mit wem sprach er über den Aton, der alles belebt? Mit welchem Unterrichtsstoff ihn wohl die Priester und Beamten traktierten? In was für Bahnen lenkten sie seinen wachen Verstand? Wer spielte mit ihm Senet und Tjau? Und ob es jemanden gab, mit dem er mal richtig lachen konnte? Oder wenigstens heimlich? Ob ich ihm auch manchmal fehlte? Und wo waren Ama und Pachar? Ach, die beiden gingen mir ebenfalls ab.

Währenddessen war Horemheb, der siegreiche Heerführer, vor das Königspaar getreten. Er trug prächtige Kleidung, war geschmückt mit dem Ehrengold. Seine weiten plissierten Ärmel flatterten, als er die Arme hob und zu sprechen anfing. Der Wind trug die Worte bis zu uns auf dem Hausdach. Horemheb sagte, es sei das Ziel des Feldzuges gewesen, die ägyptische Herrschaft in Retjenu wieder zu festigen. Etliche

Stadtoberhäupter samt ihren Familien, verkündete er stolz, seien von den Göttern in seine Hand gegeben worden, damit er sie Pharao überantworte, dazu scharenweise Leute der einfachen Bevölkerung.

Alle diese Gefangenen wurden jetzt herangeführt; es war eine sehr große Zahl. Die Soldaten trieben die Leute vorwärts oder zerrten sie an Stricken hinter sich her. Den Männern waren die Hände gefesselt, viele humpelten, manche trugen blutige Verbände. Hinter ihnen kamen die Frauen und Kinder. Die Kinder weinten vor Angst; einige waren noch so klein, daß sie von ihren Müttern auf dem Rücken getragen wurden. Der ganze Zug bot einen erbarmungswürdigen Anblick. Als diese Menschen unterhalb des Thronpodests vorbeigeführt wurden, fielen die Soldaten vor dem Königspaar auf die Knie. Nacheinander lasen die Armeeschreiber vor, aus welcher Stadt die Gefangenen kamen und welchem Volk sie angehörten.

Horemheb erklärte, daß die elenden Feinde für ewig unter die Sandalen Seiner Majestät gegeben seien. Lobend hob er die Kühnheit seiner Kundschafter und die Kampfkraft der Truppen hervor. Sogar einiger Leute aus dem elenden Land Chatti sei man habhaft geworden. Diese trugen wie die Syrer lange Gewänder, hatten aber im Gegensatz zu diesen bartlose Gesichter mit fleischigen Wangen, einem dicken Kinn und einer gebogen hervorspringenden Nase. Die Schädel der Männer waren kahl bis auf eine Haarsträhne am Hinterkopf und eine lange gedrehte Locke, die ähnlich dem Jugendzopf vom Scheitel herunterhing. Sie sahen barbarisch aus.

Tiere waren ebenfalls erbeutet worden, vor allem Pferde. Aber auch Rinder und Esel wurden herangetrieben; dann brachte man die Raubtiere und sogar einen syrischen Bären. Bei der Vorführung der nicht lebenden Beute waren Maja und seine Beamten ganz in ihrem Element. Ptahmose, der Sekretär des Schatzkanzlers, las mit lauter Stimme von seiner Liste ab, wie viele metallverzierte Streitwagen, Bronzewaffen, Gefäße aus Gold und Silber, Zinn- und Kupferbarren und welche Mengen an Quarz, Türkis, Malachit, Lapislazuli, Blei, Myrrhe, Weihrauch und vielen anderen Kostbarkeiten erbeutet worden waren. Es nahm kein Ende.

Als Ptahmose heiser war, wurde er von Sennefer abgelöst. Dieser zählte die Behälter mit Behen-Öl, Fett, Honig und Wein auf. Und Holz, sagte er, sei ebenfalls mitgebracht worden, wobei es sich hauptsächlich um Zedernholz handle. Die für den Schiffsbau geeigneten Stämme habe man gleich zu den königlichen Werften nach Peru-Nefer transportiert.

Der Erste Prophet Amuns, der aus Waset eingetroffen war, verfolgte gemeinsam mit den Hohenpriestern von Men-nefer und Junu die Bestandsaufnahme. Den Heiligtümern und ihren Landbesitzungen wurden zahlreiche Gefangene als Arbeitskräfte zugewiesen, darüber hinaus bekamen die Tempel viel Wertvolles für ihre Schatzkammern.

Als Höhepunkt und Abschluß folgte der Aufmarsch der fremdländischen Gesandten. Sie waren gekommen, um von Pharao die Luft zum Atmen zu erbitten. Den ägyptischen Triumph vor Augen, konnten sie sich gar nicht genugtun, dem Königspaar zu huldigen. Einige Syrer warfen sich tatsächlich abwechselnd auf den Bauch und auf den Rücken; also hatte Fürst Akkizzi seinen Brief nicht bloß mit leeren Floskeln garniert. Außerdem brachten die Gesandten in unterwürfigem Ton unverständliche Worte hervor und versuchten dabei, sich gegenseitig an Lautstärke zu übertreffen. Mehrere Dolmetscher übersetzten das flehentliche Geschrei, und Horemheb, der nach wie vor am Fuß der Rampe stand, sagte alles, Satz für Satz, dem Herrscherpaar weiter.

Während Königin Anchesenamun unbewegt auf ihrem Thron saß, merkte ich an Tutanchamuns Körperhaltung und seinen Gesten – eben weil ich ihn so gut kannte –, daß ihm die ganze Sache großen Spaß machte. Und als die fremden Botschafter mit ihren schrillen Bitten etwas nachgelassen hatten, mußte Horemheb alles noch mal wiederholen.

Auf einmal empfand ich Trauer. Tutanchamun war auf ewig unerreichbar. Nur die Erinnerung blieb in meinem Herzen, sie würde niemals verblassen. Hätte ich Vertrauen zu Sementaui gefaßt, so hätte ich ihn um Fürsprache bitten können. Über ihn wäre möglicherweise an den Regenten und über diesen wiederum an den König heranzukommen. Aber wie ich Sementaui einschätzte, war es besser, ihn nicht um einen Gefallen zu bitten. Außerdem hatte ich Angst vor der möglichen Enttäuschung, daß Tutanchamun mich abwies. Ich hatte ihn für alle Zeit verloren. Er war so fern wie die Sonne am Himmel.

Plötzlich sah ich, daß Gottesvater Eje von gestikulierenden Höflingen umringt war. Aber es ging nicht um ihn. Er und Iri beugten sich über Sennodjem. Pharaos greiser Erzieher war an seinem Platz zusammengebrochen. Mehrere Priester aus dem Heiligtum der Göttin Sechmet eilten herbei und kümmerten sich um ihn. War es ein Schwächeanfall? Oder war er tot? Ich sah ihm nach, als er auf einer Bahre weggetragen wurde. Mitleid fühlte ich nicht.

Die Siegesfeier war vorbei. Djehuti fragte mich, ob ich Lust hätte, mit ihm nach Peru-nefer zu der Schenke zu gehen, wo wir schon mal eingekehrt seien. Vielleicht bekämen wir wieder frisches Dattelbrot. Ich verneinte. Seine Anwesenheit hatte ich völlig vergessen.

»Na dann«, meinte er freundlich. »Vielleicht ein anderes Mal!«

An seinem dreizehnten Geburtstag weilte Pharao in Nubien. Und ich hatte mich mit dem Leben, das ich nun führte, abgefunden. Da Djehuti nach wie vor die Freundschaft mit Sementaui pflegte, erfuhr ich wenigstens ab und zu, was in der Residenz vorging, wenn mir Djehuti auch nie etwas wirklich Wichtiges sagte. Ich wußte nicht mal, ob er überhaupt etwas Wichtiges erfuhr und nicht bloß Sementauis Soldatentratsch. Und endlich fiel es mir wie Schuppen von den Augen. Wegen seiner Beamtenkarriere setzte sich Djehuti ständig mit dem Sekretär des Regenten zusammen. Genau, das war's! Schließlich konnte man ja nicht wissen, ob sich diese Beziehung nicht doch mal auszahlte …

Um etwas vom Hofklatsch aufzuschnappen, ging ich manchmal mit ihm spazieren oder nach Peru-nefer in die Schenke, wo wir Linsensuppe und Dattelbrot aßen. Was mich wunderte, war, daß er, auch wenn ich ihn bei unseren Verabredungen warten ließ, niemals böse wurde. Wenn ich dann kam, lächelte und strahlte er, als hätte der König von Naharina höchstpersönlich soeben drei Dutzend leinene Betttücher bei ihm geordert. Na ja, in dieser Hinsicht hielt ich ihn für ein bißchen einfältig. Aber sonst war er gewieft und als Magazinschreiber sehr erfolgreich, und sein Herr lobte ihn oft. Mit der Zeit merkte ich, daß er sich mit mir abgab, ohne irgendwas von mir zu verlangen. Er erwartete nichts anderes, als daß es mir ein wenig Spaß machte, mit ihm etwas zu unternehmen. Schließlich war ich überzeugt, daß er ein anständiger Kerl war, und begrub meinen Argwohn.

»Schau, dein Reisegefährte!« sagte Weret, die Wirtin, als sie Djehuti erblickte, der mich zu einer Bootspartie abholen wollte. Ich hatte einen Korb mit Essenssachen vorbereitet.

»Ich fahre bloß mit«, sagte ich leise zu ihr, damit er es nicht hörte, »weil ich keine Lust habe, ihm zu erklären, wieso ich *nicht* mitkomme.«

»Blödsinn!« entgegnete sie. »Er ist Anfang Zwanzig, hat einen guten Posten und ist, wie jeder unschwer erkennen kann, auf der Suche nach einer Frau.« Daraufhin sagte ich nichts. Auch Wija hatte unlängst gemeint: »Du bist bloß ein Serviermädchen, und er ist immerhin Schreiber. Sei doch froh, daß er so hinter dir her ist!« Und jetzt redete die Wirtin schon genauso!

Ich hob den Korb auf meinen Kopf und ging ihm entgegen.

»Guten Morgen, Ta-mi«, sagte er und klärte mich beim Einsteigen darüber auf, daß er das Boot von demselben Schulkameraden geliehen habe, der uns bei der Siegesfeier den guten Platz organisiert hatte, und daß sein Freund gestern zum Ersten Schreiber befördert worden sei, im Büro des Vorstehers der Gilde der Hersteller von Möbelbeinen.

»Wirklich toll, was du für Beziehungen hast!« murmelte ich. »Es könnte ja sein, daß du irgendwann mal Möbelbeine brauchst.«

Bevor er etwas erwidern konnte, drückte ich ihm den Korb in die Hand, und er verstaute ihn im Boot. Wir hatten vor, den ganzen Tag irgendwo draußen zu verbringen. Er ruderte, und wir glitten über den Fluß, in dem sich das Himmelsblau spiegelte. Am Ufer erstreckten sich zwischen wiegenden Palmen die Flachs- und Getreidefelder; die Rufe der Bauern klangen bis zu uns. Ibisse segelten über die Wasserfläche. Ich blinzelte in die Sonne, und der Wind strich über unsere Köpfe hinweg. Wir fuhren wie in eine andere Welt.

Ich glaube, es war das erste Mal, daß ich Djehuti genau betrachtete. Selbstverständlich war sein Aussehen keinesfalls mit dem Iris zu vergleichen. Er war mittelgroß, schlank und sehnig und hatte ein nettes, kluges Gesicht. Sein schwarzes Haar war kurz geschnitten, aber im Nacken war es länger und wellte sich. Daß er in seinem Kinn ein Grübchen hatte, war mir früher schon aufgefallen. Sein Mund war nicht zu schmal und nicht zu breit. Er hatte auch schön geformte Hände mit sauberen Fingernägeln. Sein Leinenschurz war ebenfalls sauber; der weiße Stoff hob sich von der braunen Haut ab. Mir gefiel, daß er immer freundlich und ausgeglichen war, egal, mit wem er es zu tun hatte, und nicht so übereifrig und wieselig wirkte wie manche anderen Schreiber.

An einer schönen Stelle zogen wir das Boot ans Ufer, gingen mit unserem Picknickkorb ein Stück landeinwärts an einem Wassergraben entlang, der die Haine und Felder durchzog, bis wir zu einer luftigen Hütte aus Palmenblättern gelangten, wo mehrere Landleute gerade ihre Mittagsrast beendeten. Im Schatten der Bäume standen Rinder, Esel und Ziegen, und irgendwo knarrte ein Schaduf. Die Blütensträucher ringsum verströmten einen betörend süßen Duft.

Warum nicht hier bleiben? sagten wir uns. Nachdem sich die Bauern zu einem anderen Feld aufgemacht hatten, ließen wir uns auf dem strohbedeckten Boden in der Palmenhütte nieder und packten unser Essen aus. Wir hatten Brotfladen dabei, ein Stück Käse, eine halbe Melone und je einen Krug Wasser und Wein. Beim Essen unterhielten wir uns über alles mögliche. In Djehutis Amtsstube und vor allem bei uns in der Herberge passierten tagtäglich die merkwürdigsten Sachen. Wir redeten und lachten viel, und immer wieder fiel mir sein kehliges Lachen auf. Auf einmal, ganz unvermittelt, fing er an, von Liebe zu reden. Augenblicklich erstarrte ich. Und wurde, falls mich der Wein schon ein bißchen beschwingt hatte, wieder völlig klar. Ich stieß seinen Arm weg.

»Du brauchst dir keine Hoffnungen zu machen, nur weil ich heute mit dir eine Bootsfahrt unternehme«, sagte ich. »Ich falle nicht auf dich rein! Ich habe meine Lektion nämlich gelernt.«

»Ta-mi!« sagte er verzweifelt. »Wenn dieser Erzieher, den du mal erwähnt hast, ein Schurke war, bedeutet das noch lange nicht, daß auch ich einer bin!«

Ich wollte etwas entgegnen, aber er verschloß mir mit dem Finger den Mund, sprach einfach weiter und sagte, daß er mich liebe, aber überhaupt nicht mehr wisse, was er noch tun solle. Seine Worte übertrafen an Innigkeit und tiefem Empfinden alles, was Iri jemals zu mir gesagt hatte – und davon hatte ich mir jede Silbe gemerkt. Ich betrachtete Djehuti, während er sprach, und mit einemmal strömte meine ganze Sehnsucht nach Liebe und Zärtlichkeit aus meinem Herzen hervor, und ich ließ mich von ihm in die Arme nehmen.

»Ich werde dir niemals weh tun«, schwor er leise. »Ein Leben lang will ich dein Herz erfreuen.«

Da ich ihn so nah bei mir spürte, erwachten in mir die gleichen Gefühle, die auch Iris Nähe hervorgerufen hatte. Er zeigte sich leidenschaftlich und kundig, wie Wachs in der Sonne schmolz ich unter seinen Händen dahin und dachte, ich müsse ihm für den Rest meines Lebens verfallen. Noch während der ganzen Heimfahrt hatte ich sein hitziges Geflüster im Ohr.

BEGEGNUNGEN

Je länger ich mit Djehuti zusammen war, desto mehr lernte ich ihn schätzen und desto mehr bedeutete er mir. Er war auch glücklich, glaube ich. Manchmal besuchte er mich schon morgens, bevor er die Magazinverwaltung aufsuchte und bevor bei uns in der Herberge der Trubel losging. Oft war ich kurz davor, ihm zu sagen, daß ich einige Zeit in der Residenz gelebt und den jungen Pharao betreut hatte, schreckte aber jedesmal im letzten Augenblick zurück. Zum einen, weil man mich ja rausgeworfen hatte, zum anderen wußte ich nicht, ob es Tutanchamun recht gewesen wäre. Überdies fragte ich mich, ob Djehuti mir vielleicht gar nicht glauben würde, wenn ich jetzt auf einmal mit der Geschichte vom König daherkäme. Ich hatte ihm ja schon eine andere Version meiner bewegten Vergangenheit erzählt. Eine verzwickte Situation. Ich hatte mich in meine eigenen Schwindeleien verstrickt.

Natürlich stritten wir auch manchmal. Seltsamerweise ging es meistens um Sementaui. Djehuti meinte, auch in seinem Büro sei einer, der ständig unzufrieden sei, aber das sei nicht ernst zu nehmen, denn wenn's drauf ankomme, erledige dieser Schreiber seine Pflicht genauso zuverlässig wie die anderen. Er war der Ansicht, ich sollte mich über seine Freundschaft mit dem einflußreichen Sekretär des Regenten nicht aufregen, sondern freuen.

»Ich mag ihn aber nicht«, erwiderte ich. »Und von wegen einflußreich! Von dem kriegst du nie etwas, der wird nie einen Finger für dich krumm machen!«

Aber es hatte keinen Sinn, daß mein Geliebter und ich uns wegen dieses Mannes in den Haaren lagen. Ich faßte also den Entschluß, Djehuti einfach zu vertrauen. Er wird schon wissen, dachte ich, warum er den Umgang mit Horemhebs Sekretär nicht einfach abbricht.

Eines Tages erfuhr er von seinem Vorgesetzten, der ja sehr zufrieden mit ihm war, daß er beruflich bald einen tüchtigen Schritt nach vorn tun würde. Und vorher sollte ihm die große Ehre zuteil werden, seinen Gönner persönlich kennenzulernen. Na ja, ein bißchen würde das auch wie eine Prüfung sein, ob er tatsächlich für das, was man mit ihm vorhatte, geeignet sei.

Djehuti war verständlicherweise so aufgeregt, wie ich ihn noch nie erlebt hatte. Er sollte den großen Tag in den Amtsräumen seines Vorgesetzten verbringen und dann am Abend seinen Förderer treffen.

In der Früh kam er auf einen Sprung vorbei. Er hatte sein Haar mit Salböl bearbeitet, und es duftete vielleicht ein wenig stark, aber das würde sich im Lauf des Tages verflüchtigen. Ich streichelte sein Gesicht, und mir wurde klar, wie viel er mir bedeutete. Hätten wir Zeit füreinander gehabt, hätte ich ihm jetzt meine Vergangenheit gebeichtet. Aber ihm saß sein Dienstherr im Nacken und mir die Wirtin.

»Wünsch mir Glück!« sagte er und lächelte. »Wenn es heute gut läuft, bin ich ein gemachter Mann.«

»Ja, Djehuti. Hoffentlich geht alles glatt! Heute abend mußt du mir berichten!«

»Vertrau mir nur!« sagte er und drückte meine Hand.

Dann küßten wir uns zum Abschied.

Seit einiger Zeit benahmen sich die Wirtsleute, als seien sie meine Eltern. Ich erhielt jede Menge guter Ratschläge und sogar ein bißchen mehr Lohn. Nachdem an diesem Morgen Djehuti gegangen war, erledigte ich meine gewohnte Arbeit. Gegen Mittag brach ich zum Markt auf, um in Werets Auftrag ein paar Sachen für die Herberge zu besorgen. Unter anderem hatte ich Geschirr mitzubringen und sagte daher zu dem Stalljungen, er solle zwei Körbe auf einen Esel packen und mich begleiten.

»Da nicht ausgeschlossen ist, daß du mal heiratest«, meinte meine Chefin zu mir, als ich gerade loswollte, »darfst du außer den Schüsseln, die wir in der Küche brauchen, auch einen Satz für deinen zukünftigen Haushalt aussuchen.«

Bis jetzt hatte ich den Gedanken an eine Hochzeit immer weit von mir geschoben. Weder Djehuti noch ich hatten Verwandte in Men-nefer, die bei uns wohnten oder die ich mal besuchen konnte. Und so, fürchtete ich, würde das Eheleben einsam und ziemlich langweilig für mich werden. Sollte ich Tag für Tag allein daheim sitzen und auf Djehuti warten und darauf, daß sich Kinder einstellten, um mein Leben auszufüllen? Dennoch malte ich mir gelegentlich aus, wie schön es wäre, mit ihm unter einem Dach zu leben und glücklich zu sein. Djehuti sagte oft, wir hätten viel zuwenig Zeit für einander. Es stimmte schon, immer waren es bloß ein paar gestohlene Stunden.

Als ich den Markt erreichte, steuerte ich als erstes den Verkaufsstand an, wo Tongeschirr aus Keftiu angeboten wurde.

»Allerfeinste Ware!« versicherte der Händler.

Während ich mir die Schüsseln besah, überlegte ich, ob sich Weret das leisten konnte. Merit, die Frau des Schatzkanzlers, besaß solches Geschirr, und es hatte mir damals schon gefallen. Die Schalen allerdings, die ich in der Hand hielt, sahen etwas anders aus, aber der Verkäufer erklärte mir, das sei das neueste Dekor. Wieso sollte ich nicht was Moderneres haben als die Gattin des Schatzhausvorstehers? Ich betrachtete den Satz Keramikschüsseln nochmals Stück für Stück von allen Seiten. Weil ich aus alter Gewohnheit gleichzeitig die Umgebung im Auge behielt, bemerkte ich, daß in diesem Moment der gutmütigste und patenteste junge Mann, den es auf der Welt gab, auf der anderen Seite der Bude vorbeiging. Ich stellte die Schüsseln hin und rannte um den Verkaufstisch herum.

»Mensch, Kiki!« schrie ich. »Wie kommst du denn nach Men-nefer?«

Mein Vetter blieb stehen, drehte sich um. »Na, mit dem Boot«, sagte er und schaute mich groß an. »Aber das ist eine Weile her.« Dann zog er mich in seine Arme, so daß ich, weil er so riesig lang war, mit dem Gesicht gegen seinen Magen knallte.

»Du siehst ja richtig eindrucksvoll aus!« meinte ich, nachdem wir uns ausgiebig auf beide Wangen geküßt hatten. Er baute sich vor mir auf, damit ich seine Aufmachung begutachten konnte. Er trug eine kurze Perücke, einen gestreiften Schurz, feste Sandalen aus Leder und am Gürtel einen Dolch und ein kurzes Schwert.

»Da staunst du, was? Ja, dein Vetter ist Soldat der königlichen Leibwache geworden! Momentan habe ich dienstfrei, aber wenn ich Seine Majestät bewache, trage ich zusätzlich Helm, Schild und Speer.« Er machte eine Pause. »Und wo hast du dich die ganze Zeit rumgetrieben? Pharao hat überall nach dir suchen lassen. Immer noch geht er jedem Hinweis nach.«

»Tatsächlich? Ist er denn nicht mehr böse auf mich? Seit fast zwei Jahren lebe ich in Men-nefer. Direkt vor seiner Nase!

Ich arbeite in einer Herberge im Hafenviertel. Sag mal, hast du Nachricht von der Familie?«

»Ja. Zu Hause leben sie jetzt prächtig! Pharao hat ihnen in Chemenu eine Villa bauen lassen. Seine Majestät und du, ihr habt damals aber ein Ding gedreht! Er hat mir alles erzählt, und ich mußte ihm schwören, niemandem ein Wort zu sagen.«

»Ein paar Leute wissen es aber trotzdem. Und die sind höchstwahrscheinlich daran interessiert, daß die Suche nach mir erfolglos bleibt.«

»Jetzt habe ich dich aber aufgespürt! Seine Majestät wird sich mächtig darüber freuen.«

»Glaubst du wirklich? Trägt er mir nichts nach?«

»Wegen dieser Geschichte zwischen dir und dem königlichen Erzieher? Nein! Das ist vergessen.«

»Hm ... Und wie geht es dem König?«

»Gut, sag ich dir! Er kann alles!« Aus Kiki sprach die Begeisterung eines Soldaten, der seinem Anführer treu ergeben ist. »Täglich trainiert er mit seinen Offizieren Stockfechten und Ringen, Schießen und Reiten. Na, und beim Streitwagenfahren ist er sowieso der Eifrigste. Du wirst dich wundern, was für Fortschritte er gemacht hat. So gut wie nichts braucht man ihm mehr beizubringen. Na ja, Seine Majestät ist inzwischen«, grinste er, »von Kopf bis Fuß erwachsen geworden.«

Ich sah meinen Vetter scharf an, als er weiter berichtete:

»Im Palast finden häufig Feste statt. Und dabei gibt's jedesmal eine Menge hübscher Mädchen.« Wer weiß, dachte ich, was für Geheimnisse er noch mit dem König teilt!

»Und die Königin?«

»Hm, die beiden, ich meine Pharao und seine Große Gemahlin, haben einfach nichts füreinander übrig. Bei Sched, Ta-mi! Daß wir uns heute hier getroffen haben! Rate mal, wer mir neulich in der Residenz über den Weg gelaufen ist!« Ich zuckte die Achseln. »Schreiber Rehu aus Achetaton! Ob er wohl im Palast beschäftigt ist?«

»Würde mich nicht wundern«, erwiderte ich düster. »Ich glaube, er hat Verbindung nach ganz oben. Bis zu Gottesvater Eje! Er muß es gewesen sein, der Seine Majestät und mich verraten hat. Er war ja dabei, als wir euch besuchten. Geh ihm lieber aus dem Weg!«

»Meinst du? Na, mir liegt nichts an ihm. Aber dich nehme ich schnurstracks mit zum Palast.«

»Nein, Kiki, das geht auf gar keinen Fall! Wie sehe ich denn aus, in meinem Alltagskleid! Ich bin doch auf einen Besuch im Palast und auf eine Begegnung mit Seiner Majestät überhaupt nicht eingestellt! Und bestimmt hat er um diese Stunde sowieso keine Zeit für mich!«

»Es könnte nicht besser passen! Soviel ich weiß, hält er diesen Nachmittag Audienz.«

»Trotzdem, lieber morgen! Kiki, schau, dort bei der Sykomore wartet ein Junge aus der Herberge darauf, daß ich Geschirr und alles mögliche einkaufe und er die Sachen auf den Esel laden kann.«

Da legte Kiki seinen muskulösen Arm um meine Taille und hob mich einfach hoch. Meine Füße verloren den Kontakt zum Boden, und das gefiel mir nicht. Während ich in seinem Arm zappelte, fragte er:

»Wegen derartiger Kinkerlitzchen soll ich einen Tag länger auf die Belobigung und die Belohnung warten, die ich kriege, wenn ich dich vor Pharao schleppe?«

»Laß mich sofort runter! Ist ja gut, ich komme mit.«

Ich sagte dem Jungen, er solle den Esel und die Körbe zurückbringen. Heute werde nichts eingekauft und ich käme erst später heim. Er sehe ja, ich müsse mit meinem Vetter gehen, denn dieser sei ein ungeduldiger und herrischer Mensch, der keinen Widerspruch vertrage. Der Junge schaute Kiki furchtsam an, dann trieb er schnell den Esel fort. Wer weiß, was für Schauergeschichten er in der Herberge erzählte! Bestimmt würde ich später nicht nur Djehuti einiges zu erklären haben …

So oft hatte ich davon geträumt, Tutanchamun wiederzusehen. Und jetzt, als es soweit war, hatte ich plötzlich Angst. Der junge König war herangewachsen, in der Welt herumgekommen. Er hatte sich verändert. Wie sehr? Waren wir einander vielleicht ganz fremd geworden? Wie würde es sein, wenn wir uns gegenüberstanden? Vielleicht gingen wir gleich wieder auseinander, ohne von der Gegenwart des anderen so recht berührt worden zu sein – und um eine Illusion ärmer.

Auf dem Weg zur Residenz erkundigte sich Kiki danach, was ich in der Zwischenzeit alles erlebt hatte. Ich berichtete ihm von meinem Abenteuer in dem Haus der Betrüger, von den Wirtsleuten, von meinen Kolleginnen und beschrieb ihm genau, wo die Herberge lag. Außerdem sagte ich, daß es mir dort sehr gut gefalle.

»Aber Seine Majestät liebst du doch noch?« fragte er.

Ich nickte.

»Und du bist nicht verheiratet?«

»Nein«, sagte ich und hätte vielleicht hinzufügen müssen: »Aber ich werde es möglicherweise bald sein.« Wie ich fand, spielte das im Moment keine Rolle. Nach so langer Zeit würde ich Tutanchamun begegnen. Und nur das zählte!

Kiki sagte, ich solle vor der Audienzhalle warten. Er müsse erst anfragen, ob Pharao mich gleich im Thronsaal oder erst nachher in seinem Arbeitszimmer zu empfangen wünsche. Als er zurückkam, erklärte er, die offizielle Audienz sei gerade beendet und ich würde jetzt vorgelassen. Mein Herz hämmerte wie verrückt, und ich war froh, daß Kiki mich begleitete. Neben der Leibwache und Tutanchamuns Jugendgefährten waren auch mehrere Mädchen aus dem Frauenhaus versammelt – Prinzessinnen und königliche Verwandte, jedoch allesamt jünger als ich, so daß ich mir mit meinen gut sechzehn Jahren reif und welterfahren vorkam.

Und dort vorn thronte Pharao in seinem Glanz. Plötzlich fielen mir die zornigen Worte wieder ein, mit denen er mich weggejagt hatte. Zögernd, den Kopf gesenkt, ging ich weiter. Als ich ganz vorn angelangt war, schickte ich mich an, vor dem Thronsessel niederzuknien, um den Boden vor den königlichen Füßen zu küssen.

»Halt!« sagte Pharao laut und vernehmlich. »Du sollst nicht die Erde küssen! Küsse meinen Fuß!«

Oh, wie schwoll mir das Herz vor Hoffnung! Ich kniete vor seinem Fußschemel nieder und hauchte einen Kuß auf seine goldene Sandale. Tutanchamun räusperte sich. Als er weitersprach, klang in seiner Stimme ein leichtes Lachen mit.

»In Frieden, Ta-mi«, sagte er. »Schön, daß du endlich da bist.«

Im ersten Moment war ich durcheinander, aber dann wiederholte auch ich diese Worte.

»Ist alles wieder in Ordnung?«

›Ibib‹ zu sagen, vermied ich selbstverständlich. Auch behielt ich weiterhin Kopf und Blick gesenkt.

»Ja«, antwortete er.

»Geht es Deiner Majestät gut?«

»Ja, Ta-mi, es geht mir gut.«

»Meine Wenigkeit wünscht der Majestät des Guten Gottes ein langes Leben, Gesundheit und alles Glück des Himmels und der Erde!«

»Danke schön. Und wie geht es dir?«

»Danke für die Nachfrage, Herr der Beiden Länder. Deiner Dienerin geht es auch gut.« Jetzt hielt ich es einfach nicht mehr länger aus. »Majestät, darf ich dich ansehen?«

Er gab mir sofort die Erlaubnis, und ich schaute zu ihm auf. Neugierig musterten wir einander. Er trug eine kurzgelockte Perücke und das Diadem mit der goldenen Kobra und der Geiergöttin über der Stirn, dazu schwere goldene Ohrgehänge. Ein feingewebter Umhang bekleidete seinen Oberkörper, verdeckte aber nicht den Brustschmuck, der einen Falken mit ausgebreiteten Schwingen aus Gold und Halbedelsteinen zeigte. Goldene Reife umspannten seine Oberarme, und an den Handgelenken hatte er Armbänder, das eine mit einem großen Cheperi-Käfer aus Lapislazuli darauf, in das andere, ein Perlenarmband, war das heilige Udjat-Auge eingearbeitet. Er hatte den plissierten Schendit-Schurz an, in dessen verziertem Gürtel Horemhebs Eisendolch steckte.

Nach den ersten Augenblicken, in denen wir uns stumm betrachtet hatten, lächelten wir einander an. Sein Mund mit den vollen Lippen war nach wie vor weich und süß, aber die Wangen waren schmaler, das Kinn länger und eckiger geworden. Am eindrucksvollsten waren aber seine großen Augen mit den dunklen Wimpern und den schön geschwungenen Brauen darüber. Ich betrachtete ihn mit scheuem Entzücken. Er war es, und er war es nicht – mein kleiner Bruder, den ich so gut kannte, nein, zu kennen glaubte …

»Deine Majestät ist über alle Maßen schön anzusehen«, sagte ich. Daraufhin machte er mir seinerseits ein Kompliment, und ich glaube, ich wurde rot – weil ja so viele Leute zuhörten.

»Ta-mi, ich will dich so vieles fragen, daß ich gar nicht weiß, wo ich anfangen soll«, meinte er dann. »Aber im

Arbeitszimmer warten meine Berater auf mich. Auch der Schatzkanzler wird dort eintreffen.« Er überlegte kurz. »Am besten kommst du mit, damit wir uns vielleicht zwischendurch unterhalten können.«

Ich schluckte meine Enttäuschung hinunter. Ich hatte ja gewußt, daß er keine Zeit für mich hatte! Er stand auf und gab seinen Freunden ein Zeichen, ihm zu folgen, winkte jedoch der Mädchenschar ab, die sich ebenfalls anschließen wollte. Eine der jungen königlichen Verwandten zog ein besonders langes Gesicht. Ich kannte sie aus dem Frauenhaus, wo sie mit ihrer Mutter lebte. Sie hieß Mutnedjemet und war ungefähr in Tutanchamuns Alter. Schon wartete die nächste Ernüchterung auf mich. Ich hatte gehofft, auf dem Weg durch Pharaos Gemächer Ama und Pachar zu treffen. Aber es waren nur mir unbekannte Leute da.

Kaum hatte der König sein Arbeitszimmer betreten, fingen die Hofbeamten an, ihn mit Schriftstücken zu belästigen. Es ging nicht viel anders zu als in Djehutis Lagerverwaltungsbüro. Nur war hier eben alles viel großartiger und prächtiger. Der Hüter des königlichen Siegelrings überbrachte Tutanchamun den Ring, damit dieser siegeln konnte, was er vorher mit Horemheb abgesprochen hatte. Es dauerte nicht lange, bis der Vorsteher des königlichen Büros die Ankunft des Schatzkanzlers meldete.

Maja führte einen kleinen Trupp Beamter an, darunter seinen Sekretär Ptahmose, den Schatzhausschreiber Sennefer und Nahuher, Majas Bruder. Letzterer reichte dem König die Dokumente, während der Schatzkanzler erläuterte, welche königlichen Bauvorhaben sie beträfen.

»Alle Stelen sind an den dafür vorgesehenen Orten errichtet. Am vordringlichsten sind nun die Arbeiten in No-Amun am Ipet-Tempel und in Ipet-sut. Hier, Herr der Beiden Länder, lege ich die Kostenaufstellung für die einzelnen Bauphasen vor. Mein Sekretär hat alles berechnet.«

Ptahmose verneigte sich ehrerbietig. Sennefer, der hinter ihm stand, blinzelte mich ungläubig an. Er wird nicht der einzige sein, dachte ich, der sich wundert, daß ich wiederaufgetaucht bin.

Pharao sagte, er wünsche, daß auch in Achetaton weiterhin Inschriften angebracht würden, an sämtlichen Stellen, die ihm wichtig seien. Falls es nämlich dem Aton beliebe, hin und wieder in der Stadt zu verweilen, solle er nichts vernachlässigt vorfinden. Nachdem Nahuher die königlichen Anweisungen aufgeschrieben hatte, fuhr Maja fort: »Am Millionenjahrhaus für Deine Majestät auf der Westseite von Waset ist der erste Bauabschnitt bereits abgeschlossen. Auch hat der Künstler die Entwürfe für die großen Statuen Deiner Majestät bald fertig und wird sie vorlegen.«

Der Schatzhausvorsteher versäumte nicht, die Arbeit seines Bruders und seiner Untergebenen ins rechte Licht zu setzen. Klar, deren gute Leistung fiel auf ihren Dienstherrn zurück. Auch für den Rest des Nachmittags gab der Schatzkanzler weitere Beweise seiner Tüchtigkeit, und Pharao siegelte alle Dokumente. Natürlich hatten wir keine Zeit, uns zu unterhalten! Als Maja und seine Mitarbeiter das königliche Arbeitszimmer endlich verlassen hatten, dankte ich dem König dafür, daß er meiner Familie ein Haus geschenkt und meinen Vetter in seine Leibwache aufgenommen hatte.

»Und du, Ta-mi? Willst du nicht auch wieder im Palast wohnen?«

Unentschlossen sah ich ihn an.

»Hm, das ist eine schwierige Frage, Majestät. Ich habe, sozusagen, in der Stadt ein neues Leben angefangen. Daher möchte ich …«

Ich merkte schon nach den ersten Worten, wie er ungeduldig auf seinem Sessel hin und her rutschte, brachte es aber nicht übers Herz, ihm klipp und klar zu sagen, daß ich lieber bei Djehuti bleiben wollte. Natürlich reizte mich sein Angebot, wieder in seiner göttlichen Nähe leben zu dürfen, inmitten all dieser Pracht! Andererseits gab es im Palast ständig Intrigen, diese Abgründe an Hinterhältigkeit, Neid und Heuchelei. Nein, davon hatte ich genug erlebt!

Nahuher kam noch einmal herein. Zu seinem Bedauern habe er ein Schriftstück vergessen, sagte er, und Pharao möge es bitte mit seinem Siegel versehen. Gleichzeitig mit ihm waren der Vorsteher der Weiten Halle und der Vorsteher der Kammerherren eingetreten, letzterer begleitet von mehreren Pagen. Sie drängten den König, mitzukommen und sich für die abendliche Zeremonie umkleiden zu lassen, denn Re sei schon im Sinken begriffen. Tutanchamun erhob sich von seinem Sessel.

»Wir müssen ein andermal weiterreden, Ta-mi. Du besuchst mich doch bald wieder?«

Ich nickte und verbeugte mich und konnte gerade noch sagen: »Und vielen Dank, daß meine Wenigkeit den Nachmittag bei Deiner Majestät verbringen durfte!« Nachdem er sich an der Tür noch einmal zu mir umgedreht hatte, verschwand er mit seinen Gefährten und den Pagen und den beiden Vorstehern.

Ich verabschiedete mich von Kiki und trat den Heimweg an.

Mit Djehutis Laufbahn, sagte ich mir, geht es jetzt ganz, ganz steil nach oben. Ich stehe mit Pharao wieder gut, außerdem habe ich einen Vetter bei der Leibwache. Wenn zusätzlich der geheimnisvolle Gönner, den ich ebenfalls im Umkreis des Königs vermutete, Djehuti weiter förderte, stand seinem

Erfolg nichts mehr im Weg. Daß ich meinen Geliebten über die bisher verschwiegenen Zusammenhänge aufklären mußte, machte mir jetzt nichts mehr aus, denn ich brauchte mich ja nicht mehr zu schämen. Die Audienz war bestens verlaufen. Oder was hatte ich noch erwartet? Daß sich Tutanchamun hinsetzte und zur Versöhnung eine Partie Tjau mit mir spielte, während die Staatsgeschäfte warteten? Nein, das erste Zusammentreffen hätte nicht besser ausfallen können! Und bei meinem nächsten Besuch – schließlich mußte nicht alles auf einmal sein – würde ich ihm von Djehuti erzählen. Und Kiki war mein Verbindungsmann zum Palast, der beste, den ich mir vorstellen konnte.

Mit solchen Überlegungen im Kopf kam ich in der Herberge an. Dort herrschte wieder mal rege Geschäftigkeit, und ich mußte gleich mit anpacken. Wija bediente draußen, ich sollte meine Kolleginnen drinnen unterstützen. Als ich die Gaststube betrat, stockte mir der Atem für einen Moment. Obwohl es so voll war, hatte ich den einzeln sitzenden Gast sofort entdeckt. Sein Kopf war kahl, und er hatte bloß ein Ohr. Rehu!

Er winkte mir. Ich nahm einen Weinkrug und ging zu ihm hin. Sein Gesicht verzog sich zu einem hämischen Grinsen.

»Hier bist du also gelandet, als Serviermädchen!« Seine Pranke faßte nach meinem Arm. »Höre mir gut zu! Wegen meines Ohrs erzähle ich den Leuten, ein feindlicher Schwerthieb hätte es mir abgetrennt, beim Kampf für Pharao im Land Akujati! Verplappere dich also nicht! Verstanden?«

»Ja«, sagte ich, aber er ließ mich noch nicht los.

»Wie bitter, daß der königliche Küchenjunge nichts mehr von dir wissen will! Auch Gottesvater Iri hat dich vor die Tür gesetzt! Ich bin seit geraumer Zeit Schreiber in Gottesvater Ejes Büro. Und, wie du siehst, auf dem laufenden!«

»Von wegen!« triumphierte ich und schüttelte seine Hand ab. »Ich komme gerade aus der Residenz. Ich stehe wieder in Pharaos Gunst. Er hat mich sogar eingeladen, wieder im Palast zu wohnen. Das ist der neueste Stand der Dinge! Und den kennst du nicht.«

Er stierte mich fassungslos an.

»Nein«, murmelte er. »Seit morgens bin ich in der Stadt unterwegs.«

Dabei machte er ein so dämliches Gesicht, daß ich unwillkürlich lachen mußte. Außerdem steckten zwei Schreibpinsel hinter seinem verbliebenen Ohr, und das sah komisch aus. War er den ganzen Tag so durch Men-nefer gelaufen? Ich fing an, ihn regelrecht auszulachen. Es ist nicht meine Art, andere Leute zu verspotten, aber er hatte mich ja auch abfällig behandelt.

Mit drohendem Blick wartete er, bis ich verstummte.

»Bist du recht gescheit? Bei so einer Aufforderung! Was suchst du dann noch hier?«

»Erstens«, sagte ich, »muß ich hier bedienen. Und zweitens warte ich auf Djehuti, meinen Freund. Er ist Schreiber wie du und außerdem Handelsbeauftragter in den königlichen Lagerhäusern.«

»Djehuti? Ein junger Magazinschreiber? Den kenne ich doch!« Nach kurzem Nachdenken fiel es ihm ein. »Ja, stimmt, Djehuti wurde in der königlichen Lagerverwaltung untergebracht und soll dort recht tüchtig sein. Ich selbst habe ihn vor Jahren zur Ausbildung ins Thot-Heiligtum von Chemenu gebracht.«

Seine Worte ließen mich zurückweichen, als hätte er mir eine Ohrfeige gegeben.

»Nahmen ihn die Priester«, fragte ich atemlos, »auf Gottesvater Ejes Veranlassung hin in der Tempelschule auf?«

Er nickte.

Nein! O Sched, nein! Es gab überhaupt keinen gutherzigen Palastbeamten in königlichen Diensten, der für die Kinder mittelloser Eltern sorgte. Sondern Eje zog sich seine Leute heran! Djehuti machte gemeinsame Sache mit den Gottesvätern! Seine Freundschaft mit Sementaui erschien mir plötzlich in einem ganz anderen Licht. Mir war, als hörte ich wieder das Sirren des Speeres, sähe, wie sich die Waffe in den Körper des Löwen bohrte. Es war egal, ob Djehuti gezwungenermaßen oder freiwillig, wissentlich oder ahnungslos bei Ejes Plänen mitmachte. Ich konnte nicht bei ihm bleiben. Ibib schwebte in Gefahr! Für mich gab es nur eines!

»Du hast recht«, sagte ich zu Rehu. »Ich wäre verrückt, bliebe ich auch nur einen Augenblick länger hier.«

Damit nahm ich den Weinkrug und ging.

»He, lauf nicht weg, Serviermädchen!« rief er mir hinterher. »Du hast mir ja gar nicht eingeschenkt.«

Weret fing an zu jammern, als ich sagte, ich würde auf der Stelle kündigen. Das dürfe ich ihr doch nicht antun, zeterte sie. Und fristlos gehen könne ich schon gar nicht! Kasa kam dazu und bot mir erst einen halben, dann sogar einen ganzen Kupferdeben mehr. In der Woche! Ich schüttelte den Kopf und suchte meine Sachen zusammen. Mein Besitz war ja nicht viel umfangreicher geworden. Nur Djehutis Geschenke für mich hatten sich gehäuft. So packte ich ein gutes Dutzend Tonperlenketten, dazu etliche blau glasierte Amulette, ein paar Salbölfläschchen und mehrere bunte Tücher in den Leinenbeutel. Mehr war mir von unserer Liebe nicht geblieben.

Am Tor zum Palastbezirk hatten seit dem Nachmittag die Wachen gewechselt. Auch hatte mein Vetter inzwischen beim König Dienst. Es war schwierig, die Soldaten zu überzeugen, daß sie sich keine Scherereien einhandelten, wenn sie Kiki aus dem königlichen Wohnpalast holen ließen. Es dauerte ewig, bis er kam, da er, bevor er seinen Posten verließ, erst einen Kollegen finden mußte, der für ihn einsprang. Als er endlich auftauchte, kauerte ich in der hintersten Ecke der Wachstube und heulte.

»Ta-mi, um Himmels willen! Ist ein Unglück passiert?«

»Ja …! Hm, nein! Ich habe mich bloß entschlossen, in die Residenz zurückzukehren.«

»Na, hör mal! Nicht daß ich was gegen deine Entscheidung hätte! Auch Seine Majestät wird sich bestimmt freuen. Aber er schläft schon. Bei Sched! Hättest du nicht wenigstens bis zum Morgen warten können?«

»Nein! Und ich will ihn ja auch nicht wecken.«

»Und wo gedenkst du den Rest der Nacht zu verbringen?«

»Kann ich nicht in dem Nebenraum schlafen, wo ich früher war?«

»Von mir aus! Für eine Nacht wird das schon in Ordnung gehen. Und für den Fall, daß sich jemand aufregen sollte, bin ich in der Nähe. Na, dann komm!«

Wieder schulterte ich mein Bündel. Während ich hinter Kiki hertrottete, überlegte ich, wie ich es schaffen konnte, daß ich für länger in dem Nebenzimmer bleiben durfte – nicht bloß heute nacht!

Ich legte mich auf einer dicken, komfortablen Binsenmatte zur Ruhe, fand jedoch keinen Schlaf. Ich vermißte Djehuti, sehnte mich schon jetzt nach ihm. Alles war so schwer zu begreifen. Meine Rückkehr in den Palast hatte ich teuer bezahlt! Hätte ich all das nur einen Tag früher gewußt! Dann hätte Djehuti noch ins königliche Lager überwechseln können. Aber jetzt, nachdem er dem Gottesvater persönlich gegenübergestanden, vielleicht vertrauliche Anweisungen erhalten und sogar Geheimnisse erfahren hatte? Mit einem Verräter würde Eje kurzen Prozeß machen. Nein, für Djehuti gab es kein Zurück mehr. Wie hatte er wohl aufgenommen, daß ich weggegangen war?

Nicht lange nach Sonnenaufgang hörte ich, wie der Tschati mit seinem Gefolge ans Tor kam. Der Kommandant der Wache machte ihm Meldung, daß im Palast alles in Ordnung sei. Daraufhin antwortete der Tschati, daß in den Beiden Ländern ebenfalls alles in Ordnung sei. Kurze Zeit später betraten außer dem Seneschall des königlichen Schlafzimmers auch der Vorsteher des Königsschmucks und verschiedene andere Höflinge Pharaos private Räume. Das Morgenritual begann: duftendes Wasser, Tücher und Salböle wurden gebracht.

Nach einer Weile nahm ich an, die Zeremonie sei zu Ende. Lag nicht schon der Duft warmer Frühstücksspeisen in der Luft? Kiki hatte mich bereits angemeldet, also reihte ich mich in den Strom der Eintretenden ein. Ich konnte Tutanchamun nicht gleich entdecken, denn im Zimmer hielten sich neben den Höflingen und Dienern auch etliche seiner Jugendfreunde auf. Der König selbst saß auf einem gepolsterten Hocker, das Fußwaschbecken vor sich. Er war bereits angekleidet, trug aber weder Umhang noch Schmuck. Mir fiel wieder auf, daß sein Oberkörper und die Schultern nicht mehr so schmächtig aussahen, seine Knie wirkten knochig, die Füße lang und schmal.

»In Frieden, Majestät«, sagte ich. »Und einen recht schönen guten Morgen!«

Er blickte auf und wurde irgendwie verlegen. Auch die vornehmen jungen Männer um ihn herum starrten mich an, als sei ich gerade vom Himmel gefallen. Einer von ihnen sagte, ich müsse noch draußen warten. Verdutzt machte ich kehrt. Verdammt, wie hatte ich bloß annehmen können, es sei alles wie früher!

Als Kiki mich schließlich holte, stand das Frühstück schon bereit. Von Pharaos Jugendgefährten waren nur der Prinz von Miam und Paser dageblieben. Paser war der Sohn Huyas, des Vorstehers der südlichen Fremdländer. Er war so alt wie Kiki und seit jungen Jahren als kühner Streitwagenfahrer bekannt. Unter dem plissierten Ärmel von Prinz Bais Gewand schaute ein Messer hervor, das er nach nubischer Sitte am Oberarm trug. Tutanchamun sagte, er freue sich, daß ich in den Palast zurückgekehrt sei, aber er habe sich schon gedacht, daß ich früher oder später kommen werde. Dann fragte er, ob ich mich erinnere, wie wir früher in Achetaton und anfangs auch in Men-nefer immer zu viert gefrühstückt hätten: er, Ama, Pachar und ich.

»Jetzt sind wir auch zu viert«, sagte er, und dann waren wir tatsächlich eingeladen, mit ihm die Morgenmahlzeit einzunehmen.

Ich hörte zu, wie sich die drei über das Fest vom Vorabend unterhielten, bei dem Harimsmädchen gesungen, getanzt und musiziert hatten. Sie flachsten herum, Paser und Bai prahlten mit Eroberungen bei irgendwelchen Schönen, und Tutanchamun erwähnte, wie schwer ihm am Ende des Festes die Wahl zwischen der Lautenspielerin mit dem bewundernswert schönen Haar und der Sängerin mit den langen schlanken Beinen gefallen sei. Na ja, dachte ich, früher hat er sich immer bloß für die Musik interessiert …

»Wo ist eigentlich Ama?« erkundigte ich mich.

Er fing an, an seinem Re-Hor-Achti-Amulett herumzuspielen.

»Sie wohnt jetzt im Frauenhaus«, erwiderte er.

Ich schluckte. »Und Pachar?«

»Er ist inzwischen ganz außer Dienst. Sie sagen, er sei zu alt, um mich zu beschützen. An seiner Stelle ist ja Kiki da.«

Ich sah ihm forschend in die Augen.

»Wer sind *sie*, Ibib?« Oh, jetzt war's mir doch herausgerutscht! Erschrocken legte ich die Hand auf den Mund. Aber er hatte nicht mal mit der Wimper gezuckt, und so fuhr ich fort: »Was sind das für Leute, Majestät, auf die du hörst?«

»Meine Beamten und Berater. Wie der Regent zum Beispiel. Und der Schatzkanzler und die Hohenpriester und noch einige andere. Je nachdem, worum es geht.«

Sollten ihm Horemheb, Maja oder Ptahemhet geraten haben, seine frühere Amme und den Syrer zu entlassen? Wie hatte er das nur erlauben können! Bestimmt waren die beiden todunglücklich, weil sie nicht mehr bei ihm sein durften. Ich beschloß, Augen und Ohren offenzuhalten, was hier im Palast vorging. Besorgt fragte ich mich, ob die Zahl der Leibwächter und Palastsoldaten zu Pharaos Schutz auch ausreichte. Kiki und die anderen Bewaffneten waren stark und wachsam, aber konnten sie ihn auch wirklich gegen alle Gefahren von innen und außen verteidigen?

»Gut und schön«, sagte ich. »Aber gerade weil Pachar ein langes Leben hinter sich hat, kann er Deiner Majestät doch besonders nützlich sein. Ich finde, man sollte ihn wieder einsetzen.«

»Das finde ich auch«, meinte Paser. »So altersschwach ist der Syrer nicht, daß er nicht noch seinen Dienst versehen könnte. Möglicherweise kann er den jungen Leibwächtern sogar etwas beibringen.«

»Und was ist mit Ama, Majestät?« hakte ich nach. »Alte Freunde sollte man nicht abschieben!«

»Ich werde darüber nachdenken«, erwiderte Tutanchamun vorsichtig, und ich fragte mich erneut, welchen Einflüssen er ausgesetzt und wie selbständig er in seinen Entscheidungen war.

Nach dem Frühstück suchten wir sein Arbeitszimmer auf, wo bereits die Leiter der verschiedenen Behörden und Palastabteilungen warteten. Sie gingen mit ihm Punkt für Punkt die Tagesgeschäfte durch. Ich beobachtete ihn. Er war an allem interessiert, wirkte gewandt und umsichtig, traf keine vorschnellen Entscheidungen, sondern hörte sich erst an, was ein jeder zu sagen hatte. Auch wenn ich die Beamten argwöhnisch betrachtete, mußte ich doch zugeben, daß sie sich mit der größten Bereitwilligkeit bemühten, auf ihn und seine Ideen einzugehen. Nicht selten beugte sich einer von ihnen nieder, um den Saum des königlichen Umhangs zu küssen. Nein, von den anfänglichen Vorbehalten gegen Pharao war in der Residenz jetzt nichts mehr zu spüren.

Zum Schluß trat Nahuher ein. Da er heute einzeln angekündigt wurde, erfuhr ich, daß er inzwischen den Titel eines königlichen Schreibers führte. Sein Kommen schien jedoch einen eher inoffiziellen Grund zu haben.

»Pharao, mein Herr, guten Morgen! Leben, Glück und Gesundheit für Seine Majestät!«

Er verbeugte sich und wartete, bis sich die anderen Beamten entfernt hatten. Gestern in Anwesenheit seines Bruders hatte er sich völlig korrekt betragen, aber heute kam er mir irgendwie albern vor. Er schien unbedingt zu Pharaos engstem Freundeskreis gehören zu wollen und fing an, irgendwelche witzigen Sachen zu erzählen. Tutanchamun hatte sich sein übermütiges Lachen bewahrt und amüsierte sich, Paser und Bai lachten lauthals mit. Nahuhers Fröhlichkeit schien mir dagegen aufgesetzt. Ich hatte das Gefühl, daß er sich den anderen, die ja viel jünger waren als er, aufdrängte. Als er wieder gegangen war, wandte sich der König an mich:

»Wo hat man dich eigentlich untergebracht?«

»Ich schlafe im Nebenraum. Wie früher, Majestät. Und wie es sich für eine Dienerin gehört.«

Er runzelte die Stirn. »Ich glaube nicht, daß sie dich dort bleiben lassen.«

»Niemand kann mich aus der Nähe Deiner Majestät vertreiben!« erwiderte ich.

Und – ich blieb im Nebenraum! Dass mein Vetter zur Leibwache gehörte, erleichterte die Sache natürlich sehr; seine Kameraden machten mir ebenfalls keine Schwierigkeiten. Um möglichst wenig aufzufallen, verließ ich jedoch morgens die königlichen Räume rechtzeitig, bevor alle diese Höflinge in Tutanchamuns Schlafzimmer rannten.

Die Trennung von Djehuti zerriß mir das Herz. Immer noch weinte ich jede Nacht. Ich hätte gern gewußt, wie es ihm ging. Hatte er inzwischen begriffen, daß der Gottesvater gegen den König arbeitete? Obwohl es unvernünftig war, hoffte ich verzweifelt, daß wir auf irgendeine Weise wieder zusammenkommen konnten.

Einmal trieb mich die Sehnsucht in Richtung Hafen. Ich wollte vor dem Büro der Magazinverwaltung warten, bis er herauskam, damit ich ihn wenigstens einmal sah, und versteckte mich auf der anderen Straßenseite hinter den Tonkrügen, die vor dem ›Haus des Weines‹ abgestellt waren. Ich stand ziemlich lange dort herum, den ganzen Nachmittag. Was, wenn er inzwischen woandershin versetzt worden war? Während ich überlegte, auf welche Weise ich das herauskriegen konnte, verließ er das Gebäude. Ich starrte ihm nach, bis er um die Straßenecke verschwand. Dann konnte ich vor Tränen sowieso nichts mehr sehen. Warum, o Sched, hatten die Götter uns gezwungen, unsere Liebe zu opfern?

Abgesehen von meinem Kummer fand ich das Hofleben ganz wie früher. Gottesvater Eje regierte den größten Teil der Verwaltung. Auch alle wichtigen Ämter in den Tempeln hatte er nach seinem Gutdünken besetzt. Ein Mann, mit dem er seit langem zusammenarbeitete, Parennefer, war Erster Prophet Amuns in Ipet-sut, dem Haupttheiligtum von Waset, geworden. Zum Zweiten Propheten wurde Ay, Ejes Neffe, ernannt. Dahinter schien jedoch etwas anderes als die übliche Vetternwirtschaft zu stecken. Es hieß, Ay sei mit der Politik seines Onkels nicht mehr einverstanden und habe, um aus Men-nefer wegzukommen, um diese Versetzung gebeten.

Maja war einer der wichtigsten Männer im Staat; er wurde vom König ebenso wie vom Regenten hochgeschätzt. Ich war selbst dabeigewesen, als Horemheb einmal auf Tutanchamuns Frage, wem außer ihm er vertrauen könne und an wen er sich im Fall von seiner Abwesenheit wenden solle, geantwortet hatte:

»An den Schatzkanzler, Herr der Beiden Länder! Er ist ein fähiger Mann, integer, sachkundig und von vornehmer Abstammung. Letzteres bedeutet, daß viele einflußreiche Familien ihn unterstützen. Seine Person wird Gottesvater Eje nicht anzutasten wagen. An ihn halte dich, Majestät!«

Jetzt ließen sich Maja und Horemheb sogar ihre Wohnungen für die Ewigkeit nahe beieinander anlegen. Pharao hatte sich sehr großzügig gezeigt. Die besten Materialien, die hervorragendsten Künstler und so viele Arbeitskräfte wie nötig standen ihnen zur Verfügung.

Gleichzeitig wurde am Großen Platz in Waset an den Gräbern des Königs und des Gottesvaters gearbeitet. Iri, der seit Sennodjems Tod einer von Ejes engsten Vertrauten war, hielt sich meistens in der Südlichen Stadt auf. Ab und zu kam er nach Men-nefer in die Residenz, und es konnte passieren, daß wir uns zufällig begegneten; wir sprachen nie miteinander. Rehu, bekam ich heraus, pendelte noch häufiger zwischen Men-nefer und Waset. Anscheinend fungierte er als eine Art Kurier zwischen den beiden Gottesvätern. Einmal sah ich ihn in Begleitung jenes Vorzeichners, der ihn damals in Achetaton aufgesucht hatte, und mir fielen die zwei Salbenbehälter im Mondlicht in seinem Haus wieder ein. Aber ich hatte anderes zu tun, als mir darüber den Kopf zu zerbrechen.

Nicht nur in Waset wurden zum Ruhm Amun-Res und Pharaos neue Heiligtümer erbaut und alte restauriert. Auch im Süden bis weit hinein nach Wawat und Kusch und im Norden in Retjenu errichtete man Tempel und Kapellen, stellte Statuen und Stelen auf. In Men-nefer entstand ebenfalls ein schönes Heiligtum. Zugegeben, Eje tat viel für die Götter und für seinen König. Daß er dabei so eigenmächtig handeln konnte, schien ihm zu gefallen.

Bei meinen Beobachtungsgängen erkundete ich auch den Bereich der Königin, vermied es aber, Anchesenamuns Palast zu betreten. In ganz Kemet gehörten ihr ausgedehnte Domänen mit Feldern, Weinbergen und Viehherden. Sie besaß sozusagen ihr eigenes Reich und gebot, auch wenn ihr Tey sicherlich viel reinredete, über ein Heer von Verwaltungsbeamten und Bediensteten, über unzählige Arbeiter, Handwerker, Künstler und – selbstverständlich über die Frauen in den verschiedenen Harims. Was dort und in den Arbeitshäusern hergestellt wurde, gelangte, das wußte ich von Djehuti, zu einem Teil in die königlichen Magazine. Feingewebtes ägyptisches Leinen war im Ausland sehr begehrt. Ein Großteil der Stoffe allerdings blieb in den königlichen Palästen und wurde für Bekleidung, die Ausstattung der Räume und dergleichen Zwecke verwendet. Von den einfachen Spinnerinnen und Weberinnen über die Kunststickerinnen, Nebenfrauen und Hofdamen bis zur Großen Königlichen Gemahlin brauchte sich niemand im Frauenhaus über Langeweile zu beklagen.

Abgesehen von den förmlichen Zusammentreffen bei Zeremonien und öffentlichen Anlässen schien Königin Anchesenamun bestens ohne den König auszukommen. Und er ohne sie. Und bis jetzt nahm der Hof keinen Anstoß daran.

Neben den höchsten Beamten und den Oberpriestern besaßen der Regent, der Schatzkanzler und – trotz allem – Gottesvater Eje großen Einfluß auf Tutanchamun. Das war jedem bekannt und auch ihm selbst bewußt. Für bedeutend verwirrender hielt ich die nicht zu greifende Macht, die ihn unauffällig, wie aus dem Hintergrund, zu lenken versuchte. Die meisten Leute, mit denen er zu tun hatte, erledigten pflichtbewußt ihre Arbeit und nicht mehr. Doch es gab auch andere. Diese erteilten ihm ›väterliche‹ Ratschläge, ließen hier eine kritische Bemerkung fallen, gaben dort einen erstaunten, wenn nicht gar entrüsteten Ausruf von sich. Und wenn in einer strittigen Angelegenheit dann mehrere Leute ins gleiche Horn stießen, sagte sich Pharao, daß, wenn so viele derselben Meinung waren, ja vielleicht doch etwas dran sein könnte.

Wenigstens konnte ich mir im königlichen Palast das goldene Amulett mit Pharaos heiligem Namen wieder umhängen.

»Du trägst es ja noch!« stellte Tutanchamun erfreut fest, blieb direkt vor mir stehen und griff nach dem Anhänger. Seit seiner Kindheit war es das erste Mal, daß er mir so nahe war.

»Selbstverständlich«, antwortete ich und senkte schnell den Blick. »Es ist das Wertvollste, das ich besitze.«

Ich trat einen Schritt zurück und ließ mich neben seinem Sessel auf dem Boden nieder. Nur in seinen Privaträumen, wenn wir allein oder nur von seinen besten Freunden umgeben waren, saß ich manchmal noch zu seinen Füßen. Im Thronsaal, bei Audienzen oder festlichen Gelegenheiten verdrückte ich mich, um niemandes Unwillen zu erregen, unauffällig zu den anderen Dienerinnen des Gefolges. Nachdem er Platz genommen hatte, erzählte ich ihm, wie man mir bei der Arbeitssuche meine Sachen gestohlen hatte, und er versprach, dafür zu sorgen, daß die Schuldigen gefunden und bestraft wurden.

Mit der Zeit merkte ich, daß er froh war, wieder jemanden zu haben, der ihm von ›draußen‹ berichtete. Nach und nach schilderte ich ihm alles, was ich in Men-nefer erlebt hatte, beschrieb ihm das Leben in der Herberge, ließ ihn die Siegesfeier und die Götterumzüge mit meinen Augen sehen. Was den Handel betraf, hatte ich meine Kenntnisse ja in der Hauptsache von Djehuti, den ich natürlich nie erwähnte, zumindest nicht namentlich.

»Bei den wirklich großen Geschäften, Ibib, geht es nicht laut und turbulent zu wie auf dem Markt. Die wertvollen Güter werden auf den Schiffen oder in den Magazinen so lange verwahrt, bis die Kaufleute und die Beauftragten des Großen Hauses nach vielen Verhandlungen den Partner gefunden haben, mit dem sie das Geschäft abwickeln wollen. Und wußtest du« – ich nahm seine Hand und fuhr über die kunstvoll geschnittenen Steine seiner Fingerringe –, »daß Lapislazuli und grüner Malachit und auch fremdländische Gewürze gegen die feinen Leinenstoffe eingetauscht werden, die die Frauen in einem deiner nicht weit entfernten Paläste weben und besticken?«

Er siegelte zwar die Anweisungen, nach denen die ausländischen Waren im Königspalast verteilt oder zu anderen Bestimmungsorten gebracht wurden, war also im großen und ganzen über derartige Vorgänge informiert, aber wie es in den

Lagerhäusern und am Hafen zuging, konnte er natürlich nicht wissen.

»Hast du mal in Peru-nefer die großen Handelssegler ablegen sehen?« fragte er. Und ich erzählte ihm, wie Leinenballen, Möbel und Kästen voller Papyrusrollen auf die Schiffe verladen worden waren. Zum Schluß erwähnte ich die fahrenden Kaufleute, die flußauf, flußab unterwegs waren, um mit den Tempelverwaltungen und den privaten Besitzungen Handel zu treiben. Als er daraufhin eine ganze Weile schwieg, hatte ich den Eindruck, er denke über das Gehörte nach.

»Ich habe noch mit niemandem darüber gesprochen«, sagte er plötzlich, »aber seit einiger Zeit kann ich den Aton nicht mehr spüren.«

»Vielleicht hängt es mit dem Erwachsenwerden zusammen.«

»Das glaube ich nicht. Er hat sich meinem Vater doch auch als Erwachsenem offenbart. Ob es daran liegt, daß der Gott nicht mehr so viele Opfer erhält und im ganzen Land keine neuen Tempel für ihn gebaut werden? Eje sagt, mein Vater war ein schlechter König, weil er aufhörte, allen Gottheiten zu dienen, wie es von Pharao erwartet wird. Ich möchte aber ein guter König sein.«

»Das bist du auch, Ibib! Ich habe es schon viele Leute sagen hören.«

Er lächelte, dann runzelte er auf einmal die Stirn.

»Ta-mi, es gefällt mir nicht, daß du dort im Nebenraum schläfst.«

»Ibib«, bat ich erschrocken, »schick mich nicht wie Ama ins Frauenhaus! Laß mich als deine Dienerin hier bleiben!«

»Du könntest sogar eine Art Beraterin für mich sein«, meinte er nachdenklich. Dabei berührte er mit einer beiläufigen Geste meine Schulter.

»Am liebsten wäre ich dein Mundschenk.«

Er schüttelte den Kopf.

»Das ist ein zu hohes Amt. Außerdem mußt du dafür richtig gut lesen und schreiben können.«

»Dann lerne ich's eben. Teile mir doch einen Lehrer zu!«

Er gab mir keine Antwort darauf. War ich zu weit gegangen? Schnell fing ich an, von Achetaton zu reden und ihn an unseren nächtlichen Ausflug zu erinnern. Wie ich gehofft hatte, ging er sofort darauf ein, sagte sogar, ich solle Kiki hereinholen, der vor der Tür Wache hielt. An der Art, wie er mit meinem Vetter sprach, zeigte sich immer wieder, daß er in ihm nicht nur den Leibwächter sah, sondern einen Freund. Wir unterhielten uns eine Weile und lachten zu dritt. Schließlich warf Pharao meinem Vetter einen seiner Spazierstöcke zu und forderte ihn auf, damit versuchsweise gegen ihn zu fechten. Tutanchamun brachte ihn ganz schön in Bedrängnis. Aber ein bißchen, glaube ich, mogelte Kiki auch, indem er sich ungeschickter anstellte, als er eigentlich war. Solche unbeschwerten Augenblicke gab es leider nicht oft. Auch unsere gemeinsamen Brettspiele waren recht selten geworden.

Als ich eines Tages Ama, Pharaos frühere Amme, aufsuchen wollte, kamen mir gleich hinter dem Eingangstor zum Harimsbezirk die Gattin und die Stiefmutter des Schatzkanzlers entgegen. Letztere wirkte etwas gebrechlich, während Merit jung und frisch wie immer aussah und mir leutselig berichtete, daß sie im Frauenhaus soeben eine gemeinsame Bekannte, nämlich eine weitläufige Verwandte des Königs, besucht und dort auch Amenia, die Frau des Regenten, angetroffen hätten. Als sie weitergingen, faßte sie ihre Schwiegermutter unter, um sie zu stützen.

Mit Ama war es jedesmal ein tränenreiches Wiedersehen. Sie konnte ja nicht reden, und etwas aufschreiben konnte sie auch nicht. Na ja, meine Kenntnisse im Lesen waren sowieso begrenzt. Aber sie hörte mir zu, und einiges erriet ich aus ihren Zeichen. Bevor ich Tutanchamun weiter zusetzte, wollte ich mich überzeugen, wie es ihr ging. Es konnte ja sein, daß sie sich mit der Zeit im Harim woh fühlte und nicht mehr fortwollte. Diesen Eindruck gewann ich zwar nicht, aber ganz und gar unglücklich über ihren Aufenthalt schien sie auch nicht zu sein.

Als nächstes schaute ich mich nach Prinzessin Qafraiat um. Ich fand sie in einem schattigen Innenhof, wo sie gemeinsam mit anderen Frauen webte. Ihr helles Haar leuchtete; sie war erwachsener und noch hübscher geworden. Sie erwiderte mein Kompliment, aber ich konnte das nicht recht ernst nehmen. Sie war doch die Schönere von uns beiden! Und plötzlich nagte ein böses Gefühl in mir, als ich mir vorstellte, wie Tutanchamuns Hand durch ihre blonde Pracht glitt. Doch schob ich den Gedanken schnellstens beiseite, denn ich wollte ja, im Gegenteil, erreichen, daß sich Pharao ihr zuwandte.

Eine Weile tauschten wir Höflichkeiten aus. Ich bewunderte den Webteppich, an dem sie zur Zeit arbeitete, und ihr schönes, bunt besticktes Kleid. Ganz allmählich fanden wir aber doch zu unserem alten Ton zurück. Als sich am Brunnen in der Mitte des Innenhofs eine Gruppe Harimsmädchen versammelte und begann, ein neues Musikstück einzuüben, suchten wir Qafraiats Zimmer auf, um dort ungestört zu reden. Ich durfte in einem der fürstlichen Sessel Platz nehmen.

»Denk dir nur, Ta-mi«, sagte sie mit ihrem netten syrischen Akzent, »ich habe nach wie vor Grund, mich über den ägyptischen König zu beschweren. Stundenlang läßt er die

Gesandten meines Vaters bei den Audienzen in der prallen Sonne stehen. Außerdem dürfen sie nicht mit mir sprechen. Und ich möchte so gern Neuigkeiten aus der Heimat erfahren! Drittens erscheint Pharao niemals hier und lädt mich auch nicht zu sich ein. Für ihn bin ich nur irgendeine Syrerin, viel eher eine Geisel als eine Braut!«

»Das wird sich ändern«, versprach ich ihr. »Bald wird der Herrscher dir seine Aufmerksamkeit schenken. Bis jetzt ist er weder mit einer seiner Nebenfrauen noch mit der Königin zusammengekommen. Du hast also noch alle Chancen, seine bevorzugte Gemahlin zu werden.«

»Darauf hoffe ich. Wenigstens habe ich von meinem Vater wieder Kleider und Schmuck erhalten, damit ich angemessen auftreten kann«, sagte sie, öffnete ein Kästchen und zeigte mir mehrere goldene Medaillons und andere Schätze. »Aber es sind mir auch beängstigende Nachrichten aus Qadna zu Ohren gekommen. Die Ruhe nach Horemhebs Feldzug hält nicht an. Mein Vater muß sich wieder gegen seine Brüder zur Wehr setzen. Überall in Retjenu herrscht Aufruhr, gibt es neue Kämpfe!«

»Wann wird aus dieser Gegend schon mal was Gutes gemeldet«, sagte ich. »Aber woher hast du die Neuigkeiten? Und wie kommst du zu all den schönen Sachen, wenn die Gesandten nicht zu dir vorgelassen werden?«

»Auch in einem ägyptischen Harim«, flüsterte sie, während sie mit den Ketten in ihrer Schatulle klimperte, »gibt es Leute, die für Gold mal ein Auge zudrücken.«

»Na, wenn du das sagst!«

Ich war froh, daß wir wieder so einträchtig plaudern konnten. Draußen hörten wir die Mädchen singen und spielen. Ich erkundigte mich, was es sonst noch Neues gab, wie es Amenmose ging und was Wabet so trieb. Die Prinzessin berichtete, daß ein neuer Aufseher da sei, der rangmäßig über Amenmose stehe und Pay heiße. Dann sprachen wir von Sit-Re. Gerade als ich fragen wollte, wie alt denn ihr Kind mittlerweile sei, kam eine von Qafraiats syrischen Dienerinnen herein und sagte etwas in ihrer Muttersprache zu ihr. Ich konnte nur den Namen unserer gemeinsamen Freundin verstehen.

Kurzum, es wurde eine herrliche Zusammenkunft! Sit-Re war bei jener königlichen Verwandten eingetroffen, von der Merit gesprochen hatte und bei der die Frau des Regenten noch zu Besuch weilte. Prinzessin Qafraiat und ich gingen gleich hin. Die königliche Verwandte, eine Witwe, lud nach kurzem Zögern auch mich in ihre Räume ein. Anscheinend wollte sie nicht unfreundlich sein. Manche Leute glaubten nämlich, ich hätte einen gewissen Einfluß auf Pharao.

Ich freute mich riesig, Sit-Re zu sehen. Sie war voller geworden und wirkte ganz anders, so mütterlich. Sethy, ihr einjähriger Sohn, war ebenfalls pummelig und kulleräugig und wurde erst einmal herumgereicht. Amenia, die selbst keine Kinder hatte, behielt ihn auf dem Schoß. Sie schien den Kleinen und Sit-Re gern zu mögen, wie ja auch der Regent auf seinen Stabsoffizier Ramessu große Stücke hielt. Obwohl Amenia mit dem Kind auf ihren Knien lebhaft sprach und scherzte, fiel mir auf, wie blaß sie wieder aussah. Sie kam mir müde vor und irgendwie verbraucht; dabei war sie doch gar nicht so alt.

Die Tochter unserer Gastgeberin war Mutnedjemet, jenes Mädchen, das sich mit den anderen bei meinem Wiedersehen mit Pharao im Thronsaal aufgehalten hatte. Ich hielt es für gut möglich, daß auch sie als königliche Nebengemahlin in Frage kam. Sie war von hoher Abkunft, im passenden Alter, dazu recht niedlich; vielleicht wurde sie schon bald in den entsprechenden Rang erhoben. Nach der Begrüßung zog sie sich auf die andere Seite des Zimmers zurück, wo ihr Bruder mit Tusche, Binsenpinsel und einer hölzernen, mit Stuck überzogenen Schreibtafel beschäftigt war, und fuhr fort, einen Halsschmuck auszubessern, an dem ein Perlenstrang abgerissen war. Sie zog goldene und bunte Perlen auf eine neue Schnur und knüpfte diese in die vorhandenen Reihen ein. Ihre Mutter wandte sich an sie:

»Hast du die Schreibarbeiten deines Bruders überwacht?«

»Jaaa…«, antwortete Mutnedjemet.

Die Witwe ging zu dem Jungen hin, schaute sich die Schultafel an.

»Sieh dir nur an, was er wieder hingemalt hat!« schimpfte sie. »Der Lehrer wird ihn schlagen. Warum hast du nicht darauf geachtet, daß er seinen Text ordentlich schreibt?«

»Ich bin mit dem Halsschmuck beschäftigt. Da kann ich nicht gleichzeitig auf sein Gekleckse aufpassen«, erwiderte Mutnedjemet, ohne den Blick von ihrer Arbeit zu nehmen.

»Du wirst dir angewöhnen müssen, stets mehrere Dinge gleichzeitig zu tun. Es ist nicht zuviel verlangt, daß du ein Auge auf deinen Bruder hast! Wie willst du einmal deinen Haushalt überwachen?«

»Ach, Mutter, wenn ich mal heirate, werde ich so viele Verwalter, Aufseher und Bedienstete haben, daß alles ganz von alleine läuft.«

»Wenn du dich nur nicht täuschst! Dein Ehemann wird sehr unzufrieden sein, wenn du deine Pflichten nicht erfüllst.«

»Sei doch nicht so streng mit ihr!« erhob die Frau des Regenten Einspruch. »Erinnere dich! Als wir in ihrem Alter waren …«

»Nun ja. Aber später, Amenia, wünschte ich mir manches Mal, ich hätte mehr auf meine Mutter gehört!«

»Gibt es denn schon einen Heiratskandidaten für Muti?« wollte Amenia wissen.

Die Witwe warf mir einen raschen Blick zu.

»Bereits vor mehr als zwei Jahren hat Gottesvater Iri angefragt«, sagte sie. »Und ich bin nicht abgeneigt, sie ihm zu geben. Er kommt aus einer der besten und vermögendsten Familien des Landes, hat sich im königlichen Dienst bewährt und tut es weiterhin. Und ich kenne niemanden, der besser aussieht als er.«

Amenia wandte ihr schmales, von dunklen Locken umrahmtes Gesicht Mutnedjemet zu.

»Und du, Muti?« fragte sie. »Was hältst du von ihm?«

»Ich ... ich will ihn nicht!« stieß Mutnedjemet hervor und war mir mit einem Schlag ausgesprochen sympathisch.

»Laß ihr Zeit, meine Freundin, laß ihr Zeit!« bat Amenia die Witwe, als diese empört auf ihre Tochter losfahren wollte. »Ich möchte dir einen Vorschlag machen. Muti kommt für ein paar Wochen mit mir nach Hutnesu. Solange nämlich in unserem Haus der Ewigkeit die Vorzeichner am Werk sind, ist Hori nicht zu bewegen, die Hauptstadt zu verlassen. Mindestens jeden zweiten Tag zieht es ihn dorthin, um die Arbeiten zu besichtigen. Die ganze Anlage soll noch größer und schöner werden. Pharao hat sich nach den Siegen in Retjenu sehr huldvoll gezeigt. Und der Vorsteher des Schatzhauses ist ein guter Freund. An Mitteln fehlt es also nicht ...«

»Ich weiß, man soll nicht über Abwesende reden«, fiel ihr die königliche Verwandte ins Wort. »Aber was Merit vorhin erzählt hat! Daß Maja ›Anfangs war ich gut, später dann brillant‹ oder so ähnlich in seiner Wohnung der Ewigkeit schreiben lassen will! Das halte ich für reichlich großsprecherisch. Wie denkst du darüber, Amenia?«

»Ich finde, das ist seine Sache. Bist du damit einverstanden, daß Muti mir auf unserem Landsitz Gesellschaft leistet? Die Entscheidung wegen einer Ehe mit Gottesvater Iri muß ja nicht in den nächsten Tagen fallen.« Mit einem Lächeln blickte sie auf Sethy herab, der in ihren Armen eingeschlafen war. »Den Kleinen würde ich am liebsten auch mitnehmen. Aber ich fürchte, seine Mutter wird ihn nicht hergeben.« Sit-Re schüttelte heftig den Kopf.

»Na, vielleicht«, meinte Amenia, »wenn er etwas älter ist. Und du weitere Kinder hast.«

Sie fuhren fort sich zu unterhalten, während Mutnedjemet selbstvergessen an ihren Perlen fädelte. Mir war unterdessen die Idee gekommen, ob ich nicht über seine Frau an Horemheb rankommen konnte. Er war Sementauis Vorgesetzter, mußte ihn gut kennen. Vielleicht würde er meine Andeutungen verstehen. Denn etwas Genaueres, als daß sich Sementaui in der Herberge bei einem Freund über alles mögliche beklagt hatte und daß dieser Freund irgendwie mit Gottesvater Eje zu tun hatte, konnte ich ja nicht sagen.

O Sched, hoffentlich gelang es mir, Seine Exzellenz davon zu überzeugen, daß er auf seinen Sekretär aufpassen mußte!

Wo das Haus des Regenten lag, wußte in Men-nefer jeder. Ich hatte ja niemanden, den ich hätte vorausschicken können mit der höflichen Anfrage, ob ich Amenia, Sängerin des Amun und Gattin des königlichen Stellvertreters, einen Besuch abstatten durfte. Das Anwesen lag mitten in der Stadt; es war groß und reichte von einem Straßenzug zum anderen, war aber nicht annähernd so prächtig wie die Villen der Würdenträger in Achetaton. Im Umgang mit Türwächtern war ich inzwischen geübt; so brachte ich auch diesen wenig entgegenkommenden Zeitgenossen dazu, mich bei seiner Herrin anzumelden.

Schon im Eingangsbereich wimmelte es von Soldaten. In der Vorhalle, wo ich warten mußte, herrschte ebenfalls reges Kommen und Gehen. Leute mit allen möglichen Anliegen harrten hier aus. Zumindest war der Andrang ein Zeichen dafür, daß Horemheb zu Hause war. Ramessu, Minchai und Sementaui betraten, in heftige Diskussionen verstrickt, die Halle. Ramessu, der seine beiden Kameraden um ein gutes Stück überragte, trug wie sie als Rangabzeichen einen keilförmigen Stab in der Hand. In seiner Miene spiegelte sich unterdrückter Zorn.

»Wieso hast du diesen Auftrag des Regenten noch nicht erledigt?« redete er auf Sementaui ein. »Die Sache ist eilig! Sieh zu, daß du das schleunigst hinkriegst!«

Statt einer Antwort hob Sementaui gleichgültig die Schultern.

»Du weißt doch, daß ich auf den verdammten Papierkram warte!« fuhr ihn Ramessu wieder an. »Wenn du annimmst, dieser Orden« – er deutete auf den Löwenanhänger an seiner goldenen Kette – »sei mir für Sanftmut und Geduld verliehen, irrst du dich gewaltig!«

Mit begütigenden Worten versuchte Minchai den Streit zu schlichten. Da öffnete sich eine andere Tür. Horemheb, stämmig und agil, trat herein, und die drei Offiziere machten rasch die Ehrenbezeigung. Der Regent nickte knapp, ging an ihnen vorbei zum Eingangstor, wo soeben Ptahemhet eingetreten war. Nach einer herzlichen Begrüßung geleitete er den Hohenpriester persönlich in sein Audienzzimmer.

Ich wurde von einer Dienerin abgeholt und zu den Wohnräumen gebracht. Amenia erschien und bedauerte, daß ich hatte warten müssen. Der Pförtner habe nicht gewußt, daß ich eine gute Bekannte von ihr sei. Ich legte ihr den Sachverhalt dar, indem ich erklärte, ich hätte eine Beobachtung gemacht, die ich unter vier Augen dem Regenten mitteilen müsse. Sie bot mir an, bei ihr zu warten, bis Horemheb seine Amtsgeschäfte abgewickelt habe. Wir tranken Zimttee und unterhielten uns gut und freundeten uns in gewisser Weise sogar an. Amenia bereitete ihre Reise nach Hutnesu vor. Der Aufenthalt dort, meinte sie, sei ihrer Gesundheit stets sehr zuträglich. Heute kam sie mir wieder frischer vor, und ich hoffte von Herzen, daß sie sich auf ihrem Landsitz richtig gut erholte. Sie freute sich schon sehr darauf, vor allem, weil Mutnedjemet mitkommen würde.

»Sie soll bloß nicht Gottesvater Iri heiraten«, brach es aus mir heraus. »Mit ihm wird sie ganz bestimmt nicht glücklich!«

Lächelnd gab mir Amenia recht und übte meiner jugendlichen Heftigkeit gegenüber Nachsicht. Sie versprach, weiterhin auf Mutnedjemets Mutter einzuwirken.

»Das Mädchen hat einen guten Charakter«, meinte sie abschließend. Ich fragte mich, was sie wohl von meinem Charakter hielt.

Zwei, drei Stunden vergingen wie im Flug. Ich war ganz überrascht, als auf einmal Seine Exzellenz auf der Terrasse erschien, wo wir es uns bequem gemacht hatten. Er brachte den Hohenpriester des Ptah mit. Dieser mußte ein sehr guter Freund der Familie sein, da er in den privaten Wohnbereich mitgenommen wurde.

»Du kannst vor uns dreien offen sprechen«, sagte Horemheb, nachdem ihm Amenia mitgeteilt hatte, warum ich gekommen war. »Meine Frau und Ti sind meine Vertrauten. Der Schutz des Königs liegt ihnen genauso am Herzen wie mir.«

Wir begaben uns ins Haus, in Horemhebs Zimmer. Man wußte ja nie. Der Regent nahm auf einem abgenutzten

Klapphocker Platz, der überhaupt nicht zu der restlichen, sehr erlesenen Einrichtung paßte.

»Beim Hor von Hutnesu!« stieß er einen Seufzer aus. »In meinem Feldherrnzelt herrschen wenigstens klare Verhältnisse. Jeder kennt die Regeln, und ich kann meine Männer einschätzen. Aber hier! Dieses Gerangel und Geschiebe um alle möglichen Ämter! Jeder Blick, jedes Lächeln, jedes kleinste Wort wird gemessen und abgewogen.«

Er erhob sich wieder, um sich, Ptahemhet gegenüber, in einen mit Elfenbein eingelegten Sessel fallen zu lassen. Das Kinn in die Hand gestützt, blieb er sitzen.

»Bei Pharaos Ankunft vor nunmehr gut drei Jahren«, begann der Oberste Priester des Ptah, »brachte Eje eine derartig vergiftete Atmosphäre in die Residenz mit, daß ich es schwer hatte, das Vertrauen des jungen Königs zu gewinnen. Seine Majestät wußte einfach nicht, was er von uns, den Priestern und Beamten in Men-nefer, halten sollte. Wir waren ja völlig fremd für ihn.«

»Aber meines Wissens hattest du ihn bereits in Achetaton aufgesucht«, warf Amenia ein.

»Das war nicht mehr als eine kurze Audienz in den aufregenden Tagen seines Namenswechsels. Nun ja« – der Hohepriester schmunzelte –, »mittlerweile sind Seine Majestät und ich doch gute Freunde geworden. Und er nennt mich Ti!«

Endlich kam ich dazu, mein Anliegen loszuwerden. Ich zitterte, während ich sprach, und fragte mich immer wieder, ob ich auch richtig handelte. Ich sagte lediglich, daß Sementaui mit jemandem befreundet sei, der für Eje arbeite, so daß es jetzt oder vielleicht irgendwann später eine Verbindung zwischen Horemhebs Sekretär und dem Gottesvater geben könnte. Wie weit ein gewisser Vorgesetzter mit drinstecke, wisse ich nicht. Nach außen hin dürfe man nicht merken, daß das bekannt sei, um niemanden zu gefährden. Horemheb beruhigte mich. Er wisse längst, daß Sementaui nicht vertrauenswürdig sei, und habe ein Auge auf ihn.

»Kann denn, Exzellenz«, fragte ich, »die Palastwache den König schützen, wenn unvermutet von irgendwoher ein Speer auf ihn geschleudert wird, mit der Wucht, einen Löwen zu töten?«

»Aber sicher! Die Soldaten sind auf solche Gefahren gedrillt. Ich kann mir gar nicht vorstellen, daß so etwas passiert. So naiv sind unsere Gegner nicht! Sollten sie wirklich etwas planen, werden sie es uns nicht so einfach machen.«

»Aber als Sekretär Deiner Exzellenz kann Sementaui leicht ganz nah an Seine Majestät herankommen«, gab ich zu bedenken.

»Das laß nur meine Sorge sein! Auch Tis Anliegen ist es, den König vor allen möglichen Gefahren zu bewahren. Wir werden unsere Wachsamkeit noch erhöhen. Und da wir jetzt wissen, womit wir unter Umständen zu rechnen haben, können wir unsere Vorsichtsmaßnahmen darauf einstellen.«

Als ich die Villa des Regenten verließ, war ich unheimlich erleichtert. Endlich hatte ich mal mit jemandem über meine Befürchtungen reden können. Und ich hatte das Gefühl, etwas zu Pharaos Schutz unternommen zu haben.

Eigentlich war Tutanchamun stets von seinen Freunden umgeben. Aber eines trägen Nachmittags, an dem in der Hitze alles stillzustehen schien, wollte er mit mir Tjau spielen. Ein neues Spielbrett war angefertigt worden, denn das alte trug noch seinen früheren Namen, und er wollte es einweihen. Ausnahmsweise standen weder Zeremonien noch Audienzen noch irgendwelche Beratungen an. Erst in ein paar Stunden würde wieder Bewegung in den Palast kommen.

Der König hatte Huyas Sohn versprochen, er würde ihn demnächst zum Kommandanten über eine eigene Abteilung Streitwagen ernennen. Deswegen trainierte Paser trotz der Hitze mit seinen Leuten. Prinz Bai saß im Kap mit den anderen Jugendgefährten zusammen; aber den König zog es heute nicht dorthin. Na ja, er hatte sich eben in den Kopf gesetzt, mit seiner Dienerin Tjau zu spielen.

Ich stellte die Spielsteine auf. Tutanchamun hatte schon in seinem Sessel Platz genommen; er sah mir zu und schlenkerte mit den Armen. Die Tür stand offen, damit ein Luftzug entstand. Im Vorraum machten einige Diener und Dienerinnen sauber, räumten auf oder taten wenigstens so und unterhielten sich dabei. Plötzlich hörten wir von draußen einen Ausruf der Überraschung. Wir schauten zur Tür. Ein kleiner Junge kam hereingesaust, blickte uns an. Hastig reichte er mir einen Zettel. Ich war aufgesprungen, aber bevor ich etwas sagen oder ihn aufhalten konnte, war er wieder hinaus. Auch die Diener draußen kriegten ihn nicht zu fassen.

Auf dem einmal gefalteten Papyrusstreifen standen nur wenige Schriftzeichen, aber ich tat mich mit dem Lesen schwer. Tutanchamun stand auf und kam zu mir. Als er sich über das Schreiben beugte, nahm ich den Duft der kostbaren Salben wahr, mit denen er morgens immer eingerieben wurde.

»Vertrau mir! Ich liebe dich!« las er vor, ehe ich es entziffern konnte.

»Steht das wirklich da?«

Er nickte.

»Hm, an wen könnte der Brief gerichtet sein?« rätselte ich und drehte das Stückchen Papyrus hin und her. »Da steht nichts weiter drauf. Weder Adressat noch Absender!«

»Anscheinend bist du die Empfängerin! Denn das Kind hat dir den Zettel übergeben.« Ich zuckte die Achseln.

»Ich glaube eher, da liegt eine Verwechslung vor.«

Das war die eine Möglichkeit. Wer wußte schon, was für Liebesgeschichten sich im Palast abspielten, wie viele derartige Briefchen unterwegs waren? Die andere Möglichkeit, die mir allerdings mehr als unwahrscheinlich vorkam, war, daß das Schreiben tatsächlich an mich gerichtet war und daß es von Djehuti kam. Dafür sprachen das ›Vertrau mir!‹ und das Fehlen von Anrede und Unterschrift.

»Könnte nicht auch ich den Brief geschrieben haben?« fragte Tutanchamun plötzlich. Gleichzeitig berührte er mich leicht an der Schulter, wie er es manchmal tat.

»Du, Ibib? Aber wie kommt er dann in die Hand dieses Jungen? Und was soll ich damit? Und, überhaupt, diese … oh, diese Worte?!«

Ungläubig schaute ich ihn an. Meinte er das wirklich? Er stand dicht vor mir, die Hände auf meine Schultern gelegt, und blickte ernst und so – so erwartungsvoll! Und noch ein anderer Ausdruck lag in seinen Augen. So hatte er mich früher nie angesehen. O Sched, ich begriff es kaum. Zögernd lehnte ich mich an ihn, stumm vor Glück, und es war, als streife Hor mich mit seinem goldenen Glanz.

Aber dann fielen mir die Diener im Vorraum wieder ein, und ich machte schnell die Tür zu. Sollten sie doch zischen und tuscheln draußen. Uns war's egal! Wir hatten jetzt selbst zu flüstern, wollten beisammensein, die Welt um uns vergessen.

Gewiß, Seine Majestät und ich spielten noch Tjau an diesem Nachmittag. Doch vorher spielten wir etwas anderes …

EINE REISE NACH SÜDEN

Um es gleich zu sagen: Pharao hatte das Briefchen nicht geschrieben. Er hatte sich den Irrläufer nur zunutze gemacht. Ganz schön gewitzt, fand ich. Und um einen Irrläufer mußte es sich handeln, denn wie sollte Djehuti so nah an den inneren Bereich des Palastes herangelangen, um irgendein Dienerkind mit einem Zettel hierherzuschicken? Es sei denn, er stand mittlerweile in so engem Kontakt mit dem Gottesvater, daß er in dessen Amtsräumen ein und aus ging.

Mit Sicherheit hatte sich der Hofstaat den richtigen Reim darauf gemacht, daß wir uns am Nachmittag im Zimmer eingeschlossen hatten. Aber deswegen mußte es noch lange keinen Aufruhr geben. Höchstwahrscheinlich hielt man das Ganze für nichts anderes als für einen Ausrutscher des jungen Königs.

Am nächsten Tag, als ich Tutanchamun nach der Abendmahlzeit eine Schale mit Früchtebrot und anderen Leckereien brachte, die der Vorsteher der Süßigkeiten für ihn zusammengestellt hatte, verabredeten wir flüsternd, daß ich später, in der Nacht, in sein Zimmer kommen würde. Also klopfte ich nach der allabendlichen Zeremonie, nachdem die Beamten, Pagen und auch seine Freunde weggegangen waren, an seiner Tür, aber nicht an der breiten aus vergoldetem Holz, sondern an der schmalen, die von der Seite ins königliche Schlafgemach führte. Er öffnete sofort. Es herrschte gedämpftes Licht, nur in der dreiflammigen Alabasterlampe brannte noch Öl. Mitten im Raum stand, schon aufgedeckt für die Nacht, das goldene Bett. Wir blickten einander verschwörerisch an, umarmten uns, brauchten nicht viel zu reden. Als er sich auf den Laken ausstreckte, setzte ich mich neben ihn, ließ meine Hände sanft über seinen schlanken Körper gleiten, streichelte seine glatte Brust, küßte ihn auf seinen hübschen Mund. Aber in seiner Ungeduld hielt er meinen Liebkosungen nicht lange stand. Mir kam wieder in den Sinn, daß ich ja drei Jahre älter war als er, und, na ja, mehr Erfahrung hatte ich auch. Aus der Zeit mit Djehuti war ich nämlich bessere Kost gewöhnt, als nur mal eben den Hunger zu stillen. Doch wir waren von früher miteinander vertraut, dazu war er von neugierigem Eifer erfüllt, so daß ich hoffte, mit der Zeit würde sich seine Hast verlieren und er würde Geduld und Zärtlichkeit aufbringen.

Als ich später sein Bett verlassen wollte, zog er mich wieder zu sich herunter. »Geh nicht in den Nebenraum!« bat er. »Bleib hier!«

Ich umarmte ihn stürmisch. »Gut, ich hole schnell meine Matte.«

»Was willst du denn damit?«

»Na, wenn ich bei dir übernachte, muß ich mich doch irgendwo hinlegen.« Er klopfte neben sich auf das Laken.

»Da sollst du liegen!«

»Und richtig schlafen? Die ganze Nacht bei dir im königlichen Bett?«

Er verdrehte die Augen. »Wieso denn nicht? Es wäre doch viel zu auffällig, die Matte jetzt rein- und in der Frühe wieder rauszuschleppen. Denn, nicht wahr« – sein Blick wurde eindringlich –, »am Morgen, bevor das Ritual anfängt, bist du ja aufgestanden?«

»Versteht sich von selbst, Ibib!«

Bloß keine übertriebenen Hoffnungen! sagte ich mir. Hauptsache war, daß ich weiterhin in seinem Wohnpalast bleiben durfte. Denn hier war ich nicht der Königin und ihren Harimsbeamten unterstellt. Anscheinend gingen ihm ähnliche Gedanken durch den Kopf.

»Es ist wohl das beste«, sagte er und stützte sich im Liegen auf die Ellenbogen, »wenn wir alles so lassen, wie es ist.«

»Zu diesem Schluß bin ich auch gekommen!«

»Wegen des Hofstaats mache ich mir keine Gedanken. Ich will nur nicht« – wieder dieser nachdrückliche Blick –, »daß du mit der Königin streitest!«

»Ich? Mit der Herrin Beider Länder? Wie könnte ich? Sie würde mich glatt vernichten!«

Mitten in der Nacht wachte ich auf. Der Mond stand genau im Viereck des hochgelegenen Fensters und leuchtete herein. Besuchte Thot, der weise Mondgott, den König, den Guten Gott? Ich betrachtete Tutanchamun, wie er im fahlen Licht neben mir schlief. Ob er im Traum die Großen Götter sah? Mit der Nachtsonne durch die Unterwelt fuhr? Ich verließ das Bett und kauerte mich ein paar Schritte entfernt nieder. Da lag er im silbrigen Mondschein auf dem goldenen Löwenbett. Die königliche Gegenwart machte den Palast zum heiligen Horizont, zum Himmel sogar. Warum konnte hier nicht eine Zusammenkunft der Götter stattfinden!

Kaum traute ich mich zurück. Aber ich fror, so weit weg von ihm. Vorsichtig schlüpfte ich unter das dünne Laken, mit dem wir uns zugedeckt hatten, schmiegte mich wieder an seinen warmen Körper. Obwohl ich ganz achtsam gewesen war, bewegte er sich, erwachte mit einem Seufzer. Er blickte auf, die Augen voller Sternenstaub, lächelte verwundert und schlief wieder ein.

Auch früh, als draußen im Palastgarten die ersten Vögel zu singen anfingen, betrachtete ich ihn im Morgenlicht; darüber muß ich wieder eingeschlafen sein. Jedenfalls war auf einmal heller Morgen und ich hörte Schritte draußen. Die Höflinge waren im Anmarsch! Oh, schon erklangen Stimmen vor der Tür! Gleich würden Diener, Pagen und Hofbeamte hereinkommen. Auf keinen Fall durften sie mich hier antreffen! Das hatte ich Tutanchamun versprochen. Ich sprang auf und konnte gerade noch – vorn wurden bereits die goldenen Türflügel geöffnet – durch die Seitentür entwischen.

Natürlich bekamen, obwohl ich morgens jedesmal rechtzeitig verschwand, die Leute allmählich etwas mit. Wenige Tage nach Pharaos vierzehntem Geburtstag erschien Pay, der Oberste Harimsaufseher, und sagte, Pharao habe mit seiner Großen Königlichen Gemahlin die Ehe zu vollziehen. Es sei allerhöchste Zeit, die Beiden Länder warteten darauf.

Tutanchamun hatte keine Lust. Doch Ausflüchte halfen ihm nichts; ein Termin wurde anberaumt. Ich hielt es für besser, seinem Privatgemach an diesem Abend fernzubleiben, denn ich wollte nicht miterleben, wie sie ihn abholen kamen – alle diese Kammerherren und Aufseher und Verwalter von dies und das. Sogar Iri, der sich gerade in der Residenz aufhielt, gehörte mit zur Begleitung.

Kurz vor Mitternacht kehrten sie vom Palast der Königin zurück. Pharaos ausgewählte Begleiter stellten zufriedene Mienen zur Schau. Er selbst sah eher gleichgültig aus. Als sie sich endlich entfernt hatten, lief ich zu ihm ins Zimmer. Er stand mit dem Rücken zur Tür und schaute ins Licht der Alabasterlampe. Ich berührte ihn leise. »Ibib!«

Er drehte sich um. Sein Gesicht wirkte verschlossen.

»Noch mal«, sagte er, ohne mich anzublicken, »gehe ich da nicht hin!«

»Warst du mit der Königin ganz allein?«

»Ja«, sagte er.

»Und? Hat ihr Anblick dich erregt?«

Zögernd nickte er.

»Und wieso?«

»Wieso, wieso!« Es dauerte eine Weile, bis er antwortete: »Sie benahm sich eben auf eine Weise … aufreizend. Und dazu dieses Zeug!«

»Was für Zeug?«

»Iri hat mir irgendwas in den Wein geschüttet. Damit nichts schiefgeht.«

Ich betrachtete ihn stumm, bevor ich mich erkundigte: »Hat sie überhaupt mit dir geredet?«

»Sie hat mich begrüßt.«

»Und was hast du zu ihr gesagt?«

»Ich habe ihren Gruß erwidert.«

»Hat sie sonst noch mit dir gesprochen?«

Verdrossen hob er die Schultern. »Irgend etwas wird sie schon gesagt haben. Ich weiß es nicht mehr.«

Mehr war nicht aus ihm herauszukriegen. Jedenfalls waren die Beiden Länder erst einmal zufrieden.

Das heißt, ein kleines Nachspiel gab es noch. Der Oberste Harimsvorsteher bat den König um ein weiteres Gespräch. Es fiel ziemlich kurz aus.

Nachdem er den Beamten wieder hinauskomplimentiert hatte, berichtete Tutanchamun mir empört, Pay habe vorgeschlagen, ein gemeinsames Schlafzimmer mit der Königin einzurichten. So etwas hätte es bekanntlich auch in Achetaton gegeben. Der Gute Gott Neferchepérure hätte mit seiner Gemahlin Nofretete dort genächtigt – und sogar die Kinderbettchen der Prinzessinnen hätten darin noch Platz gefunden!

Während sich in den nächsten Wochen und Monaten das königliche Frauenhaus mit schönen Mädchen aus ganz Kemet und aus fremden, oft weit entfernten Ländern füllte, wollte Ama diesen Ort nun doch verlassen. Sie wurde mit reichen Geschenken bedacht und erhielt, bevor sie in ihr Dorf zurückkehrte, Gelegenheit, sich von ihrem königlichen Pflegekind zu verabschieden. Um sie zu ehren und ihr eine lange Wartezeit zu ersparen, wurde sie als erste empfangen. Tutanchamun hob seine Amme auf, als sie vor ihm kniete, wie es seine liebenswürdige Art war. Aber ich sah ihm an, daß er sich innerlich bereits auf Horemheb, seinen nächsten Gesprächspartner, vorbereitete. Und auf einmal erschreckte mich die Vorstellung, eines Tages auch auf diese Weise von ihm verabschiedet zu werden – höflich und freundlich und doch mit den Gedanken schon ganz woanders.

Der Regent hatte jene Beamten mitgebracht, die in der Hauptstadt für die Belange der Fremdländer zuständig waren. Außerdem begleiteten ihn Ramessu und Minchai sowie Sementaui. Der Anblick des letzteren machte mich ganz nervös vor Wachsamkeit, und ich trat noch dichter an den Thronsessel heran.

Da unsere Zuneigung am Hof inzwischen kein Geheimnis mehr war, hielt ich mich auch bei solchen Anlässen stets in Tutanchamuns nächster Nähe auf.

Horemheb riet dem König dringend, die Umsiedlung der Fremdvölker voranzutreiben. Bestimmte Gruppen der Nubier, Syrer und Schasu-Beduinen sollten aus ihren Ländern in andere Gebiete des ägyptischen Reiches gebracht und dort angesiedelt werden.

»Was meinst du dazu?« fragte Pharao mich leise.

»Ich stelle es mir schrecklich vor, seine Heimat zu verlieren«, flüsterte ich zurück. »Denk nur dran, wie ungern wir aus Achetaton weggezogen sind! Und dann erst in ein ganz anderes, fremdes Land!«

»Das sind bewährte Maßnahmen, Majestät, die auch dein Vater Pharao Usir Neferchepurure während seiner Regierungszeit mehrmals ergriff«, sagte Horemheb auf Tutanchamuns Zögern hin. »Die fremden Völker werden es mit Abtrünnigkeit und Auflehnung danken, wenn man sie in ihren angestammten Wohngebieten läßt. Sei gewiß, Herr der Beiden Länder, sie würden das gleiche, wenn nicht Schlimmeres, mit uns tun, wäre es umgekehrt!«

Pharao stimmte schließlich zu, weil ihm Huya, der Vorsteher der südlichen Fremdländer, der zur Zeit in Men-nefer weilte, ebenfalls zuredete. In der Woche darauf traf Fürst Hekanefer ein. Prinz Bais älterer Bruder war nach dem Tod seines Vaters jetzt Herrscher von Miam. Auch er drängte zum Handeln, weil sich, wie er sagte, im Süden etwas zusammenbraue.

In kurzer Folge erreichten den Königshof Nachrichten, daß an verschiedenen Orten in Wawat und Kusch die Völker rebellierten. Erste Kämpfe fanden statt; die schlechten Nachrichten häuften sich. Es blieb keine Zeit mehr, irgendwelche Syrer, Nubier oder Beduinen umzusiedeln. In der Residenz wurde Kriegsrat gehalten, und bald darauf begannen Horemheb und seine Generäle, einen Feldzug vorzubereiten. Paser, Prinz Bai und die anderen jungen Männer am Hof brannten förmlich darauf, nach Süden zu ziehen; sie redeten von nichts anderem. Tutanchamun ließ sich von der kriegerischen Stimmung anstecken. Paser erhielt den Oberbefehl über diejenigen Kontingente an Streitwagen, die sein Vater für den Kriegsfall zu stellen hatte. Pachar, seit einiger Zeit wieder im königlichen Dienst, wurde zum Anführer der Leibwache ernannt, Kiki zu seinem Stellvertreter.

Selbst vom königlichen Schreiber Nahuher hörte man die neuen Töne. Der Bruder des Schatzkanzlers brachte einen gewissen Naj mit in die Residenz, einen kraftstrotzenden Kerl, Gesicht, Hals und Oberkörper voller Narben, der in einer Wüstenfestung Kommandant gewesen war. Und dieser Naj war noch besser im Reden! Die Fremdlinge in den Ländern rings um Ägypten wüßten überhaupt nicht, erklärte er, wie sie ihr Leben fristen sollten. Ihre Länder seien hungrig, die Bewohner lebten wie Tiere der Wüste. Pharao, groß an Macht, müsse nun sein Heer schicken, die Städte plündern und zerstören und alles in Schutt und Asche legen. Genauso wie im Norden die Bündnisse gegen Ägypten zerschlagen, die Aufrührer besiegt und die Länder verwüstet worden seien, müsse man jetzt auch im Süden vorgehen. Die Götter selbst hätten bestimmt, daß diese Fremdländer für immer und ewig unter Pharaos Füßen sein sollten.

Fast jeden Abend saß Tutanchamun mit seinen Freunden im Männerhaus zusammen; wahrscheinlich wurden dort ähnliche Reden geführt. Zu allem Überfluß langte in dieser Zeit noch eine Delegation aus Chattusa, der Hauptstadt der Chatti, an. Die Gesandten ließen mitteilen, sie seien gekommen, um ihre Gefangenen freizukaufen. Sie wurden nicht mal vorgelassen.

»Wir haben mit Wawat und Kusch genug zu tun«, sagte der König. »Die Chatti sollen warten, bis das erledigt ist.«

In seinem Vorzimmer hatten sich die hohen Offiziere eingefunden, und der Oberste Heerführer hielt eine Rede. Zum Schluß richtete er an seine Militärführer den Appell, die Grenzen der Fremdländer, die Pharao in ihre Hand gegeben hatte, zu bewachen, gemäß dem Brauch der Väter ihrer Väter seit urdenklichen Zeiten.

Als Dienerin hatte ich gelernt, mich unauffällig zu verhalten; niemand gab auf mich acht, und so schnappte ich ein paar Sätze auf, die Nahuher und Naj miteinander wechselten.

»Er ist nun mal«, sagte Naj und meinte damit den König, »kein zweiter Aacheperure, der bereits mit zwölf Jahren verwegen ritt, dessen Pfeile unübertroffene Durchschlagkraft hatten und der sich in allem heldenhaft zeigte. Unser kleiner Neb-cheperu-Re zeigt nicht mal eine besondere Jagdleidenschaft. Die Soldaten sind von ihm wenig begeistert.«

»Darüber«, näselte Nahuher, »wird der Oberste Heerführer nicht traurig sein. Vermutlich verbucht er militärische Erfolge lieber für sich allein.«

Naj antwortete mit einem hämischen Grinsen.

»Eines muß man Horemheb lassen«, meinte er. »Er schafft es, seine Leute bei der Stange zu halten. Für seine Krieger gibt es keine größere Ehre, als in der Schlacht in seiner Nähe zu kämpfen.«

Mehr konnte ich nicht aufschnappen, weil sie sich in Richtung Tür bewegten und entfernten. Aber ich war sicher, daß sie im Kap dabeisein würden, wenn sich am Abend Tutanchamun mit seinen Freunden dort zusammenfand.

Als er spät in der Nacht zurückkehrte, war er zum ersten Mal richtig berauscht. Kiki mußte Pharao fast tragen. Welch ein Anblick! In der Herberge hatte ich nie einen Betrunkenen erlebt, der so süß war wie er. Er sang – unzusammenhängend zwar – die Strophen eines Kriegsliedes, stammelte dummes Zeug und tappte im Schlafgemach umher. Ich hockte mich aufs Bett und schaute ihm zu. Aber mit einemmal hörte er auf, süß und lustig zu sein. Er fiel einfach um, stöhnte, ihm sei furchtbar übel, und ich kam nicht mal mehr dazu, ihn in den Waschraum zu zerren, konnte bloß seinen Kopf halten und anschließend den Boden aufwischen. Er sah ziemlich blaß aus, als er einschlief.

Beim Aufwachen schwor er, niemals mehr einen Becher Wein anzurühren. Na ja, ich kannte derartige Schwüre. Beim Abendessen trank er bereits wieder mit seinen Freunden. Diesmal hatte er sie zu sich eingeladen. Die Gespräche drehten sich um nichts anderes als um den Kriegszug, und er war völlig überzeugt, daß er gemeinsam mit Horemheb das Heer anführen werde.

Da er auf früheren Reisen bereits in Nubien gewesen war, machte Tutanchamun sich Gedanken über die Marschroute und beschäftigte sich, um seine kriegerische Tauglichkeit zu beweisen, mit der Heeresordnung, Angriffstaktik und ähnlichen Dingen. Im Schlafzimmer ließ er sein zusammenklappbares Feldbett aufstellen, damit er sich schon mal daran gewöhnen konnte. Er forderte aus dem Palastarchiv die Kriegstagebücher an, die seine königlichen Vorfahren auf ihren Feldzügen verfaßt hatten, und bestimmte außerdem seinen eigenen Kriegsberichterstatter, einen erfahrenen Armeeschreiber, der bekannt dafür war, daß er auch im größten Kampfgetümmel kühles Blut bewahrte.

Da ich Sit-Re seit längerem nicht gesehen hatte, freute ich mich, als wir uns zufällig im Palasthof begegneten. Aber sie kam mir zurückhaltender vor als gewöhnlich, was ich zuerst darauf schob, daß sie sich wegen Ramessu Sorgen machte. Vielleicht war er in seiner Eigenschaft als königlicher Kundschafter schon unterwegs. Doch es stellte sich heraus, daß sie wegen unserer gemeinsamen Freundin, Prinzessin Qafraiat, böse auf mich war.

»Seit Monaten läßt du dich nicht bei ihr blicken«, sagte sie. »Sie ist sehr enttäuscht von dir. Du hast ihr doch versprochen, daß du ihr weiterhilfst. Aber sie wird immer noch zu keinem einzigen Palastfest eingeladen!«

Tatsächlich, ich hatte längst ein schlechtes Gewissen. Ich redete mich damit heraus, daß Pharao zur Zeit eben für absolut nichts anderes Interesse zeige als für den Marsch nach Nubien.

Sit-Res runde Augen blickten erstaunt.

»Aber Seine Majestät zieht doch gar nicht in die Schlacht! Seine Exzellenz denkt ja nicht daran, ihn mitzu...« Ganz plötzlich machte sie ihren Mund zu und legte die Hand davor. Mit erschrockenen Augen schaute sie mich an. »Gütiger Re! Das hätte ich nicht sagen dürfen! Ta-mi, laß dir nur nicht anmerken, daß du das weißt!«

Ich beruhigte sie, so gut ich konnte. Ich war über diese Nachricht so erleichtert, daß ich ihr alles mögliche versprochen hätte. Tutanchamun war nicht nur für feindliche Pfeile, Lanzen und Schwerter unerreichbar, sondern auch für Sementaui, der selbstverständlich mit dem Heer zog.

Allerdings war es nicht schön, mit anzusehen, mit welchem Einsatz Pharao sich auf den Kriegszug vorbereitete, und gleichzeitig zu wissen, daß er doch nicht teilnehmen würde. Einerseits war ich froh darüber, andererseits tat es mir leid wegen der Enttäuschung, die ihm bevorstand. Ich konnte nur hoffen, daß Horemheb ihm bald reinen Wein einschenkte.

Kurz nach meinem Gespräch mit Sit-Re wollte Pharao am Morgen mit seinem goldenen Streitwagen ausfahren. Das tat er jetzt jeden Tag, um die Streitkräfte zu inspizieren und die Soldaten zu ermuntern. In der Garnison würde er auch den Obersten Heerführer treffen. Wir hatten einen Augenblick Zeit, bevor ihm der Kriegshelm gebracht wurde.

»Wir sehen uns dann erst am Abend wieder«, sagte er und legte für einen Moment die Arme um mich.

Als er am Ende des Tages zurückkehrte, war ihm gleich anzumerken, daß der Regent mit ihm gesprochen hatte. Auch seine Freunde hatten ein feines Gespür für seinen Stimmungswandel; keiner ließ sich blicken. Und ich mußte so tun, als wüßte ich nichts.

»Wie war's, Ibib? Die Truppen in guter Ordnung?«

Er zog die Handschuhe aus, die er beim Lenken des Streitwagens immer trug, um die Zügel besser halten zu können, und warf sie auf den Tisch.

»Nahuher bleibt in Men-nefer, weil ihn Maja in der Schatzhausverwaltung braucht. Bai zieht ebenfalls nicht mit nach Nubien.« Er setzte sich an den Tisch und stützte das Gesicht in die Hände. Auf einmal stieß er ein seltsames Lachen aus. »Ja, und dein Vetter bleibt auch in der Residenz. Weil er mein Leibwächter ist!«

»Bedeutet das, daß du nicht ...?«

»Genau das bedeutet es!« Als er aufschaute, war sein Blick voller Mißtrauen. »Nicht wahr, du hast es längst gewußt? Ihr alle wußtet es! Alle außer mir.«

Mein Herz raste. O Sched, wenn ich jetzt wieder sein Vertrauen verlor! Hätte ich es ihm bloß gesagt!

»Und«, fuhr er fort, »du freust dich auch noch darüber!«

»Du bist einfach zu wichtig, Ibib! Du mußt regieren, wenn Horemheb außer Landes ist.«

»Bin ich denn *sein* Stellvertreter?« Aus schmalen Augen funkelte er mich an. »Vielmehr ist er doch meiner!«

»Natürlich, Ibib.«

»Alle denken, ich kann nicht kämpfen. Dabei werde ich fünfzehn!«

»Du wärst nicht der erste König, der im Kampf getötet wurde.«

»Aber ich bin gut trainiert. Schau her!« Mit einer Geste, die lässig wirken sollte, ergriff er einen seiner kunstvoll geschnitzten Spazierstöcke und zielte damit auf eine tönerne Blumenvase. Sie zersprang, der Stabstrauß blieb einen Moment in der Luft stehen, bevor er inmitten der Scherben auf den Boden klatschte.

»Wie ein kleiner Junge führst du dich auf!«

»Weshalb auch nicht? Wenn mich alle so behandeln! Wozu bin ich eigentlich König? Wenn immer nur Eje und Horemheb über die Beiden Länder bestimmen!«

»Es wird ja nicht ewig so bleiben!«

Er fing an hin und her zu gehen, blieb abrupt stehen.

»Wieso«, sagte er und faßte sich an die Stirn, »will denn keiner begreifen, daß ich erwachsen bin!«

»Prinz Bai, Kiki, Nahuher …! Sie bleiben doch auch alle hier.«

»Bai ist fast ein Jahr jünger als ich. Paser ist älter. Er geht.«

»Das muß er doch! Als Sohn des Vorstehers von Kusch.«

»Er hat ja auch seine Schwadronen. Ich hab nicht mal einen eigenen Streitwagentrupp. Vollkommen allein stehe ich da. Soll ich vielleicht mit meiner Leibwache losziehen?«

»In ein paar Jahren, Ibib …«

»Jetzt! Jetzt wird gekämpft in Wawat und Kusch!« Mit schnellen Schritten lief er wieder auf und ab. »Sogar vor den Chatti muß ich mich schämen. Was werden die nur ihrem König über mich erzählen!«

»Die Gesandten sind noch hier?«

»Ja. Eje hat sie empfangen. König Scha-pa-lu-lu führt immer seine Krieger an. In jedem Kampf hat er seine Söhne bei sich. Horemheb könnte mich doch auch mitnehmen! Wie ein Vater seinen Sohn. Er hat ja keine Söhne, und ich habe keinen Vater mehr!«

Ich wußte nicht, was ich darauf sagen sollte. In gewisser Weise hatte er durchaus recht.

»Aber ich werde hier in Men-nefer etwas unternehmen«, verkündete er. »Du wirst sehen. Mir fällt schon was ein.«

»Es kommt ja bald deine Geburtstagsfeier!« Mir wurde etwas leichter ums Herz, weil er sich mit dem Hierbleiben abzufinden, neue Pläne zu fassen schien. Daher wagte ich einen neuen Vorstoß. »Und ich würde mich sehr freuen, wenn ich in deinem Namen Prinzessin Qafraiat, die, wie du weißt, seit langem meine Freundin ist, wieder mal dazu einladen dürfte. Damit sie in deiner Nähe sitzt.«

»Mir ist völlig egal, wer kommt und wer in meiner Nähe sitzt.«

»Es wird schön werden, Ibib. Ich versprech's dir.«

An seinem Geburtstag hatten die verschiedenen Heeresverbände bereits die Hauptstadt verlassen. Hätte Pharao sich nur betrunken in seiner Wut und seinem Kummer! Aber er saß nur stumm da und versank in Trauer und Selbstmitleid. Die Musikerinnen ließ er ausschließlich ernste Weisen spielen; die Harfe klagte, die Flöte weinte, während der Mädchenchor dazu wehmütige Lieder sang. Wenigstens hatte Qafraiat Gelegenheit, die Bitten anzubringen, die ihr so sehr auf der Seele lagen. Ich konnte jedoch nicht erkennen, ob sie damit nur bis zu seinem Ohr oder bis zu seinem Herzen drang. Sie redete davon, daß die Feinde ihres Vaters zunehmend an Macht gewännen, der Fürst beinahe gestürzt worden sei. Aber nicht nur die Angst um ihre Familie treibe sie um, auch sie selbst befinde sich in großer Gefahr, da die gegnerische Seite um jeden Preis verhindern wolle, daß sie beim ägyptischen König etwas für ihren Vater erreiche. Bei diesen Worten bedeckte sie ihr Gesicht mit den Händen und schluchzte. Sie tat mir leid. Tutanchamun sagte zu ihr: »Das königliche Frauenhaus wird gut bewacht. Hier kann dir niemand etwas antun.«

Bereits am nächsten Morgen zitierte er den Vorsteher der königlichen Jäger zu sich, einen Mann, der aussah, als habe er die überwiegende Zeit seines Lebens in der Wüste gedörrt. Nachdem er eine Weile mit ihm gesprochen hatte, eröffnete er mir, daß er mit seiner Leibwache, seinen daheim gebliebenen Freunden und mit einem Jägertrupp in der Großen Wüste von Cheri-oha wilde Tiere jagen werde. Sein königlicher Großvater Usir Nebmaatre, der einhundertundzwei wilde Löwen zur Strecke gebracht habe, sei sein Vorbild. Dabei zeigte er mir einen Cheperi-Käfer aus glasiertem Stein, auf dessen Rückseite diese Großtat des seligen Guten Gottes eingeschnitten war.

»Du wirst deine Gründe haben, dich derart draufgängerisch zu gebärden«, sagte ich nur.

Er kehrte mit beachtlichem Erfolg zurück und faßte schon bald den nächsten Jagdausflug ins Auge.

»Diesmal will ich mit meinen Freunden weit nach Süden fahren, um Straußenvögel zu erlegen. Der Vorsteher der Jäger kennt ihre Gebiete«, erklärte er mir. »Und wenn du möchtest, nehme ich dich mit.«

»Wie bitte?« Ich glaubte, mich verhört zu haben. »In Achetaton und in Men-nefer haben wir so oft die Strauße beobachtet. Weißt du nicht mehr, wie gern wir ihren Tänzen zugeschaut haben? Und wie wir uns freuten, wenn sie Junge aufzogen! Und jetzt willst du hingehen und diese Vögel einfach abschlachten?«

»Ja, aber« – er verschränkte die Arme über der breiter gewordenen Brust –, »aber meine Fächerträger brauchen nun mal neue Federn für ihre goldenen Wedel!«

»Ja, bist du denn«, rutschte es mir heraus, »der Erfüllungsgehilfe deiner Wedelträger?«

»Vergiß nicht, wen du vor dir hast!«

»Verzeih, Ibib! Verzeih!«

Es tat mir leid, so unheimlich leid. Mir war klar, daß er eine Beschäftigung brauchte. Und er zürnte immer noch, weil ihn Horemheb nicht auf den Kriegszug mitgenommen hatte. Nun wollte er auf eigene Faust nach Süden. Um zu jagen.

»An und für sich«, lenkte ich ein, »ist die Idee nicht schlecht.«

»Aber …?«

»Versprich mir, die Kampfgebiete zu meiden!«

»So weit nach Süden dringen wir ja gar nicht vor. Sag schon! Du fährst doch mit?«

Da das Begräbnis des heiligen Hap-Stieres bevorstand, mußte Pharao seinen Aufbruch um zwei Wochen verschieben. Ich dagegen erhielt die Gelegenheit, gleich aufzubrechen. Die Frau des Regenten war im Begriff, nach Oberägypten zu reisen, und lud mich auf ihr Boot ein. In Waset, dem Ziel ihrer Reise, sollte ich dann auf den König warten.

Auf ihrer Barke kam ich mir fast wie eine Prinzessin vor. Für alles war gesorgt; es war das erste Mal, daß ich von vorn bis hinten bedient wurde. Amenia genoß die Ruhe. Manchmal unterhielten wir uns, meistens sah ich mir die Landschaft an.

Gut vier Jahre war es her, daß Tutanchamun und ich von Achetaton nach Men-nefer gefahren waren. Damals waren wir ins Unbekannte, Ungewisse aufgebrochen: als Kinder – er zumindest noch – und mit der frischen Erinnerung an unsere Streiche. Die Folgen des schlimmsten hatten wir dann ja zu spüren bekommen. Inzwischen waren wir beide erwachsen, hatten gemeinsame Erinnerungen anderer Art. Er fuhr diese Strecke mehrmals im Jahr, um in den Heiligtümern entlang des Flusses die Rituale durchzuführen, die dem König oblagen, aber ich hatte ihn nie begleiten dürfen.

Meistens reiste die Königin mit ihm, wenn auch in ihrer eigenen Barke. Gottesvater Eje und die von ihm eingesetzten Priester waren darauf bedacht, daß möglichst viele Kultorte durch die Gegenwart des Guten Gottes und seiner Königlichen Gemahlin geweiht wurden.

Obwohl mir die Trennung von ihm schwerfiel, freute ich mich auf Waset, die südliche Stadt. Doch dann, auf halber Strecke, meinte Amenia, wir sollten in Achetaton einen kurzen Halt einlegen.

»Können wir nicht lieber«, fragte ich, »meine Eltern und Verwandten in Chemenu besuchen?«

Aber Amenia sagte, soviel Zeit hätten wir nicht. Also legten wir in Achetaton an. Der Hafen war völlig intakt; Schiffe lagen am Kai, die unterschiedlichsten Ladungen wurden gelöscht. Auch das Büro des Hafenmeisters war besetzt. Nach der erholsamen Flußfahrt war Amenia genauso unternehmungslustig wie ich. Wir entschlossen uns zu einem Rundgang und spazierten, gefolgt von ihren Dienerinnen, die Prachtstraße entlang. Nach wie vor wurden die Tore der Paläste und Heiligtümer von Soldaten bewacht. Im Pa-hut-Aton, dem Gedächtnistempel für Pharao Nefercheperure, war durch eine Stiftung Tutanchamuns dafür gesorgt, daß die Totenpriester regelmäßig Gottesdienste und Opfer für seinen Vater durchführten. Auch hatten etliche Behörden die hiesigen Dienststellen behalten, darunter das staatliche Archiv. Um die aus Beamten, Soldaten, Wächtern und Priestern bunt zusammengewürfelte Einwohnerschaft mit dem Lebensnotwendigen zu versorgen, kamen die Schiffe hierher. Außerdem reisten regelmäßig Beauftragte aus der Residenz an, um nach dem Rechten zu sehen.

Trotzdem war es seltsam, durch diese Straßen zu gehen, die vor ein paar Jahren noch so voller Geschäftigkeit gewesen waren. Auch Amenia schien Erinnerungen nachzuhängen. Bei mir waren es zumeist schöne, wenigstens aus der Zeit, die ich bei Tutanchamun hatte verbringen dürfen. Wie gern wäre ich mit ihm noch mal durch das Gartengelände des Nordpalasts gelaufen; die vielen prächtigen Pflanzen waren bestimmt alle verdorrt.

Wegen ihrer Krankheit war Amenia schnell ermüdet. Sie ging mit den Dienerinnen zum Schiff zurück, und ich streifte allein weiter. Zuerst gelangte ich zu einem abseits gelegenen kleinen Heiligtum, dessen mit Gold beschlagene Torflügel aus den Angeln genommen und durch eine aus groben Brettern gezimmerte Tür ersetzt worden waren. Etliche Familien hausten hier, die Kinder spielten im Schatten der Umfassungsmauer; überall liefen Ziegen und Schafe herum. Auch in manchen verlassenen Villen hatten sich bereits Leute aus der Umgebung eingenistet. Und droben vor den Gräbern, die in den gelben Fels gehauen waren, wachten keine Soldaten mehr. Diese Toten würden bald vergessen sein, denn längst legte man sich seine Wohnungen der Ewigkeit woanders an.

Als ich am Anwesen des königlichen Oberbildhauers vorbeikam, fiel mir ein, wie ich mal Kuchen hierhergebracht hatte. Das Haupttor war fest verschlossen. Ich schlenderte zum Dienstboteneingang, drückte spaßeshalber gegen die Tür. Sie ging auf, ich trat ein. Im Garten boten die vom Sand erstickten Pflanzen keinen schönen Anblick. Auch die Villa, die Werkstätten, Wirtschaftsgebäude, Dienerwohnungen und Ställe lagen verödet da. Dann entdeckte ich, daß die Tür eines Nebengebäudes nur angelehnt war, und ging hinein. Da waren ein Tisch, ein paar Gestelle und Regale – anscheinend der Arbeitsraum der Bildhauer. Es lag kein Werkzeug mehr herum; die kupfernen Geräte waren viel zu wertvoll, um nicht mitgenommen zu werden. Aber Modelle, Büsten, Masken und angefangene Statuen gab es jede Menge, außerdem aus verschiedenen Gesteinssorten gemeißelte Körperteile, Köpfe und Königskronen. Mir kam eine Augeneinlage aus schwarzem und weißem Glas in die Finger. Ich steckte sie ein, legte sie dann aber doch lieber wieder zurück.

Nein, es bestand kein Bedarf mehr an Standbildern des Guten Gottes Nefercheperure und seiner Gemahlin Nofretete, wie es sie in Achetatons Palästen und Heiligtümern in solchen Massen gab. Lange betrachtete ich das steinerne Gesicht der früheren Königin; sie war wirklich sehr schön gewesen. Auch Darstellungen der reizenden Prinzessinnen waren nicht mehr gefragt – außer von der einen, die jetzt Große Königliche Gemahlin war.

Dann erblickte ich das Modell für eine Statue von Tutanchamun. Hier waren seine Gesichtszüge so wiedergegeben, daß er seinem Vater viel ähnlicher sah als in Wirklichkeit. Zärtlich fuhr ich mit dem Finger über die steinernen Wangen, die geschwärzten Brauen, die Nase, die Lippen, das Kinn. Alles war voller Staub.

Ein Geräusch ließ mich herumfahren. O Sched, ein Hund! Ein schlanker schwarzer Hund mit großen Ohren war mir gefolgt. War er wild und herrenlos? Hoffentlich griff er mich nicht an! Aber er beäugte mich genauso vorsichtig wie ich ihn und verzog sich in den nächsten Raum. Obwohl ich mir sagte, daß ich ihn lieber in Ruhe lassen sollte, ging ich hinterher. Hier befanden sich eine gemauerte Bank, ein umgeworfener Hocker, auf dem Tisch standen noch Becher und ein Krug. Die Tür auf der gegenüberliegenden Seite war halb offen und führte zu einem weiteren Raum. Der Hund schien nichts gegen meine Anwesenheit zu haben. Er schnüffelte an den Kisten herum, die in einer Ecke zusammengestellt waren, dann ließ er sich auf einem Berg alter Lappen nieder. Ich sah mir die Kisten genauer an.

Sie waren leer bis auf eine. Und da waren Kostbarkeiten drin! Schön gearbeitete Kästchen aus Holz, mit Gold und Elfenbein eingelegt, versiegelte Alabastergefäße, Messer, ein Dolch, mindestens ebenso schön wie die, die Pharao besaß, und andere Gerätschaften. Ob in den kleineren Kästen Schmuck war? Behutsam hob ich einen heraus. Es waren Schriftzeichen darauf, die ich gut kannte: umgeben vom Königsring die Namen von Tutanchamuns Vater und seiner Gemahlin.

Als aus dem nächsten Raum Stimmen drangen, hielt ich den Atem an. Schritte kamen näher. Was sollte ich tun? Hastig verkroch ich mich hinter die Kisten, kauerte reglos auf dem Boden. In der Türöffnung erschien Rehu, und beinahe hätte ich aufgeschrien.

Er blickte sich flüchtig im Zimmer um.

»Hier ist niemand!« rief er über die Schulter zurück. »Nur der Köter ist hereingekommen. Laß uns weiterpacken!«

Damit ging er wieder hinüber.

So eilig und so leise, wie ich nur konnte, verließ ich das Gebäude. Sollte ich Amenia von meinem Abenteuer berichten? Ich nahm an, daß der frühere Besitzer des Anwesens, der Oberbildhauer Thotmose, mit dieser Sache nichts zu tun hatte. Da waren bestimmt andere Kräfte am Werk. Rehu war einer von Ejes Schreibern. War er im Auftrag des Gottesvaters hier? Doch selbst wenn Eje krumme Sachen machte, war es leicht für ihn, dem Ganzen einen offiziellen Anstrich zu geben. Und auch wenn Rehu mit seinem Kumpan, den ich ja nicht zu Gesicht bekommen hatte, in eigener Regie handelte, wäre es möglich, daß Eje im Fall einer Nachforschung seinen Mitarbeiter deckte. Es konnte eigentlich nur dumm für mich ausgehen, Wirbel zu machen. Nein, lieber keinen Stich ins Wespennest! Und bestimmt, beruhigte ich mich, hat sowieso alles seine Richtigkeit.

Noch am Nachmittag reisten wir weiter. Und in Waset überstürzten sich die Ereignisse dann derart, daß dieses Erlebnis ganz in den Hintergrund trat.

Auch wenn man so riesige und prächtige Metropolen wie Achetaton und Men-nefer kennt, ist Waset oder No-Amun oder Iat, wie die anderen Bezeichnungen für diese große Stadt im südlichen Teil des Landes lauten, höchst eindrucksvoll. Tutanchamun hatte mir die Stadt und ihre vielen Heiligtümer schon oft beschrieben. Obwohl es auch hier eine Garnison und Stützpunkte für den Warenaustausch mit Nubien und den Ländern noch weiter im Süden gab, war die Stadt unverkennbar der religiöse Mittelpunkt des Landes, während Men-nefer trotz seiner unzähligen Tempel vor allem die Stadt des Handels und des Militärs war.

Ich logierte mit Amenia in einer Villa am Fluß, die dem Regentenpaar gehörte. Wenige Tage nach unserer Ankunft wurde sie von einer der ersten ortsansässigen Familien zu einem Fest gebeten.

»Ich würde dich gern mitnehmen«, sagte sie zu mir. »Allerdings ist nicht auszuschließen, daß Gottesvater Iri ebenfalls eingeladen ist.«

Ich sagte, das würde mir nichts ausmachen. Auch in Mennefer hätte ich ihn hin und wieder gesehen, aber nie ein einziges Wort mit ihm geredet. Und so würde ich es auch künftig halten.

»Gut«, sagte Amenia. »Dann gibt es noch etwas, worüber ich schon lange einmal mit dir sprechen will.«

Sie legte freundschaftlich den Arm um meine Schultern,

und wir gingen in den Garten hinaus, wo wir uns auf eine Bank setzten. Ihre Worte hatten mich richtig neugierig gemacht.

»Wie ich weiß, Ta-mi«, begann sie, »kommt dir ein Leben im königlichen Harim wenig verlockend vor. Doch du wirst nicht ewig in Pharaos Wohnpalast bleiben können! Das wird die Königin auf Dauer nicht dulden.« Ich setzte zu einer Antwort an, aber sie kam mir zuvor.

»Du solltest Seine Majestät daher bitten, dich ganz offiziell zu seiner Nebengemahlin zu machen! Mit dem Anspruch auf den entsprechenden Titel und auf Gemächer im Frauenhaus.«

»Ich will aber bei ihm bleiben und mich nicht von ihm trennen! Im Harim wäre ich doch bloß eine von vielen!«

»Das verstehe ich, Ta-mi. Aber ich bin überzeugt, daß Pharao dich weiterhin bevorzugen wird. Und denke auch einmal an deine Zukunft! Hast du erst den Rang als Nebengemahlin, können Horemheb und ich dich doch besser fördern, als wenn du Dienerin bleibst! Denn uns liegt viel daran, daß du emporkommst und dir bei Hof eine gute und gesicherte Stellung aufbaust.«

Ich sah sie unschlüssig an. Was sie sagte, klang vernünftig und einleuchtend. Trotzdem – mein Herz glaubte ihr nicht.

Beim Fest am nächsten Tag genierte ich mich anfangs ein bißchen, weil ich alle diese Leute nicht kannte, vor allem aber, weil ich mir so herausgeputzt vorkam. Amenia hatte auf einer glanzvollen Aufmachung bestanden. Über dem zarten Untergewand trug ich ein weites plissiertes Kleid, das drapiert und geschlungen war; es rauschte und raschelte nur so um mich herum. Dazu kamen nagelneue Ledersandalen, die noch so glatt waren, daß ich darin hin und her rutschte, eine Perücke, ein Blütendiadem und mindestens drei Handvoll Schmuck, gleichmäßig über den Körper verteilt. Auf meinem Kopf saß ein parfümierter Salbkegel, und beim Eintreten drückte mir eine junge Dienerin eine Lotosknospe in die Hand. Sämtliche Delikatessen des Landes waren aufgeboten. Während ich zusah, wie die halbwüchsigen, nur mit Blütenschmuck und Gürtel bekleideten Mädchen die Gäste bedienten, dachte ich an meine Zeit im Haus des Schatzkanzlers zurück und daran, daß auch ich einmal so ein nacktes Nichts gewesen war. Die bessere Gesellschaft von Waset kam mir traditionsbewußt vor, für meinen Geschmack fast ein bißchen altmodisch. Auch die Villa der Gastgeber war sehr gediegen eingerichtet.

Dann sah ich Iri. Er war von einer Menschentraube umgeben; naturgemäß waren die meisten dieser Menschen Frauen. Da er, als er mich bemerkte, sofort auf mich zukam, mußte ich ihn begrüßen. O Sched! Er, der begehrteste Mann auf diesem Fest, ließ die feinen Damen stehen – wegen mir! Aber sein Anblick machte mir längst nicht mehr zu schaffen. Sein gutgeschnittenes Gesicht, seine stolze Haltung, die geschmeidige Art, sich zu bewegen, nein, das alles machte seine Niedertracht nicht wett. Sein Lächeln ließ mich vorsichtig werden und seine Worte noch mehr.

»Ich bin entzückt«, meinte er mit ungewohntem Überschwang, »daß wir uns endlich wieder einmal unterhalten können, weit weg von Pharao und der Königin, fern von Eje und dem Hofstaat.«

»Ich habe nicht vor, mich mit dir zu unterhalten«, entgegnete ich. Anscheinend war ich einen Ton zu laut gewesen, denn mehrere Leute drehten sich nach uns um.

»Mach bloß keinen Aufstand!« zischte er und drängte mich auf die Terrasse hinaus. »Du erweist dem König keinen Dienst, wenn du ausfallend wirst. Jeder hier weiß, wer du bist!«

»Und deswegen schadet es mir, mit dir gesehen zu werden!«

Ich wandte mich zum Gehen.

»Ach so? Pharaos Liebe zu dir steht auf so wackligen Füßen? Es bedeutet schon eine Gefahr für dich, wenn du nur mit mir redest?«

Natürlich hatte ich mich auf seine Worte hin wieder zu ihm herumgedreht. Er maß mich mit spöttischen Blicken.

»Was glaubst du denn, was ich von dir will? Ich möchte dich lediglich über den Fortgang der Arbeiten am königlichen Grab und an dessen Ausstattung unterrichten. Ganz offiziell! Damit du das an Seine Majestät weitergeben kannst! Laut Auskunft des Obersten Propheten Amuns, der die Goldlieferungen aus Nubien verwaltet, ist der Nachschub ins Stocken geraten. Die Vorräte schrumpfen. Daher ...«

»Ich bin doch nicht dein Bote«, unterbrach ich ihn. »Schreib einen Brief! Oder einen Bericht oder sonstwas!«

»Selbstverständlich! Du hast recht.« Erneut lächelte er mich an. »Es ist besser, es dem König auf diesem Weg mitzuteilen, anstatt dich damit zu belästigen.« Er fing an, mich aufmerksam zu betrachten. »Die Frau des Regenten hat ja richtig etwas aus dir gemacht. Die elegante Kleidung steht dir vorzüglich!« Sein Lächeln wurde strahlend. »Beinahe, Ta-mi, könnte ich mich neu in dich verlieben.«

»Du warst sowieso nie verliebt in mich«, erwiderte ich düster. »Du hast meine Liebe zu dir bloß ausgenutzt.«

»Das trifft nicht zu! Du mußt doch gespürt haben, wie gern ich dich hatte. Und du? Kannst du aufhören, Liebe für jemanden zu empfinden, den du einmal so wahnsinnig geliebt hast?« Er blickte mir in die Augen, und, ach, für einen Moment wurde mir ganz wundersam.

»Klar!« sagte ich tapfer. »Wenn ich weiß, daß es ein Irrtum war!«

Seine Miene erstarrte. »Und jetzt liebst du also den König?«

»Mehr als jeden Menschen und mehr als jeden Gott.«

»Na, ein wenig Berechnung wird schon auch dabeisein!«

»Ich hab's nicht nötig, mich von dir beleidigen zu lassen!«

Ich wollte mich entfernen, doch er hielt mich am Ärmel zurück.

»Wie klug und vorausschauend von mir«, meinte er spöttisch, »daß ich damals deinen Heiratsantrag nicht angenommen habe. Es muß eine recht ungute Sache sein, eine Gemahlin zu haben, die abgöttisch den König liebt.«

»Ach, Iri«, entgegnete ich. »Jedesmal verdrehst du die Dinge und stellst alles anders dar, als es war. In Wirklichkeit hast du mich doch fallenlassen, weil du Mutnedjemet heiraten wolltest.«

»Und ich bekomme Mutnedjemet auch noch! Bedauerlicherweise leidet ihre Mutter seit ein paar Wochen an einer Augenkrankheit, und sie muß sich Tag und Nacht um sie kümmern. Nur deshalb verzögert sich die Heirat.«

Ich sah keinen Grund, ihm diesen Glauben zu nehmen. Soviel ich allerdings von Amenia wuße, hatte die junge königliche Verwandte ihre Meinung keineswegs geändert. Muti war erst fünfzehn, und mit Sicherheit würde sich bald ein Bewerber finden, der ihr liebenswerter erschien als Iri.

Im Festsaal hatte inzwischen die Musik zu spielen begonnen; gleichförmige Tonfolgen wechselten einander ab. Während der eintönige Rhythmus in meinem Kopf hämmerte, ging das Geplänkel mit Iri weiter. Dabei hatte es überhaupt keinen Sinn, auf seine Äußerungen einzugehen. Aber vielleicht konnte ich ihm wenigstens entlocken, ob er etwas über

Rehus Aufenthalt in Achetaton wußte. Nach seinem Wissen hielt sich der Schreiber in amtlichem Auftrag dort auf. Mehr erfuhr ich nicht. Schließlich erkundigte ich mich nach Djehuti.

»Djehuti? Auch so ein Irrtum, nicht wahr?« spottete er und fragte dann mit gespieltem Erstaunen: »Wie kommst du darauf, daß ich als königlicher Erzieher und Leiter des Planungsstabes für die Arbeiten an der Stätte der Ewigkeit Seiner Majestät dir Auskunft über einen unbedeutenden Schreiber im Büro irgendeiner Magazinverwaltung geben könnte?«

»Na, er ist doch Ejes Mann«, sagte ich ungeduldig. »Das weiß ich von Rehu.«

Er ließ sich mit der Antwort Zeit. »Da sich Gottesvater Eje in den Menschen, die er ausbilden läßt, selten irrt«, erklärte er schließlich, »ist auch aus Djehuti ein hervorragender Mitarbeiter geworden. Zur Zeit hält er sich sogar in der Stadt auf, denn ich habe ihn mir gewissermaßen ausgeliehen. Für ein bestimmtes Vorhaben brauche ich nämlich einen geeigneten Gehilfen.«

Als Amenia und ich wenige Tage vor Tutanchamuns Eintreffen in Waset spazierengingen, begegneten wir tatsächlich Djehuti. Er befand sich in Begleitung Rehus, der eine schwere Perücke trug, wahrscheinlich, damit man nicht gleich merkte, daß ihm ein Ohr fehlte. Beide verneigten sich ehrerbietig vor der Gattin des Regenten. Djehuti und ich standen nur wenige Schritte voneinander entfernt. Er war jetzt Mitte Zwanzig, wirkte tatkräftig und zuverlässig. Ich hatte nicht den Mut, auf ihn zuzugehen und ihn zu bitten, mein Verhalten zu verstehen. Wir schauten uns an, er blickte ernst, ich verlegen. Dann ging jeder wieder seiner Wege.

Diese Begegnung beschäftigte meine Gedanken viel mehr als das Wiedersehen mit Iri. Wenn ich doch mehr über Djehutis Leben wüßte!

Pharaos bevorstehende Ankunft versetzte die ganze Stadt in freudige Aufregung. Als die königliche Flotte eintraf, versammelten sich die Honoratioren der Stadt am Ufer. Tutanchamun wurde in der Sänfte von Bord getragen, flankiert von seiner Leibwache. Entlang der Uferstraße standen die Menschen und winkten. Sie winkten ihrem jungen König tatsächlich zu. Er schaute lächelnd und aufmerksam in die Menge, blickte seine Untertanen direkt an. Das hatte es noch nie gegeben, daß der göttliche Herrscher seine Unnahbarkeit aufgab. Es löste bei den Leuten Begeisterung aus, und sie riefen ihm ganz offen zu, was sie sich von der Majestät des Guten Gottes erhofften. Gerade in der Stadt Amuns hatte man unter der Regierung von Pharao Nefercheperure besonders gelitten. Tutanchamuns Gegenwart versprach die altvertraute göttliche Obhut, den Wiederbeginn der Maat, die ersehnte Gerechtigkeit.

Mit der Frau des Regenten stand ich weit vorn. Bevor wir uns verneigten, merkte ich, wie Tutanchamuns Blick mich streifte, dann war seine Sänfte auch schon vorbei. Zuerst suchte er, geleitet von Priestern mit Götterstandarten, die Heiligtümer von Ipet resut und Ipet-sut auf, anschließend setzte die königliche Barke vom östlichen zum westlichen Ufer über. Er zog mit seinem Gefolge in die Residenz seines Großvaters ein und nahm dort Quartier. Als Amenia und ich die Anlegestelle des Palastes erreichten, wurden gerade Wagen und Pferde von den Schiffen geholt und unter Prinz Bais Aufsicht zu den königlichen Ställen gebracht.

Erst spät am Abend konnte ich zu Pharao vordringen; wie der übrige Palast waren auch die privaten Räume mit schweren, alten Möbeln ausgestattet. Tutanchamun trug noch sein Zeremonialgewand, er kam mir erhitzt und müde vor, Höflinge umringten ihn; seit seiner Ankunft hatte er ja noch keinen ruhigen Augenblick gehabt. Liebe und Sehnsucht zogen mich zu ihm hin. An der Art, wie er mich ansah, merkte ich, daß auch er sich freute. Ich verneigte mich tief, weil das die hiesigen Beamten bestimmt erwarteten. Als er auf mich zukam, richtete ich mich rasch auf.

»Stell dir vor«, platzte ich heraus, »ich war in Achetaton!«

»Wirklich?« Er faßte mich bei den Händen und zog mich an sich. »Warst du auch im nördlichen Palast?«

»Nein. Amenia und ich sind nur im Zentrum herumgegangen. Ich hatte es mir trostloser vorgestellt. Aber die Stadt ist immer noch belebt und schön.«

»Ja«, stimmte er eifrig zu. »Als ich letztes Mal dort war ...« Er verstummte, weil der Vorsteher des Königsschmuckes – nicht derjenige aus Men-nefer, sondern der vom hiesigen Palast – begann, an seinem Oberarm herumzunesteln, um ihm den Goldreif abzunehmen. »Warte damit!« Unwillig entzog sich Tutanchamun dem Zugriff. »Du siehst doch, ich rede noch mit ... mit meiner Frau!«

Die Höflinge zogen empört die Luft ein.

»Dieses Mädchen ist nicht deine Frau, Majestät!« verbesserte ihn der betagte Beamte sofort und fügte in beleidigtem Ton hinzu: »Unter deinem Großvater Pharao Usir Nebmaatre hätte es eine solche Kränkung und Vernachlässigung der Großen Königlichen Gemahlin nie und nimmer gegeben!«

Wortlos sah Tutanchamun den im Dienst ergrauten Vorsteher an, dann richtete er den Blick wieder auf mich. Ich ließ seine Hände los und verneigte mich.

»Ich warte draußen, bis Deine Majestät erfrischt und umgezogen ist.« Mit einer Verbeugung zog ich mich zurück.

Mein Herz klopfte vor Aufregung und Wut. Amenia hatte völlig recht! So konnte es nicht weitergehen. Ich mußte den König um den offiziellen Titel bitten. Hatte er mich nicht gerade selbst als seine Frau bezeichnet? Und war ich erst mal im Frauenhaus, würde ich mit Unterstützung des Regentenpaares schnell aufsteigen. Zur ranghöchsten der Nebengemahlinnen vielleicht, mit einem eigenen kleinen Palast, mit Dienerschaft und dem Recht, am Hofleben teilzunehmen. Nur dann bist du wer! hatte Amenia gesagt. Ein Gegengewicht zur Königin sogar könne ich darstellen.

Es dauerte nicht lange, dann durfte ich wieder hinein. Tutanchamun hatte auf einem breiten Sessel Platz genommen. Erst nachdem der letzte Diener weggegangen war, wagte ich, mich ihm gegenüber auf einen Hocker zu setzen. Hier trugen nur wenige Einrichtungsstücke Tutanchamuns und Anchesenamuns Namen. Während im Palast von Men-nefer inzwischen der größte Teil erneuert war, stammten diese dunklen, goldverzierten Möbel aus der Zeit seines Vaters, seiner Großeltern oder waren noch älter. Er stand auf, ging um den Sessel herum und betrachtete ihn eingehend von allen Seiten.

»Genauso möchte ich meinen neuen Stuhl für das kleine Audienzzimmer in Men-nefer haben«, erklärte er. »Einfach und stabil. Und aus dem gleichen guten Holz. Er gefällt dir doch auch?«

»Schön ist er schon. Aber er hat keine Armlehnen.«

»Stört mich überhaupt nicht«, meinte er. »Meistens lege ich die Arme sowieso nicht auf.« Er klopfte auf das Holz. »Ja, das Stück ist ordentlich gemacht. Einwandfreie Arbeit, nicht wahr?«

»Alles ist doch erlesen in deinen Palästen.«

Ungeduldig wartete ich darauf, daß er den Vorfall von vorhin ansprach. Dann würde ich meinen Wunsch anbringen. Während ich überlegte, ob ich nicht von mir aus anfangen sollte, trat er an den Tisch, auf dem noch die Schatulle mit dem Königsbart stand. Er nahm das königliche Abzeichen an den Befestigungsbändern heraus und hielt es sich ans Kinn.

»Sag mal, wie steht mir eigentlich der Königsbart?«

»Ausgezeichnet, Ibib.«

Ich hielt ihm den Spiegel hin, damit er sich betrachten konnte. Er nickte seinem Spiegelbild zufrieden zu und meinte, er habe seine Kammerherren deswegen nie gefragt, weil er nicht wolle, daß sie ihn für eitel hielten. Er legte das goldverzierte Stück in die Schatulle zurück, langte in die silberne Obstschale, die daneben stand, holte eine Feige heraus und reichte sie mir. Dann nahm er eine weitere makellose Frucht, warf sie hoch in die Luft wie einen Ball, fing sie auf und biß hinein.

»Natürlich haben die Propheten Amuns«, sagte er kauend, »meinen Aufenthalt genutzt, um mir die neuen Statuen zu zeigen, die sie in Ipet-sut aufgestellt haben. Da sieht Amun aus wie ich. Oder sehe ich aus wie er?« Mit einem Achselzucken fuhr er fort: »Außerdem wurde mit dem Bau von zwei Kapellen begonnen. Für die eine schlägt Parennefer die Bezeichnung ›Hut-Neb-cheperu-Re-em-Waset‹ vor. Was mich überrascht, ist, daß die Prozessionsstraße zum Mut-Tempel schon fast fertig ist. Ich finde, das Ganze ist nicht schlecht geworden. Morgen besuchen wir die Heiligtümer hier auf der Westseite. Und übermorgen will mir Gottesvater Iri zeigen, wie weit er mit meiner Stätte der Ewigkeit ist.« Er machte eine Pause, setzte sich wieder und blickte mich forschend an. »Man sagt mir, du hättest einen ganzen Abend lang mit ihm geredet.«

Man hatte es ihm also schon hinterbracht! Ich schilderte ihm, wie ich mich mit Iri gezankt hatte. Seine Bedenken, falls er überhaupt welche gehabt hatte, waren schnell zerstreut. Wir fingen an, Pläne für die kommenden Tage zu machen, soweit seine Verpflichtungen dazu Spielraum ließen. Als ich ihm Näheres von meinem Besuch in Achetaton erzählte, erwähnte ich zwar die Bildhauerwerkstatt, aber nicht die Kiste mit den Schätzen.

»Wir sollten unbedingt mal gemeinsam hin«, schlug ich vor. »Vielleicht, wenn du wieder im Millionenjahrhaus deines Vaters die heiligen Zeremonien selbst durchführst. Anschließend könnten wir ein paar Tage im Nordpalast verbringen.«

Er war sofort Feuer und Flamme, und wir malten uns die Einzelheiten aus. Doch die ganze Zeit stand das Unausgesprochene zwischen uns. Endlich fragte er: »Stimmt's, du ärgerst dich über das, was der Schmuckvorsteher vorhin gesagt hat?«

»Ja. Er hätte sich nicht erlauben dürfen, so mit dir zu reden. Willst du das etwa hinnehmen?«

»Er hat mich nur falsch verstanden«, erklärte er leichthin. »Ich habe dich deswegen als meine Frau bezeichnet, damit er merkt, daß du meine Vertraute bist. Und nicht irgendein Mädchen! Das braucht er nicht gleich als Zurücksetzung der Königlichen Gemahlin aufzufassen. Aber diese alten Beamten« – er zog eine säuerliche Grimasse –, »die schon unter meinem Großvater Dienst taten, sind nun mal so. Am besten läßt man sie reden und tut dann, was man will.«

Er verließ seinen Sessel und warf sich bäuchlings aufs Bett, wo er ausgestreckt liegenblieb.

O Sched! Ich atmete tief durch. Wie gut, daß mein Herz mich gewarnt hatte! Daß ich nichts von dem Wunsch, königliche Nebengemahlin zu werden, gesagt hatte. Nie, nein, niemals wollte ich mehr fordern, als er mir von sich aus zu geben bereit war. Ich wollte mir keine zweite Abfuhr holen! Zu gut war mir die erste in Erinnerung, die mir Iri erteilt hatte. Erst vor ein paar Tagen hatte er es mir ja wieder unter die Nase gerieben. Was bedeuteten schon ein offizieller Titel, eine hohe Stellung, ein eigener Palast! Alles, was ich wollte, war, mit Tutanchamun zusammenzubleiben. Ich finde andere Wege, dachte ich, mir seine Liebe zu bewahren und weiterhin bei ihm an erster Stelle zu stehen. Nach diesem Entschluß war mir leichter.

Ich ging zu der Nische, in der das Bett stand, glitt neben ihn, streichelte seine Schultern und begann, Fingerbreit für Fingerbreit seinen Nacken zu küssen.

»Ich freue mich so sehr, daß du mich zum Jagdausflug mitnimmst«, flüsterte ich zwischen den Küssen. »Wie geschickt du es eingefädelt hast, daß wir bald ungestört und ohne dummes Gerede zusammensein können. Tage- und nächtelang!« Er seufzte wohlig. »Hattest du« – ich biß ihn zärtlich ins Ohrläppchen – »eigentlich jemanden bei dir, nachdem ich aus Men-nefer weg war?«

Er bewegte sich träge.

»Ja, diese Prinzessin aus Qadna«, murmelte er. »Sie fiel mir ein, weil sie bei meiner Geburtstagsfeier dabei war.«

Verdammt! Ich hatte es mir selbst zuzuschreiben. Aber früher oder später mußte es so kommen! Und – wäre es nicht die Syrerin, wäre es eine andere. Wenigstens war mir Qafraiat zu Dank verpflichtet. Ohne mein Zutun wäre sie nicht dorthin gekommen, wo sie gewesen war.

»Und?« fragte ich. »Hat sie dein Herz gestohlen, als sie dich umarmte?«

Einen Augenblick lang rührte er sich nicht, dann drehte er

sich auf den Rücken, legte die Arme um meinen Nacken und zog mich zu sich herunter.

»Nein«, flüsterte er. »Die Diebin bist immer noch du!«

Wer hätte gedacht, daß ich eines Tages so glücklich sein würde, eine Diebin genannt zu werden!

Am Morgen traf ich im Vorraum Prinz Bai, Pachar und Kiki. Kaum hatten wir ein paar Worte miteinander gewechselt, da kamen vom Ostufer die Würdenträger der Stadt und Iri mit seinen Leuten. Amenia erschien ebenfalls. Sie ermahnte mich wieder, die kommenden Tage und den gemeinsamen Ausflug mit dem König zu nutzen, um von ihm die Zusage zu erhalten, mich zu seiner Nebenfrau zu erheben. Selbstverständlich sei damit zu rechnen, räumte sie ein, daß sich Seine Majestät vorerst dagegen sträube, einfach deswegen, weil der jetzige Zustand für ihn am bequemsten sei. Und das wäre auch der Grund, daß er von selber nichts in diese Richtung unternähme. Länger konnten wir uns nicht unterhalten, weil Pharao erschien. Der ganze Zug, mit ihm und dem Ersten Propheten Amuns an der Spitze, setzte sich in Bewegung. Auch heute hatten sich entlang der Straßen viele Tausende von Menschen eingefunden.

Als wir den Tempel zum Gedächtnis an Pharao Usir Nebmaatre erreichten, ging Tutanchamun mit den Priestern hinein. Wir anderen warteten im Vorhof. Die Tempelanlage war riesig, größer als alle Heiligtümer und von einer Mauer umgeben, die fast siebzehn Ellen dick war. Anschließend kehrten wir auf dem gleichen Weg wieder zurück an jenen Ort, wo Tutanchamuns eigenes Millionenjahrhaus erbaut wurde. Vorher kamen wir an der Gedenkstätte jenes hochverehrten Weisen vorbei, dem Iri nacheiferte. Natürlich besaß dieses Bauwerk bedeutend geringere Ausmaße als die königlichen

Tempel, aber es war – bisher – einzigartig, daß es inmitten der heiligen Stätten vergangener Herrscher für einen Mann nichtköniglicher Herkunft errichtet worden war.

Zu den bereits fertiggestellten Magazinräumen von Pharaos Millionenjahrhaus hatte auch das Gefolge Zutritt. Tutanchamun, um den sich Parennefer, der Erste, und Ay, der Zweite Prophet Amuns, sowie die Stadtoberen von Waset scharten, drehte sich am Eingang um, als wolle er sich vergewissern, daß auch Amenia und ich folgten. Die Frau des Regenten bemerkte es und sah mich mit zufriedenem Lächeln an. Iri, der vorausging, erläuterte, daß hier Gegenstände aus der Grabausstattung der königlichen Familie lagerten, die beim Tod der betreffenden Personen noch nicht fertig gewesen seien. Da einige der einst für Tutanchamun bestimmten Stücke schon vollendet seien, wolle er diese dem König zeigen. Es handelte sich um verschiedene Götterstatuen und um einen kleinen goldenen Schrein, ungefähr eine Elle hoch. Die erhabenen Statuetten des Guten Gottes und seiner Gemahlin sollten einmal darin Platz finden. In das Goldblech der Wände und Türen waren kunstvolle Abbildungen getrieben und alles mit den heiligen Namen des Königs und der Königin verziert. Iri sagte, durch die magische Wirkung der Inschriften solle das Königspaar unter den Schutz der Weret-Hekau, der Großen Zauberschlange, gestellt werden.

Tutanchamun besah sich den Schrein aufmerksam, dann schauten wir anderen ihn ebenfalls an. Die Bilder stellten Pharao und seine Gemahlin dar. Anchesenamun rieb den König mit Salböl ein, band ihm Halsschmuck um, reichte ihm bei der Jagd einen Pfeil, brachte ihm Blumen. Alles Dinge, die die Königin nie tat. Aber Amenia erklärte mir, daß die Darstellungen den Bestand und die dauernde Lebendigkeit des Königtums zum Inhalt hätten. Auf diese Weise würde außerdem die göttliche Herrschaft symbolisiert. Und indem man es vermieden hatte, die Großen Götter abzubilden, sei man den Vorstellungen von Tutanchamuns Vater gefolgt. Bei den jetzigen Arbeiten dagegen würden wieder die alten Kulte berücksichtigt. Sie deutete auf eine Abbildung der Königin und sagte leise zu mir:

»Nur wenn auch du eine Ehefrau des Königs bist, kannst du dich gegenüber der Großen Königlichen Gemahlin behaupten. Bleibst du dagegen Dienerin, können Horemheb und ich nichts für dich tun.«

Auch hier in Waset erfuhr sie durch ihre Bediensteten die kleinste Kleinigkeit, die in Men-nefer in der Residenz vor sich ging; jeden Tag kamen Boten zu ihr. Und so verriet sie mir, daß in meiner Abwesenheit noch andere Mädchen bei Pharao gewesen waren. Sie teilte mir mit, wie diese Mädchen hießen und aussahen und sonst alles, was ihre Leute in Erfahrung gebracht hatten.

»Amenia, glaubst du, daß eine dabei ist, die ihn für Eje aushorcht?«

»Möglich. Doch solange er sich bei dir aussprechen und ausleben kann, wird sie kaum etwas Wichtiges von ihm erfahren.«

Die Unterhaltung mit ihr hatte mich wieder schwankend gemacht. Was sollte ich nur tun? Ihr Rat klang so vernünftig. Vielleicht war es das beste, ich wartete ab, bis sich eine ganz besonders günstige Gelegenheit ergab.

Am Ende des Rundgangs sagte Iri noch, er hoffe, der Oberste Befehlshaber werde demnächst den Zugang zu den nubischen Goldminen freikämpfen, damit die Transporte wieder ungehindert nach No-Amun durchkämen und er, Iri, weiterhin schöne Dinge für Pharaos Ewigkeit anfertigen lassen könne. Tutanchamun entgegnete eine Spur gereizt, von Seiner Exzellenz und den königlichen Truppen seien ihm bis jetzt ausschließlich Siege gemeldet worden.

Den Nachmittag verbrachte er mit Audienzen. Der Tschati von Oberägypten suchte den König erst heute auf, weil er sich auf einer Reise durch seine Bezirke befunden hatte. Beim abendlichen Festessen saß er immer noch neben Tutanchamun und berichtete ihm von schwierigen Verwaltungsangelegenheiten und vertrackten Gerichtsfällen. Außerdem wartete eine Menge anderer Leute darauf, mit Pharao zu reden und ihm ihre Probleme vorzutragen. Daneben gab es ein ganzes Programm festlicher Darbietungen: Musik und Gesang, Gaukler und Tänzerinnen. Ich glaube aber nicht, daß er davon besonders viel mitbekam.

Später hieß es, der Vorsteher des Palastes lasse es sich nicht nehmen, Seiner Majestät die Schönheiten des hiesigen Frauenhauses vorzuführen, zumal kein begleitender Harim mitgekommen sei. Mir blieb nichts anderes übrig, als die Nacht allein zu verbringen und mich mit dem Gedanken an die gemeinsame Ausfahrt zu trösten, die für den nächsten Tag vorgesehen war.

DER ÜBERFALL

Wir brachen in aller Frühe zum Geheimen Ort auf, wo die königlichen Gräber lagen. Von Zeit zu Zeit hatte sich Pharao vom Fortgang der Arbeiten an seiner Wohnung der Ewigkeit zu überzeugen. Tutanchamun tat es eher pflichtmäßig, weniger aus Begeisterung. Wegen der Überwachung der Baukosten kamen zwei Beauftragte der oberägyptischen Schatzhausverwaltung mit, außerdem waren selbstverständlich Iri und seine leitenden Mitarbeiter dabei. Zu diesen gehörte jener Vorzeichner, den ich zum ersten Mal in Rehus Haus in Achetaton und dann nochmals mit ihm zusammen in der Residenz in Men-nefer gesehen hatte. Anscheinend hatte ihm die Bekanntschaft mit Ejes Schreiber zu diesem Posten verholfen.

Pharao lenkte seinen Wagen selbst und fuhr allein an der Spitze der Kolonne. Ich fuhr mit meinem Vetter. Eigentlich hatte Tutanchamun ganz auf seine Leibwache verzichten wollen.

»Was soll mir schon passieren«, hatte er gemeint, »dort draußen im Wüstengebirge?«

Aber ich hatte nicht lockergelassen, und so begleiteten uns wenigstens Kiki und Pachar. Normalerweise war eine solche Besichtigung eine halbe Staatsaktion. Da unser Aufenthalt in Waset jedoch nicht länger dauern sollte als unbedingt nötig, wurde dieses Mal kein solcher Aufwand getrieben. Wir fuhren gleich zu dem westlichen Seitental, wo Tutanchamuns königlicher Großvater in seinem Horizont ruhte. Am neuen Grab, das, wie Iri sagte, noch gar nicht vollständig ausgeschachtet sei, gab es nicht viel zu sehen. Pharao legte auch keinen Wert darauf hineinzugehen. Die Arbeiter kamen zum Eingang heraus, in der Hand noch ihr Werkzeug, eine Lampe oder einen Spiegel, mit dem sie das Licht in die unterirdischen Gänge und Räume brachten. Sie warfen sich vor Pharao nieder, und er versprach ihnen anläßlich seines Erscheinens zusätzliche Rationen, wie es eben üblich war. Sie dankten ihm ergeben und kehrten an ihre Arbeit zurück.

Iri erklärte, daß die Abmessungen der Schächte, Korridore, Hallen und Kammern im Verhältnis zu den Gräbern von Pharaos erhabenen Vorgängern erweitert worden seien und daß die Arbeiten – erwartungsgemäß – noch lange dauern würden. Erst ein ganz kleiner Teil der Innenwände sei geglättet, und irgendwann, in weiter Zukunft, könne mit dem Anbringen des Gipsstucks und mit der Ausschmückung begonnen werden. Eile sei ja keineswegs geboten, sagte Iri mit einer eleganten Verbeugung, da Seine Majestät noch so jung sei. Dann stiegen wir wieder ein. Der Sand knirschte unter den Rädern, als sich die Wagenkolonne in Bewegung setzte. Wir fuhren die ganze öde weite Strecke zwischen den graugelben Felsen zurück, nichts als schroffe Berge ringsumher. Plötzlich, gegenüber dem ewigen Ruheplatz von Pharao Usir Anchcheperure, hielt Iri, der jetzt voranfuhr, seinen Wagen an. Er deutete auf den Eingang eines neu in den Fels gehauenen Grabes und sagte, das sei Gottesvater Ejes künftige Begräbnisstätte. Unvermutet schlug er vor, Tutanchamun möge sie sich ansehen.

»Ejes Wohnung der Ewigkeit interessiert mich aber nicht!«

Iri tat erstaunt. »So schnell schon möchte Seine Majestät in den Palast zurück?« Mit einem Augenzwinkern zu seinen Beamten gab er sich selbst die Antwort. »Nun, dort warten ja auch die Schönen des Harims mit allerlei Zerstreuungen auf ihn!«

Pharao schaute finster drein.

»Also gut!« sagte er und sprang aus seinem Wagen.

»Ejes Begräbnisstätte, Majestät, wird verständlicherweise eher als die deine fertig sein«, erklärte ihm Iri sogleich beflissen. »Zum einen ist sie bedeutend weniger ausgedehnt und in der Ausführung schlichter. Zum anderen treibe ich die Arbeiter an, denn, nun ja, der Gottesvater ist ein alter Mann.«

Momentan war allerdings weit und breit kein einziger Handwerker zu sehen. Hitze brütete über dem Tal. Ich warf einen blinzelnden Blick den mit Geröll bedeckten Abhang hinauf, an dessen Fuß wir uns befanden. Die Sonne schien Iri voll ins Gesicht. Höflichkeitshalber mußte er dem König die andere Seite überlassen, damit dieser nicht von der Sonne geblendet wurde. In dem grellen Licht konnte man erkennen, daß Iris edle Gesichtszüge allmählich anfingen, scharf und kantig zu werden. Er wirkte irgendwie angespannt. In seinen zusammengekniffenen Augen lag – so kam es mir vor – eine angestrengte Wachsamkeit. Gerade als er sagte: »Neben dem Raum, der dereinst Ejes Sarkophag aufnehmen wird, gibt es drei weitere …«, war oben am Hang ein dumpfes Poltern zu hören.

Ein Felsbrocken polterte in großen Sätzen den Abhang herunter, und zwar direkt in unsere Richtung. Wir rannten nach allen Seiten, ich mit Tutanchamun und Kiki. Plötzlich änderte der Stein seine Richtung und flog auf uns zu. Mein Herz stand still. Im letzten Moment riß uns Kiki zur Seite. Die Luft zitterte, so nah donnerte der Brocken vorbei, er schoß ein Stück den gegenüberliegenden Hang hinauf und blieb in einer Staubwolke liegen.

Uns schlotterten die Knie, aber wir waren unverletzt. Bestimmt war ich noch bleicher als die anderen. Iri meinte gelassen:

»Steinschlag kommt hier immer wieder vor. Die Arbeiter sind stets in Gefahr. Glücklicherweise passiert selten etwas. Die Götter haben Deine Majestät geschützt.«

»Zurück!« rief Pharao. »Fahren wir zurück!«

Bei der Ankunft im Palast hatten wir uns bereits einigermaßen gefangen, und Tutanchamun war in der Lage, die Beamten, die uns begleitet hatten, mit gemessenen Worten zu verabschieden. Gleich darauf befahl er Pachar, Kiki und mich in sein Privatgemach.

»War das … ein Anschlag auf mich?«

»Laß uns auf jeden Fall noch heute abreisen, Ibib!« flehte ich.

»Nein. Das sähe wie Flucht aus, als hätte ich Angst. Ich laufe nicht weg. Vielleicht war es ja doch nur ein Zufall.«

»Das kommt auch mir wahrscheinlicher vor«, meinte Kiki bedächtig. »Auf diese Weise mit einem Felsbrocken auf jemanden zu zielen ist eine ziemlich unsinnige Sache. Der Stein wechselte die Richtung. Er hätte genausogut Pachar, mich oder Ta-mi, einen Schatzhausbeamten, Iri oder einen seiner Mitarbeiter treffen können.«

»Ich bilde mir ein, ich hätte oben auf dem Hang eine Bewegung bemerkt«, sagte Pachar. »Aber meine Augen können sich täuschen.«

Mir fielen Iris Worte wieder ein.

»Erinnert euch!« forderte ich die anderen auf. »Iri wollte unbedingt, daß wir an diesem Ort aussteigen. Und als das Unglück geschah, blieb er von uns allen am ruhigsten.«

»Sollte er die Attacke geplant haben?« fragte Tutanchamun. »Aber wer hat sie ausgeführt?«

Mir stockte der Atem. War etwa Djehuti sein Gehilfe bei dieser Tat gewesen? Nein, trotz allem nein! Zu so etwas würde sich Djehuti niemals hergeben. Nein, Djehuti nicht!

»Wahrscheinlich schätzt Kiki die Sache richtig ein«, sagte ich, »und der Stein ist von allein heruntergekommen!«

»Auf jeden Fall werden wir uns umhören«, versprachen Pachar und Kiki. »Vielleicht können wir etwas herausfinden.«

Wir brachten den letzten Tag hinter uns, ohne daß noch etwas Bedrohliches geschah. Die Nachforschungen ergaben allerdings auch nichts. Das einzige, was im Palast und in der Stadt zu hören war, waren Worte des Dankes und der Erleichterung, daß Amun zu Pharaos Schutz eingegriffen und den Stein auf eine andere Bahn gelenkt hatte.

Am späten Nachmittag traf aus Men-nefer Nahuher ein. Der Bruder des Schatzkanzlers wollte ebenfalls an der Jagd teilnehmen. Pharao freute sich über den zusätzlichen Reisegefährten; ich hätte ganz gut auf ihn verzichten können.

Am Morgen darauf befanden wir uns endlich auf dem Schiff. Alles war wieder eingeladen worden: die Pferde und die Hunde, die Wagen, dazu der Proviant. Prinz Bai und Nahuher hatten die organisatorische Leitung des Ganzen. Na ja, Wein hatten wir jedenfalls genug dabei. Nach einigen Tagen Fahrt entschied der königliche Oberjäger, wo angelegt wurde. Wir gingen an Land, am Ufer wurde ein Lager errichtet. Während ein Teil der Diener zur Bewachung der Boote hierblieb und für den Nachschub zu sorgen hatte, brachen wir mit den Wagen landeinwärts auf. Lebensmittel, Wasser- und Weinvorräte, Waffen, Zelte und alles, was wir noch für die Reise brauchten, nahmen wir mit.

Wieder bestimmte der Vorsteher der Jäger den Halteplatz. Mitten in der Wildnis, ringsumher nur Gras und Büsche! Die Zelte wurden aufgeschlagen, Essen gekocht. Tutanchamun und seine Jagdgefährten prüften ihre Waffen. Nach der Abendmahlzeit und ein bißchen Geplauder verzogen sich alle in ihre Zelte. Pharao teilte seines mit mir, das war wunderbar. Von draußen drangen fremdartige Laute zu uns herein.

»Bloß wir zwei!« Ich schmiegte mich an ihn. »Allein in weiter Nacht.«

»Wieso allein? Nebendran sind doch die Zelte der anderen, und …«

Ich gab ihm schnell einen Kuß, bevor er die schöne Stimmung verscheucht hätte. Eine Zeitlang lagen wir still da, lauschten nur auf die Rufe der Tiere draußen. Alles war so ungewohnt! Bald kribbelte es hier, bald zwickte es dort. Wie soll man hier bloß schlafen können! dachte ich und stand wieder auf.

»Hoffentlich kommen keine Schlangen rein«, sagte ich. Große Angst vor ihnen hatte ich nicht, aber gebissen werden wollte ich auch nicht.

»Vorsichtshalber schütteln wir am Morgen unsere Sachen aus, bevor wir sie anziehen«, gab er gähnend zurück, drehte sich auf dem Feldbett hin und her, bis er eine bequeme Lage gefunden hatte.

»Hör doch mal!« Ich horchte auf einen langgezogenen Ruf, der noch vier- oder fünfmal ertönte, bevor er verstummte. »Ob das ein Vogel war? Oder ein anderes Tier?«

Keine Antwort! War er womöglich schon eingeschlafen? Im Dunkeln tastete ich nach seiner Schulter. Als er sich bewegte, ließ ich mich neben ihm auf der Kante nieder.

»Sag mal, Ibib! Unterhältst du dich eigentlich mit den Harimsmädchen und den Nebenfrauen?«

Brummelnd richtete er sich auf. »Na ja, schon.«
»Worüber redest du denn so mit ihnen?«
»Über nichts Besonderes. Was mir gerade einfällt. Oder worüber das Mädchen reden möchte. Prinzessin Qafraiat zum Beispiel erwähnte die Abgesandten, die von den Gegnern ihres Vaters nach Men-nefer geschickt wurden. Ich mußte sie beruhigen und ihr versprechen, daß ich mit diesen Leuten keine Gespräche führe.«
»Aber über geheime Dinge hast du mit ihr nicht gesprochen?«
»Nein.«
»Hm, und was sagst du zu den Mädchen, wenn sie wieder gehen?«
»Na, ›Gute Nacht‹ oder ›Auf Wiedersehen‹! Was sollte ich denn sonst sagen?« Ich zuckte die Achseln. »Weiß ich auch nicht.«
»Und natürlich verspreche ich ihr, daß ich ein Geschenk schicke. Aber das erledigt dann der zuständige Beamte. Deswegen zerbreche ich mir doch nicht den Kopf.«
Ich nickte und schwieg.
»Nanu, schon keine Fragen mehr?« erkundigte er sich, gähnte erneut und ließ sich auf die Liege zurückfallen. »Verhör bereits beendet, … Frau Tschati?«
»Ja.« Ich küßte ihn, weil ich seine Nasenspitze im Finstern verfehlte, zwischen die Augenbrauen. »Freispruch für den Angeklagten!«

Als es dämmerte, bekam ich im Halbschlaf mit, wie er aufstand und sich fertigmachte. Er hatte am Abend alles bereitlegen lassen: den langen Bogen und den Köcher mit den Pfeilen, dazu einen ledernen Schutz fürs Handgelenk, seinen Dolch mit der Eisenklinge, Sandalen und den Lederschurz, den er tragen wollte. Draußen gab Pachar den Wachsoldaten Anweisungen; Nahuher kommandierte die Diener herum. Die Jagdgehilfen riefen die Hunde zusammen, die aufgeregt bellten. Eilig zog ich mich an. Als ich das Zelt verließ, sah ich, daß im Lager großes Durcheinander herrschte.

Tutanchamun hatte kaum ein paar Bissen gegessen und sich dabei mit dem Vorsteher der Jäger unterhalten, der auch heute die Führung übernahm, da wurden schon die Pferde eingespannt. Mit einer feierlichen Geste reichte Prinz Bai dem König die Waffen, alle bestiegen ihre Wagen, die Pferde zogen an. Tutanchamun drehte sich noch einmal um und winkte stolz. Dann preschte er los, den anderen voran.

»Viel Glück!« rief ich. »Viel Glück!« Na ja, es wußte ja niemand, ob ich's den Jägern wünschte – oder der Beute.

Noch stolzer kehrten sie zurück. Mehrere Hennen und ein mächtiger Hahn mit beängstigend starken Beinen waren erlegt worden. Den Hahn hatte Tutanchamun selbst geschossen, nachdem die Hunde die Vögel gehetzt hatten. Pachar lobte Pharaos Treffsicherheit und meinte, von nun an müsse er selbst bei seinem ehemaligen Schützling in die Lehre gehen. Auch seine Jugendgefährten, die Jäger, die Gehilfen und die Diener, beglückwünschten ihn, aber ihm war anzumerken, daß Pachars Lob ihn am meisten freute.

Als es dunkel wurde, waren die Diener einigermaßen damit fertig, die erlegten Tiere für den Transport vorzubereiten; die langen Federn lagen gebündelt bereit, die schönsten davon dienten als Jagdtrophäen. Die Hunde schliefen satt im Gras. Mehrere Feuer wurden angezündet, die Männer scharten sich darum. Am königlichen Lagerfeuer hatten sich Tutanchamuns engste Freunde eingefunden. Sie tranken nicht wenig, waren alle recht aufgedreht. Scherze und alberne Bemerkungen flogen hin und her, und auch Pharao brachte die anderen immer wieder zum Lachen. Unter anderem – ich weiß nicht mehr, in welchem Zusammenhang – machte er sich wieder mal darüber lustig, daß ich noch nicht richtig schreiben und lesen konnte. Es machte mir nichts aus, daß er mich vor den anderen aufzog, und ich schloß mich der allgemeinen Heiterkeit an. Ich wußte ja, er meinte es nicht böse. Aber ein bißchen wurmten mich seine Bemerkungen doch.

Dann – er hatte bereits einiges getrunken – sollte ich ihm erneut nachschenken. Er wartete, bis sein Becher gefüllt war, bedankte sich überschwenglich und sagte, an seine Freunde gewandt:

»So wie seinerzeit Pharao Usir Mencheperre das zweite Tschati-Amt einrichtete, will Meine Majestät nun ein drittes einführen.«

Ringsumher erstaunte Blicke.

»Hört nicht auf ihn!« sagte ich zu den anderen. »Er ist bloß beschwipst.«

»Welches Gebiet soll denn verwaltet werden?« fragte Nahuher trotzdem. »Mittelägypten? Mit Amtssitz in Achetaton? Das würde der Stadt wieder neue Bedeutung geben.«

»Nein«, sagte Tutanchamun und lachte. »Der Wirkungsbereich soll ausschließlich das königliche Schlafzimmer sein. Ob in der Residenz von Men-nefer oder in Waset, ob im Palast von Pa-jem oder wo auch immer ich mich gerade aufhalte, in diesem Raum soll Ta-mi der Tschati sein. Denn wie ein Tschati hat sie dort alles unter Kontrolle und verfügt über die richterliche Gewalt.«

»Solange sie sich nicht auch noch im Männerhaus einmischt!« sagte Prinz Bai und grinste von einem Ohr zum anderen.

Sofort griff Pharao das Stichwort auf.

»Es ödet mich an«, sagte er zu seinen Freunden, »mit euch

ständig nur im Kap zu sitzen. Ihr schwärmt mir andauernd von den Schenken in Men-nefer vor. Und wie großartig die sind! Pachar und Bai sagen, es gibt welche, in denen hauptsächlich Syrer und Nubier verkehren. Und Kiki hat mir von den Spelunken im Hafen erzählt, wo die Soldaten und Matrosen hingehen.«

»Men-nefers Schenken«, stimmte Nahuher zu, »haben schon was!«

»Wir sechs hier um das Lagerfeuer«, fuhr Tutanchamun fort, »sind doch eine eingeschworene Schar. Was hindert uns daran, mal miteinander in das eine oder andere Gasthaus zu gehen?«

Ungläubiges Schweigen herrschte in der Runde, alle sahen ihn an, niemand erwiderte etwas auf seine Frage. »Die Sonne darf den Horizont nicht noch einmal verlassen«, flüsterte ich ihm ins Ohr.

»Ausgerechnet du mußt das sagen!«

»Ibib, wir dürfen nicht wieder so leichtsinnig sein! Außerdem, hast du schon vergessen, was vor ein paar Tagen am Geheimen Ort passiert ist?« Er tat, als habe er es nicht gehört.

»Deine Majestät sollte die Sache erst einmal überschlafen«, riet Pachar. Das einzig Richtige! Morgen früh, dachte ich, wird der verrückte Einfall verraucht sein. Wozu sich also den Kopf schwermachen! Und tatsächlich, am nächsten Tag verlor Tutanchamun kein Wort mehr darüber.

Der Kapitän der Flotte hatte den königlichen Befehl, so langsam wie möglich zu fahren. Aber unsere Reise ging flußabwärts, und Iteru, der große Strom, trug uns unaufhaltsam auf die nördliche Residenzstadt zu.

»Atons Tempel ist überall«, sagte Tutanchamun angesichts der sonnenbeschienenen Landschaft. Mit jeder Meile, die wir zurücklegten, versank der schlimme Vorfall bei Ejes Grab weiter in Vergessenheit. Dörfer wechselten mit Palmenhainen, Getreidefelder mit Wein- und Obstgärten. Während der Mittagshitze hielten wir uns meistens in der Kajüte auf, wo niemand sah, wie Pharao, den Kopf auf meinem Schoß, dalag und vor sich hin träumte. Jedesmal, wenn wir an einer größeren Stadt vorbeikamen und sich die Menschen am Ufer versammelten, nahm er im Schatten des Baldachins auf seinem Thronsessel Platz, und überall jubelten ihm die Leute zu.

Häufig fuhren auch Bai und Nahuher ein Stück auf der königlichen Barke mit. Die jungen Männer besprachen Horemhebs Vorgehen in Nubien. Uneingeschränkt lobte der König seinen Obersten Heerführer, der ein Gebiet nach dem anderen zurückgewann; von seiner Seite fiel kein einziges abfälliges Wort. Aber ich wußte, daß er immer noch Bitterkeit gegen Horemheb hegte.

In Achetaton machten wir halt, jedoch nicht, um Pa-hut-Aton oder den Palast zu besuchen. O Sched, war das eine Überraschung! Meine gesamte Familie wartete im Hafen! Tutanchamun hatte sie, ohne Kiki und mir etwas zu verraten, von Chemenu hierherbeordert, damit wir uns endlich wieder einmal sehen konnten. Zusätzlich erwies er ihnen die Gunst, daß sie vor sein Angesicht treten durften. Als er mit ihnen sprach, antworteten sie, wie es bei einfachen Leuten üblich ist, knapp und trocken und benahmen sich weit weniger unterwürfig, als man hätte annehmen können. Aber auch in den wenigen Sätzen, die sie zu sagen imstande waren, kam neben ihrer Dankbarkeit die große Liebe und Verehrung zum Ausdruck, die sie für ihn empfanden.

Meine Geschwister, Vettern und Basen waren inzwischen so in die Höhe geschossen, daß ich sie kaum wiedererkannte. Auch meine Eltern kamen mir fremd vor. Sie machten mir auf liebevolle Art Vorwürfe, weil ich so lange nichts von mir hatte hören lassen. Onkel Wesi war wortkarger als früher, auch Tante Nehet hatte sich verändert. Richtig breit und bieder war sie geworden.

Der Abschied von meiner Familie fiel mir schwer. Doch nach Chemenu zurück? Niemals! Viel zu langweilig würde mir das Leben dort vorkommen. Als wir weiterfuhren, war ich eigentlich ganz froh.

»Tante Nehet ist ziemlich füllig geworden«, bemerkte Tutanchamun.

»Um nicht zu sagen: fett! Oh, Ibib, wirst du mich auch dann noch mögen« – bange blickte ich in die Tiefe seiner dunklen Augen –, »wenn ich mal genauso rund und fast vierzig bin?«

Er betrachtete mich lange und nachdenklich.

»Ich glaube schon«, meinte er endlich. »Du wirst dann ja immer noch du sein.«

Mit einem dankbaren Seufzer versprach ich ihm: »Ich werde dich auch immer und ewig lieben! Auch wenn du mal ein dicker alter König bist. Hm, oder vielleicht bist du dann ja spindeldürr, nichts als Haut und Knochen. Weil du ständig im ganzen Land herumreist!«

Er lachte über diese Vorstellung.

»Hauptsache«, meinte er, »du begleitest mich überallhin.«

»Verlaß dich drauf, Ibib! Wie eine Klette werde ich an dir kleben.«

Manchmal waren wir wach, wenn die Barke durch die Nacht glitt, und die beiden Ufer lagen in tiefem Dunkel. Nur vereinzelt sah man hier ein von Fackeln beleuchtetes Grundstück, dort ein von Öllampen erhelltes Fenster. In ersterem wurde wahrscheinlich gefeiert, hinter letzterem lag vielleicht jemand krank. In seiner lichtgeschmückten Barke fuhr der Gute Gott dahin wie die Nachtsonne durch die Unterwelt. Ich war allerdings froh, daß an diesen Ufern keine toten Seelen hausten, sondern lebendige Menschen wohnten.

»Ich finde es gut«, sagte er einmal in die Stille hinein, »daß ich eine Ahnung davon habe, wie es in den Hütten meiner einfachsten Untertanen aussieht. Und ich bin deswegen doch kein schlechter König, weil ich mal eine gewöhnliche Schenke besuchen will!«

»Du hast diesen Plan also nicht aufgegeben?«

»Nein, Ta-mi.« Er wandte mir das Gesicht zu. »Will ich, so tue ich! Das muß dir doch langsam klar sein.« Der Schein der Fackeln spiegelte sich in seinen Augen. Ich hielt seinem Blick stand.

»Aber diesmal läßt es sich nicht so leicht zu zweit durchführen wie damals«, gab ich zu bedenken. »Wir müßten andere Leute einweihen!«

»Nicht mehr als die, mit denen ich bereits am Lagerfeuer darüber gesprochen habe. Bai und Nahuher, Kiki und Pachar. Und das sind wirkliche Freunde!«

Sollte ich erwähnen, daß Nahuher meinen Vetter mal einen begriffsstutzigen Wachhund genannt hatte? Und Kiki, so groß und stark er auch war, hatte sich gegen diese abfällige Äußerung des jungen Herrn aus guter Familie natürlich nicht wehren können. Kiki und mir gegenüber ließ sich Nahuher des öfteren anmerken, wie wenig es ihm paßte, daß wir so hoch in der Gunst des Königs standen. Außerdem hatte ich den Eindruck, daß er sich für den besseren Schatzkanzler hielt. Aber war es von Bedeutung, wenn sich Pharaos Freunde untereinander nicht verstanden? Gegenüber dem König war er schließlich nie aus der Rolle gefallen.

Tutanchamun und ich redeten hin und her. Schließlich

äußerte er den Wunsch, die Herberge zu besuchen, in der ich gearbeitet hatte. Na, sagte ich mir, das ist immerhin besser als irgendeine finstere Hafenspelunke. Nach einer Weile kamen wir vom Thema ab und widmeten uns anderen Dingen. Es wurde eine wunderschöne Nacht, in deren Verlauf wir herausfanden, daß sich Straußenfedern auch dazu eigneten, sich gegenseitig über die nackte Haut zu streichen …

Unsere Liebe war so beglückend! Ich sah keinen Grund, warum sich mein Leben ändern sollte. Von mir aus konnte es ewig so weitergehen. Amenias Ermahnungen klangen mir nur noch sehr leise im Ohr. Ich war sicher, ich würde alles durchstehen, was auch kommen würde – solange ich mir nur Pharaos Liebe gewiß sein konnte.

Horemhebs Frau war einige Tage vor uns nach Men-nefer zurückgekehrt. Ich zog es vor, ihr aus dem Weg zu gehen. Aber sie paßte mich einmal ab, als ich gerade im Palastgarten Blumen holte, um die königlichen Räume zu schmücken, und nahm mich zur Seite. Schwere Arbeiten hatte ich ja nicht zu verrichten, sondern bloß dafür zu sorgen, daß Seine Majestät es schön hatte. Amenia erkundigte sich gleich, ob ich etwas erreicht hätte.

»Ach, ich hab den König überhaupt noch nicht gefragt.«

»Ta-mi, sprich ihn so bald wie möglich darauf an!«

»Ich will ihn aber nicht bitten! Wenn er mich als seine Nebengemahlin haben will, soll er das von sich aus in die Wege leiten. Daß er alles so läßt, wie es ist, zeigt doch, daß er mich braucht und ständig um sich haben will.«

Diese Antwort machte sie ziemlich böse. Sie sagte, was ich da redete, sei völliger Unsinn. Wenn ich zu handeln versäumte, sei das kurzsichtig und haarsträubend naiv. Ich schadete niemand anderem als mir selbst. Sie redete mir heftig ins Gewissen, und als sie wieder etwas friedlicher geworden war, forderte sie mich auf, sie doch bitte auf gar keinen Fall zu enttäuschen.

Seit unserer Rückkehr trainierte Pachar wieder regelmäßig mit der Leibwache; er nahm die Soldaten noch härter ran als früher. Sie sollten reagieren, ohne nachdenken zu müssen, kämpfen wie im Schlaf, denn Pharao müsse zu jeder Zeit nach allen Seiten gedeckt sein. Der Vorfall am Geheimen Ort hatte den alten Leibwächter richtig aufgerüttelt.

Tutanchamun ging jetzt seltener in den Kap, meistens saß er mit Bai und Nahuher irgendwo ungestört zusammen, um den genauen Plan für den Ausflug zur Herberge zu besprechen. Eines Nachts weckte er mich auf und sagte, Nahuher habe vorgeschlagen, auch Prinzessin Qafraiat mitzunehmen. Was ich dazu meine? Dumme Frage! Bestimmt, dachte ich, hat Nahuher diesen Vorschlag bloß gemacht, um mich zu ärgern.

»Ich will keinesfalls, daß sie mitkommt!«

»Ich denke, sie ist deine Freundin.«

»Hach! Außerdem würde es noch einen Mitwisser bedeuten!«

»Auf eine Person mehr oder weniger kommt es doch nicht an. Ich glaube, sie hätte Spaß dran. Und für verläßlich halte ich sie auch.«

Also wurde ich beauftragt, zu Qafraiat ins Frauenhaus zu gehen und sie einzuweihen. Diese Bevorzugung seitens Pharaos stieg ihr sofort zu Kopf. Sie wurde richtig eingebildet. Gleichzeitig warf sie mir Hochnäsigkeit vor!

»Du darfst die königlichen Räume hüten, na und?« sagte sie schnippisch. »Du wirst nie mehr sein als seine Dienerin. Bildest du dir ein, er macht dich demnächst zur königlichen

Nebengemahlin? Das anzunehmen hieße für dich, nach den Sternen zu greifen.«

Ich erwiderte nichts darauf. Über solche Worte konnte ich nur lächeln. Was soll ich denn mit den Sternen anfangen, dachte ich mitleidig, wenn doch die Sonne mein ist!

Nun waren wir zu siebt. Wie sich herausstellte, war es sogar ein Vorteil, daß mehrere Leute an diesem geheimen Unternehmen beteiligt waren. Mit List gelang es uns, die Kammerdiener und Kikis diensthabende Kameraden an der Nase herumzuführen. Sie glaubten, Pharao hielte sich mit der Prinzessin in seinem Zimmer auf. Dabei verschwanden wir durch die andere Tür. Tutanchamun trug einfache Kleidung, außerdem hatten wir seine Haut mit einer Paste aus Fett und feiner dunkler Erde eingerieben, die Qafraiat im Frauenhaus aufgetrieben hatte. Das veränderte sein Aussehen zur Unkenntlichkeit, und wie Prinz Bai, der mittlerweile ein hervorragender Messerkämpfer war, trug auch er nach nubischer Sitte seine Waffe am Oberarm. Die Prinzessin war im Palast nur wenigen Menschen bekannt, sie versteckte lediglich ihr blondes Haar unter einem dunklen Schleier.

Diesmal hatten wir keine Vollmondnacht gewählt. Über eine Mauer brauchten wir auch nicht zu klettern. Tutanchamun ging in unserer Mitte zum Tor hinaus, während Pachar die beiden Wachsoldaten mit dienstlichen Fragen ablenkte. Wir verteilten uns auf vier Wagen, und ich durfte mit Tutanchamun fahren.

»Zu mehreren zu arbeiten ist auch nicht schlecht«, meinte ich übermütig zu meinem Vetter, als wir im Hof der Herberge ankamen. »Im Blumenstehlen wären wir unschlagbar. Gründen wir doch eine Bande und machen Pharao zu unserem Räuberhauptmann!«

Bevor Kiki etwas sagen konnte, fuhr mir Nahuher über den Mund: Mein Geschwätz sei nicht zum Aushalten und außerdem gefährlich, wenn es jemand hören könne. Vielleicht, dachte ich, erboste ihn ja die Erinnerung daran, daß wir damals seine Familie berauben wollten.

Nachdem sich die Herbergsknechte der Wagen und der Pferde angenommen hatten, betraten wir den Garten, in dem die Gäste saßen. Kiki hatte uns angekündigt, damit der Wirt uns Plätze freihielt. Kasa wußte, daß wir kein Aufsehen erregen wollten. Die drei Herren – der eine ein hoher Beamter, der andere der Bruder eines regierenden Fürsten und auch der dritte ein erlauchter Prinz – wollten ganz ungezwungen die Atmosphäre des Hauses genießen; die beiden Damen blieben ohnehin lieber unerwähnt. Kasa überschlug sich fast vor Diensteifer. Er hastete los, um die Köstlichkeiten zu holen, die er seinen vornehmen Gästen aufzutischen gedachte. Inzwischen brachte die Wirtin, meine frühere Herrin, den Wein. Sie staunte, als sie mich an der Seite des vermeintlichen Prinzen entdeckte. Trotz aller Geschäftigkeit nahm sie mich beiseite.

»Was, Ta-mi, das Liebchen dieses blutjungen Adeligen bist du jetzt? Nimm's mir nicht übel, aber du hättest damals nicht weglaufen sollen! Djehuti ist ein so anständiger junger Mann! Zur Zeit ist er oft unterwegs, aber es zieht ihn immer wieder hierher. Mal kommt er mit seinem Vorgesetzten zusammen, mal mit diesem Offizier, der momentan aber in Kusch kämpft. Oder er bringt seinen Schulfreund mit, du weißt schon, denjenigen aus dem Büro des Gildevorstehers der Hersteller von Möbelbeinen.«

Erinnerungen überfielen mich. Ach ja, die Möbelbeine …!

»Vielleicht«, fügte sie hinzu, »kommt er sogar heute abend. Ich glaube, er ist zur Zeit in Men-nefer.«

Ich fuhr vor Schreck zusammen. Würde eintreten, was ich insgeheim befürchtet hatte? Djehuti traute ich zu, daß er den König erkannte, nicht zuletzt wegen meiner Anwesenheit. Doch jetzt war es zu spät, etwas zu unternehmen.

Wie üblich war die Herberge gut besucht. Es herrschten Trubel und das gewöhnliche Sprachengewirr, die Stimmung war gelöst. Manche Kaufleute hatten ihre Geschäfte bereits unter Dach und Fach, manche verhandelten beim Essen weiter. Tutanchamun beobachtete alles mit großer Aufmerksamkeit; auch die Prinzessin hatte so etwas noch nie gesehen. Sie saß zwischen Pharao und Prinz Bai ein bißchen versteckt und blickte sich neugierig um. Kiki und Pachar beneidete ich nicht um ihre Aufgabe. Sie mußten die Gäste und gleichzeitig die Umgebung im Auge behalten, aufpassen, wer kam und wer ging.

In unserer unmittelbaren Nähe saßen syrische Händler in einer Runde, gemeinsam mit ihren Dienern. Das wunderte mich, normalerweise wurden die Bediensteten in einem anderen Raum verköstigt.

»Verstehst du, worüber sie sich unterhalten?« fragte ich Qafraiat.

»Ja, sie sagen, daß sie mit ihren Geschäften zufrieden sind und daß alles nach Plan läuft.«

»Nach was für einem Plan?«

»Das sagen sie nicht. Jetzt reden sie von was anderem.«

Da Bai und Nahuher gerade über eine Bemerkung von Tutanchamun lachten, wandten wir unsere Aufmerksamkeit wieder unseren Begleitern zu. Endlich wurde das Essen aufgetragen.

»Ohne Vorkoster viel zu riskant!« warnte Qafraiat.

»Ach was«, sagte ich. »Kein Mensch weiß, daß wir hier sind.«

Kasa strahlte, als er sah, daß es seinen hohen Gästen schmeckte. Auch die syrischen Kaufleute schauten zu uns herüber, allerdings mit eher scheelen Blicken. Offensichtlich waren sie nicht so gut bedient worden wie wir. Beiläufig zählte ich ihre Runde durch. Es waren acht Händler und fünf Diener.

Plötzlich tauchte Djehuti auf. Er war allein. Ohne sich groß umzusehen, nahm er am anderen Ende des ummauerten Hofes Platz. O Sched, wenn er uns bloß nicht verriet! Aber er schaute nicht links und nicht rechts, sprach mit niemandem außer mit dem Mädchen, das ihn bediente und das ich nicht kannte.

Nahuher forderte mich auf, von meiner Zeit in der Herberge zu berichten. Sonst interessierte er sich nie besonders dafür, aber vielleicht tat es ihm leid, daß er mich vorhin angefahren hatte. Ich fing an zu erzählen. Dabei zog ich alles ein bißchen ins Komische, weil ich es so gern mochte, wenn Tutanchamun lachte. Ich merkte, wie sehr er die heitere Stimmung genoß und die Fröhlichkeit und Unbeschwertheit an diesem Ort.

Nach dem Essen blieben wir nicht mehr lange. Zum Glück hatte niemand viel getrunken, Kiki und Pachar überhaupt nichts. Als ich noch mal zu Djehuti hinüberschauen wollte, war er genau wie die syrischen Händler bereits verschwunden. Auch für uns wurde es Zeit, aufzubrechen.

Ein halber Mond war aufgegangen, gemächlich fuhren wir auf der schwach beschienenen Straße dahin, Kiki mit Prinz Bai voraus, Pachar am Schluß. Während ich mich fragte, ob Pharao heute nacht Qafraiat bei sich behielt, erreichten wir einen Palmenhain.

Der erste Wagen verlangsamte unvermittelt die Fahrt, Kiki stieß einen durchdringenden Warnruf aus. Tutanchamun zügelte die Pferde und hielt ebenfalls an. Mit einemmal huschten Gestalten heran. Der König zog seinen Dolch. Hinter uns schrie Qafraiat auf. Ich sah, wie sie aus Nahuhers Wagen gezerrt wurde. Gleich darauf riß man mich aus Tutanchamuns Wagen. Als sich ein Arm um meinen Hals legte, fing auch ich an zu schreien, aber eine rauhe Hand verschloß mir den Mund. Aus den Augenwinkeln sah ich, daß Qafraiat wie ich festgehalten wurde.

Ich versuchte mich zu wehren, kam beinahe frei, wurde aber wieder an den Schultern gepackt. Jemand zog mir die Arme auf den Rücken und legte einen Riemen um meine Handgelenke. Auch die Prinzessin wurde gefesselt. Ich konnte es nicht glauben. Die Angreifer waren die syrischen Händler und ihre Diener, die in der Herberge neben uns gesessen hatten und vor uns aufgebrochen waren. Aus welchem Grund hatten sie uns hier aufgelauert? Woher wußten sie überhaupt, welchen Weg wir nehmen würden? Einer der Syrer schlug Qafraiat hart gegen die Schläfe. Ich ließ mich zu Boden sinken, um die Angreifer glauben zu machen, ich sei vor Angst ohnmächtig geworden. Tatsächlich ließen sie mich liegen, nachdem sie mir noch die Füße gefesselt hatten. Die Prinzessin wurde jedoch fortgeschleppt.

Ringsumher erscholl Kampfeslärm. Tutanchamun befand sich mitten im Handgemenge. Pachar verteidigte ihn mit dem Schwert gegen die Feinde, verwundete den einen oder anderen. Doch auf einmal stürmten weitere Angreifer aus dem Dunkel, stürzten sich auf Pharao. Pachar hieb noch wilder nach allen Seiten. Voller Entsetzen erkannte ich, daß die neuen Gegner Ägypter waren!

Sechs, sieben Leute gleichzeitig drängten Kiki, der sich zu Pharao durchzukämpfen versuchte, immer weiter ab. Der König hatte ja nur seinen Eisendolch. Noch gelang es Pachar, ihn zu schützen. Aber es waren zu viele Feinde, und in einem kurzen Augenblick, in dem sich Pachar zur Seite drehte, um mit dem Schwert erneut auszuholen, stieß ihm einer der Gegner ein langes Messer in den Rücken. Pachar wankte und fiel. Nun fuhren die Angreifer ungehindert auf Tutanchamun los. Er hatte seinem fallenden Leibwächter das Schwert entrissen und verteidigte sich verzweifelt. Am Boden liegend, bäumte ich mich in meinen Fesseln auf. Wenn ich doch nur Hilfe holen könnte!

Dann sah ich, daß sich die Syrer – mehrere von ihnen waren schwer verletzt – aus dem Kampf zurückgezogen hatten. Sie sammelten sich abseits vom Getümmel und machten sich unbemerkt davon. Aber auch nachdem sie verschwunden waren, waren die Feinde in der Übermacht.

Plötzlich gab es inmitten der Kämpfenden noch eine Bewegung. Eine weitere bewaffnete Gestalt war hinzugekommen. Djehuti! Himmel und Götter, war jetzt alles zu spät? War er Freund oder Feind? Auch Tutanchamuns Gegner schienen sich das im ersten Moment zu fragen. Diesen Augenblick der Überraschung nutzte Djehuti, trieb sie mit zielsicheren Schwerthieben auseinander. Bei Sched! Wo hatte mein Schreiber bloß so zu kämpfen gelernt!

Gleich darauf wimmelte es überall von Tempelsoldaten. Gemeinsam mit Kiki und Bai machten sie die restlichen Angreifer nieder, verfolgten die Fliehenden. Aus dem Dunkel ertönten Todesschreie.

»Fangt sie lebendig!« schrie Djehuti. »Und bringt sie zur Residenz!«

Dann fiel sein Blick auf mich. Er beugte sich zu mir herab und zerschnitt meine Fesseln.

»Djehuti! Du bringst uns die Rettung. Woher wußtest du ...?«

»Genaues wußte ich leider nicht.« Er keuchte noch, wischte sich mit dem Arm über die Stirn. »Sonst wäre es gar nicht zu diesem Kampf gekommen. Ich war vor einigen Tagen dabei, als Nahuher General Nachtmin mitteilte, daß Pharao einen heimlichen Ausflug plante. Mehr erfuhr ich nicht. Aber ich beschloß, mich bereitzuhalten. Für den Fall, daß Ejes Sohn Übles plante! Ptahemhet gab mir seine Tempelsoldaten mit.«

»Der Hohepriester des Ptah? Bist du jetzt zu Horemheb übergelaufen? Und die Gottesväter? Haben sie keinen Verdacht geschöpft?«

»Anscheinend habe ich ihnen den treu ergebenen Günstling weiterhin überzeugend vorgespielt.« Er lachte bitter. »Bis zu diesem Augenblick!«

»Djehuti, du bist in großer Gefahr!«

»Richtig! Deswegen muß ich noch heute das Land verlassen.« Er zögerte und blickte mir tief in die Augen. »Wir werden uns nie wiedersehen.«

»O Djehuti!« Ich schluchzte fast. »Ich danke dir für das, was du getan hast. Die Götter mögen dich schützen! Aber bitte, verrate mir noch eines! Hast du mir damals den Zettel in den Palast geschickt?«

Er senkte den Kopf und nickte. »Daß du mir vertrauen kannst, habe ich dir hier und jetzt bewiesen. Aber von Liebe« – sachte legte er die Hand an meine Wange und wischte ganz zart, nur mit den Fingerspitzen, die Tränen fort – »brauchen wir beide ja nicht mehr zu reden!«

Tutanchamun stand schweigend ein Stück abseits. Aus einer Wunde auf der Brust, wo ein Dolch oder eine Schwertspitze sein Fleisch geritzt hatte, rann ein wenig Blut. Djehuti ging zu ihm hinüber und legte ihm die Hand auf die Schulter. Wie blutjung Tutanchamun doch gegen ihn wirkte!

»Seine Majestät hat sich tapfer gehalten!« sagte Djehuti.

Damit verschwand er in die Nacht.

Trotz seines Befehls war kein Angreifer lebend gefangen worden. Mein Vetter war schwer verletzt, auch Prinz Bai hatte einige Wunden davongetragen. Abgekämpft standen die Freunde des Königs da und sahen sich das Schlachtfeld an. Allein Nahuher war von Verletzungen verschont geblieben. Er hielt immer noch seinen goldverzierten Dolch in der Hand.

»Wegelagerer! Raubgesindel!« rief er. »Überfall!«

Niemand achtete auf ihn. Tutanchamun kniete neben seinem Leibwächter nieder.

»Er ist tot!« sagte er tonlos. »Pachar ist tot!«

Ich wollte es nicht glauben.

»Tot«, wiederholte ich, ohne es zu verstehen. »Und wo ist Qafraiat?«

Die Tempelsoldaten fanden sie ein Stück entfernt. Man hatte ihr die Kehle durchgeschnitten. Ein schrecklicher Anblick! Das Kleid, ihr schönes Haar, alles war voller Blut. Ihre aufgerissenen leeren Augen ließen noch die Todesangst ahnen, die sie ausgestanden hatte.

Ich konnte es nicht begreifen. Sie und Pachar – binnen weniger Augenblicke ermordet. Brutal umgebracht! Zwei Menschen, die gerade noch geatmet, geredet, gelacht hatten – auf einmal tot? Von Entsetzen gepackt, fing ich an zu schreien, schrie, schrie, bis Kiki herbeigehumpelt kam und mir eine Ohrfeige gab.

Die Pferde hatten die leeren Wagen weit in den Palmenhain hineingezogen. Sie wurden geholt, wir stiegen ein. Ich erinnere mich nicht mehr an die Heimfahrt. Ich weiß nur, daß die Tempelsoldaten uns begleiteten und daß Pharao den Wagen lenkte.

Ptahemhet erwartete uns bereits in der Palasthalle. Da er noch den Hohenpriesterornat und den Sah, seinen Halsschmuck, trug, nahm ich an, daß man ihn von einer nächtlichen Zeremonie aus dem Tempel weggeholt hatte. Auch der Schatzkanzler war da. Mit unbeweglicher Miene blickte er seinen jüngeren Halbbruder an. Während des ganzen Weges hatten die Tempelsoldaten darauf geachtet, daß Nahuher nicht entweichen konnte. Ptahemhet hatte vertrauenswürdige heilkundige Priester aus dem Tempel der Göttin Sechmet mitgebracht, damit sie die Verletzten verarzteten. Bei Tutanchamun war das schnell geschehen. Er nahm auf seinem Thronsessel Platz. Mit Nahuher waren die Ärzte noch schneller fertig. Ihm fehlte ja nichts.

»Warum hast du Ejes Sohn unseren Plan verraten?« fuhr Pharao ihn an.

»Ich hielt es für meine Pflicht, Majestät« – Nahuher sah dem König frech ins Gesicht –, »den in Abwesenheit des Regenten ranghöchsten Befehlshaber von unserem Vorhaben zu unterrichten.«

»Und welche Maßnahme«, fragte Maja seinen Bruder, »gedachte General Nachtmin aufgrund deiner Mitteilung zu ergreifen?«

Widerwillig drehte sich Nahuher zu ihm herum.

»Das weiß ich nicht. Ich habe es ihm lediglich mitgeteilt. Danach bin ich weggegangen.«

»Wer war dabei, als du es Nachtmin mitteiltest?« wollte Ptahemhet wissen, obwohl er die Antwort ja kennen mußte.

Nahuher wandte sich an den Hohenpriester. »Der Magazinschreiber Djehuti, der uns zur Hilfe kam, und Offizier Naj. Beide sind Vertraute des Gottesvaters und seines Sohnes. Deshalb sagte Nachtmin, ich könne in ihrer Anwesenheit reden.«

»Warum hast du darüber nicht zuerst mit mir, deinem älteren Bruder, gesprochen«, fragte der Schatzkanzler. Nahuher starrte ihn zornig an. Auch in dieser Situation war zu erkennen, daß er vor Neid auf seinen hochangesehenen Halbbruder fast platzte. O nein, dachte ich, Qadna ist nicht weit, wo der Bruder gegen den Bruder kämpft!

»Weil ich es für richtiger hielt, General Nachtmin einzuschalten!«

»Mit dem Erfolg, daß der König und sein Gefolge überfallen wurden! Was die Prinzessin und einen Leibwächter das Leben kostete!«

»Das ist doch nicht meine Schuld!« brauste Nahuher auf. »Ich kann nichts dafür, daß wir in einen Hinterhalt gerieten. Daß Wegelagerer uns berauben wollten!«

»Das waren keine Wegelagerer!« schrie ich ihn an. »Das waren die Syrer aus der Herberge. Sie haben die Prinzessin weggeschleppt und umgebracht. Und die Ägypter, die hinzukamen, hatten es auf Pharao abgesehen. Aber ich habe nicht bemerkt, daß einer von ihnen versucht hätte, etwas zu stehlen.«

»Wie ich erfahren habe«, sagte Ptahemhet langsam und bedeutungsvoll, »sind seit gestern die Gesandten aus Qadna verschwunden. Angeblich hofften sie noch immer auf eine Audienz bei Pharao, obwohl man Fürst Akkizzis Widersachern beharrlich Absagen erteilte. Warteten sie möglicherweise gar nicht darauf, mit dem König zu sprechen? Sondern waren gedungene Mörder, die nach einer Gelegenheit Ausschau hielten, die Tochter ihres Stadtfürsten zu ermorden?«

Tutanchamun richtete zornig den Blick auf Nahuher. »Und von dir haben die Syrer erfahren, wo sie Qafraiat abfangen können! Du wolltest ja unbedingt, daß wir die Prinzessin mitnehmen!«

Der Bruder des Schatzkanzlers holte entrüstet Luft, aber bevor er etwas sagen konnte, kam einer der Sechmet-Priester herein, die sich auch der Toten angenommen hatten, und teilte mit, sie hätten festgestellt, daß aus Prinzessin Qafraiats Haar eine dicke Strähne herausgeschnitten sei.

»Das paßt hervorragend zu unseren Vermutungen«, erklärte Ptahemhet, genannt Ti. »Die Mörder liefern bei ihren Auftraggebern eine Locke ab. Als Zeichen, daß sie die Bluttat ausgeführt haben!«

»Es wird dieser Djehuti gewesen sein, der es den Syrern verriet«, meinte Nahuher. Er hatte jetzt Zeit genug gehabt, sich etwas zurechtzulegen. »Djehuti rettete uns nur zum Schein, nachdem der Mord gelungen war. Wie wir wissen, trieb er ein doppeltes Spiel. Warum also nicht ein dreifaches?«

»Schweig, du Lügner und Verräter!« fuhr ich ihn an. »Es waren bestimmt Ejes Leute!«

»Halte dich mit Anschuldigungen zurück, die du nicht beweisen kannst!« wies mich Maja zurecht. Er sah den König an. »Wir sollten auf jeden Fall Gottesvater Eje und General Nachtmin dazu hören.«

Die beiden waren ziemlich schnell da. Naj folgte ihnen auf dem Fuß.

»Was ist eigentlich geschehen?« fragte Eje beim Eintreten. »Der Diener, der mich holte, stammelte etwas von einem Anschlag auf den König. Das ist unfaßbar!«

»Durch deinen Sohn und deine Vertrauten dürftest du recht genau im Bilde sein«, sagte Ptahemhet scharf.

»Ich? Im Bilde? Nein! Tut mir leid.«

Der Gottesvater wirkte tatsächlich wie ein argloser alter Mann, den man zu nachtschlafener Zeit aus dem Bett geholt hatte. Der Schatzkanzler berichtete ihm in knappen Worten, was geschehen war.

»Das ist ungeheuerlich!« rief Eje aus. »Wie empörend! Und wie dumm! Ein solcher Angriff auf Seine Majestät ist über alle Maßen dumm!« Er warf seinem Sohn Nachtmin einen wütenden Blick zu. »Gebt mir Zeit, mich zu fassen!« Seufzend schloß er die Augen, dann wandte er sich an Tutanchamun: »Nicht daß ich Deiner Majestät Vorwürfe mache. Deine Majestät ist nun einmal jung und unternehmungslustig und stürzt sich in Abenteuer, ohne die möglichen Folgen abschätzen zu können. Doch wer hätte damit rechnen können, daß der König angegriffen und mit dem Tod bedroht wird. Ein Unheil kosmischen Ausmaßes!« Er schlug die Hände vors Gesicht und murmelte: »Es darf weder im Inland noch im Ausland bekannt werden, daß der Gute Gott eine Schenke besucht hat. Und über den Anschlag auf Seine Majestät muß ebenfalls Stillschweigen bewahrt werden!«

Er wirkte ganz aufgelöst, hatte gerade noch die Kraft, seinem Sohn den Vorwurf entgegenzuschleudern, nichts zum Schutz des Königs unternommen zu haben, obwohl er von Nahuher, dem pflichtbewußten königlichen Schreiber, auf die Gefahr, die bei so einem Unternehmen entstehen könne, hingewiesen worden war.

»Wie habe ich Nachtmin bekniet«, meldete sich nun auch Naj zu Wort, Ejes kämpferischer Günstling. »Aber er gab einfach nicht den Befehl, eine Schutztruppe abzustellen!«

»Der getreue Djehuti schließlich«, ließ sich Gottesvater Eje mit gebrochener Stimme vernehmen, »hat eingegriffen und das Schlimmste verhütet. Oh, hätte ich doch selbst meinen geliebten Enkel beschützen können!«

Ich merkte, wie mich langsam die Kräfte verließen. Nichts als scheinheilige Empörung, zermürbendes Taktieren und billige Schuldzuweisungen! Und ich hatte gehofft, der Hintergrund dieses Überfalls ließe sich lückenlos aufdecken.

»Djehuti nimmt aber an, du bist mit seiner Tat gar nicht einverstanden«, sagte ich zu Eje.

»So? Meint er das? Nein! Ein gewaltiger Irrtum! Mit Lob und Ehrungen überhäufen würde ich ihn. Man muß ihn nur erst zu fassen kriegen, den heimlichen Retter!« Er wankte, griff sich an die Brust. »Stütze mich, Naj, mein Sohn!« forderte er den muskulösen Offizier auf. »Du stehst meinem Herzen nun näher als mein unfähiger leiblicher Nachkomme.«

Auch Nachtmin war angesichts von Ejes Schwäche hinzugesprungen. Er machte eine Gebärde, als wolle er mit anpacken, wagte es dann aber nicht, seinen Vater zu berühren. Bewegungslos und mit angespannter Miene stand er da. Schließlich fragte er gepreßt:

»Weiß man, wer die Leute waren, die den Anschlag auf Seine Majestät verübten?«

»Bis jetzt nicht«, antwortete Ptahemhet. »Die Toten sind unbekannt. Niemand weiß, wer sie sind und woher sie kommen.«

Nachtmins Gesichtszüge entspannten sich ein wenig. Ich wunderte mich, daß er sich nicht verteidigte, nicht versuchte, sein Handeln zu rechtfertigen. Sosehr ich auch überzeugt war, daß Eje, Nachtmin und Naj ihre Hände bei diesem Anschlag im Spiel hatten – es konnte ihnen nichts nachgewiesen werden. Die Meuchler waren tot oder entkommen, keiner konnte verhört werden. Später wurden ihre Leichen verbrannt. Damit war ihnen jede Möglichkeit genommen, im Jenseits weiterzuleben. Aber das war nur ein schwacher Trost für mich.

Eje mußte auf Djehutis Dienste verzichten; wahrscheinlich drohte auch von Sementaui keine Gefahr mehr, falls je eine von ihm ausgegangen war. Dennoch glaubte ich nicht, daß Pharao sicher war.

War der Steinschlag bei Gottesvater Ejes Grab wirklich Zufall gewesen? Welche Rolle spielte Iri? Und Rehu? Was für Schritte unternahmen sie von Waset aus? Alles war noch undurchschaubarer geworden. Und wie sich herausgestellt hatte, gab es Leute, die vor nichts zurückschreckten.

Nahuher wurde nicht einmal hart bestraft; er wurde nur aus der Hauptstadt verbannt und erhielt irgendwo einen unbedeutenden Posten. Nachtmin wurde degradiert, mußte die Armee aber nicht verlassen.

Ich war fester entschlossen denn je, nicht mehr von Tutanchamuns Seite zu weichen.

Kiki trat mit uns ins königliche Privatgemach, wo wir stumm der beiden Toten gedachten. Besonders Pachars Tod hatte uns tief getroffen. Erschüttert über Nahuhers Verrat, zitierte Pharao die uralten bitteren Worte: »Vertraue keinem Bruder, kenne keinen Freund, schaffe dir keine Vertrauten! Das führt zu nichts. Wenn du schläfst, bewache selbst dein Herz! Denn ein Mann hat keine Anhänger am Tag des Unglücks.«

»Aber es gibt so viele, denen du vertrauen kannst!« versuchte ich ihn aufzurichten. »Da sind Kiki und ich! Maja, Ti und Horemheb! Und Djehuti, den du nicht mal kanntest, hat dir das Leben gerettet!«

Ich konnte nur mit großer Bewunderung von Djehutis Tat sprechen. Großmütig und selbstlos wie kein anderer hatte er gehandelt. Anstatt Ehrungen, Besitz und hohe Ämter zu ernten, mußte er wie ein Verbrecher nun Tameri, seine geliebte Heimat, verlassen.

Noch in derselben Nacht wurde Kiki zum Anführer der Leibwache ernannt. Als Pharao dann einen Boten zu Horemheb nach Nubien schicken wollte, erfuhr er, daß der Hohepriester des Ptah das bereits von sich aus getan hatte.

STURZ AUS DEM HIMMEL

Das Heer befand sich schon auf dem Rückmarsch; noch vor den Soldaten traf die Kunde ein, alle aufständischen Gebiete seien befriedet, Gefangene und Beute gemacht. Horemheb traf mit einem Schnellruderer in Men-nefer ein und begab sich unverzüglich in die Residenz. Nachdem er alles über den Anschlag erfahren hatte, sagte er, wer auch immer dahinterstecke, derjenige würde es kaum wagen, so schnell wieder zuzuschlagen. Doch auf die leichte Schulter dürfe man den Überfall keineswegs nehmen. Und deshalb werde nochmals die Leibwache verstärkt.

Was Ptahemhet von Djehuti erfahren hatte, war beinahe nicht zu fassen. Sementaui war gar nicht auf Tutanchamun angesetzt! Horemheb sollte im Kampf ums Leben kommen, etwa auf die Weise, daß er durch Sementauis Zutun von seinen Leuten getrennt und in einen Hinterhalt gelockt wurde oder bei einem Angriff seine Waffen nicht parat hatte oder sonstwie wehrlos war. Eje hatte Horemhebs Sekretär wegen seiner ständigen Unzufriedenheit für geeignet gehalten und ihm Reichtum und ein hohes Staatsamt versprochen, wenn er dafür sorgte, daß der Regent aus dem Weg geräumt wurde.

Glücklicherweise war Horemheb seit jeher auf der Hut. Außerdem hatte Sementaui nichts dergleichen probiert, sagte er. Da er ihm allerdings den heimtückischen Plan bis jetzt nicht offenbart habe, sei zu vermuten, daß er noch auf eine günstige Gelegenheit warte. Horemheb ließ seinen Sekretär ins Gefängnis werfen. Gleich am nächsten Tag sollte Semen-taui verhört werden; doch er starb in der Nacht. Auch wenn es offiziell hieß, in einem letzten Anflug von Ehrgefühl habe er Selbstmord begangen, hielt ich es für wahrscheinlicher, daß er beseitigt worden war. Aber von wem? Von Eje, damit er ihn nicht noch mehr belastete? Oder hatte man ihn auf Horemhebs Befehl getötet, weil dieser lieber auf Nummer Sicher ging?

Die Bedrohung für Tutanchamun war aus einer ganz anderen Richtung gekommen, als ich vermutet hatte. Um weiteren Gefahren vorzubeugen, entschloß ich mich, im Beisein Majas und Ptahemhets zu berichten, was ich im Haus des Oberbildhauers beobachtet hatte. Der Hohepriester schickte seine Leute nach Achetaton; diese arbeiteten schnell und gründlich. Rehu wurde auf frischer Tat ertappt, der Vorzeichner war sein Komplize. Die beiden hatten die aufgegebene Bildhauerwerkstatt als Lagerplatz für ihr Diebesgut benutzt. Die Beute stammte – Pharao wurde blaß vor Zorn – aus dem königlichen Familiengrab, das sich in einem Gebirgstal außerhalb der Stadt befand und an dem der Vorzeichner mitgearbeitet hatte. Sie mußten bereits damit angefangen haben, die Grabschätze zu rauben, als ich damals in Rehus Haus die Salbengefäße entdeckt hatte. Über Jahre hinweg hatten sie immer nur wenige Stücke weggenommen, damit es nicht auffiel. Über Hehler hatten sie die kostbaren Dinge losgeschlagen: Edelsteine, Stoffe, Salböl, Silber, Gold.

Ptahemhet vermutete, daß sich in der Nähe der ewigen Ruhestätte der Herrscherfamilie ein weiteres Versteck befinden müsse, von dem aus sie die Sachen unauffälliger in die Stadt gebracht hatten als direkt vom Grab. Leider kam dem Hohenpriester diese Idee aber erst, nachdem Rehu und der

Vorzeichner hingerichtet worden waren; sosehr seine Leute auch suchten, sie fanden die Stelle nicht. Pharao hatte zum ersten Mal Todesurteile unterzeichnet. Und dann gleich zwei! Obwohl ihn die Schändung des königlichen Grabes aufbrachte, fiel ihm die Anordnung der Hinrichtungen nicht leicht.

Gottesvater Eje hatte keinerlei Anstrengungen unternommen, seinem Schreiber und Mitarbeiter zu helfen. Seine eigene Position war ja auch sehr geschwächt, denn trotz fehlenden Beweises brachten viele den Überfall auf den König mit ihm in Verbindung. Iri war an dem Grabraub aber anscheinend nicht beteiligt, jedenfalls deutete nichts darauf hin. Er war ja auch reich genug, um sich nicht mit Stehlen und Hehlen abzugeben. Und er strebte, wie jeder wußte, nach ganz anderen Dingen.

Ich war froh, daß Rehu nicht gemerkt hatte, daß ich sein Schatzversteck entdeckt hatte. So hatte er mich vor seinem Tod wenigstens nicht verfluchen können. Allzugroß war meine Sorge deswegen aber nicht, denn inzwischen war mir klar, daß es Inpu selbst, der Gott der Grabstätten, in seiner Hundegestalt gewesen war, der mich vor der Entdeckung durch die Räuber bewahrt hatte. Das königliche Familiengrab im Wüstental wurde von den Priestern aufgeräumt und wieder versiegelt. Pharao verbrachte einige Tage in Achetaton, feierte im Millionenjahrhaus seines Vaters ein Totenfest und setzte einen Wachdienst ein, der die abgelegene Stätte der Ewigkeit künftig vor Eindringlingen schützen sollte. Es war jedoch kein besonders begehrter Einsatz bei den Soldaten.

Dem siegreichen Obersten Heerführer wurden weitere Titel verliehen, außerdem erhielt er nochmals die Erlaubnis, den säulengeschmückten Tempel über seinem Grab zu vergrößern. Niemand in ganz Kemet genoß höheres Ansehen als er. Er war hochgeehrt und bewundert, größer als die Großen, mächtiger als die Mächtigen. Aber auch dem König wurde nach dem Anschlag auf sein Leben und der glücklichen Rettung noch mehr Liebe und Verehrung entgegengebracht. Entgegen allen Bemühungen hatte sich die Nachricht nämlich doch verbreitet.

Eje wechselte seit jenem Abend kein Wort mehr mit seinem Sohn. Angeblich konnte er ihm nicht verzeihen, daß er keine Schutzmaßnahmen für Pharao ergriffen hatte. Es sah ganz so aus, als habe der Gottesvater Nachtmin verstoßen und an dessen Statt Offizier Naj als Sohn angenommen.

Kurze Zeit nach den feierlichen Begräbnissen, die Tutanchamun für seinen treuen Leibwächter und für seine syrische Nebengemahlin ausgerichtet hatte – Prinzessin Qafraiat war postum noch mit dem Titel ›Große Geliebte und Ehefrau des Königs von Ober- und Unterägypten‹ ausgezeichnet worden –, bestellte mich Königin Anchesenamun in den Frauenpalast. Früher hätte ich mich gesträubt, Ausflüchte gesucht, Krankheit vorgeschützt, aber jetzt war ich bereit, zu ihr zu gehen. Ich war auf alles gefaßt.

Amenmose, der Stellvertretende Harimsvorsteher, erwartete mich am Tor. Er machte ein so ernstes Gesicht, daß ich mich auch nicht zu lächeln traute. Würde er mich in die offizielle Audienzhalle bringen? Oder ins private Empfangszimmer der Königin? Ach, eigentlich war's egal! Beides konnte Gutes und Schlechtes bedeuten. Am Ende wurde ich doch in die privaten Gemächer der Großen Königlichen Gemahlin geführt. Und, ehrlich gesagt, so war es mir lieber.

Königin Anchesenamun war jetzt sechsundzwanzig Jahre alt. Da sie das grelle Sonnenlicht mied, war ihre Haut hell und zart. Sie war sehr schlank, fast mager, mit knochigen

Schultern und Schlüsselbeinen. Sie hatte ein einfaches Untergewand an, das sich spinnwebfein um ihren Körper legte, darüber ein gerafftes, in der Mitte gegürtetes Kleid. Sie trug nur ein schmales, aus goldenen Lotosblüten gebildetes Armband und wenige Ringe an den Fingern. Sie war nicht stark geschminkt; ihr Haar, eher braun als schwarz, fiel offen auf die Schultern herab. Das alles erfaßte ich auf einen Blick. Eine Frau kann das eben. Aber es war das erste Mal, daß ich sie ohne königliche Abzeichen wie Diadem oder Krone zu sehen bekam; ich starrte sie einen Moment lang an, bevor ich den Fußfall ausführte. In dieser Stellung kniend, den Oberkörper nach vorn gestreckt, die Handflächen auf dem Boden, verharrte ich vor ihrem Sessel.

»Die blonde Schlange ist nun tot«, sagte sie mit durchdringender Stimme. »Und du? Hast du es noch nicht satt, wie ein Haustier bei ihm zu leben?« Obwohl ich mit einer Demütigung gerechnet hatte, zuckte ich zusammen. Da ich nicht gleich antwortete, befahl sie mir: »Rede!«

Die Stirn auf den Fußboden gedrückt, murmelte ich:

»Majestät, ich bin sehr gern die Dienerin des Herrschers.«

Anstatt darauf etwas zu erwidern, rief sie nach einer Dienerin und befahl ihr, Wein zu bringen. Mir erklärte sie unvermittelt:

»Dem König der Chatti liegt viel an der Freundschaft mit Pharao. Es gibt da diesen alten Vertrag wegen der ausgewanderten Leute von Kurustama, der nach wie vor gilt und von König Scha-pa-lu-lu in Ehren gehalten wird. Weißt du davon?«

Ich holte Luft, so gut es in meiner Lage ging, und sagte zu den geschmackvollen und auch einigermaßen sauberen Bodenfliesen:

»Ja. Seine Majestät hat diese Abmachung mehrmals erwähnt.«

Meine Haltung wurde mir zunehmend unbequemer – schließlich war ich nicht gewohnt, vor irgend jemandem auf dieser Welt so lange auf dem Fußboden zu liegen! Ich fing an, mich zu bewegen, um eine angenehmere Stellung zu finden. Zu meiner Überraschung erlaubte sie mir aufzustehen. Sie deutete auf einen Hocker. »Setz dich dahin!«

Das Mädchen kam zurück und reichte ihr einen bis zum Rand gefüllten Alabasterpokal von beachtlicher Größe. Daraufhin schickte die Königin die Dienerin mit der Begründung weg, sie hätte ja noch eine Dienerin bei sich, die ihr im Bedarfsfall aufwarten könne, nämlich mich! Diese Äußerung fand ich taktlos.

Sie setzte das Gefäß an die Lippen und trank einen großen Schluck daraus. Dann fing sie wieder an zu sprechen.

»Ich frage mich, wann mein Gemahl endlich König Schapa-lu-lus Gesandte empfängt. Die Leute fühlen sich hingehalten, General Lupakku hat die Residenz schon verlassen. Um die chattischen Botschafter zu beschwichtigen, bestellt Gottesvater Eje sie regelmäßig zu sich. Aber beim letzten Mal war ich nicht dazu eingeladen!« Entrüstet blickte sie mich über den Rand des Pokals hinweg an. »Und das ärgert mich!«

Gütiger Re, dachte ich, wieso erzählt sie mir das alles!

Sie trank erneut, stellte dann den Wein zur Seite, hustete ein bißchen und fuhr fort: »Verstehst du, Dienerin, Gottesvater Ejes Leute sind alle korrupt! Er sagte, er hätte die Ämter mit Personen aus königstreuen Familien besetzt. Aber in Wahrheit sind es seine Leute. Die er gekauft hat! Womit? Mit Versprechungen. Und mit Gold! Wenn ich nur wüßte, woher er es hat! Von Horemheb kriegt er ja nichts. Der steckt alles ins Heer. Aber in einem sind sie beide gleich: Jeder will die Beiden Länder regieren. Und deshalb ist meine Lage, hörst du, Dienerin des Herrschers, schwierig und sehr verzwickt!«

Sprachlos saß ich auf meinem Schemel und starrte sie an.

»Ich bin oft einsam«, redete sie weiter, »und gar nicht glücklich! Andere Frauen in meinem Alter haben längst Kinder. Ich möchte auch welche! Einen Kronprinzen und eine Thronerbin, zumindest. Taugt er überhaupt dazu? Du bist doch ständig mit ihm zusammen und immer noch nicht schwanger.« Ihr Blick wurde lauernd. »Bist du vielleicht unfruchtbar? Oder behext? Oder hast du ihn behext? Am Hof wird viel Häßliches geredet. Über ihn! Über dich! Doch mach dir nichts draus! Über mich reden sie genauso.« Sie hob den Pokal mit beiden Händen hoch und nahm wieder einen großen Schluck.

»Majestät«, sagte ich und stand auf, »du wirfst mir da ziemlich harte Brocken vor.«

Ihre feuchten Lippen lächelten. »Solcherart ist nun mal die königliche Speise. Ich habe jeden Tag daran zu kauen. Der Wein macht sie nicht bekömmlicher. Aber sie rutscht besser!«

Da ich noch nicht entlassen war, setzte ich mich wieder. Ich sah zu, wie sie weitertrank, bis fast nichts mehr von dem roten Wein durch den Alabaster schimmerte. Schließlich heftete sie ihren Blick wieder auf mich. »Du da, Dienerin, du sagst ja gar nichts!«

»Hm, Majestät, vielleicht fühlt sich Pharao als Vater noch zu jung.«

»Er würde nicht viel Zeit haben, Vater zu sein. Es werden meine Kinder sein. Meine, hörst du! Also, erinnere ihn an seine Pflicht!« Plötzlich horchte sie auf, flüsterte: »Großmutter kommt!«

Ich hatte draußen nichts gehört, aber im nächsten Augenblick ging tatsächlich die Tür auf. Tey strebte auf die Königin zu und nahm ihr sofort den Pokal aus der Hand.

»Wieder ertappe ich meine geliebte Enkelin beim Weintrinken!« sagte sie. Dann blieb sie vor mir stehen und wartete, daß ich vom Hocker aufstand und mich vor ihr verbeugte.

»Pack dich weg, Dienerin!« herrschte sie mich an. »Und sieh zu, daß du an die Arbeit kommst!«

In stummer Wut ging ich hinaus. Natürlich war mir klar, daß Anchesenamun es nur darauf angelegt hatte, mich zu beleidigen.

Das große Heiligtum, das in Men-nefer errichtet wurde, war nun fertiggestellt und sollte in einer feierlichen Einweihung den Namen ›Haus des Herrn-der Gestalten-ein-Re‹ erhalten. Kurz vor den Festlichkeiten bat die Königin Tutanchamun um eine Zusammenkunft. Höflich wie er war, suchte er sie sofort im Frauenpalast auf. Gemeinsam mit den Priestern und Tempelbeamten sei der Ablauf der Zeremonie durchgesprochen worden, berichtete er mir nach seiner Rückkehr. Und anschließend hätten er und seine Gemahlin sich unter vier Augen unterhalten; dabei sei sie ihm umgänglicher vorgekommen als bisher.

»Sonst weiß ich ja nie, was ich mit ihr reden soll. Aber heute war sie fröhlich und ungezwungen. Wir haben uns gut verstanden.«

Er wirkte irgendwie zufrieden, wie jemand, der etwas hinter sich gebracht hat, vor dem ihm lange graute und das sich am Ende als doch nicht so schlimm herausgestellt hat. Mir fielen wieder mal Amenias Ratschläge ein, aber ich schob die Erinnerung daran schnell beiseite.

Am Morgen der Tempeleinweihung waren Men-nefers Straßen schwarz von Menschen. Sogar Tutanchamun war diesmal aufgeregt. Beamte und Pagen wieselten um ihn herum, während ich dabeisaß und zuschaute, wie er in seinen

Ornat gekleidet wurde. Der Vorsteher des Königsschmuckes brachte Pektoral und Schulterkragen sowie die goldenen Reife für die Oberarme, die Armbänder, die Ohr- und die Fingerringe. Die Auswahl der richtigen Schmuckstücke war eine Wissenschaft für sich, nichts wurde dem Zufall überlassen. Die religiöse Bedeutung mußte stets zum Anlaß passen. Daher waren auch so viele Leute nötig, die sich damit befaßten.

Tutanchamun wandte den Kopf und schaute mich über den gekrümmten Rücken des Mannes, der ihm gerade den mit Gold beschlagenen Gürtel anlegte, hinweg an.

»Hoffentlich erwartet das Volk heute«, sagte er mit leichtem Lachen, »keine Wunder von mir!«

»Deine Majestät selbst ist das Wunder, das den Menschen Hoffnung gibt«, erwiderte ich. »Dein Volk liebt dich.«

»Die Liebe beruht auf Gegenseitigkeit«, gab er vergnügt zurück.

Nachdem ihm die aus mehreren Teilen bestehende Krone aufgesetzt worden war – auch noch das schwere Widdergehörn heute! –, kamen die Priester, um ihn abzuholen. Noch im inneren Bezirk stieß die Königin mit ihrem Gefolge dazu. Gemeinsam wurden die beiden Sänften durch das Tor getragen, dann zeigte sich das königliche Paar der Menschenmenge, die vor dem Palast wartete.

Der Ablauf der Feierlichkeiten war einem strengen Zeremoniell unterworfen, jeder Schritt, jede Position war genau geregelt. Langsam bewegte sich die Prozession durch die Straßen auf das neue Heiligtum zu. Wie eigenartig, dachte ich, für mich ist nirgends in dem ganzen Festzug ein Platz vorgesehen! Zwar befehligt mein Vetter die Leibwache, Prinz Bai führt die Jugendgefährten an, und Paser marschiert den Offizieren des Vizekönigs von Kusch voran. Aber ich gehöre nirgends dazu. Soll ich vielleicht mit den anderen Dienern im Gefolge laufen? Nein! Ich bin doch mehr als nur eine Dienerin! Aber auch beim Regenten, seiner Gemahlin und Mutnedjemet, die gleich hinter dem Königspaar kamen, hatte ich nichts zu suchen. Amenia hatte das Mädchen nach dem überraschenden Tod seiner Mutter wie eine Familienangehörige bei sich aufgenommen, und seitdem gehörte Muti zu ihr und Horemheb. Also, dachte ich trotzig, bleibt mir nichts anderes übrig, als mich mit der Volksmenge am Straßenrand aufzustellen. Ich versuchte mir einzureden, daß es mir nichts ausmachte, ich nahm mir einfach vor, mich als Beauftragte Seiner Majestät zu fühlen, die ihm von der Meinung seiner Untertanen berichtete. Darauf legte er doch immer so großen Wert.

»Neb-cheperu-Re! Neb-cheperu-Re!« riefen die Leute ein ums andere Mal und streckten die Arme zu ihm empor. Es war schön, ihn in seinem Glück und in seiner Beliebtheit zu sehen. Er besaß die Zuneigung der Menschen und ihr Vertrauen, obwohl – oder vielleicht gerade weil – er so jung war. Chöre priesen ihn und die Wohltaten, die er den Beiden Ländern erwies.

Nach dem Tempelritual war die öffentliche Zeremonie vorgesehen. Die Tragstühle des Königspaares wurden zu dem Pavillon getragen, der an der Palastmauer errichtet war. Tutanchamun und die Königin verließen die Sänften. Wenn man nicht so genau hinsah, waren sie ein schönes Paar. Die Volksmenge war jedenfalls begeistert. Bevor sie gemeinsam die paar Schritte zu ihren Thronsesseln zurücklegten, nahm Tutanchamun – ich vergaß zu atmen – mit einer liebevollen Geste Anchesenamuns Hand. Sie wandten einander das Gesicht zu und lächelten sich an. Vertraut und ungemein innig! Bei Sched, das war echt! Das war kein Theater!

Vieltausendfacher Jubel ließ die Luft erzittern, als sie Hand in Hand die kurze Rampe zu den Thronen hinaufschritten. Ich konnte mich nicht mit der Menge freuen. Mein Herz war sehr schwer geworden, Bitterkeit stieg in mir hoch und ich senkte den Kopf, damit niemand meine Tränen sah.

Am Abend wußte ich gar nicht, wie ich Tutanchamun gegenübertreten sollte. Ich schwankte zwischen Zorn und Mutlosigkeit. Amenia hatte es vorausgesehen! Warum war ich selbst nur so blind gewesen! Natürlich würde die Königin irgendwann ihre Ansprüche geltend machen. König und Königin sollten einig an der Spitze der Beiden Länder stehen, das hatte schon Iri im Unterricht immer gepredigt – jetzt war es also soweit. Ich konnte nur versuchen zu retten, was zu retten war. Damit ich Tutanchamun nicht ganz verlor, mußte ich ihn so schnell wie möglich bitten, mich zu seiner Nebengemahlin zu machen. Ich mußte, ob es mir paßte oder nicht, erst mal ins Frauenhaus ausweichen. Mit Unterstützung des Regentenpaares würde ich dann schon weiterkommen.

Während ich im Nebenraum auf das Ende der allabendlichen Prozedur wartete, legte ich mir zurecht, was ich zu ihm sagen wollte. Oh, das Gefühl, nirgends dazuzugehören, war mir noch so gegenwärtig! Ich dachte an die ständigen Sticheleien und an das Gerede der Hofbeamten, gegen das er nie etwas unternahm. Kaum war der letzte Höfling aus dem Schlafgemach, schoß ich zu ihm hinein.

»Was für ein Leben mutest du mir eigentlich zu, Nebcheperu-Re?« schrie ich ihn an. »Deine Gemahlin hat mich neulich mit einem Haustier verglichen! Und Tey behandelt mich, als sei ich die niedrigste Sklavin im Palast! Jeder Beamte, jeder Page, jeder Diener sieht auf mich herab!«

Verblüfft schaute er mich an.

Sein ratloser Blick brachte mich nur noch mehr auf. »Du mußt das sofort ändern! Ich will deine ranghöchste Nebengemahlin sein! Die zweite Frau am Hof! Mit weniger gebe ich mich nicht zufrieden!«

Er blickte immer noch erschrocken, dann nickte er zustimmend.

»Ja, Ta-mi. Morgen werde ich das mit den Beamten besprechen.«

»Wieso nicht gleich? Jetzt sollen die zuständigen Leute kommen! Und laß dir gleich deine Siegelringe mitbringen!«

»Nein, Ta-mi, heute doch nicht mehr!« Er lächelte entschuldigend, setzte sich aufs Bett, schlüpfte aus den goldenen Sandalen und rieb seine Füße aneinander. »Ich bin müde, verstehst du! Die Zeremonie hat den ganzen Tag gedauert. Das war anstrengend. Und jetzt am Abend das Festessen, der Wein. Ich habe keinen klaren Kopf mehr für solche Dinge.«

Na gut, dachte ich, auf ein paar Stunden kommt's auch nicht mehr an. »Aber morgen früh als allererstes!«

»Das geht nicht. Da kommt Maja mit dem Schatzhausbericht. Das weißt du doch!«

»Aber gleich danach!«

»Ja.«

»Ja?«

»Ja!«

Trotz seines Versprechens war ich noch viel zu aufgeregt, um mich zu beruhigen. Ich ging vor ihm auf und ab, ballte die Hände und fauchte: »Wieso hast du sie nicht auch noch geküßt, vor all den Leuten!«

»Das war nicht vorgesehen«, erklärte er ruhig. »Hätte ich es denn deiner Meinung nach tun sollen?«

Ich fuhr zu ihm herum. Während ich ihn wutentbrannt anstarrte, kam mir der ironische Ton seiner Worte zu Bewußtsein. Hatten mich meine verletzten Gefühle nicht übers Ziel hinausschießen lassen? Was sollte ich jetzt tun? Was sagen? Verlegen stand ich vor ihm.

»Komm!«

Mit einer versöhnlichen Geste reichte er mir seine Hand, zog mich zu sich heran, wollte, daß ich mich auf seine Knie setzte wie ein Kind. Sanft nahm er mich in die Arme. Könnte ich doch nur hoffen, dachte ich verzweifelt, als wir Wange an Wange dasaßen, daß wir für immer beieinanderbleiben dürfen! Aber wie würde es weitergehen? Dürfte ich bald nur noch stundenweise bei ihm sein? Ab und zu mal eine Einladung zu einem Palastfest? Gelegentliche Teilnahme an einer Lustfahrt oder an einem Ausflug, stets zusammen mit einer Schar anderer Nebenfrauen? Auch die Wohnverhältnisse im Harim waren nicht gerade ermutigend; selbst Prinzessin Qafraiats Zimmer war knapp bemessen gewesen. Hier dagegen wohnte ich in diesen großen, prachtvollen Räumen. Um wie viel schöner hatte ich es hier!

»Sei nicht so traurig!« flüsterte er. »Irgendwie wird alles gut.«

Ich drängte die Tränen zurück und nickte. Ich durfte mich nicht länger meinem Kummer überlassen, das würde ihn nur verdrießen. Als ich mir ein Lächeln abrang, reichte er mir wie zur Belohnung aus der Schale, die neben dem Bett stand, eine Sykomorenfrucht. Er selbst nahm sich eine Feige. Während wir Obst aßen, fingen wir zögernd an, uns über die Ereignisse des Tages zu unterhalten. Es war eben schon ein Unterschied, ob man so eine Feier vom Thronsessel oder vom Straßenrand aus erlebte.

Schließlich merkte ich, daß auch ich ziemlich erschöpft war. Als ich mich aufs Bett legte, streckte er sich sogleich neben mir aus, beugte sich über mich und küßte mich. Erst begann er, sacht an mir herumzutasten und dann, als ich mich nicht sträubte, mich immer zärtlicher zu streicheln.

»Ich denke, du bist müde«, sagte ich.

Aber er lächelte nur und schaute mich an mit seinem leuchtenden Blick. Ich ahnte nicht, daß dies die letzte Nacht sein sollte, die wir miteinander verbrachten.

Am nächsten Abend bat ihn die Königin zu sich. Sie wünsche, ließ sie ausrichten, mit ihm noch einmal über das neue Heiligtum zu reden, das sie miteinander eingeweiht hatten.

»Wirst du zu ihr gehen?«

»Selbstverständlich. Sie ist meine Gemahlin.«

Mit kleinem Gefolge suchte er den Frauenpalast auf. Er nahm nicht mal Kiki mit, sondern nur irgendeinen neuen jungen Soldaten der Leibwache. Ich blieb in seinem Zimmer und wartete. Seine Abwesenheit wurde mir um so unerträglicher, als er es während des ganzen Tages nicht geschafft hatte, etwas in meiner Sache zu unternehmen. Er hatte mich auf morgen vertröstet. Natürlich würden die Beamten nicht davon angetan sein, daß ich auf einmal eine so hohe Stellung bekam. Aber über ihre Bedenken konnte er sich als König allemal hinwegsetzen.

Er kehrte erst spät zurück. Oder früh. Es war weit nach Mitternacht.

Am Abend darauf suchte er die Königin erneut auf.

»Sie will es so«, sagte er und erklärte, als erwarte er dafür mein Verständnis: »Die Große Königliche Gemahlin ist manchmal ein bißchen anstrengend. Und manchmal tut sie mir leid. Aber ich mag sie.«

»Ist dir schon mal die Idee gekommen«, zischte ich, »daß sie zusammen mit Eje und Nachtmin hinter dem Anschlag auf dich stecken könnte?«

Empört wies er diesen Verdacht zurück und meinte, in seinen Augen sei es notwendig, Einigkeit mit seiner Gemahlin zu zeigen, damit sich der Regent nicht noch selbstherrlicher aufführte. Das mußte sie ihm eingeredet haben! Überdies halte es Anchesenamun für geradezu grotesk, sagte er, daß Horemheb, der vom Alter her sein Vater sein könnte, nicht nur als sein Stellvertreter, sondern auch als sein Erbe und Nachfolger fungiere. Wo sie doch bald eigene Kinder hätten!

»Wie willst du dich gegenüber dem Obersten Heerführer behaupten«, fauchte ich, »wenn du dich nicht mal bei deinen Beamten durchsetzen kannst! Damit ich endlich kriege, was du mir versprochen hast. Nicht wahr, du hast heute wieder nichts unternommen?«

Er zog die Stirn kraus.

»So schnell geht das nicht, Ta-mi. Ich muß zuerst mit allen zuständigen Beamten reden. Hab noch ein bißchen Geduld!«

»Ich habe lange genug Geduld gehabt! Es ist das erste Mal überhaupt, daß ich eine Forderung an dich stelle!«

»Aber dann gleich eine so hohe!«

»Ach so! Ich verdiene das nicht? Ich bin nicht würdig, an zweiter Stelle, gleich hinter der Königin, zu stehen? So weit geht deine Liebe zu mir nicht? Sag es nur! Dann bleibe ich nicht länger bei dir! Zur stillen Dulderin bin ich nämlich nicht geboren.«

»Ganz bestimmt morgen, Ta-mi, rufe ich die Beamten zusammen.«

Ich wartete, saß wieder die halbe Nacht herum. Erst kam Prinz Bai, dann auch Paser; letzterer unterhielt uns mit seinen Schilderungen vom Feldzug in Nubien. Schließlich gaben die beiden die Hoffnung auf, den König noch anzutreffen, und entfernten sich. Ich spielte mit Kiki Senet, bis ich mich schließlich ein zweites Mal in den Nebenraum zurückzog, wo ich immer dann übernachtete, wenn die Beamten des Frauenhauses Pharao wieder einmal allzu dringlich baten, seinen Harim nicht so lange zu vernachlässigen.

Diesmal blieb er noch länger weg. Als er am Morgen zurückkehrte, wirkte er beglückt. Seine Gemahlin habe von ihrer hohen Geburt gesprochen und von dem edlen Geschlecht, dem sie beide entstammten. Und wieder äußerte er, daß sie gerade jetzt als Königspaar zusammenstehen müßten. Sie hatte ihn völlig in ihren Bann gezogen!

Als er am nächsten Abend wieder in Richtung Frauenpalast verschwinden wollte, stellte ich ihn zur Rede.

»Wie lange soll das so weitergehen? Ich will Klarheit! Seit Tagen hältst du mich hin. Wann endlich ernennst du mich zu deiner ›Großen Geliebten und königlichen Ehefrau‹? Oder haben bloß tote Prinzessinnen Anspruch auf diesen Titel?«

Eine sorgenvolle Falte zeigte sich auf seiner Stirn.

»Ich habe dich nicht vergessen, Ta-mi. Aber ich mußte Anchesenamun versprechen, daß ich keine Nebengemahlin über die anderen erhebe. Nie wieder soll eine Frau den Titel tragen, den unser Vater seiner Favoritin gab.«

»Und du tust brav alles, was sie von dir verlangt?«

»Ich habe ihr mein Ehrenwort gegeben.«

»Und was war vor drei Tagen? Da hast du mir diesen Titel versprochen! Mit allem, was dazugehört.«

Bedrückt zog er die Schultern hoch.

»Ich wußte einfach nicht, wie ich es dir sagen sollte«, murmelte er. »Ich kann es nicht euch beiden recht machen. Das ist unmöglich, das schaffe ich nicht.«

Ich war fassungslos.

»Ich habe dir vertraut, Neb-cheperu-Re, habe an deinen königlichen Edelmut geglaubt. Aber du läßt mich so bitter im Stich!« Ich preßte die Hände auf die Augen, als könnte ich damit die Tränen zurückhalten. O Sched, ich mußte mich zusammenreißen. »Gut!« Ich sah ihn wieder an. »Du hast dich entschieden! Für sie! Dann bleibt mir nichts anderes, als zu gehen!«

»Aber sie verlangt doch nicht, daß du fortgehst ...!«

Warum mußte er mich jetzt, nachdem er mir seine Gunst und seinen Schutz entzogen hatte, auch noch beleidigen! Oder hatte sie ihm jedes Wort vorgekaut, das er mir zu sagen hatte?

»Wie gütig von ihr! Aber nicht nur Königinnen haben ihren Stolz! Glaubst du denn, ich bleibe weiterhin als Dienerin hier? Oder verschwinde als Harimsmädchen im Frauenhaus? Nach allem, was zwischen uns war? Ist denn das auf einmal vergessen?«

Er schwieg, und ich ging zur Tür. Dort drehte ich mich nochmals um. Er stand da und sah mir unschlüssig nach. Wer war er? Der Gute Gott? Der Herr der Welt? Nein, nicht in diesem Augenblick! Er war nur ein ratloser junger Bursche, den ich zufälligerweise liebte.

Ich wandte mich ab und begab mich in den Nebenraum, wo ich wartete, bis er zum Palast der Königin aufgebrochen war. Dann kehrte ich ins Schlafgemach zurück, nahm meine Sachen aus der Truhe und packte sie in den Leinenbeutel. Abschied, wieder einmal. Ich hatte vor, zu Amenia zu gehen. Sie würde mich verstehen, mir Ratschläge geben, was am besten zu tun sei. Lediglich Kiki teilte ich meinen Entschluß mit. Er versuchte mich zurückzuhalten, meinte, ich solle doch ein paar Tage abwarten. Und wie ich überhaupt dazu käme, mehr sein zu wollen als Seiner Majestät Dienerin. Fast hätte ich mich auch noch mit ihm in die Haare gekriegt.

War ich nicht in schönen wie in schlimmen Stunden an Tutanchamuns Seite gewesen? Und jetzt – alles dahin! Mit einemmal sollte nicht mehr ich teilhaben an seinem Leben, sondern seine königliche Halbschwester, die jahrelang nichts von ihm hatte wissen wollen.

Ich verließ Tutanchamuns Räume, dann den inneren Palastbezirk. Langsam und fast schon wieder unentschlossen schritt ich durch Hallen, Höfe und Gärten. Ein Stück vor dem äußeren Tor begegnete ich Iri.

»Wohin des Wegs zu so später Stunde?« Erstaunt musterte er mein wenig umfangreiches Gepäck. Bestimmt konnte er sich denken, was geschehen war; wahrscheinlich wartete der Hofstaat schon lange darauf. Verstehen blitzte in seinen Augen auf. »Hat man dich etwa abserviert?« spottete er. »Seine Majestät hat dich fallenlassen?«

»Ich weiß von selbst, wann ich gehen muß.«

Der spöttische Ausdruck auf seinem Gesicht verschwand, seine Miene wurde ernst. »Dieses Mal, Ta-mi«, sagte er, und sein Ton klang aufrichtig, »bin ich zur Stelle, wenn du mich brauchst.«

Da faßte ich zu ihm wieder Vertrauen. Wem sonst hätte ich auch vertrauen sollen? Amenia würde, wenn ich zu ihr ging, ja doch nur sagen: Geschieht dir recht, hättest du früher auf mich gehört!

In knappen Worten schilderte ich ihm, was geschehen war. Na ja, vielleicht ein bißchen mehr als das Nötigste. Nachdem er wortlos zugehört hatte, bot er mir an, ich könne fürs erste zu ihm kommen. Ich dachte angestrengt nach. Wenn ich auf sein Angebot einging, war Pharao für immer für mich verloren. Sollte ich nicht doch lieber einige Tage abwarten, wie Kiki vorgeschlagen hatte? Aber die Aussicht, nichts zu erreichen, ließ mich zurückschrecken. Und um in der Villa des Regenten um ein Nachtlager zu bitten, fehlte mir inzwischen der Mut.

Ich folge Iri zu seinem Haus, aus dem er mich einst fortgewiesen hatte. Das Zimmer, das er seinen Dienern herzurichten befahl, war komfortabler, als ich erwartet hatte. Er bedrängte mich in keiner Weise, sondern meinte, ich müsse erst einmal zur Ruhe kommen.

»Morgen überlegen wir weiter, was zu tun ist«, sagte er.

Ich war ihm dankbar für die verständnisvolle Aufnahme, dachte einfach nicht mehr daran, wie zynisch, falsch und skrupellos er war.

Mein Glück war zerbrochen! Hätte ich nur rechtzeitig meine Forderung angemeldet, wie Amenia geraten hatte! Dann wäre meine Position gefestigt gewesen, bevor Tutanchamun unter den Einfluß der Königin geriet. Unbesorgt und unterstützt von den Leuten, die auf mich setzten, hätte ich abwarten können, bis er sich mir wieder zuwandte. Ach, alles, alles hatte ich falsch gemacht! Ich fühlte mich elend, mein Herz war leer. Und ich wünschte, ich wäre tot.

Irgendwie gingen die Stunden vorbei. Am nächsten Abend redeten Iri und ich bis tief in die Nacht. Das heißt, meistens redete ich. Wieder hörte er zu, ganz ohne die übliche Spöttelei. Eine Stimme tief in meinem Inneren sagte mir, daß er nicht der richtige Mensch war, zu dem ich von meiner Enttäuschung und von meinem Groll sprechen durfte. Aber die Worte flossen einfach so aus mir heraus.

Und – hatte ich denn jemanden anderen? Mein eigener Vetter hatte mir keinerlei Kritik an seinem königlichen Herrn, den er vergötterte, erlaubt. Oder sollte ich vielleicht mit Bai oder Paser, Tutanchamuns besten Freunden, darüber reden? Und Amenia war sowieso enttäuscht von mir, das war mir klar. Mit Sit-Re, der glücklichen Ehefrau und Mutter, hatte ich kaum mehr Kontakt. Und Mutnedjemet, die Gute, die Charaktervolle, die von Amenia und Horemheb so geschätzt wurde? Im Unterschied zu mir war sie nicht auf Iri hereingefallen und hatte allen Grund, auf mich herabzusehen.

»Und was hast du nach den vielen Jahren beim König erreicht?« fragte Iri, nachdem wir eine Zeitlang schweigend nebeneinander gesessen hatten. »Du bist nichts! Du hast nichts! Du kannst nicht einmal schreiben und lesen! Obgleich dir mein Unterricht eine hervorragende Grundlage dafür gab.«

»Seine Majestät hat mich immer wieder deswegen ausgelacht! Bitte, Iri, bring du es mir bei!«

Er sah mich gedankenvoll an. »Ja, das könnte ich tun, solange ich in Men-nefer bin. Es wäre möglicherweise eine lohnende Aufgabe.«

Schließlich machte er den Vorschlag, ich solle auf längere Sicht bei ihm wohnen. So wäre auch in der Zeit, die er regelmäßig in Waset verbringe, jemand im Haus, um den Bediensteten auf die Finger zu sehen. Ja, es käme ihm sogar sehr gelegen, wenn ich einverstanden sei. Die nächsten Wochen, beruhigte er mich, halte er sich aber hier in der Residenz auf. Daher könnten wir mit der Unterweisung gleich morgen beginnen; das würde mich auf andere Gedanken bringen.

Sollte ich mich darauf einlassen? Wieder mußte ich an Amenia denken. In ihren Augen hatte ich versagt. Aber ich lebte nicht für sie. Dies war mein Leben! Außerdem hatte die Frau des Regenten Mutnedjemet bei sich, sie brauchte mich nicht. Tutanchamun brauchte mich nicht mehr, er hatte jetzt seine Königin. Nicht daß ich glaubte, Iri würde mich wirklich brauchen. Er hatte längst lohnendere Aufgaben gefunden, als mich lesen und schreiben zu lehren. Aber seine Art war beruhigend, er hatte mir Mut gemacht, und mit Sicherheit würde ich aus seinem Unterricht Nutzen ziehen.

»Gut«, sagte ich, »ab morgen bin ich deine Schülerin.«

Eisern nahm er sich jeden Tag Zeit für die Unterrichtsstunden. Keinen Augenblick durfte ich unaufmerksam sein. »Ich mache das nicht zu meinem Vergnügen«, sagte er. »Du hast viel nachzuholen. Wenn du nicht bei der Sache bist, ist ein für allemal Schluß.«

Also riß ich mich zusammen, büffelte und büffelte. Ich war kein Kind mehr, sondern hatte begriffen, daß ich für niemand anderen lernte als für mich selbst. Um bei den Diktaten, die in rascher Folge schwieriger wurden, gut abzuschneiden, schrieb ich die Texte ab, die er mir zum Üben gab. Er bewahrte einen Vorrat an Schriften in seinem Arbeitszimmer auf. Zwischen den hölzernen Kästen stieß ich auf einen Tonkrug mit Papyrusrollen; darauf war die Herstellung irgendwelcher Mixturen beschrieben.

»Bist du unter die Giftmischer gegangen?« sprach ich ihn darauf an.

»Wieso Gift?« Sein Lachen klang nicht ganz echt. »Es handelt sich um nichts anderes als um einfache, harmlose Kräuterrezepte.«

»Aber hier sind Degem-Samen angegeben. Und die sind meines Wissens giftig.«

Er sah überrascht aus, beinahe so, als fühle er sich ertappt. »Es kommt auf die Dosierung an«, bemerkte er betont beiläufig. »In allerkleinsten Mengen werden sie bestimmten Heilmitteln beigemischt.«

»Wieso beschäftigst du dich mit solchen Dingen? Willst du vielleicht auch noch Arzt werden?«

»Aber nein. Wie du weißt, arbeite ich in Waset eng mit den Propheten Amuns und mit der Tempelverwaltung zusammen. So kam es, daß ein alter Sem-Priester, ein Eingeweihter der Magie, vor seinem Tod mir diesen Tontopf samt Inhalt vermachte.«

»Hm. Pharao erzählte mir nach seinem ersten Besuch bei der Königin, daß du ihm vorher etwas in Wein verabreicht hast.« Der alarmierte Ausdruck war allmählich aus seinen Augen verschwunden. Lächelnd nahm er mir den Papyrus aus der Hand.

»Ja, aber keine Degem-Samen! Ich gab ihm ein Pulver aus einer Wurzel, die ich von einem erfahrenen Heilkundigen aus dem Süden beziehe.« Er öffnete einen Holzkasten und reichte mir eine andere Schriftrolle. »Nimm diesen Text. Er ist besser zum Üben geeignet. Lies ihn mir am besten gleich vor!« Er setzte sich auf einen Stuhl und schlug die Beine übereinander. Ich fing an zu lesen. Zuerst holpernd, dann erkannte ich den Wortlaut. Mein Vortrag wurde fließend, denn es handelte sich um ein Werk von Schulmeister Cheti.

»Schluß! Schluß damit!« sagte Iri bereits nach einigen Sätzen. »Du liest nicht, du trägst es auswendig vor!«

»Pharao hat mir den Text so oft vorgesagt, daß ich ihn ebenfalls kann.«

»Ich habe aber einige Stellen abgeändert. Daher habe ich es sofort bemerkt. Also noch mal von vorn! Und jetzt Wort für Wort!«

Als ich mir das nächste Mal eine Schriftrolle zum Abschreiben und Lesenüben holte, war der Tonkrug aus dem Arbeitszimmer verschwunden. Anscheinend wollte Iri nicht, daß ich meine Nase in solche Dinge steckte.

Tutanchamun zeigte keine Reaktion auf mein Verhalten. Er tat, als hätte es mich nie gegeben. Wahrscheinlich ist er froh, mich so leicht losgeworden zu sein, dachte ich. Aber in meinem Herzen wußte ich, daß das nicht stimmte. Mit Sicherheit hielten ihn, wenn er etwas unternehmen wollte, seine Berater und vor allem die Königin davon ab. Natürlich war es für ihn am einfachsten, seine Gemahlin zu lieben. Die Zustimmung des Volkes sowie des Hofstaates war ihm sicher – außer vielleicht die von Gottesvater Eje.

Denn daß dieser seine königliche Enkelin lieber weiterhin auf seiner Seite gewußt hätte, anstatt sie in bestem Einvernehmen mit ihrem Gemahl zu sehen, lag auf der Hand. Anchesenamun wandte sich immer mehr von ihrem Großvater ab, auch Tey verlor zunehmend Einfluß auf ihre Enkelin. Wie ich von Iri erfuhr, nahm die Königin Wein jetzt nur noch sehr mäßig zu sich. Sie schien Pharao anzustacheln, allein die Herrschaft zu übernehmen, denn als erwachsenes Königspaar brauchten sie weder den Gottesvater noch den Regenten.

»Sie wird bald einsehen, daß sie mit diesem Sechzehnjährigen nicht weit kommt«, meinte Iri höhnisch. »Die Frage ist nur, zu welcher Seite sie dann tendiert!«

Außerhalb des Unterrichts war er recht umgänglich. Wenn er es darauf anlegte, konnte er richtig charmant sein. Und mir wurde klar, daß mich nicht nur Verzweiflung zu ihm getrieben hatte. Nach wie vor verband uns eine gewisse Leidenschaft. Da er sich jetzt auf eine andere, aufmerksamere Art um mich bemühte, gab ich schließlich nach. Was bedeutete es, auch noch diesen Schritt zu tun! Der Schlußstrich unter die Liebe zu Tutanchamun war längst gezogen.

Von Iri erfuhr ich endlich auch etwas über Djehutis Zeit bei Eje. Der Gottesvater hatte große Hoffnungen in ihn gesetzt, und er war einer von Ejes besten Leuten gewesen. Djehutis Verschwinden war, zusätzlich zu dem Verrat, ein großer Verlust für den Gottesvater. Ich wunderte mich, daß sich Iri so offen über Eje und dessen Machenschaften äußerte. Wollte er mich auf diese Weise aus der Reserve locken? Versuchte er herauszubekommen, ob ich wußte, wo sich Djehuti aufhielt? Immer wieder dachte ich daran, daß Djehuti alles aufgegeben hatte, um die Aufgabe zu erfüllen, die das Schicksal und sein Herz ihm gestellt hatten. Dafür hatte er die Seiten gewechselt. Ich hatte es in die umgekehrte Richtung getan. War das ein Fehler gewesen? Hatte Iri womöglich doch etwas mit dem Felsbrocken am Geheimen Ort zu tun?

Eines Abends, als er mir besonders gutgelaunt vorkam, sprach ich ihn direkt darauf an. Seine Miene hellte sich noch mehr auf.

»Allerdings«, grinste er. »Ein kleiner Schabernack! Rehu befand sich oben auf dem Abhang und stieß den Stein herunter. Es gelang uns in der Tat, Seine Majestät ein wenig zu erschrecken.«

»O Himmel! Du hast uns alle in Lebensgefahr gebracht!«

»Nun übertreibe aber nicht! Jeder konnte dem Stein mit Leichtigkeit ausweichen. Auch der Sohn aller Götter sprang hurtig zur Seite. Und was für einen Satz er gemacht hat! Hat sich der kleine Neb-cheperu-Re hinterher bei dir ausgeweint?«

Ich war nicht imstande, etwas auf diese zynische Enthüllung zu entgegnen.

»Iri, du … du bist ja wahnsinnig!« stammelte ich schließlich.

»Wegen dieses Spaßes? Aber nein! Ich tue doch mein Bestes für den König.« Er fing an, mir ausführlich von seiner Tätigkeit in Waset zu erzählen und wie weit seit unserem Besuch die Arbeiten vorangekommen waren. Dabei wirkte er wieder völlig ernsthaft und ruhig, ganz frei von jener einen Augenblick zuvor gezeigten Boshaftigkeit.

»Es ist mein Lebenswerk, Ta-mi«, schloß er. »Irgendwann, wenn du nach Waset kommst, führe ich dir die erhabenen Kostbarkeiten vor, die ich für den Guten Gott erschaffe. Die Künstler und Handwerker leisten erstklassige Arbeit. Alles entsteht nach meinen Entwürfen.«

Er machte eine Pause, als überwältigten ihn die Gedanken daran.

»Aus Nubien fließt wieder das Gold. Auch mit Edelsteinen und vielfarbigem Glas brauche ich nicht zu sparen. Glaub mir, es ist etwas Herrliches, so aus dem vollen zu schöpfen!« Verzückt blickte er vor sich hin. »Was ist irdische Macht für ein paar armselige Jahre! Jedoch, alle streben sie danach. Eje, Nachtmin, Horemheb!« Er blickte mich lächelnd an. »Du bist, genau wie ich, nicht machthungrig. Sonst hättest du diesem Jungen ganz anders zugesetzt.«

»Ich wollte nur die Macht über sein Herz«, murmelte ich. »Alles, alles gäbe ich darum, wenn ich ihm noch einmal begegnen dürfte.«

Mit einemmal wirkte er verärgert, ja beleidigt.

»Wann wirst du endlich einsehen, daß es keinen Sinn hat, ihn zu lieben!«

»Ach, Iri«, sagte ich. »Von Liebe wirst du nie etwas verstehen.«

Nein, ich konnte Tutanchamun nicht hassen. Dazu war seine Person zu strahlend, liebte ich ihn zu sehr. Und ich glaubte, Grund zur Hoffnung zu haben! Er hatte nicht anders handeln können. Ich war ihm keineswegs gleichgültig. Aber zwischen ihm und der Königin, mit der ihn mehr Pflichtgefühl als Zuneigung verband, wäre unsere Liebe eine zu starke Kraft gewesen. Ich war ja nicht irgendein Mädchen, nein, ich war seine Vertraute, seine Geliebte, seine Gefährtin, seine Beste. Unsere Liebe war echt und tief. Und deswegen mußten wir aufeinander verzichten! Obwohl er so jung war, hatte er das erkannt.

Und ich durfte ihn ja weiterhin lieben! Viel schlimmer wäre es, wenn er in irgendeiner Weise schändlich gehandelt, sich leichtsinnig, maßlos, grausam, ungerecht oder feige verhalten hätte. Aber so bestand unsere innere Verbindung weiter, auch wenn wir getrennt waren.

Mit Mutnedjemets Mutter, sagte Iri einmal vorwurfsvoll zu mir, sei seine letzte Fürsprecherin dahingegangen. Er hege nun keine Hoffnung mehr, die junge königliche Verwandte zur Frau zu bekommen. Das sei zu einem nicht geringen Teil auch mein Werk, denn mit Sicherheit hätte ich sie gegen ihn aufgehetzt. Und deshalb, meinte er, seien wir jetzt quitt.

Ich schwieg dazu, bereit, es so, wie er es sagte, hinzunehmen. Im stillen fragte ich mich, ob Amenia ihre Hoffnungen jetzt auf Mutnedjemet setzte. Sollte diese doch noch eine Nebengemahlin Tutanchamuns werden? Damit sie beim König Horemhebs Interessen vertrat? Und Königin Anchesenamuns wachsenden Einfluß auf Pharao wieder minderte?

Nach wie vor wohnte das Mädchen im Haus des Regenten; von Heiratsplänen war nichts bekannt.

»Aus dem Weg, du Tölpel von einem Diener!«

Der Mann, der mit einem Palmblätterbesen die Türschwelle kehrte, wich schleunigst aus und drückte sich an die Wand, damit Iri an ihm vorbei ins Haus hasten konnte – so eilig hatte er es, mir die neueste Neuigkeit zu bringen. Die Große Königliche Gemahlin war guter Hoffnung! Und da ich, fügte Iri spöttisch hinzu, dem werdenden Vater einmal so nahegestanden habe, werde mich diese Nachricht vermutlich ganz besonders entzücken.

Das königliche Glück war also komplett! Ich spürte, wie Iri mich beobachtete. Erwartete er, daß ich in Tränen ausbrach? Bei Sched, diesen Gefallen würde ich ihm bestimmt nicht erweisen!

Auch ich hatte eine Neuigkeit, um ihn zu überraschen.

»Ich will mich nicht länger von dir aushalten lassen«, sagte ich. »Und als Aufpasserin für deine Dienerschaft habe ich mich auch nicht beworben. Morgen gehe ich.«

»Du brichst den Unterricht ab?«

Ich zuckte die Achseln. »Ich werde auch ohne zurechtkommen.«

»Was hast du vor? Wo willst du hin? Als Dienerin arbeiten? Oder wieder als Serviermädchen?«

»Ich denke, für meine Sachen, Pharaos Geschenke, kriege ich in der Stadt ein kleines Haus. Ich möchte ein Geschäft oder vielleicht eine Schenke eröffnen.«

»Wahrlich grandiose Pläne! Da wird dich mein Vorschlag kaum reizen. Ich wollte dich nämlich fragen, ob ... ob du« – zum erstenmal, seit ich ihn kannte, wirkte er verlegen – »... meine Frau werden willst.«

Ich biß mir auf die Lippen. Damit hatte ich nicht gerechnet. Wider Willen verspürte ich ein weiches Gefühl für ihn, fast so wie früher. Aber das wollte ich mir nicht anmerken lassen.

»Hat Pharaos Liebe mich derart geadelt«, erkundigte ich mich spitz, »daß ich nun Lückenbüßerin für die süße Muti spielen darf?«

Er fuhr sich durchs Haar. »Du wohnst schon die ganze Zeit im Zimmer der Dame des Hauses, das für sie vorgesehen war.«

Ich sagte, ich wolle die Sache überschlafen und würde ihm am nächsten Morgen Bescheid geben, dann ließ ich ihn in der Wohnhalle stehen. Aber schon bevor ich mein – oder eigentlich Mutnedjemets – Zimmer betrat, hatte ich mich entschieden. Iri hatte mir mal Berechnung vorgeworfen. Jetzt sollte er recht behalten! Ja, bei Sched, ich zog es vor, mich ins gemachte Nest zu setzen, anstatt mich wieder an einen neuen

Anfang zu wagen. Was war denn, wenn ich geschäftlich Mißgriffe tat? Wenn Kunden mich täuschten, Lieferanten mich übervorteilten? Oder wenn die Gäste randalierten, alles kurz und klein schlugen? Dann stand ich ganz allein da. Und wieder vor dem Nichts!

Im übrigen, sagte ich mir, hat auch Iris Ansehen etliche Kratzer bekommen. Die Geschichte mit Mutnedjemet hatte ihm, der so gern über andere spottete, selbst Spott eingebracht. Und jeder am Hof wußte, wie schäbig er sich damals mir gegenüber benommen hatte. Von einem Vornehmen erwartete man, daß er solche Angelegenheiten – auch gegenüber einer Dienerin – auf feinere Art erledigte. Vielleicht meinte er mit diesem Schritt seinen Ruf aufpolieren zu können?

Na schön, es sollte mir recht sein! Bis jetzt hatten wir uns ja auch ganz gut zusammengerauft. Und in der Zeit, die er regelmäßig in Waset verbringt, dachte ich, während ich mich auf dem komfortablen Bett ausstreckte, werde ich es mir in Men-nefer ausgesprochen gemütlich machen.

DIE GOLDENE MASKE

Vorerst bereute ich meinen Entschluß nicht. Abgesehen von den praktischen Erwägungen, überzeugte mich vor allem die Aussicht, weiterhin die Geschehnisse am Hof verfolgen und mich, wenn auch nicht in Tutanchamuns unmittelbarer Nähe, so doch in seiner weiteren Umgebung aufhalten zu können. Meine Erinnerungen an die Zeit mit ihm bedeuteten mir viel, und ich sprach gern und oft davon. Unerwartet geduldig hörte Iri zu, selbst wenn es sich um Kleinigkeiten handelte.

»Sykomorenfrüchte mag Seine Majestät nicht besonders«, erzählte ich ihm in der letzten Nacht vor seiner Abreise nach Waset. »Datteln, Feigen, Granatäpfel ... jedes andere Obst ist ihm lieber.«

Es war ein lauer Abend, den wir in der Gartenlaube verbrachten. Iri zeigte mir zwei Umhänge nach syrischer Mode, die er als Mitbringsel für seinen Bruder und seinen Schwager erworben hatte. Daraufhin erwähnte ich die Gewänder, die Prinzessin Qafraiat aus Qadna mitgebracht hatte. Sie hatten zur Mitgift gehört und waren für Pharao bestimmt. Aber eigentlich erst nach dem Tod der Prinzessin hatte er angefangen, die Kleidungsstücke zu tragen. Ja, sagte Iri, das sei ihm auch aufgefallen.

Am nächsten Vormittag begleitete ich ihn zum Hafen. Er trug mir auf, meine Schreibübungen nicht zu vernachlässigen, dann ging er an Bord. Sein Gepäck wurde eingeladen; viel mußte er nicht mitnehmen, da er auch in Waset ein vollständig eingerichtetes Haus besaß. Für einen Moment dachte ich daran, ob dort nicht außerdem ein Mädchen, eine andere Frau auf ihn wartete. Doch ich unterdrückte den Wunsch, ihn danach zu fragen.

Mit dem Haushalt gab ich mir große Mühe; immer stand mir vor Augen, wie beispielhaft Merit in der Villa des Schatzkanzlers wirtschaftete. Ich spann Flachs und Wolle, webte für den Sommer und für den Winter. Daneben machte ich mit den Schreibübungen weiter. Aber ich konnte mich nicht ewig im Haus vergraben. Mir fehlten Freundinnen, Bekannte, Gesprächspartner eben. So beschloß ich, die Zeit, die Iri in Waset verbrachte, zu nutzen, um meine Rückkehr an den Hof vorzubereiten. Es konnte doch nicht verboten sein, Tutanchamun wenigstens ab und zu zu sehen, mal ein Wort mit ihm zu reden. Mehr verlangte ich ja nicht. Und da er mich diesmal nicht weggejagt hatte, sondern ich von mir aus gegangen war, konnte ich doch auch von selbst wieder zurückkommen!

Außerdem wollte ich die Verbindung zu Amenia nicht ganz abreißen lassen. Die Tatsache, daß ich mit Iri lebte, bedeutete ja nicht, daß ich auf Ejes Seite stand. Selbst Iri hatte in letzter Zeit nur selten mit dem Gottesvater zu tun. Er war in erster Linie für den König tätig, und seine Arbeit führte ihn hauptsächlich mit Horemhebs Freund, dem Schatzkanzler, und anderen, für das königliche Felsengrab verantwortlichen Personen zusammen.

Als ich meine Fühler ausstreckte, merkte ich, daß man mir in der Residenz gar nicht so ablehnend gegenüberstand. Vielleicht lag es daran, daß momentan alles ein wenig in der Schwebe war. Es hieß, es gebe des öfteren Auseinandersetzungen zwischen Seiner Majestät und dem Regenten, allerdings, wurde jedesmal sogleich hinzugefügt, keine ernsten. Einer der Streitpunkte war, daß der König nach jahrelangem Hin und Her den Chatti erlaubt hatte, ihre Gefangenen freizukaufen. Das war gegen den Willen Seiner Exzellenz, Gottesvater Eje dagegen hatte es stets befürwortet. Aber Horemheb war ein kluger Mann. Soweit er es verantworten konnte, zog er sich zurück und überließ Tutanchamun allein die Entscheidungen. Irgendwann würde der junge Herrscher schon einsehen, daß er seinen Obersten Militärführer brauchte, um überhaupt einen Zugriff auf die Armee zu haben.

Seit dem Überfall auf den König war Naj in der Heereshierarchie unaufhaltsam höher gestiegen. Eje ließ seinem Günstling jede mögliche Unterstützung angedeihen, und da es sich bei Naj, im Gegensatz zu Nachtmin, um einen kampferfahrenen Offizier handelte, wurde er von den anderen Befehlshabern eher akzeptiert. Selbst Horemheb versagte ihm nicht eine gewisse Anerkennung.

Anläßlich des jährlichen Totenfestes spendete Pharao für alle seligen Verstorbenen und besonders für Prinzessin Qafraiat und Pachar ein großes Opfer. Die Königin an seiner Seite wirkte glücklich. Ich sah es ohne Bitterkeit, hoffte nur, daß er ebenfalls zufrieden war. Als die Gedenkfeier zu Ende war und alles auseinanderströmte, schlenderte ich noch ein wenig herum. Da kam mir Amenia in Gesellschaft von Sit-Re und Mutnedjemet entgegen. Obwohl Amenia ungefähr zwanzig Jahre älter war als Muti, wirkten sie doch eher wie Schwestern. Sethy, Sit-Res kleiner Sohn, lief lachend vor den Frauen her; dabei drehte er sich immer wieder um und rief ihnen etwas zu. So passierte es, daß er, weil er nicht auf seinen Weg achtete, gegen mich rannte. Ich sprach mit ihm, bereitwillig gab er mir Antwort. Würden auch Amenia, Mutnedjemet und Sit-Re mit mir reden? Ich hatte sie ja seit Monaten nicht gesehen. Was, wenn sie einfach weitergingen?

Amenia schien zu bemerken, wie mir zumute war. Sie erwiderte, zurückhaltend zwar, zuerst meinen Gruß, dann taten es auch die beiden anderen. Ich war erleichtert. Es entwickelte sich sogar ein kurzes Gespräch, bei dem ich betonte, wie gewissenhaft sich Iri seiner Tätigkeit für die königliche Stätte der Ewigkeit widmete und daß er mit Gottesvater Eje so gut wie nichts mehr zu tun hätte.

Mein Gefühl hatte mich nicht getrogen! Als ich beim ersten Fest im Palast, an dem ich teilnahm, unweit des königlichen Sitzplatzes vorüberging, blickte Tutanchamun zu mir herüber. Ich neigte den Kopf, um ihn zu grüßen. Er lächelte mir zu. Das gab mir den Mut, ihm zu seinem siebzehnten Geburtstag zu gratulieren. Als Iris Frau konnte ich erwarten, daß die Königin das duldete. In der Palasthalle waren außer den Höflingen auch viele fremdländische Besucher versammelt. Anchesenamun thronte strahlend neben Pharao. Es dauerte Stunden, bis ich endlich zu ihm vordrang. Nachdem ich meine Geburtstagsglückwünsche angebracht hatte, durfte ich den königlichen Fuß küssen. Dabei beugte sich Tutanchamun auf seinem Sessel vor, und ich traute meinen Ohren kaum, als ich ihn flüstern hörte: »Andere Küsse darf ich dir nicht erlauben. Obwohl ich sie gern hätte!«

»O Ibib«, erwiderte ich leise, »mein Herz gehört dir!«

Rückwärts gehend zog ich mich zurück, blickte erst auf, nachdem ich ein Stück von den beiden Thronsesseln entfernt war. So sicher war sich die Königin ihres Glücks, daß sie unser Getuschel mit einem nachsichtigen Lächeln quittierte. Ich verbeugte mich auch vor ihr und verließ den Saal.

Das Königspaar zeigte sich bei vielen Gelegenheiten gemeinsam in der Öffentlichkeit. Wegen ihrer Schwangerschaft war Anchesenamun allerdings immer öfter unpäßlich. Und dann kam das Kind zu früh! Die Ärzte konnten es nicht retten. Gottesvater Eje regte sich über den Tod seiner Urenkelin dermaßen auf, daß er krank wurde. Zwar nahm ihm niemand ab, daß das der Grund dafür war, aber seine Beschwerden waren echt. Er magerte ab, sein Gesicht wurde fahl, seine Wangen fielen ein. Durch Ejes Krankheit gewann Horemheb völlig die Oberhand und wieder mehr Einfluß auf den König.

Jetzt endlich sollte aufgeräumt werden mit den Vergehen gegen die Gerechtigkeit und mit den Übeln namens Willkür, Bestechlichkeit und Amtsmißbrauch, die sich seit langem in den staatlichen Behörden und in den Tempelverwaltungen breitgemacht hatten. Der Regent ließ Vorschläge für entsprechende Verordnungen ausarbeiten und legte sie dem König vor. Die allgemeine Meinung am Hof war, daß es eine ziemlich zähe Arbeit werden würde, diese Beschlüsse durchzusetzen, weil die Priester und Beamten, die aus den Unrechtmäßigkeiten Nutzen zogen, sich höchstwahrscheinlich nicht an die neuen Gesetze halten würden. Aber Pharao und sein Stellvertreter wollten alles daransetzen, das Volk nicht zu enttäuschen, und planten, die Dekrete in naher Zukunft zu veröffentlichen.

Auch wenn ich nicht so oft an Iri dachte, wie man das von einer jungen Ehefrau erwarten mochte, hätte ich mich doch über eine Nachricht von ihm gefreut. Er ließ erst kurz vor seiner geplanten Rückkehr von sich hören und schrieb, seine Tätigkeit erfordere es, daß er einen weiteren Monat in Waset verbringe. Nach Ablauf dieser Zeitspanne traf er aber pünktlich an dem Tag ein, den er angegeben hatte. Eilig machte er sich auf, um dem König Bericht zu erstatten.

Pharao sei nicht unfreundlich gewesen, berichtete er mir anschließend, habe ihm jedoch bis jetzt noch nicht zu unserer Heirat gratuliert. Und Seine Majestät sei auch nicht auf seine Anspielungen eingegangen.

»Das nächste Mal muß ich deutlicher werden«, meinte er. »Als ich ihm die Schwierigkeiten darlegte, die ich beim Transport der beiden sechs Ellen hohen Statuen zum königlichen Millionenjahrhaus zu bewältigen hatte, hörte er kaum zu. Wegen dieser langwierigen Arbeiten, die ich von Anfang bis Ende leitete, verzögerte sich meine Rückkehr. Die steinernen Ebenbilder Seiner Majestät sind ganz vorzüglich gelungen. Mit diesen und meinen anderen Werken, Ta-mi, mache ich den Namen des Königs in Ewigkeit dauernd!« Er grübelte ein paar Augenblicke vor sich hin und meinte dann: »Was hätte der Sohn des Hapu, Amenhotep, denn getan, was meine Leistung überträfe!«

»Iri, was erwartest du eigentlich von Pharao?« fragte ich ihn beunruhigt. »Was, glaubst du denn, steht dir für deine Tätigkeit zu?«

»Nicht mehr und nicht weniger als das, was auch Amenhotep, dem Sohn des Hapu, gewährt wurde. Einen Totentempel an dem Ort, wo die königlichen Millionenjahrshäuser stehen! Damit die nachfolgenden Generationen darin den Kult vollziehen. Ich will meine eigene Unsterblichkeit genauso absichern wie die des Königs.«

Ich schaute ihn entgeistert an. Wie konnte er ein Heiligtum zu seinem Gedächtnis fordern! Reine Verblendung war das!

»Und mein königlicher Zögling«, verkündete er mit siegessicherer Miene, »wird auch hübsch artig sein und mir diesen Wunsch erfüllen.«

»Aber, Iri«, sagte ich, entsetzt über seine Anmaßung. »Tutanchamuns Großvater, Pharao Nebmaatre, hat doch bestimmt von sich aus seinem geschätzten Beamten und weisen Berater das kleine Heiligtum geschenkt. Und nicht auf dessen Verlangen hin!«

Iris Miene nahm wieder diesen hochmütigen Zug an, den ich an ihm überhaupt nicht leiden konnte. »Das wäre auch nicht angemessen gewesen«, belehrte er mich. »Beide waren reife Männer. Tutanchamun dagegen ist noch in jugendlichem Alter, und ich als sein Erzieher kann mir daher sehr wohl die Freiheit herausnehmen, ihm zu sagen, was er zu tun hat, wenn er nicht von selbst darauf kommt!«

Ich konnte mir gar nicht vorstellen, daß er für Tutanchamun etwas so Herausragendes schuf, wie er vorgab, da er ihn doch im Grund nicht mochte. Strengte er sich bloß deswegen so an, damit er den Gedächtnistempel fordern konnte? War das seine Art, Eje und Horemheb zu übertreffen? An Leistung und an Unentbehrlichkeit? Wenn ich nur wüßte, was in seinem Kopf vorging! War er tatsächlich das Universalgenie, als das er sich immer hinstellte?

Ich ließ diese Fragen vorerst auf sich beruhen. So wie es Iris Lebensaufgabe war, zu einem Totentempel zu kommen, so sollte es anscheinend die meine werden, ihn von diesem verstiegenen Wunsch abzubringen.

Im großen und ganzen konnte ich jedoch nicht klagen. Nein, mir ging es wirklich nicht schlecht. Unsere Verbindung hatte unser beider Ansehen gehoben. Ich war hoffähig geworden. An Iris Seite nahm ich auch an privaten Einladungen teil, und sein Bekanntenkreis war recht groß. Seit jeher legte er viel Wert auf sein Äußeres, und er bestimmte auch oft genug, wie ich auszusehen hatte. Ich nahm seine detaillierten Anweisungen als ein Zeichen der Zuneigung, zu der er eben fähig war. Die Gastmähler, die wir besuchten, ödeten mich bald an. Iri verschwand meist nach kurzer Zeit mit den maßgeblichen Leuten zu irgendwelchen Gesprächen und ließ sich dann im Verlauf des Nachmittags oder Abends nicht mehr blicken. Ich wußte nicht, worüber sie redeten. Die Gespräche der anderen Gäste waren meistens nichtssagend und oberflächlich.

Ejes Sohn Nachtmin wurde nach wie vor eingeladen, verhielt sich allerdings zurückhaltend, während Naj, mittlerweile General, mit seinem kriegerischen Getue gern im Mittelpunkt stand. Er war der Ansicht, der Oberste Befehlshaber sei in letzter Zeit zu lasch geworden. Anstatt gegen den Stadtfürsten von Qadschu, Aitakama, vorzugehen, der unausgesetzt die benachbarten Vasallenstaaten, darunter Qadna, drangsaliere, befasse sich Horemheb ausschließlich mit Gesetzesentwürfen und anderem Verwaltungskram. König Tuschratta von Naharina sei ein bedeutend besserer Herrscher über seine Gebiete, denn er zöge gegen Sarupsi von Ugulzat ins Feld, weil dieser ihm die Gefolgschaft verweigere und darüber hinaus in den Ländern von Nuhasse Unruhe stifte. Solchen Kleinfürsten müsse man so lange Lektionen erteilen, bis sie endlich Ruhe gäben.

Natürlich wurde bei solchen Festen auch allerhand Klatsch verbreitet. Über Eje zum Beispiel, der sich langsam aus seiner Krankheit aufrappelte und bereits wieder nach der Macht griff. Über Pharao und erneut auftretende Unstimmigkeiten mit dem Regenten, die Horemheb jedesmal herunterspielte. Und über die Königin, die ihren jungen Gemahl nach wie vor bearbeitete, die Befugnisse seines Stellvertreters und offiziellen Nachfolgers zu beschneiden. Sei erst ein Kronprinz da, meinte sie, sei der Regent schlichtweg überflüssig.

Eines dieser Feste, die ich mit Iri besuchte, wurde jäh unterbrochen, als aus dem Militärquartier ein Soldat kam und Naj eine Meldung überbrachte. Der Offizier enthielt uns die Neuigkeit nicht vor. Sarupsi, der abtrünnige Vasall, hatte, als Tuschrattas Krieger auf seine Stadt zumarschierten, den König der Chatti zu Hilfe gerufen. Dieser sei rasch gekommen, und nun stünden sich die Heere von Naharina und Chatti gegenüber. Die Gäste fingen an zu mutmaßen, wieso Scha-pa-lu-lu so schnell zur Stelle gewesen sei. Naj erklärte, ägyptische Kundschafter hätten seit längerem beobachtet, daß der Chatti-König seine Truppen zusammenziehe. Nun gut, der Kriegsschauplatz war weit weg, und wenn sich Naharina und Chatti unbedingt wegen irgendwelcher kleinen Länder herumstreiten wollten, sollten sie das nur tun, meinten die Gäste.

Horemheb und seine Generäle sahen das selbstverständlich anders. König Tuschratta sei Ägyptens Verbündeter, man müsse ihm beistehen. Der Regent ließ seine Gesetze und internen Verordnungen im Stich und berief den Kriegsrat ein. Eje und die meisten Leute in der Residenz waren aber dagegen, Truppen nach Norden zu schicken. Da gleichzeitig in Wawat und Kusch wieder Aufstände rumorten, schloß sich Pharao dieser Haltung an. Horemheb machte kein Hehl daraus, daß er das für einen Fehler hielt. Die Gefahr, vor der er seit Jahren warne, sei nun im Anzug.

Tatsächlich wurde die Lage bedrohlicher. Die Chatti unterwarfen das Reich Jamchad, anschließend besiegten sie Tuschrattas Truppen. Der König von Naharina wurde von einem seiner Söhne ermordet, der Kronprinz mußte fliehen. Scha-pa-lu-lu setzte Tuschrattas Bruder, mit dem er anscheinend heimlich in Verbindung gestanden hatte, in der Hauptstadt Wassukanni als Herrscher ein. Darüber hinaus fiel Assur, das wie eine Hyäne dem Kampf der Löwen zugesehen hatte, noch über den besiegten Löwen her und versuchte, sich Gebiete einzuverleiben. Außerdem sandte der Machthaber aus Assur Botschafter nach Men-nefer, um sich der Freundschaft des ägyptischen Königs zu versichern. Währenddessen zwangen die Chatti einen Vasallen des besiegten Naharina nach dem anderen unter ihre Gewalt. Der König von Kizzuwadna stellte sich freiwillig auf ihre Seite und blieb daher auf seinem Thron.

Pharao fand für die Gesandten aus Assur verbindliche Worte, ließ sich jedoch auf Horemhebs Anraten nicht auf ein Bündnis ein; zudem erhob auch der König von Sangar, zu dem der vertriebene Thronfolger aus Naharina geflohen war, Einwände gegen eine freundschaftliche Verbindung Ägyptens mit Assur.

Auf ihrem Eroberungszug rückten die Chatti immer näher an die ägyptischen Vasallenstaaten im Norden von Retjenu heran. Würden sie sich an Gebieten vergreifen, die unter Pharaos Herrschaft standen? Auf der anderen Seite der Grenze hielt lediglich noch die Stadt Karkemisch der Belagerung durch Scha-pa-lu-lus Truppen stand.

Der Oberste Heerführer drängte zum Aufbruch. Wenigstens Schutztruppen mußten nach Nordsyrien entsandt werden, das sah inzwischen jeder ein. Eines Tages schleifte Ramessu einen halbtoten Späher in den Palast, der die Nachricht brachte, Aitakama von Qadschu, der ägyptische Vasall, habe auf eigene Faust das chattische Heer angegriffen. O Sched, auf einmal roch es so verdammt nach Krieg!

Die Nachricht machte sofort die Runde. Die Arsenale wurden geöffnet, die Truppen mit Waffen versorgt. Unterdessen berieten die Generäle. Pharao besuchte täglich die Garnison. Auch Gottesvater Eje, einstmals Anführer der Streitwagentruppe, mischte sich in die Gespräche ein. Er riet unablässig zum Abwarten. Noch bevor unsere Truppen abmarschbereit waren, wurde Aitakama von den Chatti besiegt und gefangengenommen; er mußte einen Vertrag abschließen und chattischer Vasall werden.

Qadschu war die erste Stadt, die Pharao an König Scha-pa-lu-lu verlor.

Horemheb sah in der Verletzung von Pharaos Herrschaftsanspruch einen Grund, endlich loszuziehen. Eje lachte ihn fast aus. Man müsse froh sein, einen Vasallen losgeworden zu sein, der ohnehin nichts als Ärger gemacht habe. Und zum Glück hätte der König von Groß-Chatti Aitakamas eigenmächtiges Vorgehen nicht als ägyptische Kriegserklärung aufgefaßt und keine weiteren Gebiete angegriffen. Eje fand Anhänger für seine Ansicht. Auch General Naj stellte sich trotz seines früheren kriegerischen Geredes ganz auf die Seite seines Gönners. Scha-pa-lu-lus Verhalten, behauptete der Gottesvater, zeuge von freundschaftlicher Gesinnung. Und die Freundschaft eines so mächtigen Nachbarn dürfe man sich nicht verscherzen! Tutanchamun erzählte mir später, Horemheb habe gemurmelt, eine solche Haltung grenze an Hochverrat, seine Meinung aber dann doch nicht laut geäußert.

Der eine Grund dafür, daß das Heer nicht loszog, war also die geteilte Meinung der beiden mächtigen Männer. Der zweite war die Tatsache, daß der Winter bevorstand. Und dieser, wurde mir gesagt, konnte in den syrischen Bergen noch viel unerfreulicher sein als in Men-nefer. Scha-pa-lu-lus Verhalten schien Eje recht zu geben. Die Chatti zogen sich zurück, abgesehen von einem kleinen Teil des Heeres, der weiterhin die Stadt Karkemisch belagerte. In Karaduniasch war König Burnaburiasch gestorben; der Herrscher von Assur griff auch nach diesem Land. Der geflohene Kronprinz aus

Naharina verließ Sangar und suchte Zuflucht in Chattusa, der Hauptstadt seiner ehemaligen Feinde.

Horemheb verbrachte den Winter wie ein in seinem Gehege gefangener Leopard. Für ihn war klar, daß die Chatti wieder losschlagen würden, sobald das Wetter günstig war. Karkemisch war noch nicht eingenommen, und wer konnte schon sagen, ob sich Scha-pa-lu-lu damit begnügen würde.

Als der Frühling nach Retjenu kam, griffen die Karkemisch belagernden chattischen Truppen die Stadt erneut an, konnten sie aber nicht erstürmen. Gleichzeitig ließen Aitakama von Qadschu und Aziru von Amurru, der sich ebenfalls den Chatti angeschlossen hatte, ihre Söldnerheere in die benachbarten Fürstentümer einfallen. Die bedrohten Stadtoberhäupter schrien Zeter und Mordio, sandten wieder einmal dringende Briefe an Pharao, worin sie behaupteten, Aitakamas und Azirus Soldaten erhielten von den Chatti Verstärkung. Nun standen sich also, zunächst vertreten durch ihre Vasallen, Kemet und Chatti gegenüber.

»Da habt ihr den Krieg, den ihr in eurer Kurzsichtigkeit nicht sehen wolltet!« sagte Horemheb erbittert.

Eje blieb unbeeindruckt. Es handle sich nach wie vor um nichts anderes als um Vasallenkämpfe. Jedoch – die Stimmung in der Residenz war umgeschlagen! Außer den Generälen befürworteten auch die beiden Tschatis und die meisten hohen Regierungsbeamten den Feldzug nach Norden, um Aitakama, Aziru und den mit ihnen verbündeten Chatti Einhalt zu gebieten. Pharao war ebenfalls überzeugt, man müsse Qadschu zurückerobern und dann in diesem Grenzgebiet einen verläßlichen Mann als Oberhaupt einsetzen.

Tutanchamun wurde in wenigen Monaten achtzehn, und ohne Frage würde er diesmal mit dem Heer ziehen.

In dieser ereignisreichen Zeit war Iri immer wieder nach Waset gereist. Deswegen und weil es auch für den König wichtigere und dringlichere Dinge gab, fehlte ihnen die Gelegenheit zu einem weiteren Gespräch. Ich nahm in Iris Abwesenheit am Hofleben teil, tauschte bei den entsprechenden Anlässen höfliche, belanglose Worte mit dem König, stets in Gegenwart anderer Leute. Ich war glücklich, daß ich ihn ab und zu sehen konnte. Mehr hatte ich nicht zu erhoffen.

Es gelang mir auch, die Freundschaft mit Amenia aufzufrischen. Wider Erwarten machte sie mir keine Vorwürfe, sondern respektierte meine Entscheidung. »Du bist deinen Weg gegangen«, sagte sie. »Was geschehen ist, ist geschehen.« Mutnedjemet schien ziemlich an ihr zu hängen; sie lebte nach wie vor im Haus des Regenten. Da Horemheb häufig abwesend war, war es schön, daß Amenia Gesellschaft hatte, vor allem, wenn es ihr gesundheitlich nicht so gutging.

Der einzige, der mein Verhalten weder billigte noch im geringsten verstand, war mein Vetter Kiki. Wir gerieten uns ziemlich in die Haare. Er, immerhin zum Anführer der königlichen Leibwache aufgestiegen, hatte leicht reden. Wenn ich Seine Majestät aufrichtig liebte, beharrte er, wäre ich als Dienerin im Palast geblieben. Er begriff einfach nicht, daß ich auch dann der Königin ein Dorn im Auge gewesen wäre; mit Sicherheit hätte sie mich schnell beseitigen lassen. Erbost über sein Unverständnis, riet ich ihm, sich gefälligst um seine eigenen Angelegenheiten zu kümmern, anstatt mir ständig zu sagen, was ich hätte tun sollen. Daraufhin war er zutiefst beleidigt.

Als nun der Abmarsch des Heeres bevorstand, ging alles recht schnell; die Soldaten waren ja bereits ausgerüstet, standen längst unter Waffen. Ich bekam plötzlich Angst. Unbedingt mußte ich Tutanchamun noch einmal sehen, bevor er die Residenz verließ, und wenigstens ein persönliches Wort mit ihm sprechen.

Ich nahm meinen ganzen Mut zusammen und ging zu den Räumen, in denen ich selbst so lange gewohnt hatte. Im Vorzimmer war ein Kommen und Gehen; auch Horemheb wurde in Kürze erwartet. Der König war von den kriegerischen Vorbereitungen so völlig in Anspruch genommen, daß ich mich fragte, ob ein kurzes Lebewohl überhaupt möglich war. Die Tür stand offen, Kiki hielt daneben Wache. Ließ er mich durch? Mit unbewegter Miene schaute er geradeaus, tat so, als sähe er mich nicht. Da umarmte ich den großen bockigen Kerl einfach und richtete im stillen den Wunsch an die Götter, sie möchten auch ihn heil und gesund wiederbringen.

Dann betrat ich das Zimmer. Zu meiner großen Überraschung war Tutanchamun allein. Er saß in dem Sessel, den er ähnlich demjenigen im Palast seines Großvaters hatte anfertigen lassen. Die langen Beine ausgestreckt, schien er über eine Schrift, die er gerade in der Hand hielt, nachzugrübeln; zu seinen Füßen lagen weitere Papyrusrollen. Ich räusperte mich. Überrascht blickte er auf, erhob sich und kam auf mich zu.

»Ich möchte Deiner Majestät bloß schnell auf Wiedersehen sagen. Ich wollte, ich könnte dich begleiten.«

Behutsam legte er mir die Hände auf die Schultern. Auch er wußte, daß wir nur einen Augenblick hatten.

»Bist du nun glücklich?« fragte er. »Mit Iri!«

Ich beantwortete seine Frage nicht, sondern senkte den Kopf und murmelte: »Und du? Bist du glücklich mit deiner Königin?«

Er schwieg, hielt weiterhin meine Schultern umfaßt. Ich hob den Kopf, stumm sahen wir uns in die Augen. Ach, jeder kannte ja die Antwort des anderen. Vielleicht, dachte ich sehnsüchtig, würde er mir erlauben, seine Hände zu küssen, wenn ich ihn darum bäte. Hatte er nicht früher aus Liebe auch meine Hände geküßt! Aber, nein, das wäre ein zu gewagtes Spiel. Weil wir uns doch in Wirklichkeit nach anderen Küssen sehnten …

»Aton schütze dich!« sagte ich. »Und Sched bewahre dich vor jeder Gefahr! Kehre heil und gesund zurück, Ibib … Majestät«, fügte ich hastig hinzu, weil ich hörte, daß hinter mir Leute ins Zimmer kamen.

Es waren Horemheb, Ramessu und – Naj. Seine Exzellenz nickte mir kurz zu, und weil niemand sagte, ich solle verschwinden, blieb ich. Es war beinahe wie früher, als meine Anwesenheit in diesen Räumen ganz selbstverständlich gewesen war.

Horemheb wandte sich an den König.

»Majestät, General Naj ersucht nun doch um ein Kommando beim Heereszug.« Dann forderte er Ejes Günstling auf: »Nenne Seiner Majestät den Grund!«

»Majestät! Exzellenz!« Naj verbeugte sich. »Bisher genoß ich Gottesvater Ejes Wohlwollen, und es war vereinbart, daß ich ihn nach besten Kräften unterstützen soll, wenn er in Abwesenheit des Königs und des Regenten die Regierungsgeschäfte führt. Deshalb bewarb ich mich darum, diejenigen Truppen zu befehligen, die zum Schutz der Residenz zurückbleiben. Doch plötzlich« – er stockte, und seine ganze glatte, selbstgefällige Art war mit einemmal dahin –, »plötzlich versöhnt sich der alte Mann mit seinem Sohn! Plötzlich will er wieder Nachtmin an seiner Seite haben. Und ich bin abgeschrieben! Bei Monthu, Blut ist eben doch dicker als Wasser.«

»Noch ist das letzte Wort nicht gesprochen«, meinte Ramessu, bevor Tutanchamun oder Horemheb etwas sagen konnten. »Und das hat, was die Armee betrifft, allemal Seine Exzellenz.«

Horemheb machte eine knappe Handbewegung in Ramessus Richtung und forderte Naj auf, mit seiner Klage fortzufahren.

»Natürlich kann Seine Exzellenz durchsetzen, daß mir der Schutz des Palastes und der Hauptstadt übertragen bleibt. Aber jetzt«, erklärte Naj trotzig wie ein kleiner Junge, »jetzt will *ich* nicht mehr! Nie mehr werde ich mit Eje zusammenarbeiten. Nach diesem rührseligen Auftritt mit seinem Sohn! Und allem, was sonst noch vorgefallen ist.«

Ramessu, der Naj argwöhnisch beobachtete, preschte wieder vor.

»Exzellenz! Eine kurzfristige Änderung der Heeresordnung hält uns unnötig auf. Die Truppenverbände sind abmarschbereit. Die Zeit drängt! Der König der Chatti wartet nicht, bis wir unsere internen Angelegenheiten bereinigt haben.«

»Was ist denn vorgefallen?« fragte Horemheb den General ruhig.

»Wir hatten eben Streit! Ich habe mich von Eje losgesagt. Endgültig!« Naj hob die Hand wie zum Schwur und beteuerte: »An der Seite Seiner Majestät und Seiner Exzellenz will ich ins Feld ziehen und treu und tapfer für das Land Kemet und meinen König kämpfen!«

Horemheb sah Tutanchamun auffordernd an.

»Herr der Beiden Länder, geben wir General Naj doch die Chance!«

Die Truppen schifften sich ein. Bevor die Flotte aufbrach, erhielt Pharao das Krummschwert des Sieges überreicht. Der Hohepriester des Ptah ließ bei der Abfahrt eine goldene

Trompete blasen und erklärte, Ptah, Re und Amun, die drei obersten Götter, stünden dem König im Kampf gegen die elenden Feinde bei. Dann verließ die Flotte den Hafen, das königliche Kriegsschiff an der Spitze.

Iri und ich hatten die Abschiedszeremonie vom Ufer aus verfolgt. Auf dem Heimweg machte er mir den Vorschlag mitzukommen, wenn er in einigen Tagen wieder nach Waset fuhr. Ich willigte ein, denn in Men-nefer hielt mich nun nichts mehr.

Iris Villa war sehr schön gelegen; der große gepflegte Garten, der sie umgab, erstreckte sich bis zum Fluß. Von einer anderen Frau war nichts zu bemerken; die Dienerschaft begrüßte uns unterwürfig. Bereits am nächsten Tag stellte Iri mich seiner Familie vor. Das war eine ziemlich steife Angelegenheit. Seine Eltern, traditionsbewußt und dünkelhaft, ließen sich nur zu deutlich anmerken, wie wenig sie von mir hielten. Selbst wenn ich den Liebreiz der Göttin Hathor ausgestrahlt hätte, wären sie nicht von ihrer Meinung abzubringen gewesen, daß ich nie und nimmer die geeignete Frau für ihren wunderbaren Sohn war. Also gab ich mir erst gar keine Mühe, sie für mich einzunehmen.

»Im Gegensatz zu mir hat Ta-mi erhalten, was sie sich wünschte«, bemerkte Iri zu ihnen, bevor wir die pompöse, altmodische Wohnhalle wieder verließen. »Ich wollte Mutnedjemet und habe sie nicht bekommen. Aber Ta-mi hat mich gekriegt.«

Von mir aus hättest du Muti ruhig haben können, dachte ich. Denn wäre es nach mir gegangen, lebte ich noch bei Pharao. Glücklicherweise legte Iri keinen Wert auf häufige Familienbesuche, so daß unser Aufenthalt durch die Arroganz seiner Eltern nicht so sehr belastet wurde.

Aus der Residenz in Men-nefer kam überraschend die

Nachricht, die Große Königliche Gemahlin erwarte wieder ein Kind; bei Pharaos Abreise habe sie es noch nicht gewußt. Auch Gottesvater Eje ging es zusehends besser. Daß er wieder das Land verwalten konnte, schien ihm Auftrieb zu geben, obwohl er seine Macht mit den beiden Tschatis und dem einflußreichen Schatzkanzler teilen mußte.

In Gedanken begleitete ich Tutanchamun auf dem Feldzug, fragte mich, wo er sich gerade aufhielt, was er gerade tat. Die königlichen Truppen fuhren die Küste entlang nach Norden, dann wandten sie sich landeinwärts und marschierten auf Qadschu zu. Ich wagte nicht daran zu denken, was ihm beim Kampf alles zustoßen konnte. Jeden Tag wartete ich ungeduldig auf den Boten aus Men-nefer. Manchmal wünschte ich, ich wäre doch in der Residenz geblieben, weil dort die Meldungen eher ankamen.

Iri nahm mich zu den Werkstätten der königlichen Handwerker mit. Ein ganzes Heer von Leuten war für ihn tätig. Die Künstler waren die besten im Land und sehr geschätzt. Iri bestimmte die Reihenfolge der Arbeiten und leitete das Ganze. Als erstes ging er mit mir in die Halle, wo die Steinmetze arbeiteten. Der Meister begrüßte uns und schickte einen Jungen, um Wein zu holen. Etwas abseits von dem Hämmern und Schlagen zeigte mir Iri zwei Sarkophage, deren zerbrochene Deckel daneben lagen.

»Der schmälere ist gut und gerne fünfundzwanzig Jahre alt«, erklärte er. Dann deutete er mit der Hand, die den Weinbecher hielt, auf den anderen. »Und dieser dort wurde einst für Kija angefertigt. Doch nach Pharao Nefercheperures Tod ließen seine Töchter die Favoritin ihres Vaters schmucklos an einem anderen Ort bestatten. Beim Transport hierher ging der Deckel entzwei. Und so stehen diese beiden Sarkophage nutzlos herum.«

Ich betrachtete die riesigen steinernen Kästen, an deren Ecken die vier Schutzgöttinnen plastisch herausgearbeitet waren.

»In ein paar Tagen kann ich dir vorführen, wie ich die Göttinnen sehe«, sagte Iri. »Ich denke, auch der König wird beeindruckt sein, wenn er sie zu Gesicht bekommt.« Wir gingen weiter, bis er bei mehreren Blöcken aus weißem Kalkstein stehenblieb.

»Sehr gut! Der Alabaster aus Hatnub wurde bereits geliefert«, stellte er fest. »Kannst du dir aus diesem Material einen Sarkophag vorstellen? Wird es nicht sein, als ob der Körper des Verstorbenen in einer durchscheinenden Wolke ruhte? Sozusagen als Übungsstück soll zuerst der Behälter für die Eingeweidekrüge daraus geschnitten werden. Die Meisterhandwerker, von denen ich das gefertigt haben möchte, sind noch mit den Statuen Seiner Majestät in Nubien beschäftigt, wo Kapellen für Amun errichtet werden. Sie werden jedoch in Kürze hier eintreffen und dann nach meinen Zeichnungen Meisterwerke schaffen, wie es noch keine gab.«

Bevor wir den Rundgang beendeten, zeigte er mir die Magazinräume, wo Unmengen von Stoffen und Gewändern, ein Teil davon noch aus der Regierungszeit von Tutanchamuns Vater, sowie Salbölbehälter, verziert mit Gold und Elfenbein, goldene Amulette und Schmuckkragen lagerten.

In Waset waren die Tage sehr heiß. Die Luft war angenehmer und ein wenig kühler, wenn man im Boot auf dem Fluß fuhr. Unsere Bootsfahrten gingen aber nie weiter als ans westliche Ufer. Iri meinte, ich solle mir den Garten ansehen, der im Vorhof des Gedächtnistempels von Amenhotep, Sohn des Hapu, angelegt sei. Freilich im Maßstab kleiner, ähnele er doch dem von Pharao Usir Nebmaatre.

Dieser Garten gefiel mir gut. Etwas erhöht sah man den schimmernden Tempel, direkt vor uns lag ein viereckiges Wasserbecken, umgeben von Sykomoren, Feigenbäumen und Dattelpalmen; überall waren Grün und Vogelgezwitscher. Ich dachte: Jetzt fange ich an, meinen Aufenthalt in Waset zu genießen.

Heiteren Herzens folgte ich Iri in die Holzwerkstatt, die sich neben den Magazinen von Tutanchamuns ›Tempel von Millionen Jahren‹ befand. In einem sauber gefegten Lagerraum stand der kleine goldene Schrein, den Iri uns bereits damals vorgeführt hatte. Mittlerweile stapelten sich hier außerdem die hölzernen Wände, gewölbten Dächer, Türflügel und anderen Einzelteile aus Zedernholz, aus denen die größeren Schreine zusammengefügt werden sollten.

Iri sagte, gerade gestern seien die Statuen der vier Göttinnen fertig geworden, die dereinst den Schrein mit den Eingeweiden des Königs schützen sollten, und ich sei eine der ersten, die sie anschauen dürften.

»Es macht mir große Freude, dich so an meiner Arbeit Anteil nehmen zu lassen«, erklärte er und führte mich in eine Ecke der Werkhalle, wo mehrere Gegenstände mit Tüchern verhängt waren.

Mit geheimnisvoller Miene hob er das erste Tuch an, nahm nacheinander auch die anderen weg, damit ich alle vier Statuen sehen konnte. Sie waren sehr zierlich, nicht mal zwei Ellen hoch. Und ich muß gestehen, sie waren wundervoll!

Ob Aset, Nebethut, Neith oder Selket – jede der Göttinnen aus vergoldetem Holz zeigte unverkennbar Königin Anchesenamuns Gesichtszüge, sehr jugendlich und sehr vorteilhaft. Die anmutigen Körper waren in einfache Gewänder gehüllt. Sie wirkten derart lebendig, daß ich dachte, sie würden gleich den zur Seite gewandten Kopf drehen und auf uns zukommen. Langsam ging ich näher, betrachtete die mit schwarzer Farbe betonten Augen und Brauen. Dabei fiel mir auf, daß die Ohren ein bißchen fleischig geraten waren. Aber wer war ich, um zu kritisieren! Und wirken Göttinnen und Königinnen mit einem kleinen Schönheitsfehler nicht gleich viel menschlicher!

»Sie gefallen dir?« erkundigte sich Iri.

»Sie könnten nicht großartiger sein!«

Er nickte erfreut. Dann ging er zu zwei ebenfalls verhüllten, allerdings viel höheren Statuen und zog mit einem Ruck bei einer von ihnen das Tuch weg. »Und wie findest du ihn?«

Ich fühlte, wie mein Lächeln erstarrte.

Vor mir stand, schwarz und glänzend, eine Holzfigur Tutanchamuns, lebensgroß, aber nicht lebendig. Natürlich war man gewohnt, allerorten vor Pharaos Standbildern zu stehen, aber hier war er in der Farbe des Usir dargestellt, des Herrschers im Totenreich. Was für ein Gegensatz zu den goldenen Göttinnen! Und wenn er tausendmal die hoffnungsvolle Farbe der Wiedergeburt und des ewigen Lebens trug – die ganze Gestalt war von zähem, klumpigem Harz bedeckt. Erstarrten Blicks stand der König da, wie ein Wesen aus einer anderen Welt. Er, der lebte, der Mann, den ich liebte – als fremder, unheimlicher Jenseits-Pharao!

»Der verklärte Herrscher und sein Ka«, sagte Iri feierlich.

Nachdem er auch die andere Statue enthüllt hatte, die ähnlich wie die erste aussah, berichtete er, beide seien kürzlich vollendet worden, geschaffen von einem Künstler, der Tutanchamun von Jugend an kenne und der unter dessen Vater am Hof von Achetaton Beachtliches geleistet habe.

»Sie sind dem Meister doch gelungen?« fragte er erwartungsvoll.

War ihm wirklich nicht bewußt, wie sehr er mich quälte?

Ich mußte an mich halten, um nicht zu fragen: Haßt du den König denn so sehr, daß dich alles glücklich macht, was mit seinem Tod zusammenhängt? Aber auch wenn das zutraf, hätte er mir bestimmt keine Antwort auf meine Frage gegeben.

»Überhaupt nicht«, sagte ich und wandte mich zum Gehen. »Für mich ist es die Arbeit eines Stümpers!«

Es dauerte einige Zeit, bis Iri mich überreden konnte, mir wieder etwas anzusehen. Er bat mich, wenigstens noch ein einziges Mal mitzukommen. Ein ganz besonderes Glanzstück müsse er mir zeigen, sein Meisterwerk! Schließlich ließ ich mich breitschlagen.

Gleich neben den Verwaltungsbüros betraten wir das streng bewachte Gebäude, in dem das Gold gelagert und zum Teil auch verarbeitet wurde. Im ersten Raum waren die Goldschmiede dabei, goldene Stege zu löten, in die später die farbigen Glassteinchen, von anderen Handwerkern zurechtgeschnitten, eingefügt wurden. Iri sagte, er müsse sich nicht nur mit dieser Technik auskennen, sondern er habe sich auch mit dem Herstellungsverfahren für die verschiedenfarbigen Glaspasten befaßt. Dieser künstliche Lapislazuli und Türkis werden im Ofen hergestellt und im Wechsel mit den echten Halbedelsteinen in die goldenen Ornamente eingesetzt. Während ich verweilen wollte, um den Kunsthandwerkern zuzusehen, drängte er mich weiter. Nun käme das ganz Besondere!

»Mit seiner Unsterblichkeit schaffe ich gleichzeitig meine eigene«, sagte Iri, als ich sprachlos die goldene Maske anstaunte, die einmal Kopf und Schultern des Guten Gottes schützen sollte.

Hier hatten die Künstler Vollkommenes geschaffen. Es war schwer zu sagen, was wirklich Iris Anteil daran war. In diesem

Kunstwerk zeigte sich nicht nur das meisterliche Können der Handwerker, verklärt durch die bewundernde Liebe zu ihrem jungen Herrscher, da war auch Iris Bestreben zu erkennen, etwas Einzigartiges, Unübertroffenes zu schaffen. Das goldene Antlitz war nicht nur schön, es war überirdisch. Schon allein das Gold, das Fleisch der Götter, betonte Pharaos Göttlichkeit. Die Augen, die so direkt und lebendig blickten, stellten Sonne und Mond dar. Als göttliche Gestirne schauten sie in die Unendlichkeit.

Ich sah die geliebten Züge vor mir, freundlich, gelassen, hoheitsvoll – und dabei ertrug Tutanchamun vielleicht gerade ungeheure Strapazen, kämpfte irgendwo weit weg in Retjenu.

»Ewig jung wird er in die Jenseitswelt eingehen, wenn sein Körper dereinst alt und grau darunter verborgen ist«, sagte Iri und fuhr, den Blick auf die goldene Maske gerichtet, fort:

»Sei gegrüßt, Schöngesichtiger unter den Göttern!
Dein rechtes Auge ist die Nachtbarke,
dein linkes Auge ist die Tagesbarke,
deine Augenbrauen sind die Götterneunheit.
Dein Scheitel ist Inpu,
dein Hinterkopf ist Hor,
deine Finger sind Thot,
deine Haarlocke ist Ptah-Sokar.«

Als ich zu ihm sagte, ich hätte noch nie etwas so Überragendes, so wahrhaftig Schönes gesehen, wirkte er unerwartet bewegt.

»Es freut mich, Ta-mi, daß du das sagst! Dein Lob, nicht aus Schmeichelei oder von Amts wegen gespendet, tut doppelt wohl.«

Bevor wir hinausgingen, richtete er mit einer sorgsamen Geste den leichten Umhang, der mir von der Schulter zu rutschen drohte. Ich sah ihn an, während er das tat, und wußte auf einmal wieder, wieso ich ihn früher so über alle Maßen geliebt hatte.

In der folgenden Nacht schreckte ich hoch. Iri stand neben meinem Bett und behauptete, ich hätte im Schlaf gesprochen.

»Du hast immer wieder ›Ibib‹ gesagt. Tag und Nacht denkst du an ihn!«

»Es war nichts als ein Traum, Iri! Wir waren Kinder und spielten im Palastgarten.«

Ich erinnerte mich keineswegs daran, was ich geträumt hatte, hielt es aber für geraten, ihm eine Erklärung zu liefern, die seine Eifersucht linderte. Er wirkte besänftigt und setzte sich lächelnd zu mir auf die Bettkante.

»Dein Lob heute hat mich sehr bestärkt«, sagte er und fügte nach einem Zögern hinzu: »Ich brauche dich, Ta-mi!«

Ich nahm seine Hand und legte sie an meine Wange.

»Ich brauche dich auch, Iri!«

»Und du findest die Maske, die ich dir heute gezeigt habe, tatsächlich grandios? Erkennst du ihn wieder, deinen hübschen Spielgefährten?«

Ich überhörte die Spitze. »Selbst Ptah könnte nichts Besseres ersinnen und ausführen«, sagte ich.

Er lachte leise.

»Die Handwerker gingen beinahe drauf, bis sie es endlich so hinbekamen, wie ich es wollte. Ich bin sehr anspruchsvoll, weißt du, und fordere alles von ihnen. Es ist mir Verpflichtung, daß jedes einzelne Stück in der gleichen außerordentlichen Qualität entsteht. Wenn Pharao erst die goldene Maske sieht, wird er mir den Gedächtnistempel nicht versagen.«

Ich unterdrückte einen Seufzer. Ging das schon wieder los!

»Oder bist du der Meinung«, wollte er wissen, »Gottesvater Eje, der Regent oder der Schatzkanzler hätten mehr Anspruch auf diese einzigartige Auszeichnung?«

Ich schüttelte den Kopf.

»Eben! Eje erhält ja auch seine Wohnung der Ewigkeit am Großen Platz. Horemheb und Maja bauen sich in Ra-setjau mächtige Tempel über ihre Grabkammern. Da kann Seine Majestät mir das Millionenjahrhaus schon gewähren!« Sein Blick kam wie aus weiter Ferne zurück. »Auf das Aufstellen der Statuen von mir im Vorhof des Amun-Tempels verzichte ich allerdings. Ich werde mich doch nicht zum Bittsteller für Pilger und Reisende machen.«

Oh, dachte ich, wie bescheiden!

»Nimm es mir nicht übel, Iri ...«, ich stockte, bevor ich fortfuhr, »aber ich halte deine Forderung nach einem eigenen Heiligtum für anmaßend!«

»Anmaßend? Für das, was ich geleistet habe? Und noch zu leisten bereit bin?« Er sah mich verständnislos an, dann lächelte er in sonniger Vorfreude. »Ich habe schon einen großen Teil der Inschriften im Kopf. Noch in Hunderten, in Tausenden von Jahren werden die Menschen an meiner Gedenkstätte stehen und lesen, wie ich gelebt, was ich in Pharaos Diensten geschaffen habe.«

»Iri! Sei doch nicht so besessen von dieser Idee!«

»Besessen?« fuhr er mich an. »Ich bin nicht besessen. Du bist besessen. Von ihm!« Er stand von meinem Bett auf. »Wenn du mich nicht verstehen willst und wenn du mein Vorhaben beim König nicht unterstützt, werde ich später keine Statue von dir in meinem Totentempel aufstellen.« Fast mußte ich lachen.

»Ich habe momentan wirklich andere Sorgen.«

»Ja, die Sorge um ihn!«

»Das ganze Land sorgt sich um ihn, nicht bloß ich! Und um die Soldaten, die im Kampf stehen. Wir haben unruhige Zeiten. Und dazu kommt, daß die Gesundheit der Königin auch bei dieser Schwangerschaft zu wünschen übrigläßt.«

Die Arme über der Brust verkreuzt, blickte er auf mich herab.

»Du beunruhigst dich wegen seiner Gemahlin? Mach dich nicht lächerlich! Vergiften würdest du sie am liebsten!«

»Nein, Iri, das möchte ich nicht! Ich möchte, daß die Beiden Länder endlich zur Ruhe kommen. Und das kann nur geschehen, wenn König und Königin vereint und gemeinsam an der Spitze stehen.«

»Belehre mich nicht über Dinge, die ich selbst dir einst beibrachte! Ist dir überhaupt klar, daß du nichts wärst ohne mich?«

»Das stimmt nicht!« O Sched, wie bereute ich, daß ich gesagt hatte, ich würde ihn brauchen. »Bitte, Iri«, sagte ich. »Geh jetzt!«

»Schade«, sagte er mit einem verbitterten Lächeln auf seinem schönen Gesicht. »Schade, daß du mich nicht verstehst. Gleich, ob du es nicht kannst oder nicht willst!«

Einige Tage hielt ich es noch in Waset bei ihm aus. Als ich dann ankündigte, ich würde in Kürze nach Men-nefer zurückfahren, erhob er keinerlei Einwände.

SONNENUNTERGANG

In Men-nefer traf ich wieder häufiger mit Amenia und Sit-Re zusammen, sah den kleinen Sethy aufwachsen. Auch der Königin begegnete ich ab und zu. Die Ärzte, die sie stets umgaben, machten immer sorgenvollere Gesichter. Eigentlich sollte sie sich schonen, lieber liegen, anstatt herumzugehen und sich anzustrengen. Aber sie wollte dem Gottesvater und seinen Beamten nicht die gesamten Regierungsgeschäfte überlassen. Ejes Macht wuchs trotzdem von Tag zu Tag. Zwischen ihm und seinem Sohn herrschte wieder bestes Einvernehmen.

Auch diesmal hatte die Königin mit ihrer Schwangerschaft kein Glück. Das Kind kam tot zur Welt. Anchesenamun, völlig entkräftet, erholte sich kaum von dem Schock. Im Palast herrschte gedrückte Stimmung, man sprach von nichts anderem als diesem Unglück. Boten wurden nach Retjenu gesandt, Pharao möge zurückkehren.

Bei Tutanchamuns Ankunft war seine Gemahlin noch zu schwach, um ihn am Hafen zu begrüßen; sie erwartete ihn in der Residenz. Die Soldaten verließen das Kriegsschiff, und ich war erleichtert, als ich Kiki an der Spitze der königlichen Leibwache sah. Nachdem sich Pharao die feierlichen Worte der Würdenträger angehört hatte, die zu seinem Empfang gekommen waren, fuhr er in seinem goldenen Streitwagen durch die Stadt. Die Menschen am Straßenrand schrien jedesmal begeistert auf, wenn er den Arm hob und ihnen das Sichelschwert des Sieges präsentierte. Er war ihr Held, der junge königliche Krieger, der für sein Volk und sein Land gekämpft hatte.

Nur wenige Tage später traf Iri in Men-nefer ein. Er wollte so bald wie möglich mit dem König sprechen. Mir war bereits eine Audienz zugesagt, und er wollte dazukommen. Vorher, beschwor er mich, solle ich mein möglichstes tun, Tutanchamun für sein Anliegen günstig zu stimmen. Die goldene Maske habe er mitgebracht, er wolle sie Pharao vorführen, sagte er, um seinen Anspruch zu begründen.

Außerdem, erklärte er mit seinem gewohnt charmanten Lächeln, habe er die beiden harzbedeckten Holzstatuen, die mir so mißfallen hätten, überarbeiten lassen. Sie seien teilweise abgeschliffen und neu mit Firnis überzogen worden. Und da der Künstler sie an vielen Stellen mit Vergoldungen versehen habe, wirkten sie jetzt bedeutend anmutiger.

Ich schämte mich auf einmal, daß ich es nicht mehr bei Iri ausgehalten hatte. Bei ihm, der bewirkte, daß so viel Wunderbares geschaffen wurde! War nicht alles hauptsächlich sein Werk? Ich rief mir das goldene Antlitz in Erinnerung, dachte an Iris Worte, wie er seinen Leuten zugesetzt hatte. Hatte ich wieder einmal zu schnell aufgegeben? Verdiente er nicht doch das, was er sich so glühend wünschte? War es als seine Frau nicht meine Pflicht, ihn beim König zu unterstützen?

Wie sehr sich Tutanchamun verändert hatte, merkte ich, als ich ihm das erste Mal nach seiner Ankunft gegenüberstand. Seine Bewegungen waren knapper, entschlossener geworden, aus seinem Blick sprachen Erfahrung, Tatkraft und Selbstvertrauen. Die Freundschaft mit Kiki – er nannte meinen Vetter tatsächlich Freund – war jetzt mit Blut besiegelt. Mehrmals, sagten sie, hätten sie einander das Leben gerettet.

Wir konnten uns ungestört im Audienzzimmer unterhalten. Ungestört und ungehört – aber nicht ungesehen, denn die Tür, an der Kiki und ein anderer Leibsoldat Wache hielten, stand wie üblich offen. Jederzeit konnte jemand mit etwas Wichtigem hereinkommen. Im Vorzimmer spielte ein Musiker leise auf der Harfe, und Tutanchamun meinte, als er mich begrüßte, die liebliche Musik sei ihm eine willkommene Abwechslung zum Schmettern der Kriegstrompete.

»Konntest du dort in Retjenu wenigstens deinen Geburtstag feiern?«

Er hob die breiten Schultern. »Horemheb und die Offiziere gaben sich schon Mühe, es ein wenig festlich zu gestalten. Und General Naj wollte mir eine besondere Freude bereiten. Er ließ vor meinem Zelt« – er machte ein Gesicht, als hätte er in eine Zitrone gebissen – »die abgeschlagenen Hände der getöteten Feinde aufhäufen.«

»Was für ein abstoßender Anblick!«

»Ja. Der Krieg verroht die Menschen.«

Sie hätten mehrere Orte in Aitakamas Gebiet angegriffen und wieder unter ägyptische Herrschaft gebracht, berichtete er. Dann sei Horemheb direkt auf Qadschu zu gezogen, um die Hauptstadt einzunehmen, während er selbst den Heimweg angetreten habe. Auch der Regent habe ihm zur Rückkehr geraten, da es ungünstig sei, Gottesvater Eje das Regieren allzulange zu überlassen. Dennoch behagte es Tutanchamun nicht, daß er nicht mehr bei seinen Soldaten war.

Die Königin dagegen war der Ansicht, es sei richtig, daß der Oberste Befehlshaber in königlichem Auftrag allein weiterkämpfte, während Pharao die Beiden Länder regierte. Darüber hinaus sollten nicht Horemhebs Verordnungen, sondern Tutanchamuns und ihre eigenen zur Anwendung kommen. Wieder hatte sie ihn gedrängt, dem Regenten den Titel Erbprinz abzuerkennen. Es habe sich gezeigt, daß sie empfangen könne, und da Pharao heil und gesund zurück sei, werde es noch königliche Kinder geben. Schließlich sei es nicht das erste Mal, daß einer glücklichen Niederkunft Fehl- und Totgeburten vorausgingen. Trotz ihrer Schwäche setzte sie ihm fortwährend mit ihren Vorstellungen zu, und alle diese Ideen gingen ihm auch jetzt im Kopf herum. Nachdem wir eine Zeitlang darüber gesprochen hatten, fragte er mich, ob ich wisse, was Iri von ihm wolle. Da ich der Auffassung war, daß Iri ihm das selbst mitteilen müsse, bemerkte ich nur, Iri leiste in Waset Hervorragendes und erhoffe sich dafür eine große königliche Gunst.

»Möglicherweise ist Deine Majestät bereit, ihm zu gewähren, was er sich ersehnt«, sagte ich.

Er sah mich mit kaum merklichem Lächeln an.

»Liegt dir viel daran, daß ich seinen Wunsch erfülle?«

Ich zögerte, meinte, es sei mir lieber, wenn er unbeeinflußt entscheide. Vielleicht, o Sched, war das ein Fehler! Tutanchamun erwiderte, vorläufig könne er ohnehin nichts versprechen, aber Iri solle merken, daß ihm an einer ungezwungenen Atmosphäre liege, und deshalb lade er ihn und mich zu einem Essen ein.

Diener brachten Obst, darunter mehrere süße, reife Feigen und Datteln in einer Schale, einen Krug mit einem leichten Wein, dazu Gebäck, frisches Brot und Sesampaste sowie Mus von Schewab-Früchten und andere kalte Soßen. Kaum war alles aufgetragen, meldete Kiki, der ehemalige königliche Erzieher sei da.

Iri trat ein, verbeugte sich und erkundigte sich nach Pharaos Befinden. Ich fand, daß er wenig teilnahmsvoll wirkte, sein Ton war ungeduldig. Tutanchamun beantwortete die Frage jedoch ausführlich, indem er zuerst vom Feldzug berichtete und dann erklärte, wie sehr er den Tod des königlichen Kindes und das Unwohlsein und die Niedergeschlagenheit seiner Gemahlin bedauere. Anschließend, um Iri zu zeigen, daß er bereit war, auch auf ihn einzugehen, fragte er, wie es denn ihm gehe und wie er mit seiner Arbeit vorankomme.

Iri redete sofort mit großem Eifer. Außer den Kunstwerken, die er mir gezeigt hatte und bei deren Erwähnung ich jedesmal bestätigen mußte, wie unübertroffen schön sie seien, zählte er noch etliche andere auf. Pharao hörte mit der gebotenen Aufmerksamkeit zu und aß dabei ein paar Bissen von den kalten Gerichten. Als Iri mit seinem Bericht fertig war, forderte er ihn auf, ebenfalls zuzugreifen.

»Nein danke«, sagte Iri. »Ich will Deiner Majestät etwas zeigen.«

Er ließ den riesigen verschlossenen Kasten hereinbringen, in dem die schwere goldene Maske von Waset hertransportiert worden war, öffnete den Deckel, hob sie heraus und präsentierte sie dem König.

Tutanchamun wusch sich zuerst die Finger in dem Wassergefäß, das ihm ein Page hinhielt, und trocknete sie ab, bevor er aufstand und sich das Wunderwerk ansah. Er überflog auch die Zeilen der Inschrift auf der Rückseite. Insgesamt hielt er sich aber nicht besonders lange mit dem Betrachten seines Ebenbilds auf; so selbstverliebt war er nicht. Doch natürlich wußte er, daß seine Beamten gelobt und belohnt werden wollten. Daher äußerte er Bewunderung und versprach Iri, ihm werde in Kürze wieder das Ehrengold verliehen, das er vor Jahren schon einmal erhalten hatte. Aber diesmal würde es mindestens das Doppelte an Goldketten und Armreifen sein.

Iri wirkte wie vor den Kopf geschlagen.

»Gewöhnlich bist du zu deinen Dienern großzügiger, Majestät«, entgegnete er, fast atemlos vor Empörung. »Gottesvater Eje erhält eine Wohnung der Ewigkeit am Geheimen Ort, wo deine königlichen Vorfahren ruhen. Für den Schatzkanzler und für den Regenten werden auf Staatskosten monumentale Grabanlagen gebaut. Horemhebs Tempel wurde inzwischen auf eine Länge von neunundneunzig Ellen erweitert! Und ich? Ich soll mit ein paar Handvoll Gold abgespeist werden?«

»Soviel ich weiß, Gottesvater Iri, wird auch für dich eine repräsentable ewige Wohnstatt angelegt. An dem Ort, der den hohen Beamten vorbehalten ist.«

»Sie geht keineswegs über das Übliche hinaus. Ich jedoch leiste für Deine Majestät Außergewöhnliches, mehr als jeder deiner Untertanen! Ich habe dich erzogen, dich für das Leben und für deine Aufgabe als Herrscher vorbereitet. Und nun bereite ich deine Unsterblichkeit vor, mache deinen Namen dauernd, sichere dir Wohlergehen in alle Ewigkeit. Und dafür, Majestät, erwarte ich mehr!«

»Was verlangst du denn?« fragte Pharao, allmählich lustlos.

»Nichts, was nicht ein leichtes für Deine Majestät wäre«, erklärte Iri und stellte im gleichen Atemzug die Forderung nach einem eigenen Totentempel bei den königlichen Millionenjahrhäusern, ausgestattet mit drei Altarräumen wie diese. Den Baubeginn, sagte er, wünsche er sich möglichst bald, denn er wolle das Gebäude entstehen sehen und mitgestalten.

Tutanchamun warf ihm einen forschenden Blick zu, als zweifle er an Iris Verstand. Dann sagte er:

»Was für meine Jenseitsausstattung geschaffen wird, Gottesvater Iri, ist nicht allein dein Werk. Meine Majestät kann nicht jedem Sargschreiner, jedem Goldschmied und jedem anderen Handwerker, der daran mitarbeitet, einen Totentempel hinstellen.«

»Was meinst du wohl«, brauste Iri auf, als hätte er wieder einen Schuljungen vor sich, »was alle diese Leute ohne mich zustande gebracht hätten! Nichts! Ohne meine Pläne und Skizzen! Nichts! Ohne meine Aufsicht und Leitung! Nichts!«

O Sched, dachte ich, hoffentlich verliert er jetzt nicht völlig die Beherrschung!

»Iri, mäßige dich!« fuhr Tutanchamun seinen ehemaligen Erzieher an. Zum erstenmal hatte er ihn nur mit dem Namen und nicht auch mit dem Titel angeredet. »Was wären denn alle deine Entwürfe ohne das Geschick und die Erfahrenheit der Kunsthandwerker!«

Ich überlegte fieberhaft, wie ich Iri zur Vernunft bringen konnte. Doch die rettende Unterbrechung kam von selbst. Minchai, Sit-Res Bruder, tauchte in der Tür auf. Daß der Regent seinen Stabsoffizier in die Residenz geschickt hatte, mußte einen wichtigen Grund haben. Leider brachte er schlechte Nachrichten.

König Scha-pa-lu-lu hatte Karkemisch eingenommen und seinen Sohn Sarrukusuh als Oberkönig über die neu eroberten Besitzungen eingesetzt. Durch ihre Verbündeten an der Küste und im Hinterland verfügten die Chatti nun über ein großes zusammenhängendes Gebiet in Nord-Retjenu. Die ägyptentreuen Fürsten waren getötet oder geflohen, die Stadt Qadna war zerstört. Das schlimmste aber war, daß zwei chattische Generäle – einer von ihnen Lupakku – mit ihren Soldaten weiter nach Süden vorgedrungen waren und die ägyptische Provinz Amqi angegriffen hatten. Trotz des bestehenden alten Vertrages fühlten sich die Chatti zu dieser Vergeltungsmaßnahme berechtigt, weil Ägypten versuche, das Gebiet Aitakamas von Qadschu, der jetzt chattischer Vasall sei, zurückzuerobern. Horemheb war mit einem Teil der Truppen sogleich nach Amqi marschiert.

Sofort befahl Pharao, den Kriegsrat einzuberufen, um mit den in der Garnison anwesenden Militärführern zu beraten, wie auf den Angriff zu reagieren sei. Minchai hastete davon. Tutanchamun wollte sich ebenfalls aufmachen. Er hatte die bevorstehende Beratung im Sinn, war in großer Eile. Das ließ Iri anscheinend wieder hoffen. Glaubte er, er hätte jetzt leichtes Spiel und in der Hast würde der König seinem Begehren eher stattgeben? Er lief ihm hinterher bis zur Tür.

»Einen Augenblick noch, Majestät! Gib mir deine Antwort!«

Tutanchamun drehte sich um. Seine Miene war abweisend.

»Meine Antwort lautet nein! Um diese höchste Gunst zu erhalten, die ein König zu vergeben hat«, sagte er kühl, »hättest du mich als Kind freundlicher behandeln müssen!«

Für einen Augenblick sah es aus, als sei Iri tief getroffen. Wie erstarrt stand er an der Tür und blickte Tutanchamun nach. Doch dann kamen diese schrecklichen Drohungen aus seinem Mund.

»Ich lasse die Erde ins Urgewässer hinabfallen!« stieß er zischend hervor. »Die Sonne und jedes Licht sollen verlöschen! Der Süden werde zum Norden! Und die Erde kehre sich um!«

Am nächsten Tag verstärkte sich die Unruhe, die Minchais Nachricht ausgelöst hatte, durch die Meldung, Horemheb sei auf dem Weg nach Amqi in Kämpfe verwickelt worden, die ihn daran hinderten, den bedrohten Orten zu Hilfe zu kommen. Pharao beriet erneut mit den Befehlshabern.

Als ich anschließend um ein kurzes Gespräch mit ihm bat,

wurde ich vorgelassen. Ich wollte ihn unbedingt wegen Iris Verhalten um Nachsicht bitten, auch wenn ich keinen Auftrag dazu hatte. Iri war ebenfalls in die Residenz gegangen. Ich nahm an, daß er Eje aufsuchen wollte. Möglicherweise wandte er sich nach der gestrigen Absage wieder seinem früheren Gesinnungsgenossen zu.

»Was war gestern los mit Iri?« war Tutanchamuns erste Frage.

»Ach, er hat diese hochfliegenden Pläne doch schon lange! Erinnerst du dich nicht? Schon in Achetaton beim Unterricht machte er ab und zu Andeutungen. Aber er muß sich damit abfinden, daß nicht alles nach seinem Willen geht. Auch ich konnte anfangs nicht einsehen, daß ich nicht deine Zweite Gemahlin werden durfte.«

»An mir lag es nicht, Ta-mi, das weißt du! Aber leider ist auch der Herr der Beiden Länder manchmal gezwungen, sich seine Wünsche zu versagen. Hätte ich frei wählen können … als Erwachsener …«

Was er meinte, aber nicht aussprach, machte mich froh und traurig zugleich. Jetzt, da er so nah vor mir saß, daß ich ihn hätte berühren können, sehnte ich mich noch viel mehr nach ihm, als zu der Zeit, da er Hunderte von Meilen entfernt gewesen war. Ach, könnte ich nur wieder in seinen Armen sein!

»Ibib, du fehlst mir so!« flüsterte ich.

»Du mir auch!« gab er leise zurück. »Ich wollte, ich hätte dich nicht verloren. Mit dir konnte ich die Welt vergessen.«

Wir warfen uns tiefe Blicke zu, es war, als würde jeder in den Augen des anderen versinken. Still und mit leisem Lächeln sahen wir uns so eine Weile an, dankbar, weil wir wenigstens jetzt beisammensein durften – trotz allem, trotz Krieg und trotz Königin.

»Mein Herz hast du nicht verloren«, sagte ich. »Es gehört immer und ewig dir. Ich liebe dich.«

An der Tür zum Audienzzimmer, die wie üblich offenstand, redete jemand mit Kiki, und so fragte ich schnell, was denn bei der Militärbesprechung herausgekommen sei. Tutanchamun wandte den Blick ab und lehnte sich mit einem leichten Seufzer zurück.

»Nachtmin schlug vor, mit dem Herrscher von Assur ein Bündnis einzugehen, um unsere Streitmacht zu verstärken. Minchai sprach sich dagegen aus und meinte, wir hätten genügend eigene Krieger in Retjenu. Ich bin der gleichen Ansicht, denn unsere Späher haben die Stärke des feindlichen Heeres ausgekundschaftet. Außerdem ist Minchai zuversichtlich, daß der Regent die versprengten Truppen wieder sammeln und nach Amqi führen kann. Als Heerführer ist Horemheb dem König der Chatti durchaus gewachsen.«

»Horemheb? Nicht du? Majestät, wirst du nicht wieder nach Retjenu ziehen?«

»Nein. Horemheb ist ein erfahrener Feldherr. Und seine Pflicht ist es, mir und den Beiden Ländern zu dienen.«

Erleichtert pflichtete ich ihm bei.

»Mein vordringliches Ziel«, fuhr er fort, »ist es, das Land von innen heraus zu ordnen. Die Maat muß zurückkehren, die Einhaltung der Gesetze gewährleistet sein. Wie du weißt, wurde unter meinem Vater jeder bevorzugt, der sich als Anhänger der neuen Lehre ausgab, unabhängig von seiner Redlichkeit und seiner Befähigung. Gottesvater Eje hat diese Günstlingswirtschaft noch ausgebaut. Es liegt so viel im argen, Ta-mi! Bis die neuen Gesetze greifen, will ich eine gesonderte Behörde einrichten, die mir unmittelbar unterstellt ist. Jeder soll dort Klagen und Beschwerden, aber auch Vorschläge anbringen können, ohne befürchten zu müssen ...«

Er brach ab, weil die Diener auch heute wieder Obst, Brot und ein paar Schüsseln mit kalten Speisen brachten. Die Früchte waren auf einer flachen Schale in Form eines Lotosblattes angerichtet.

»Lauter Sykomorenfrüchte heute«, beanstandete er. »Nur eine einzige auseinandergeschnittene Feige obendrauf.« Er wollte danach greifen, hielt aber inne. »Ich bin unhöflich«, sagte er. »Magst du sie?«

Lächelnd lehnte ich ab und sagte, daß ich mich lieber an die Sykomorenfrüchte halte. Als ich ihn, da die Diener schon hinausgegangen waren, fragte, ob ich ihm nicht weitere Feigen holen solle, schüttelte er den Kopf, nahm sich die beiden Hälften und aß sie. Ich schenkte ihm Wein ein und schaute nach, was die Schüsseln enthielten. Etwa wieder die gleichen Soßen wie gestern? Er holte sich einen Brotfladen, legte ihn auf einem silbernen Teller ab und griff nach dem Weinpokal. Bevor er einen Schluck davon nehmen konnte, stöhnte er plötzlich auf.

»Ibib! Was ist?«

Er hielt sich den Magen. »Hier … hier tut es weh!«

Mit schmerzverzerrtem Gesicht preßte er die Hände auf den Leib. Er schien zu schwitzen, atmete schwer. Voller Angst lief ich zur Tür.

»Kiki! Die königlichen Leibärzte! Schnell!«

Als ich mich wieder zu Tutanchamun umdrehte, hatte er das Zimmer verlassen, wankte, die Hände auf den Magen gedrückt, durch die andere Tür ins Schlafgemach auf das Bett zu. Plötzlich verlor er den Halt. Er griff nach einer Sessellehne, verfehlte sie, warf ein Tischchen um. Mühsam richtete er sich wieder auf und taumelte weiter. Ich war schon fast bei ihm, um ihn zu stützen, da drehte er sich in jähem Schwindel, stürzte. Mit einem dumpfen Aufprall schlug er gegen eine

Truhe und landete seltsam verrenkt auf dem Boden. Sofort kniete ich neben ihm nieder, strich ihm über das Gesicht, rieb mit beiden Händen seine Brust, bewegte seine Arme. Spürte er das denn nicht? Wieso öffnete er nicht die Augen? Er mußte doch zu sich kommen! Was sollte ich tun? Wo blieb der Leibarzt! Ich holte ein Kissen, um ihn darauf zu betten, hob vorsichtig seinen Kopf an. Da sah ich das Blut auf den Fliesen!

»O Ibib, laß mich nicht allein!«

Ich kauerte mich neben ihn, umfing ihn mit den Armen. Sein Gesicht, es war so unbewegt! Er lag ganz reglos da. Aber er schien noch zu atmen. Seine Haut war warm. Er konnte doch nicht tot sein. Verzweifelt horchte ich auf seinen Herzschlag, wartete – vergeblich.

Grauen erfaßte mich, unendliches Grauen.

Ich hielt ihn, bis die Ärzte mich wegschoben. Sie legten ihn aufs Bett, betasteten seinen leblosen Körper, drehten ihn hin und her. Dann sahen sie einander schweigend an.

»Pharao lebt nicht mehr!« sagte der Oberste Leibarzt. »Der König ist tot!«

Dunkelheit. Nacht. Finsternis. Auf Erden schwarze, tiefste, unendliche Finsternis. Alles Licht war aus der Welt geflohen, der helle Traum für immer erloschen.

Tutanchamuns Antlitz wirkte wie gegossene Bronze. Er war bewußtlos gestorben. Ich ging wieder zu ihm hin, legte den Kopf auf seine stille Brust. So blieb ich, während Höflinge, Pagen, Leibwächter ins Zimmer drängten. Der königliche Oberarzt schickte zwei Diener los, einen zur Königin, einen zu Gottesvater Eje.

Ich merkte kaum, was um mich herum geschah, bis mich der königliche Leibarzt rüttelte und aufforderte, ich solle alles berichten. Stammelnd erzählte ich, was vor sich gegangen war. Daraufhin wurden die Bediensteten der Palastküche geholt. Der Küchenvorsteher erklärte zitternd, Gottesvater Iri sei gekommen und habe sich an der Obstschale zu schaffen gemacht. Niemand habe gewagt, dem königlichen Erzieher zu widersprechen, als dieser behauptete, so und nicht anders wolle der König heute sein Obst haben. Schließlich hätten sie die Früchte, wie sie von Iri angeordnet waren, hineingetragen.

»Wer gab ihm ein Messer, um die Feige auseinanderzuschneiden?«

»Er ... er hatte selbst eines dabei. Das verwendete er«, stotterte der Vorsteher der Palastküche.

Ohne Zweifel mußte daran das Gift gewesen sein.

Kiki hatte schon beim ersten Erwähnen von Iris Namen den Raum verlassen. Nun kam er zurück. Mit Iri. Er hielt ihn im Würgegriff gepackt, schob ihn gewaltsam vor sich her.

»Was soll das, Anführer der Leibwache?« keuchte Iri halb erstickt. »Erinnere dich! Wir sind verwandt.«

Mit vor Anstrengung verzerrtem Gesicht schaute er sich um, bis sein flatternder Blick an mir hängenblieb. Ich solle meinen Vetter dazu bringen, ihn freizugeben, ächzte er. Ich unterließ es, einen Versuch in diese Richtung zu unternehmen. Jeder, der Kikis Miene sah, wußte, daß es sinnlos gewesen wäre.

»Du hast Pharao vergiftet!« herrschte ich Iri an. »Weil er dir das Millionenjahrhaus verweigerte, wolltest du dich an ihm rächen!«

Er blickte zu Tutanchamuns leblosem Körper.

»Ich wollte ihn nicht töten!« beteuerte er. »Ich gab ihm ein Mittel, das gestehe ich. Er sollte Schmerzen bekommen, ihm sollte schwarz werden vor Augen, ich wollte, daß er Todesangst fühlt. Das habe ich nur getan, um meiner Forderung Nachdruck zu verleihen.«

Sein Blick streifte wieder die Anwesenden, die ihn umringten.

Die Königin, Eje, Nachtmin, der Tschati von Unterägypten, Maja, Ptahemhet und andere Personen waren eingetroffen. Mit einem Gesicht wie aus Stein gemeißelt betrachtete Anchesenamun ihren toten Gemahl. Kiki wirkte immer noch fürchterlich, unerbittlich umklammerte er Iri, zerquetschte ihn fast.

»Ich schwöre es!« Iri blickte gehetzt von einem zum anderen. Fühlte jetzt er Todesangst? »Ich kann mit Gift umgehen«, fuhr er keuchend fort. »Ich kenne die Mittel, weiß genau, welche Menge tötet. Wie bei Sementaui. So glaubt mir doch!«

Der überraschende Tod von Horemhebs Sekretär im Gefängnis war also auch sein Werk – wenn auch sicherlich in Ejes Auftrag!

Mein Vetter lockerte den Griff, und Iri bewegte sich erleichtert. Doch Kiki hatte nur die rechte Hand frei haben wollen. Sein Messer blitzte auf, Iri sackte zusammen. Als er noch einmal den Kopf hob, spiegelte sich in seiner Miene eher Empörung als Todesfurcht. Er öffnete die Lippen, setzte zum Sprechen an, aber bevor er etwas sagen konnte, strömte Blut aus seinem Mund, und er kippte zur Seite.

»Kiki!« stöhnte ich. »Was hast du getan!«

»Ich habe meinen Herrn gerächt«, antwortete er ruhig und wischte die blutige Klinge an Iris weißem Schurz ab. »Denn er war ein guter Herr. Der beste der Welt!«

»Aber Iri hat gesagt, er wollte Pharao nicht töten!«

Er warf mir einen verächtlichen Blick zu.

»Fällst du bis zum Schluß auf seine Lügen herein!«

Dann kniete er neben dem Bett nieder, nahm Tutanchamuns schlaffe Hand, drückte sie an seine Stirn, küßte sie.

Niemand hinderte ihn, als er, ohne sich noch einmal umzudrehen, den Raum verließ.

Iris Leiche wurde weggebracht. Der Hohepriester des Ptah war als erster in der Lage, das Schreckliche in Worte zu fassen.

»In den Beiden Ländern herrscht nun Finsternis«, sagte er. »Die Sonne hat uns verlassen. Und auch der Mond ist fern.«

Gottesvater Eje verzog keine Miene. Während er flüsternd mit seinem Sohn beriet, teilten die Anwesenden den Neuankömmlingen leise mit, was geschehen war. Entsetzliches, Unvorstellbares hatte sich ereignet. Das Universum war zerborsten, alle Hoffnung in der Welt erstorben. O Sched, lieber sterben als wahnsinnig werden!

»Horemheb ist Pharao Neb-cheperu-Res rechtmäßiger Nachfolger«, sagte der Schatzkanzler laut in das Gewisper und Getuschel hinein. »Der Oberste Heerführer wird nun König!«

»Niemals!« widersprach Anchesenamun mit eisigkalter Miene. »Nicht, solange ich Königin bin!«

Was sollten die Reden vom Erbprinzen, über die Thronfolge, über einen neuen Pharao? Es gab nur einen einzigen König! Und das war Usir. Er herrschte in der Unterwelt. Und dorthin mußte ich ihm folgen.

»Pharao lebt nicht mehr!« hörte ich wieder die Stimme des Arztes. »Der König ist tot!«

»Unsinn«, entgegnete ich. »Er ruft doch nach mir. Er ist ungeduldig. Ich muß schnell zu ihm. Ich habe ihm nämlich versprochen, ihn überallhin zu begleiten. Auch in die Unterwelt. Dort sehe ich ihn schon!«

Strahlend und vollkommen stand Seine Majestät vor mir, erfüllte die Unterwelt mit seiner Schönheit. Der Gute Gott nahm mich bei der Hand, wir gingen durch tausend Tore, vorbei am Feuersee, sahen Dämonen und die Verdammten, die Qualen litten und von der Nachtsonne niemals erlöst wurden. Ich fühlte die Hitze, das Feuer. Die Dämonen wetzten ihre Messer, sie köpften und zerschlitzten, dabei brüllten sie schauerlich. Das alles wiederholt sich Nacht für Nacht. Seit Urzeiten. Und in Zukunft. Millionen mal Millionen Jahre!

Der Vollkommene Gott aber kannte jeden Zauberspruch. Die grimmigen Wächter senkten ihre schrecklichen Waffen und grüßten ihn. Ohne aufgehalten zu werden, gingen wir durch alle Tore, bis wir dorthin kamen, wo die Großen Götter wohnten. Ihr Fleisch war Gold, ihr Haar Lapislazuli. Sie stellten sich an Tutanchamuns Seite, und Aset, die Zauberreiche, legte ihre schimmernden Flügel um ihn und sprach:

»Ich bin gekommen, damit ich dein Schutz sei. Ich habe Atemluft an deine Nase gefächelt, den Nordwind, der aus Atum hervorgeht. Ich habe dir deine Kehle zusammengefügt und habe dich ein Gott sein lassen, deine Feinde unter deinen Sohlen. Damit du triumphierst im Himmel bei Re und machtvoll bist unter den Göttern, über Menschenaugen verfügst und deinen Gang gehst. Den Gang des siegreichen Hor!«

Daraufhin trat Nebethut zu ihm, umarmte ihn ebenfalls und sagte:

»Ich habe meinen Bruder Usir umkreist. Ich bin gekommen, damit ich dein Schutz sei. Mein Schutz ist um dich, ist um dich ewiglich! Dein Rufen ist von Re erhört, gerechtfertigt bist du durch die Götter. Ptah hat deine Feinde zu Fall gebracht. Du bist Hor, der Sohn der Hathor. Und es soll gegen den vorgegangen werden, der gegen dich vorging. Erhebe dich, damit du über das triumphierst, was dir angetan wurde!«

Die Götter verschwanden, Tutanchamun und ich waren wieder allein. Wir gingen weiter und immer weiter durch das

Jenseitsgefilde, das sich nun als schönes Land zeigte, durch Gärten und Haine, am großen Fluß entlang, vorbei an reichen Flachs- und Getreidefeldern. Schließlich bekam ich Hunger von der langen Wanderung. Mein Liebster lachte und sagte, ich solle zu Tante Nehet gehen und dort Bohnensuppe essen. Aber ich wurde traurig bei seinen scherzenden Worten. Als ich ihn bat mitzukommen, erwiderte er, er lebe jetzt von anderer Speise, von Gebeten und Opferrauch und derlei schönen Gaben.

Dann sagte er, wir müßten uns nun trennen. Ich fing an zu weinen. Aber er lachte wieder und fragte, ob ich denn mit meinen Tränen den Feuersee löschen wolle. Dann ließ er meine Hand los. Ich wollte ihn festhalten. Es gelang mir nicht, und er entfernte sich immer weiter. Ich sah, wie er sich allmählich in strahlendes Gold verwandelte.

»Ibib, laß mich nicht allein!« rief ich weinend. »Ich kann ohne dich nicht leben!«

»Das mußt du auch nicht«, sagte er und lächelte von fern, vom Horizont her, sein goldenes Lächeln. »Ich bin jeden Tag bei dir. Denn ich bin Re!«

Er war ein Großer Gott geworden.

Mit einem Aufschluchzen kam ich zu mir.

Amenia, Mutnedjemet und Sit-Re standen um mich herum. Ich lag auf einem Bett, und als ich mich umschaute, merkte ich, daß ich mich im Haus des Regenten befand.

»Ich habe dich herbringen lassen«, sagte Amenia. »Es war zuviel für dich, um standzuhalten.«

»Alles ist so entsetzlich! Pharao ist tot. Iri ist tot, hat diese schwere Schuld auf sich geladen. Und Kiki … was ist mit Kiki?«

»Er ist nebenan. Ihr könnt beide vorerst hierbleiben.«

Mir war gleichgültig, wo ich mich aufhielt. Wozu überhaupt leben, wenn er doch nicht mehr lebte! Nie wieder würde ich ihn mit seinem leichten, stolzen Schritt durch die Räume des Palastes gehen sehen, nie wieder mit ihm sprechen können, ihn nie wieder lachen hören …

Ich blieb bei Amenia. In Iris Haus kehrte ich nicht mehr zurück. Seine Verwandten ließen mich wissen, daß sie die Rechtmäßigkeit unserer Ehe anzweifelten. Da kein Testament vorliege, würde ich nichts erben. Sollte ich dennoch irgendwelche Ansprüche geltend machen, wollte die Familie gerichtlich gegen mich vorgehen.

Ich verzichtete. Nur die Sachen, die ich dorthin mitgebracht hatte, ließ Amenia für mich abholen. Denn Pharaos Geschenke waren mir jetzt alles.

Ich rechnete es Amenia hoch an, daß sie Kiki und mich bei sich aufnahm. Sie selbst sah sich nicht als zukünftige Königin, sondern meinte, es ändere sich nichts, bevor Horemheb nicht zurückgekehrt sei.

Obwohl es zunächst so aussah, als seien alle Hoffnungen Anchesenamuns zunichte, machte die königliche Witwe den Militärführern und der Beamtenschaft klar, daß sie es als ihr Recht und ihre Pflicht betrachte, allein über die Beiden Länder zu herrschen. Sie stand dem Regenten ablehnend, ja feindlich gegenüber und war nicht gewillt, ihn als neuen König zu akzeptieren.

Es gab Leute, die behaupteten, Iri hätte Tutanchamun aus Eifersucht vergiftet. Nein, o Sched, nein! Das stimmt nicht! Es war seine Besessenheit gewesen, die ihn zu dieser Tat getrieben hatte. Weil er unbedingt ein Millionenjahrhaus haben wollte. Ich glaubte ihm sogar, daß er nicht vorhatte, den König umzubringen. Aber auch so war sein Anschlag verwerflich genug, und ich konnte Kiki verstehen, der, da er seinen Herrn nicht hatte schützen können, ihn wenigstens sofort rächen wollte.

Hinterher läßt sich immer leicht behaupten, man hätte dieses tun, jenes unterlassen, dieses sagen, jenes lieber verschweigen sollen. Wäre Tutanchamun aufgrund des plötzlichen Schwindels nicht so unglücklich gestürzt, vorausgesetzt, Iri hatte tatsächlich kein tödliches Gift benutzt, könnten beide noch am Leben sein. Immer wieder grübelte ich, ob ich nicht mitschuldig war. Hatte ich Iri nicht allzu ausführlich von Tutanchamuns Vorlieben und Gewohnheiten erzählt?

Und – hatte Iri in Kauf genommen, daß auch ich das Gift abbekam? Ausnahmsweise hätte ja ich die Feige essen können. Oder wir hätten sie gemeinsam essen können. Waren beide Hälften vergiftet gewesen? Oder nur eine? Aber das waren nur Vermutungen und Fragen, alles war eine Sache von wäre und würde, von könnte und hätte, von wenn, wenn, wenn …

Monat um Monat verging. In den Beiden Ländern war das Leben wie erstorben. Die Menschen hatten keine Hoffnung mehr. Tag für Tag versammelten sich Leute unterhalb des Erscheinungsfensters am Palast, sangen außer den Klageliedern auch jubelnde Lobeshymnen auf ihren jungen König, so als könnten sie ihn dadurch ins Leben zurückrufen.

Ich verbrachte diese Zeit wie in einem düsteren Traum, lebte mehr im Jenseits als in der diesseitigen Welt. Grübelei und triste Gedanken machten mich fast verrückt. Kiki war nicht oft in Amenias Haus anzutreffen. Er trieb sich meistens in den Schenken von Perunefer herum, wo er sich mit Wein vollaufen ließ.

Pharaos Körper wurde für die Ewigkeit vorbereitet. Da man mit seinen Särgen gerade erst angefangen hatte, wurde er in diejenigen gelegt, die für seinen Vorgänger angefertigt, aber nicht benutzt worden waren. Doch er wurde nicht bestattet; die Grabzeremonie mußte ja sein Nachfolger durchführen. Und Horemheb war in Retjenu. Die Chatti hatten im Land Amqi zahlreiche Orte erobert und viele Ägypter gefangengenommen. Kämpft, fragte ich mich, Horemheb jetzt als Heerführer für seine Königin? Oder schon als Pharao für das Reich, das er regieren will?

Tutanchamuns Witwe würde sich jedenfalls nicht so leicht beiseite schieben lassen, das war klargeworden. Und sie würde sich auch nicht damit begnügen, nur Mitregentin zu sein. Ich hätte gern einmal mit ihr gesprochen, aber anscheinend rechnete sie mich zum Lager ihrer Feinde. Durch Amenias Spitzel erfuhren wir ziemlich viel über die Vorgänge im Palast. Es schien dort irgendein Geheimnis zu geben, hinter das jedoch niemand dringen konnte. Natürlich mußte die Königin jetzt wieder auf Gottesvater Ejes Unterstützung zurückgreifen.

Der Aufenthalt in Amenias Villa war für mich angenehm. Die Frau des Regenten klagte selten, auch wenn es ihr wegen ihrer Krankheit häufig schlechtging. Muti um sich zu haben sei ihr eine große Erleichterung, sagte sie.

Dann, eines Mittags, kam ein Bote mit der Aufforderung, Amenia möge sich sofort in den Palast begeben. Einen Augenblick später erschien der Hohepriester des Ptah und sagte, er habe die gleiche Aufforderung erhalten. Amenia bat Mutnedjemet und mich, sie zu begleiten. Gemeinsam mit Ti machten wir uns auf den Weg.

Wir wurden sofort in den Thronsaal geführt. Die Königin wirkte erregt und gleichzeitig irgendwie triumphierend. Eje und Nachmin waren ebenfalls da, und zu unserem Erstaunen tauchte auch General Naj auf. Er komme geradewegs aus Nord-Retjenu, erklärte er an Amenia gewandt, und was er ihr melden müsse, sei grauenvoll. Horemheb, ihr Gatte, sei im

Kampf gefallen. Amenia schrie nicht auf, sie weinte nicht, sondern fragte ruhig nach den Einzelheiten. Wahrscheinlich hatte sie sich schon lange innerlich auf die Möglichkeit des Todes des Befehlshabers auf dem Schlachtfeld eingestellt.

Naj berichtete von einem Überraschungsangriff der Chatti, bei dem der Oberste Heerführer von seinen Leuten abgedrängt worden sei. Allein auf sich gestellt, habe er sich lange Zeit äußerst tapfer gegen die feindliche Übermacht verteidigt, bis er schließlich, tödlich verwundet, von seinen getreuen Offizieren gerade noch in Sicherheit gebracht worden sei, bevor die Feinde seinen Körper schänden konnten. Inzwischen hatte sich der Thronsaal mit den höchsten Staatsbeamten gefüllt, alle lauschten atemlos Najs Bericht. Als der General damit zu Ende war, herrschte fassungsloses Schweigen.

Dann fragte von irgendwoher eine unsichere Stimme:

»Wird Eje jetzt Pharao?«

Der Gottesvater wehrte ab. Seine geliebte Enkelin werde wieder heiraten, verkündete er. Und dann lüftete er das Geheimnis, das sie im Palast während der ganzen Monate so gut gehütet hatten. Anchesenamun werde einen Ebenbürtigen ehelichen, einen Königssohn, sagte er. Die verwitwete Königin habe sich mit mehreren Briefen an den Herrscher von Groß-Chatti, König Scha-pa-lu-lu, gewandt und ihn gebeten, einen seiner zahlreichen Söhne nach Ägypten zu entsenden, damit dieser mit ihr als königlicher Gemahl und neuer Pharao über die Beiden Länder herrsche.

»Nie und nimmer! Ein Fremder! Ein Feind sogar!«

»Ein Chatti soll Ta-meri regieren? Niemals!«

Alle riefen durcheinander.

»Dann gibt es Frieden zwischen Kemet und Groß-Chatti!« versuchte die Königin mit erhobener Stimme, die Rufe zu übertönen. »Endlich wird Ruhe einkehren in den nördlichen

Provinzen. Kämpfe und Krieg hören auf, Soldaten und Militärführer sind nicht mehr wichtig.«

»Mit dieser Heirat also trachtete sie, Horemheb auszuschalten«, murmelte Amenia neben mir. »Wäre ihr der Frieden doch eher gelungen! Dann hätte Hori nicht sterben müssen.«

Mit einemmal setzten bei ihr der Schock, die Schwäche ein. Muti und ich konnten sie gerade noch auffangen, auch Ti eilte herbei und kümmerte sich um sie. Niemand konnte ihr besser nachfühlen als ich, was sie durchmachte. Wir brachten sie mit der Sänfte nach Hause. Der Hohepriester des Ptah aber blieb in der Residenz, um weiter zu hören, was gesagt wurde.

Kurze Zeit später kam er und berichtete, am Hof sei ein großer Streit ausgebrochen, weil die wenigsten bereit seien, einen fremden Königssohn als neuen Herrscher zu akzeptieren. Gottesvater Eje habe sie jedoch vor vollendete Tatsachen gestellt. Endlich kröne Erfolg die monatelangen Verhandlungen, hatte er seine unterbrochene Rede fortgesetzt, ein Sohn Scha-pa-lu-lus, nämlich Prinz Zannanza, habe Chattusa, die Hauptstadt der Chatti, bereits verlassen. Geleitet von einer ägyptischen Eskorte, sei Anchesenamuns Bräutigam schon auf dem Weg nach Men-nefer. Und die erste offizielle Handlung des neuen Königs bestehe darin, Tutanchamun beizusetzen.

Sofort hatten sich erneut empörte Stimmen gemeldet. Als ob ein Fremder das könnte! Die magischen Beschwörungen! Die uralten Riten!

Ti berichtete weiter, daß Gottesvater Eje daraufhin zu ihm, Maja und Horemhebs engsten Freunden, die sie alle von der Todesmeldung noch ganz erschüttert waren, gesagt hätte, daß der Oberste Heerführer, wäre er noch am Leben, selbstverständlich so lange Regent geblieben wäre, bis er den fremden Prinzen in die Zeremonien, Gesetze und Gepflogenheiten des Landes eingeführt hätte. Und nun erkläre er, Eje, sich auf Wunsch der Königin bereit, alle diese Pflichten zu übernehmen.

»Endlich ist er am Ziel!« sagte Amenia mit schwacher Stimme, aber kühl und wieder vollkommen beherrscht. »Er ist der mächtigste Mann im Staat. Denn was kann der Chatti-Prinz, jung, fremd und wahrscheinlich nicht einmal unserer Sprache mächtig, ihm schon entgegensetzen?«

Plötzlich fing Muti zu weinen an, und da verlor auch Amenia wieder die Fassung. Ti und ich konnten sie nur wenig trösten. O Sched, dachte ich verzweifelt, wenn Horemhebs Tod Amenia nicht völlig niederwirft! Es ist so entsetzlich! Obwohl sie ständig damit rechnen mußte, daß ihm etwas zustößt, kann sie es jetzt, da es eingetreten ist, nicht ertragen.

Aufgewühlt, wie ich war, lief ich aus dem Haus und kam, ohne es zu wollen, wieder zum Palastviertel. Als ich Hufgetrappel und das Fahrgeräusch eines Wagens hörte, blieb ich stehen. Überrascht erkannte ich General Naj; seinem Streitwagen folgte ein Lastpferd. Ich wunderte mich. Kaum zurückgekehrt, brach er schon wieder auf? Und nach seiner Ausrüstung zu schließen, hatte er eine weite Reise vor sich.

DIE FLUCHT

Auch die nächsten Wochen vergingen in Trauer. Während in Amenias Haus geklagt wurde, bereitete sich in der Residenz die Königin auf ihre Hochzeit vor. Auch der zweite Gemahl war jünger als sie, denn Scha-pa-lu-lus ältere Söhne waren alle verheiratet und mit der Verwaltung eroberter Gebiete betraut. Anchesenamun ließ sich Zannanzas Aussehen und sein Wesen beschreiben und mit Geschichten über seine Taten unterhalten. Bestimmt war das meiste erfunden, was man ihr erzählte! Denn auf einmal wußte jeder im Frauenpalast etwas über den sehnlich erwarteten Königssohn. Ich fragte mich, ob er genauso barbarisch aussah wie die chattischen Kriegsgefangenen, die Horemheb damals im Triumphzug vor Tutanchamun geführt hatte.

Die Ankunft des Bräutigams rückte näher und näher. Da platzte mitten in die festlichen Vorbereitungen die Nachricht, der Chatti-Prinz sei ermordet worden. Der erschöpfte Bote meldete, am Morgen nach einem großen Trinkgelage hätten die Diener den Prinzen erdrosselt in seinem Reisezelt aufgefunden. Die Chatti beschuldigten die ägyptischen Begleiter, sie hätten Zannanza und seine Freunde absichtlich betrunken gemacht. Nur mit dem Einverständnis der ägyptischen Wachen habe der Mörder eindringen und den zukünftigen Pharao unbemerkt töten können. Aber in der Residenz interessierte sich niemand besonders für die Hintergründe.

Für Gottesvater Eje gab es nun kein Halten mehr. Mit Unterstützung seines Sohnes, den er gleich nach der Meldung von Horemhebs Tod zum Oberbefehlshaber über die gesamten Streitkräfte ernannt hatte, und seiner Gefolgsleute übernahm er offiziell die Macht. Er ließ sich zum Pharao ausrufen, und weder Ptahemhet noch Maja oder Horemhebs übrige Anhänger konnten es verhindern. Auch jeder Widerstand seitens der Königin war vergebens. Eje verwendete sie wie einen Schutzschild, schob seine königliche Enkelin überall vor, wo es ihm Vorteile brachte. Um sich vollends abzusichern, ernannte er sie formhalber zur Mitregentin. Obwohl keineswegs alle Leute mit seiner Thronbesteigung einverstanden waren, waren die meisten doch erleichtert, daß kein Fremder auf den Thron gelangte. Das war ihnen wichtiger als der Frieden.

Der König der Chatti, der mittlerweile von der heimtückischen Ermordung seines Sohnes erfahren hatte, ließ seine Truppen, angeführt von erfahrenen Generälen und Prinz Zannanzas Bruder, Thronfolger Arnuwanda, mit neuer Wucht nicht nur über das Land Amqi, sondern auch über die Provinz Upe herfallen.

Zwar hatte General Naj die Führung des in Retjenu stehenden Heeres übernommen, doch Horemhebs Freunde bezweifelten, daß er in der Lage sei, so kampfkräftigen Gegnern Einhalt zu gebieten.

Für Amenia hätte es einen gewissen Trost bedeutet, ihren Gatten in seinem herrlichen Haus der Ewigkeit bestatten zu können. Aber wegen der Kämpfe war es nicht möglich, Horemhebs Leichnam heim nach Kemet zu bringen. Wir überlegten oft, wie es wohl Ramessu und Minchai erging, zitterten mit Sit-Re. Ich fragte mich auch manchmal, was aus Djehuti geworden war. War er überhaupt noch am Leben?

Von Ti hatte ich erfahren, daß er irgendwo in Retjenu untergetaucht war, mit genügend Mitteln versehen, um ein neues Leben anzufangen.

Aus Kummer und Enttäuschung zog sich Anchesenamun fast völlig von den Regierungsgeschäften zurück. Gottesvater Eje hatte vollends freie Hand, Tey führte das Zepter als seine Königin. Dann, eines Tages, wurde ich von Tutanchamuns Witwe in den Palast zitiert. Ich war ziemlich überrascht. Es war die zweite Audienz bei ihr. Wie hatte sich seit der ersten die Welt verändert!

Wieder erlaubte sie mir, auf einem Hocker zu sitzen. Wir sprachen von Tutanchamuns Tod und wie sich alles zugetragen hatte.

»Seine letzten Worte galten seinen Plänen«, sagte ich. »Gemeinsam mit Deiner Majestät hatte er so vieles vor.«

»Ja, unsere Pläne …!« Sie lachte voller Bitterkeit, dann wandte sie mir forschend den Blick wieder zu. »Sprach er nicht vielmehr von eurer Liebe?«

»Nein, Majestät!« entgegnete ich mit Nachdruck. Ich fand nicht, daß ich ihr ein genaues Protokoll des Gesprächs schuldig war. Ich hatte von Pharaos letzten Worten gesprochen. Was davor gesagt worden war, gehörte für immer uns allein, Tutanchamun und mir.

Nachdem sie ein paar Augenblicke vor sich hin gebrütet hatte, fuhr sie fort: »Pläne, Zukunft, Leben … alles wurde ihm versagt! Und nun mißgönnt ihm Eje auch noch die Stätte der Ewigkeit. Der Gottesvater fürchtet, ein neues königliches Grab könne für ihn nicht mehr fertig werden, und plant, das für Tutanchamun vorgesehene für sich selbst zu beanspruchen.«

Ich sprang auf, außer mir vor Schreck und Wut.

»Majestät, dagegen mußt du vorgehen! Wo sonst findet der Gott« – ich meinte Tutanchamun – »sein ewiges Zuhause?«

Die Königin wartete, bis ich mich wieder hingesetzt hatte.

»Eje überläßt ihm seine eigene Grabstätte«, erklärte sie. »Er hat die Künstler bereits dorthin beordert, damit sie rasch Tutanchamuns Namen und die entsprechenden Inschriften anbringen und wenigstens den Raum für den Sarkophag mit Malereien ausschmücken. Der Gottesvater hat es eilig, Usir Neb-cheperu-Re ins Grab zu senken.«

»Aber die Anlage ist winzig! Und unbedeutend! Und eines Königs nicht würdig!«

Ich dachte an die vielen goldenen Statuen, an die riesigen Schreine und zahllosen Schränkchen, die Iri hatte anfertigen lassen – und das war ja nur ein kleiner Teil von dem, was Pharao mitgegeben werden sollte. Niemals würde das alles in Ejes Beamtengrab passen. Und außerdem hatte Tutanchamun diesen Ort von Anfang an nicht gemocht! Sollte er jetzt für alle Ewigkeit dort ruhen, wo ihn Iri mit gehässigem Leichtsinn attackiert hatte? Wie konnte der Gottesvater die Würde des toten Herrschers so schamlos verletzen! Aber Tutanchamuns Witwe war zu machtlos, um etwas gegen ihn auszurichten.

»Auch unsere beiden Kinder werden dort bestattet«, erklärte sie mir in bedrücktem Ton. »Ta-mi, du findest deine Königin in großer Bedrängnis, umgeben von Feinden und Verrätern. Naj ist meinem chattischen Bräutigam entgegengefahren. Er war es, der ihn aus dem Weg räumte. Damit Eje Pharao werden kann! Und Naj und Nachtmin sollen seine Erbprinzen sein!«

»Wie bitte? General Naj wird Ejes Erbprinz? Er und der Gottesvater sind nicht mehr entzweit?«

Sie lachte wieder auf. »Sie waren es nie! Alles war nur Täuschung. Wie vorher Sementaui es hätte tun sollen, hat schließlich Naj für Horemhebs Tod gesorgt! Um dessen Vertrauen zu gewinnen, gab er einfach vor, mit Eje gebrochen zu haben.«

Einen Moment lang fühlte ich mich zum Sterben schwach.

»Und was ist mit dem Anschlag auf Tutanchamun, bei dem Prinzessin Qafraiat und Pachar ums Leben kamen?« fragte ich atemlos. »Steckten da auch Eje, Nachtmin und Naj gemeinsam dahinter?«

»Nein. Nachtmin handelte ohne das Wissen seines Vaters. Eje sah immer nur Horemheb als Gegner an. Ihn wollte er tot sehen, nicht den König. Denn damals begnügte er sich noch damit, Regent werden zu wollen. Aber Nachtmin, dieser Tölpel, glaubte, wenn er Tutanchamun ermordet, könne er selbst Pharao werden. Sein eigener Vater hielt das Vorgehen für so einfältig, daß er ihn vorerst verstieß. Bis er dann wieder andere Pläne faßte! Für den Überfall hatte Nachtmin Leute von außerhalb angeworben, die niemand kannte. Außerdem verriet er Pharaos Vorhaben an Fürst Akkizzis Widersacher, so daß diese über die Prinzessin herfallen und sie töten konnten.« Sie machte eine Pause, bevor sie eindringlich hinzufügte: »Das alles habe ich nach und nach herausgefunden. Ich teile es dir mit, damit du es an Amenia und an Ptahemhet weitersagst.«

Ich brauchte eine Weile, um die Neuigkeiten zu verkraften. Anchesenamun suchte nun, weil sich alle ihre Hoffnungen zerschlagen hatten und Eje ihr in den Rücken gefallen war, Verbündete unter ihren ehemaligen Feinden. Horemheb stellte ja keine Gefahr mehr für sie dar, seine einflußreiche Witwe dagegen konnte ihr von Nutzen sein. Und über mich wollte sie diese Verbindung herstellen – zu Amenia und zum mächtigen Hohenpriester des Ptah!

Wie gewünscht gab ich die Neuigkeiten weiter, doch es ergab sich keine Gelegenheit zu einer Annäherung.

Kurz nach dieser Audienz nämlich kam Kiki früher als sonst nach Hause und berichtete ganz aufgeregt, Seine Exzellenz sei gar nicht tot! In den Soldatenkneipen mache das Gerücht die Runde, Horemheb sei schwer verwundet, aber er lebe! Ich schimpfte mit meinem Vetter, weil solches Gerede Amenia bloß unnötig aufrege und ihr weh tue. Aber er beteuerte, er habe an diesem Abend noch keinen Tropfen getrunken, und der Mann, der es ihm und den anderen erzählt habe, sei ebenfalls völlig klar gewesen. War Horemheb schon solch eine Legende unter seinen Soldaten, daß sie ihn für unsterblich hielten?

Niemand war sicher, keiner wußte Genaues. Aber die Gerüchte häuften sich. Wir wagten nicht, daran zu glauben. Dann kam uns der Gedanke, ob die Meldung vom Tod des Regenten nicht auch eine Finte des Gottesvaters gewesen war? Oder vielleicht hatte Naj Horemheb tatsächlich für tot gehalten und war gleich aufgebrochen. Oder er hatte, weil ihm sein Vorhaben nicht geglückt war, absichtlich versucht, mit der falschen Nachricht dasselbe Ziel zu erreichen. Jedenfalls war auf diese Weise der Widerstand derjenigen Leute gebrochen worden, die ausschließlich Horemheb als Tutanchamuns rechtmäßigen Nachfolger anerkannten.

Falls Horemheb tatsächlich lebte, würde er sicherlich, sobald er dazu in der Lage war, nach Kemet zurückkehren, um den Kampf gegen Eje und seine Anhänger aufzunehmen. Mit einemmal wurde uns klar, daß wir uns in Gefahr befanden. Ein erstes Anzeichen dafür war, daß Kiki als Mörder angeklagt werden sollte. Bisher hatte man ihn immer als Pharaos

Rächer angesehen. Jetzt hieß es plötzlich, er habe grundlos den königlichen Erzieher erstochen. Natürlich war das nur ein Vorwand, um meinen Vetter und Horemhebs Frau, die uns Zuflucht bot, anzugreifen.

Amenia ging es von Tag zu Tag schlechter. Die große Aufregung hatte ihrer Gesundheit arg zugesetzt. Nach dem Entsetzen der Todesmeldung und dem Schmerz jetzt das zermürbende Warten und die ungewisse Hoffnung. Man konnte zuschauen, wie sie verfiel; schließlich war sie kaum noch in der Lage, das Bett zu verlassen. Mutnedjemet und ich lösten uns bei der Pflege ab. Auch Sit-Re kam jeden Tag vorbei.

Bei einem dieser Besuche bat uns Amenia, sie in den Garten zu bringen. Es gehe ihr heute besser, behauptete sie, obwohl jeder sah, daß das nicht stimmte. Außer Tee hatte sie in den letzten Tagen nichts zu sich genommen. Wir halfen ihr aus dem Bett und führten sie zur Gartenlaube. Ihre Abgezehrtheit war erschreckend; früher hatte sie immer so elegant gewirkt in ihren feingewebten Kleidern. Sie sah uns der Reihe nach an, die wir niedergeschlagen um sie herumsaßen.

»In Men-nefer zu bleiben ist für euch zu gefährlich«, sagte sie. »Ihr müßt so bald wie möglich fliehen!«

Natürlich hatte jeder von uns mit diesem Gedanken gespielt. Aber wie hätten wir die Kranke, die wir liebten und der wir so viel verdankten, im Stich lassen können! Amenia wies unsere Einwände zurück. Ihr helfe es nicht, wenn wir blieben. Es gehe um unser Überleben, denn keiner von uns habe unter den neuen Machthabern einen guten Stand. Auch Sit-Re solle sich mit Sethy in Sicherheit bringen.

Und dann erklärte sie uns, daß Horemheb, da ihm und ihr eigene Kinder versagt geblieben seien, Ramessu als seinen Sohn und Erben betrachte. Er habe es einigen verläßlichen Militärführern anvertraut, aber aller Wahrscheinlichkeit nach sei es unterdessen auch Eje bekannt. So werde, falls Horemheb als Tutanchamuns Nachfolger den Thron besteige, gleichzeitig Ramessu Erbprinz und königlicher Thronfolger. Sit-Re riß ihre Kulleraugen auf, als sie erfuhr, sie werde dann Kronprinzessin sein.

»Ti hilft euch, schnell außer Landes zu kommen«, sagte Amenia.

Unsere Bedenken, sie allein zurückzulassen, schob sie beiseite. Der Hohepriester des Ptah werde sich weiterhin um sie kümmern, und es werde ihr nicht an Krankenpflege fehlen; außerdem sei sie von ihren treuen Dienern umgeben. Mutnedjemet weigerte sich dennoch beharrlich mitzukommen. Sie werde unter allen Umständen bei ihr bleiben, denn für sie gebe es nicht den geringsten Grund zu fliehen. Aber daraufhin wurde Amenia schroff und ließ keinen Widerspruch mehr gelten. Muti kämpfte mit den Tränen.

»Versprich mir, daß du nachkommst, sobald es dir irgendwie möglich ist!«

Mit mattem Lächeln nickte Amenia. Dann bat sie die anderen, sie und mich einen Augenblick allein zu lassen. Mutnedjemet, Sit-Re und Kiki gingen ins Haus. Ich setzte mich ganz nah zu ihr, damit mir keines der Worte entging, die sie mit schwacher Stimme äußerte.

»Sucht Schutz in einer der Küstenstädte, die noch sicher sind! Von dort aus müßt ihr mit Horemheb Verbindung aufnehmen!« Sie seufzte und fügte kaum hörbar hinzu: »Ach, ich wünschte so sehr, ich könnte Hori noch einmal wiedersehen!«

»Das wirst du auch!« Verzweifelt grub ich die Fingernägel in meine Handflächen. »Wenn … wenn du erst wieder gesund bist!«

»Da müßte schon ein Wunder geschehen!« Erneut machte sie eine Pause. »Ta-mi, bitte kümmere dich um Muti! Ich habe mir vorgestellt, daß sie Horis Frau wird und – sollten die Götter es wollen, daß er einmal herrschen wird in Kemet – seine Königin! Denn«, fügte sie hinzu, »das Mädchen hat einen guten Charakter.« Wieder stockte sie, ich wagte kaum zu atmen. »Und sie ist jung. Vielleicht schenkt sie Horemheb Kinder. Dann ist Ramessu zwar kein Erbprinz mehr. Aber für Hori wäre es schön!«

»Und was soll ich tun«, fragte ich ratlos, »um die beiden zusammenzubringen?«

Sie lächelte versonnen. »Das wird, glaube ich, nicht allzu schwierig sein. Sie schätzen einander sehr. Es reicht, wenn du ihnen klarmachst, daß es auch mein Wunsch ist.« Mit einemmal wirkte sie ganz eifrig und besorgt, und ihre Stimme klang ein bißchen kräftiger als zuvor. »Es ist schon richtig, daß ich vorausgedacht habe. Hori besitzt nämlich in diesen Dingen wenig Geschick. Und bei den Kämpfen um die Provinzen und um den Thron wird er vielleicht gar keine Gelegenheit haben, nach einer geeigneten Gemahlin zu suchen.«

Noch am selben Tag beratschlagten wir mit Ti. Trotz unseres Kummers und unserer Unsicherheit – schließlich war Amenia immer so etwas wie unsere Anführerin gewesen – bereiteten wir die Flucht vor. Da wir eine Schwerkranke im Haus hatten, blieben wir im großen und ganzen unbehelligt. Der Hohepriester verschaffte uns Plätze auf einem Handelssegler, der bereits am nächsten Vormittag ablegen und die Küste entlang nordwärts fahren sollte. Ti meinte, es sei ratsam, sich beizeiten an Bord einzufinden.

Am frühen Morgen traf Sit-Re mit ihrem Sohn ein. Muti und ich waren dabei, die letzten Sachen einzupacken. Anschließend wollten wir uns von Amenia verabschieden, was uns unsagbar schwerfiel. Plötzlich wurde ans Tor geschlagen, gleich darauf drängten sich fünf, sechs Soldaten mit Speeren herein. Hatten sie mit Widerstand gerechnet, weil sie so viele waren? Sie sollten nämlich nur mich holen.

Ich mußte mein Gepäck zurücklassen, sie nahmen mich mit zur Residenz. O Sched, was, wenn die anderen ohne mich abfuhren! Was drohte mir so kurz vor dem Entkommen? Ich wurde zum Frauenpalast geführt, wo Amenmose, inzwischen Obervorsteher des Harims, mich erwartete. Das konnte nur bedeuten, daß eine der Königinnen mich hatte holen lassen. Er brachte mich in Anchesenamuns Gemächer, wo ich in einem Nebenraum warten mußte.

O Sched, mein Schiff wartete doch im Hafen! Und ich wurde hier festgehalten! Ich hegte die schlimmsten Befürchtungen. Mein Herz zitterte. Würde ich je wieder in Freiheit kommen? War das das Ende? Sollte ich eingesperrt werden? Trachtete man mir nach dem Leben?

Bereits nach kurzem kam eine Dienerin und forderte mich auf, ihr zu folgen.

»Du willst also entwischen!« begrüßte mich die Königin, als ich nach dem Fußfall vor ihr kniete. »Du und dein Vetter und die anderen.«

Ich schaute zu ihr auf.

»Majestät, hast du vor, uns an der Reise zu hindern?«

»Im Gegenteil!« Sie ging zu einem Tisch, auf dem eine verschnürte Schriftrolle lag. »Entgegen meiner Abmachung mit Eje werde ich eure Flucht nicht vereiteln. Er hat mich hintergangen, ich fühle mich nicht mehr an ihn gebunden. Ein Bündnis mit Horemheb kommt für mich genausowenig in Frage. Nein, ich suche weiterhin beim König der Chatti Unterstützung. Scha-pa-lu-lu wütet wegen der Ermordung seines Sohnes auf ägyptischem Gebiet. Das kommt Eje sehr gelegen, denn die Kämpfe halten Horemheb in Retjenu fest. Doch König Scha-pa-lu-lu schließt gern mit seinen ehemaligen Feinden Heiratsbündnisse. Hat er nicht Schattiwaza, dem Sohn des einst von ihm besiegten Tuschratta, eine seiner Töchter zur Frau gegeben und ihn in Naharina als König eingesetzt! Ich will Scha-pa-lu-lu daher meiner fortbestehenden persönlichen Freundschaft versichern und ihn überzeugen, daß es unter meiner Herrschaft zwischen Kemet und Chatti Frieden geben würde.«

Sie hatte ohne Pause, immer schneller und atemloser gesprochen. Nun hielt sie inne, fuhr aber gleich darauf fort:

»Nur weiß ich nicht, wen ich zu ihm schicken soll! Chani, der bisherige Unterhändler, ist Ejes Mann. Unter den gegebenen Umständen nimmt er die Reise nicht noch einmal auf sich. Du dagegen reist ohnehin nach Norden. Höre meinen Plan! Wenn du in einer der Küstenstädte an Land gehst, läufst du zu den Chatti über, läßt dich in ihr Heerlager bringen und vor König Scha-pa-lu-lu führen! Übergib ihm diesen Brief von mir!«

Ihre ausgestreckte Hand hielt mir die Schriftrolle entgegen. Ich hatte mich während ihrer letzten Worte aus meiner knienden Haltung erhoben. Ohne den Papyrus zu nehmen, stellte ich mich vor sie hin und sah ihr direkt in die Augen.

»Wenn's weiter nichts ist, meine Königin!« meinte ich spöttisch.

Sie ging nicht darauf ein.

»Ich befinde mich in der bedrängtesten Lage, in der sich je eine Königin befand! Um gegen Eje und Horemheb vorzugehen, brauche ich unbedingt die Hilfe des chattischen Großkönigs. Ich weiß, deine Mission ist gefährlich. Dein Vetter soll dich zu den Chatti begleiten. Nur deswegen lasse ich ihn entkommen.«

»Glaubst du denn, Majestät, daß wir das Regentenpaar derart hintergehen?«

»Selbstverständlich!« entgegnete sie stolz. »Du und dein Vetter, ihr seid der königlichen Familie verpflichtet. Nicht meinen Feinden!«

Sie wandte sich ein wenig ab, und als sie weitersprach, waren ihre Worte nicht an mich gerichtet. Sie klangen wie ein Stoßgebet. »O Amun!« flüsterte sie. »Das Unterste ist zuoberst, das Oberste zuunterst. Steh mir bei! Meine Majestät muß sich auf diese Dienerin da verlassen. Schütze mich vor Eje! Verhindere, daß Naj oder Nachtmin ans Ruder kommt! Keiner von ihnen würde mich am Leben lassen.«

Mit einem Seufzer drehte sie sich zu mir herum, drückte mir den versiegelten Papyrus in die Hand.

»Mit diesem Schreiben wiederhole ich meine frühere Bitte. Richte dem König aus, daß ich nichts für den Tod seines Sohnes kann! Ich hätte ihn gern zum Pharao gemacht.« Sie ergriff einen kleinen goldenen Cheperi-Käfer und gab ihn mir ebenfalls. »Händige ihm auch das aus! Er gehörte Königin Nofretete, meiner Mutter, und ich schwöre in ihrem Namen, daß das, was ich schreibe, die Wahrheit ist! Überzeuge Scha-pa-lu-lu davon! Es ist meine letzte Hoffnung.« Sie ließ sich auf einen Sessel sinken. »Du tust doch, was ich von dir verlange? Führe alles so aus, wie ich es dir sagte! Schwöre es um des unsterblichen Gottes willen, den zu lieben ich dir erlaubte!«

Ich leistete den Schwur. Mein Leben war mir lieb. Ich wollte mein Schiff erreichen. Und ich war traurig und zornig, weil Anchesenamun mich abgehalten hatte, Amenia Lebewohl zu sagen.

Und, dachte ich bitter, es ist mir auch nicht vergönnt, Tutanchamun zu seiner letzten Ruhestätte zu begleiten!

Kaum hatte das Schiff abgelegt, berieten wir wieder. Ti hatte uns empfohlen, bereits in Gaza an Land zu gehen. Dort seien wir sicher, denn der ägyptische Statthalter sei ein Freund Horemhebs und würde uns Unterkunft gewähren. Lieber wären wir zu einer weiter nördlich gelegenen Küstenstadt mitgefahren. Horemheb sollte sich nämlich mit dem Teil der Armee, den er noch befehligte, landeinwärts, in der Gegend südlich von Dimashqa aufhalten. Er sammle weiter Soldaten um sich, hieß es, die von überall her in seinem Heerlager zusammenströmten. Das waren Krieger, die nicht bei Naj bleiben wollten und Nachtmin als Obersten Befehlshaber erst recht ablehnten. Nur unter Horemheb waren sie bereit, zu kämpfen und die ägyptischen Gebiete zu verteidigen. Von den Mitreisenden, zumeist Händlern, die viel herumkamen, hörten wir von der bedrohlichen Lage in den nördlichen Küstenstädten. Überall machten Chatti-Krieger das Leben unsicher, dazu wüteten Söldnerbanden aus Amurru und Qadschu.

Ich hatte nicht einen Moment daran gedacht, den Auftrag der Königin auch wirklich auszuführen. Ich wollte nichts anderes als meine eigene Haut retten. Was mit Anchesenamun geschah, ging mich nichts an. War sie nicht schuld, daß ich nicht Tutanchamuns Zweite Gemahlin geworden war? Nein, ich hatte keinen Grund, etwas für sie zu tun.

Außerdem war es in Tutanchamuns Sinn, daß Horemheb Pharao wurde. Ich zerriß den Brief vor den Augen der anderen und warf die Fetzen ins Meer. Den Cheperi-Käfer aus purem Gold tauschte ich gegen drei große Perlen aus einem seltsamen gelben Stein, zum einen, weil diese wertvoll waren und mir gefielen, zum anderen, weil der Schmuckhändler, ein Goldschmied, mir versicherte, sie würden vor dem Tod durch Ertrinken schützen und wären daher bei einer Seereise eine sinnvolle Anschaffung – vor allem, da vorausgesagt worden sei, daß das Schiff, auf dem wir uns befanden, sinken werde.

Na ja, ich fand diese Art, sein Geschäft anzukurbeln, etwas übertrieben. Aber schließlich konnte man nie wissen ...

Eine Perle gab ich Sit-Re, die andere Muti, die dritte behielt ich. Kiki und Sit-Res Sohn sagten, sie könnten schwimmen. Sethy schlug völlig seinem Vater nach; mit sechs Jahren war er schon furchtlos und tollkühn. Die Perlen halfen tatsächlich! Solange wir an Bord waren, fiel niemand ins Wasser und das Schiff sank nicht, obwohl es mit unzähligen Metallbarren und riesigen mit Öl und Harz gefüllten Amphoren vollgestopft war.

Dennoch waren wir recht froh, als wir den Hafen von Gaza erreichten. Wir suchten den Vorsteher der Nordländer auf, der uns freundlich aufnahm. Er schickte einen Boten zu Horemheb, um ihn von unserer Ankunft zu unterrichten. Und dann sollten wir uns am besten auf längeres Warten einrichten, meinte er.

Nach zwei Monaten erreichte uns ein Brief von Ptahemhet. Amenia sei zu ihrem Ka gegangen, schrieb er, und er sei damit befaßt, für ihre Einbalsamierung zu sorgen und sie in Horemhebs prächtigem Grab beisetzen zu lassen. Wir weinten alle, Muti am meisten.

Auch über Tutanchamuns Begräbnis schrieb er und über die vielen Schwierigkeiten, die es gegeben habe. Das Aufstellen der zehn Ellen langen Schreine sei beinahe unmöglich gewesen. Bei allem sei hastig gearbeitet und seien viele Fehler gemacht worden. Beim Transport sei obendrein der Ersatzdeckel des Sarkophags kaputtgegangen, man habe ihn mit Zement repariert und mit Farbe übermalt. Nur mit Mühe sei die königliche Mumie, versehen mit der goldenen Maske, im innersten Sarg unterzubringen gewesen, die Särge hätten erst nach einer zusätzlichen und verunstaltenden Bearbeitung in den Sarkophag gepaßt. Alles habe behelfsmäßig und notdürftig gewirkt, obwohl Maja und die anderen Zuständigen nach bestem Vermögen versucht hätten, es gut und richtig zu machen. Die übereilte Hast und mangelnde Sorgfalt seien allein der obersten Stelle, sprich Pharao Gottesvater Eje, anzukreiden. Dieser habe Nachtmin zum Bauleiter für sein Millionenjahrhaus bestellt, und als erstes seien die beiden gewaltigen Steinfiguren, die Iri für Tutanchamun hatte anfertigen lassen, umgeändert und mit Ejes Namen versehen worden.

Der Hohepriester beendete seinen Brief, indem er seinen unzerstörbaren Glauben an Horemheb zum Ausdruck brachte.

Von der Trauer um Amenia war auch das Wiedersehen überschattet, als Seine Exzellenz in Begleitung von Ramessu schließlich in Gaza eintraf. Horemheb ging bei der schlimmen Nachricht förmlich in die Knie; für einen Moment sah es aus, als verlasse ihn, der selbst erst vor kurzem dem Tod entronnen war, jeder Lebensmut.

Wenigstens konnte Ramessu seine Frau und seinen Sohn in die Arme schließen. Er berichtete von den Gefahren unterwegs. Nicht nur vor den Chatti, auch vor Najs Leuten hätten Seine Exzellenz und er sich in acht nehmen müssen. Daraufhin äußerte Horemheb die Ansicht, daß dem Erbprinzen von Pharao Gottesvater Ejes Gnaden die Nordprovinzen nicht länger wichtig seien. Es sei damit zu rechnen, daß Naj es als dringlicher ansehe, in die Residenz zurückzukehren und seine Position gegenüber Nachtmin zu festigen. Horemheb zeigte sich beinahe erheitert über die Kunde, daß Nachtmin Oberbefehlshaber der Streitkräfte geworden sei. Er halte es für wahrscheinlich, meinte er, daß der machthungrige Naj Ejes leiblichen Sohn schon bald liquidiere, um im Fall von Ejes Ableben Pharao zu werden – wenn nicht Nachtmin schneller sei und Naj beseitige.

Wir sprachen auch von Djehuti, dem Schreiber, dem Mann, der mich so geduldig umworben und so zärtlich geliebt hatte. Ich erfuhr, daß er sich in Ikarit niedergelassen hatte. Auch wenn dieses Gebiet jetzt unter der Herrschaft der Chatti stand, lebten nach wie vor Ägypter dort; einst hatte der König von Ikarit sogar eine Gruppe Ärzte aus Kemet angefordert. Diese große Handelsstadt hatte Djehuti schon früher angezogen, und jetzt hatte er dort sein Glück gemacht. Heimlich hielt er jedoch mit Horemheb und den ägyptischen Statthaltern Verbindung. So hatte er Seiner Exzellenz kürzlich gemeldet, daß unter Scha-pa-lu-lus Soldaten die Pest ausgebrochen sei. Horemheb sah darin eine Fügung der Götter.

Anchesenamuns Ansinnen, ich solle dem König der Chatti einen Brief überbringen, kommentierte er mit einem Kopfschütteln. Was sei von dieser Hochverräterin schon anderes zu erwarten! Um wieder an die Macht zu kommen, schrecke sie nicht einmal davor zurück, Tameri den Feinden auszuliefern.

»Aber du kehrst bald nach Kemet zurück und vertreibst Gottesvater Eje vom Thron?« fragte ich ihn. »Bitte, Hori, versprich es uns!«

»Ja«, erwiderte er ernst. »Aber nenne mich nicht Hori! Niemand außer Amenia durfte das.«

»Mutnedjemet hast du es aber auch erlaubt!« stellte ich klar.

»Tatsächlich?« Er schaute sie an. »Muti, dir auch?«

Sie bejahte, und sein Blick ruhte auf ihr. Und das erste Mal, seit er von Amenias Tod erfahren hatte, lächelte er.

Nach zwei Wochen kehrten er und Ramessu in das Kriegslager zurück. Kiki wäre lieber mit ihnen gezogen, als bei uns Frauen zu bleiben und weiterhin zum Warten verurteilt zu sein. Aber Seine Exzellenz beauftragte ihn, uns zu beschützen. Und einen besseren Leibwächter können sich weder eine zukünftige Königin noch eine Kronprinzessin wünschen!

Ich habe beschlossen, meine Erinnerungen an Tutanchamun aufzuschreiben. Wenn ich nun jeden Tag dasitze und Schriftzeichen an Schriftzeichen, Wort an Wort, Satz an Satz reihe, wie ich es gelernt habe, muß ich manchmal innehalten, weil mein Herz schwer wird vor Traurigkeit. Aber dann schaue ich auf, höre den Wind und von fern das Meer, und die Vögel singen und die Kinder lachen. Und die Sonne scheint mir ins Gesicht und trocknet meine Tränen.

NACHWORT DER AUTORIN

Die Zeit Tutanchamuns – er regierte wahrscheinlich von 1347 bis 1338 v. Chr. – und die Jahre unmittelbar davor und danach sind ein recht unklares Kapitel der altägyptischen Geschichte. Zu viele Fragen sind offen, aus den vorhandenen Quellen ergibt sich häufig Widersprüchliches. Man ist auf Deutungen angewiesen, die Interpretationen der Archäologen und Ägyptologen sind unterschiedlich und oft gegensätzlich, auch die genannten Jahresangaben differieren zum Teil beträchtlich. Immerhin liegen diese Vorgänge mehr als dreitausenddreihundert Jahre zurück.

Bei der Rekonstruktion der Ereignisse stützt man sich neben anderen auf diese Quellen:

– Ausgrabungen und Entdeckungen vor allem in zeitgenössischen Gräbern, Tempelanlagen und in Achetaton, der Hauptstadt Echnatons, deren teilweise erhaltene Grundmauern eine Vorstellung von dieser antiken Großstadt (fünfzig- bis hunderttausend Einwohner) mit ihren Palästen, Tempelanlagen, Häusern und Straßen vermitteln.
– die sogenannten Amarnabriefe. Das sind mit Keilschrift beschriebene Tontafeln, die im Staatsarchiv von Achetaton aufbewahrt worden waren. Sie dokumentieren einen Teil der Korrespondenz zwischen dem Pharao und den benachbarten Königen sowie den unter ägyptischer Vorherrschaft stehenden Kleinfürsten in Syrien-Palästina (Charu/Ret-

jenu). Eine zeitliche Einordnung und Reihenfolge wird jedoch dadurch erschwert, daß diese Schreiben weder datiert sind noch der angeschriebene ägyptische König mit seinem Namen genannt ist. Einzige Anhaltspunkte ergeben sich aus den manchmal erhaltenen Aktenvermerken der altägyptischen Archivare.

– hethitische Quellen, z. B. »Die Annalen des Schuppililiuma«, aufgezeichnet von seinem Nachfolger Mursilis II. Darin wird der Brief einer ägyptischen Königinwitwe erwähnt, die an den Hethiterkönig schrieb und ihn um die Entsendung eines Sohnes bat, der nach dem Tod ihres Gatten Pharao von Ägypten werden solle. Leider geben die hethitischen Quellen nicht den Namen dieser Königin an. Und so stehen vier königliche Damen zur Auswahl: Nofretete, Kija, Meritaton und Anchesenamun. Meistens wird letztere als die Briefschreiberin angesehen, was auch mir am plausibelsten vorkommt. Der verstorbene Pharao, den die Königin in ihrem Schreiben erwähnt, läßt sich ebenfalls nicht genau identifizieren. Der hethitische Bericht Mursilis' II. nennt den keilschriftlich umschriebenen Thronnamen des ägyptischen Königs mit »Nipchururia«, was aus sprachwissenschaftlicher Sicht sowohl für Neferchepere (= Echnaton) als auch für Nebcheperure (= Tutanchamun) stehen könnte. Nip-churu-ria als Umschreibung von Nebcheperu-Re kommt mir wahrscheinlicher vor. Auch in diesem Fall wäre dann Anchesenamun die betreffende Königin.

– das jüngst erforschte Grab des Horemheb (auch Haremhab, Horemhab, Hormuheb geschrieben; der Name bedeutet »der Gott Horus im Fest«) mit seinen aussagekräftigen Reliefs und Inschriften. Horemheb bezeichnet sich in den Inschriften auf den Türpfosten als einen, »der den König auf seinen Reisen in die südlichen und nördlichen Fremdländer begleitet«, sowie als einen, »der seinem Herrn (= dem Pharao) auf dem Schlachtfeld nicht von der Seite weicht an diesem Tag des Niederschlagens der Asiaten« (gemeint sind syrische und hurritische Völker, Anmerkung der Autorin). (Geoffrey T. Martin, *Auf der Suche nach dem verlorenen Grab*, Mainz 1994).Durch die Ausgrabungen erfuhr man auch von Horemhebs erster Frau Amenia, die in dieser Grabstätte ihre letzte Ruhe fand. Auch Mutnedjemet, Horemhebs zweite Frau und spätere Königin, wurde hier und nicht im Tal der Königinnen bestattet. Weiterhin sind der Standartenträger Minchai und der Armeeschreiber Sementaui abgebildet, dessen Name dann aber mit dem des Ramessu überschrieben wurde.

Die Grabanlage Majas, der auch während Horemhebs Regierungszeit als Schatzkanzler weiteramtierte, und seiner Frau Merit gibt ebenfalls viel Aufschlußreiches preis.

Nach den Inschriften in seinem Grab war Horemheb unter Tutanchamun eigentlicher Regent und designierter Thronfolger. Nicht zuletzt um den neuen Erkenntnissen Rechnung zu tragen, wird diese Epoche der altägyptischen Geschichte in letzter Zeit einer Neuinterpretation unterzogen: »Entscheidend ist die Beurteilung der Umstände der Machtübernahme Ajas (= Eje) nach dem Tode Tutanchamuns. Nach herkömmlicher Meinung – und im Gegensatz zu der älteren Annahme eines Machtkampfes zwischen den beiden Exponenten – besteigt Aja den Thron im Einvernehmen mit Haremhab (= Horemheb), der loyal mit ihm zusammengearbeitet habe. Dagegen werden neuerdings wieder eine Reihe von Indizien betont, die für eine Usurpation des Thrones durch Aja unter Zurücksetzung des in Syrien militärisch engagierten und daher ausgeschalteten Haremhab sprechen, der dann seinerseits bei seinem Herrschaftsantritt gegen das Andenken Ajas und der Nutznießer seiner Usurpation vorgegangen sei.« (Thomas Schneider, *Lexikon der Pharaonen*, Zürich 1994)

Auf einem Ring werden Eje und Anchesenamun nebeneinander genannt, was auf eine gemeinsame Regentschaft deuten könnte. Auch die ungewöhnliche Einbeziehung seines Titels »Gottesvater«, zusätzlich zum Namen in die Kartusche (= Königsring) geschrieben, kann ein Zeichen von Ejes Bemühen sein, sich als Pharao zu legitimieren. Den Titel Gottesvater konnte sowohl der Schwiegervater des Königs (Eje war vermutlich der Vater Königin Nofretetes, also König Echnatons Schwiegervater) als auch der Erzieher des Kronprinzen und späteren Pharaos (der ägyptische Herrscher wurde ja als Gott bezeichnet) tragen; daneben war es auch ein einfacher Priestertitel.

In Ejes Grab finden sich Zerstörungen, auf Denkmälern wurde der Name dieses Pharaos und seiner Gattin Tey (auch Ti oder Tiji geschrieben) ausgemeißelt, zudem wurde Ejes Mumie gewaltsam beschädigt. Auch die Namen des Erbprinzen Nachtmin und der Königin Anchesenamun wurden auf Abbildungen und Denkmälern ausgelöscht. Dahinter könnte ein Racheakt Horemhebs stehen.

Ungereimtheiten ergeben sich auch bei Tutanchamuns im Jahr 1922 von Howard Carter entdecktem Grab. Der junge Pharao wurde in einem kleinen, nicht für einen König vorgesehenen Grab bestattet, das erst durch die in der Sargkammer angebrachten Malereien behelfsmäßig zu einem Königsgrab gestaltet wurde. Auch bei der Grabausstattung wurde offensichtlich improvisiert. Außer den im Roman erwähnten Mängeln wurden bei zwei Ritualbetten die Inschriften vertauscht, dazu standen die Göttinnen Nebethut und Selket jeweils am falschen Platz – nach altägyptischer Religionsauffassung schlimme Fehler. Es besteht zum Teil die Ansicht, daß das später für Eje vorbereitete königliche Grab 23 im Westtal ursprünglich für Tutanchamun angelegt war. Dieser Meinung schließe ich mich in meinem Roman an.

Die Abstammung Tutanchamuns ist unklar; im allgemeinen gilt jedoch König Echnaton (Thronname Neferchepereru) als sein Vater. Bei Tutanchamuns Mumie befanden sich die Leichen von zwei frühgeborenen Kindern (wahrscheinlich Mädchen). Die Mumie des jungen Herrschers selbst weist kein Zeichen einer Krankheit auf, von der man auf die Todesursache im frühen Alter von ungefähr achtzehn Jahren schließen könnte. Manchmal wird allerdings eine Schädelverletzung erwähnt, die einen Unfall oder Mord vermuten läßt.

Eine weitere interessante Tatsache ist das Auffinden eines Schatzverstecks in der unmittelbaren Nähe von König Echnatons Grab bei Achetaton, was ich ebenfalls in die Geschichte einbaute.

Der durch die Ermordung des hethitischen Prinzen Zannanza ausgelöste Rachekriegszug des Königs Schuppiluliuma I. hatte weitreichende Folgen für das Verhältnis zwischen beiden Staaten. Außerdem wütete mindestens zwei Jahrzehnte lang die Pest unter den Hethitern. Der Verfasser der Annalen, Mursilis II., nimmt an, daß die beleidigten Götter die Seuche als Strafe schickten, weil der alte ägyptisch-hethitische Vertrag gebrochen worden war. Auch König Schuppiluliuma und Kronprinz Arnuwanda starben schließlich daran.

Eje herrschte nur vier Jahre. Keiner der von ihm ernannten »Erbprinzen«, Naj und Nachtmin, der als Oberster Heerführer Horemhebs Position einnahm, bestieg den Thron, sondern Horemheb. Er war der letzte König der 18. Dynastie.

Da er ohne lebende Nachkommen starb, ernannte er seinen früheren Militärgefährten Ramessu (evtl. auch Pa-Ramessu genannt) zu seinem Nachfolger. Als Ramses I. begründete dieser die 19. Dynastie; sein Sohn Sethy herrschte als Sethos I. und war Vater Ramses' II., des Großen.

Hier ein Überblick über die 18. und beginnende 19. Dynastie (Neues Reich):

18. Dynastie (1552–1306 bzw. 1540–1295 v. Chr.)
- Ahmose
- Amenophis I.
- Thutmosis I. (Thronname: Aacheperkare)
- Thutmosis II.
- Königin Hatschepsut
- Thutmosis III. (Thronname: Mencheperre)
- Amenophis II. (Thronname: Aacheperure)
- Thutmosis IV.
- Amenophis III. (Thronname: Nebmaatre) + Königin Teje
- Amenophis IV./Echnaton (Thronname: Neferchepeurure) + Königin Nofretete
- Semenchkare (Thronname: Anchcheperure) + Königin Meritaton
- **Tutanchamun** (Thronname: Nebcheperure) + Königin Anchesenamun
- Gottesvater Eje + Königin Tey
- Horemheb + Königin Mutnedjemet

19. Dynastie (1306–1186 bzw. 1295–1188 v. Chr.)
- Ramses I. + Königin Sit-Re
- Sethos I. + Königin Thuja
- Ramses II. + Königin Nefertari

usw.

Eine konsequente Schreibung der Personen-, Götter- und Ortsnamen ist schwierig; zugunsten von Verständlichkeit und Einprägsamkeit sind Kompromisse unumgänglich. Ein Beispiel: Die altägyptische Schreibweise des Namens des Gottes Thoth lautet Djehuti. Zur Unterscheidung zum Schreiber Djehuti behielt ich für den Gott die bekannte Schreibweise bei.

Aus altägyptischen Texten sprechen so viel Seelentiefe, Lebensklugheit, Poesie und Humor, daß ich immer wieder Auszüge aus der Lebenslehre des Cheti, aus Weisheitsspruchsammlungen, Totenbuch- und Stelentexten einfließen ließ.

Schließlich reizte mich der Bericht über ein etwa in dieser Zeit vor der südtürkischen Küste gesunkenes Schiff, das unter anderem einen goldenen Skarabäus mit dem Namen der Königin Nofretete an Bord hatte. Ich bezog es als »Fluchtschiff« in den Roman ein. Mit seinen vielfältigen Handelsgütern aus den verschiedensten Kulturen (beispielsweise die Perlen aus baltischem Bernstein) regte dieser interessante Fund meine Phantasie weiter an. Aber das ist dann schon eine andere Geschichte …

PERSONEN DES ROMANS

Ama	Amme des Königs
Amenia*	Gattin des Horemheb
Amenmose*	Harimsvorsteher, Zögling des Kap
Anchesenpaaton/ Anchesenamun*	Große Königliche Gemahlin
Ay*	Zweiter Prophet Amuns
Bai	nubischer Prinz
Djehuti	Schreiber
Eje*	Königlicher Erzieher, Titel: Gottesvater
Henutiunu*	Stiefmutter des Schatzkanzlers Maja
Hekanefer*	Prinz von Miam/Nubien, Zögling des Kap
Horemheb*	Oberster Heerführer
Huya*	Vorsteher der Südlichen Fremdländer
Iri	königlicher Erzieher
Kasa	Herbergswirt
Kiki	Vetter der Erzählerin
Maja*	Vorsteher des königlichen Schatzhauses, Schatzkanzler
Merit*	Gattin des Schatzkanzlers Maja
Minchai*	Standartenträger

Mutnedjemet*	königliche Verwandte
Nachtmin*	Armeebefehlshaber
Nahuher*	Bruder des Schatzhausvorstehers Maja
Naj*	Offizier
Nefer-cheperu-hersecheper*	Bürgermeister der Stadt Achetaton
Nehet	Tante der Erzählerin
Pachar	königlicher Leibwächter
Paser*	Sohn des Vorstehers der Südlichen Fremdländer
Ptahemhet*	genannt Ti, Hoherpriester des Ptah
Qafraiat	syrische Prinzessin
Ramessu*	Gesandter und Reiter des Königs
Rehu	Schreiber
Sech	Dienerin im Haus des Schatzkanzlers
Sementaui*	Armeeschreiber und Horemhebs Sekretär
Sennefer*	Schreiber des Schatzhauses
Sennodjem*	königlicher Erzieher, Titel Gottesvater
Sit-Re*	Generalstochter
Tey*	Gattin des Gottesvaters Eje
Tutanchaton/Tutanchamun*	Pharao, Thronname: Neb-cheperu-Re
Wabet	Dienerin im Haus des Schatzkanzlers
Weret	Herbergswirtin
Wesi	Onkel der Erzählerin
Wija	Serviermädchen

* *historisch belegte Personen*

GLOSSAR

Aacheperkare	Thronname des Pharaos Thutmosis I.
Aacheperure	Thronname des Pharaos Amenophis II.
Achetaton	»Horizont des Aton«, die von Pharao Echnaton in Mittelägypten gegründete Hauptstadt, das heutige Tell-el-Amarna.
Ägypten	in unserem Wort Ä-gy-pten steckt vermutlich die altägyptische Bezeichnung »Hut-Ka-Ptah« (Tempel des Ka des Gottes Ptah); so lautete der Name des Hauptheiligtums in Memphis.
Amenhotep	Sohn des Hapu: diesem hochverdienten Beamten unter Pharao Amenophis III. war neben anderen Aufgaben die Bauleitung im Tal der Könige übertragen; für ihn wurde ein Totentempel neben denen der Könige erbaut (die Ortsbezeichnung Medinet Habu weist noch heute auf die Stätte hin); in späterer Zeit zusammen mit Imhotep als Weiser und Heiliger verehrt.
Amun	Schöpfer und Reichsgott – sein Name bedeutet »Der Verborgene«. Mit der Göttin Mut und dem Götterkind Chons bildet er die Triade von Theben. In seiner Verbindung mit dem Sonnengott Re wird er zum Weltgott Amun-Re – er wird auch »Vater der Götter«, »Herr der Weltenthrone« und »Götterkönig« genannt.
Anchcheperure	Thronname des Pharaos Semenchkare.
Aset	die Göttin Isis, Schwester und Gemahlin des Osiris; sie umhüllt den Verstorbenen mit ihren langen

Flügeln und beschützt ihn; eine der vier Schutzgöttinnen der Eingeweide des Toten.

Aton — die vergöttlichte Sonnenscheibe symbolisiert die höchste Lebenskraft und wurde von Pharao Echnaton zur einzigen Gottheit erhoben.

Atum — uralter Schöpfergott, verkörpert die untergehende Sonne.

Beruta — das heutige Beirut.

Bes — volkstümliche, ursprünglich aus Nubien stammende Schutzgottheit.

Charu — Syrien.

Chatti — Hethiter, Hethitien.

Chemenu — Hermopolis, das heutige al-Ashmunain.

Cheperi-Käfer — Skarabäus, das Symbol der aufgehenden Sonne.

Chepresch-Krone — altägyptische Bezeichnung der helmartigen Blauen Krone, die vermutlich aus blaugefärbtem Leder bestand und mit kleinen goldenen Ringen verziert war.

Chnum — Gott, der Götter und Menschen erschafft, indem er sie auf der Töpferscheibe aus Lehm formt.

Deben — ein Deben wog im Neuen Reich 91 Gramm.

Dimashqa — das heutige Damaskus.

Elle — Längenmaß (ca. 52,5 cm).

»Geheimer Ort«/»Großer Platz« — Bezeichnungen für das Tal der Könige.

Hathor — Göttin der Schönheit und der Liebe.

Harim — das arabische Wort wird den altägyptischen Verhältnissen zwar nicht gerecht, aber man verwendet es im allgemeinen für den gesonderten Palastbereich, in dem die königlichen Frauen und ihr Anhang lebten. Der pharaonische Harim war wirtschaftlich und verwaltungsmäßig unabhängig, die Stellung der Königin und ihres Hofstaates bedeutend. Außer Hofdamen und Beamten gehörten Schreiber, Inspektoren, Torwächter und Handwerker dazu; von Eunuchen ist dagegen nichts bekannt.

Hor	der falkenköpfige Gott Horus, Sohn des Osiris, als dessen irdische Verkörperung Pharao angesehen wird.
Hutnesu	Heimatort des Horemheb in Mittelägypten, Hauptgott war Horus.
Ikarit	die Stadt Ugarit.
Inpu	Anubis, hunde- oder schakalköpfiger Totengott.
Ipet resut	der Luxor-Tempel.
Ipet-sut	Karnak, großer Tempelbezirk in Theben-Ost.
Iteru	das altägyptische Wort für Fluß, Strom bezeichnet auch den Nil, eben *den* Fluß.
Kap	innerer Palastbezirk, wo sich unter anderem die höchste königliche Erziehungsanstalt befindet.
Keftiu	die Insel Kreta, auch ihre Bewohner.
Kemet	bedeutet »das schwarze Land« und bezeichnet Ägypten (wegen der fruchtbaren dunklen Erde).
Kepni	die Stadt Byblos.
Kusch	altägyptischer Name für das südliche Nubien (im heutigen Sudan); manchmal wurde auch die ganze Südprovinz, einschließlich Wawat, als Kusch bezeichnet.
Mencheperre	Thronname des Pharaos Thutmosis III.
Men-nefer	die Stadt Memphis (in Unterägypten).
Miam	altägyptische Bezeichnung des nubischen Dorfbezirks von Aniba, wo sich ein bedeutendes Verwaltungszentrum befand. Hekanefer, der einheimische

Fürst von Miam zu Tutanchamuns Zeit, hatte seinen Amtssitz vermutlich etwas weiter südlich.

Millionenjahrhaus Tempelanlage, in der der königliche Totenkult vollzogen wurde, um dem Pharao ewiges Leben (Millionen an Jahren) zu sichern.

Monthu Kriegsgott.

Naharina das hurritische Königreich Mitanni; Amenophis III. heiratete zwei Mitanni-Prinzessinnen.

Neb-cheperu-Re Thronname des Pharaos Tutanchamun.

Nebethut die Göttin Nephtys, Schwester des Osiris, umhüllt den Verstorbenen mit ihren langen Flügeln und beschützt ihn; eine der vier Schutzgöttinnen der Eingeweide des Toten.

Nebmaatre Thronname des Pharaos Amenophis III.

Nefercheperure Thronname des Pharaos Echnaton.

Neith Muttergöttin, die mit Isis, Nephtys und Selket die Eingeweide des Toten beschützt.

Nin-egal Stadtgöttin von Qadna.

No-Amun die Stadt Theben (in Oberägypten).

Nubien der Name bedeutet soviel wie Goldland (altägyptisch nub = Gold).

Nut die Göttin des Himmels.

Oipe genormtes Hohlmaß (19,2 l), mit dem Getreide und Früchte abgemessen wurden.

Pa-jem die Oase Fayum/Fajjum.

Papyrus das Schreibmaterial der alten Ägypter, hergestellt aus Streifen des Marks der Papyruspflanze, die heute in Ägypten ausgestorben ist; das Wort kommt wahrscheinlich von pa-per = das des Hauses; Haus hier im Sinne von Büro, Verwaltung.

Pharao aus per-aa = Großes Haus, bezeichnete ursprünglich den königlichen Palast und wurde seit der 18. Dynastie auch auf die Person des Königs übertragen.

Ptah	mumiengestaltiger Schöpfergott, Schutzherr der Handwerker und Künstler.
Qadschu	die Stadt Kadesch.
Qenbet	örtlicher Gerichtshof. Großes Qenbet ist der Oberste Gerichtshof des Landes unter Vorsitz des Tschati.
Re	der Gott, der die Sonne und ihre Kraft personifiziert.
Retjenu	Bezeichnung für die Länder des syrisch-palästinensischen Raumes.
Ruhestätten von König Chufu u. König Chaefre	Bezeichnung für die Pyramiden der Könige Cheops und Chefren.
Sachmet	die Mächtige, »Herrin der Angst«, aber auch Göttin der Heilkunst.
Sangar	Babylonien.
Schaduf	Schöpfvorrichtung zum Bewässern von Gärten und Feldern.
Scha-pa-lu-lu	ägyptisierter Name des Hethiter-Königs Schuppililiuma I.
Sched der Retter	Gott, der aus Bedrängnis hilft; er stellt eigentlich den siegreichen jungen Horus dar, verschmilzt aber auch mit dem Sonnengott zu Sched-Re.
Schemu-Jahreszeit	Hitzezeit, Sommer; es gab drei Jahreszeiten, die jeweils vier Monate umfaßten.
Selket	Skorpion-Göttin; eine der vier Göttinnen, die die Gefäße mit den Eingeweiden des Toten beschützt.
Senet	altägyptisches Brettspiel für zwei Personen. Es hat 3 x 10 Felder, von denen manche beschriftet sind, und wird mit fünf Steinen je Spieler gespielt.
Sokar	Gott der Totenstadt von Memphis, dessen Name sich im Ortsnamen Sakkara erhalten hat.
»Stätte der Wahrheit«	andere Bezeichnung für das Tal der Könige.

Sumur — die Stadt Simyra.

Tameri — bezeichnet Ägypten und bedeutet »das geliebte Land«.

Taweret — volkstümliche Nilpferdgöttin; von ihr und dem Gott Bes wurden in Tell-el-Amarna zahlreiche Amulette gefunden.

Tjaru — die Grenzfestung Sile.

Tjau — altägyptisches Brettspiel, ebenfalls für zwei Personen. Die Grundregeln dürften denen des Senet-Spiels ähneln.

Tschati — höchster Beamtentitel (»Wesir«); die Amtsinhaber waren für die gesamte Verwaltung, Rechtsprechung usw. zuständig.

Usir — Osiris, Herrscher des Totenreichs, mit dem ursprünglich nur der König nach seinem Tod, später jeder Tote identifiziert wurde.

Wadjet — Uräusschlange; Kronengöttin; die sich am königlichen Kopfschmuck drohend aufrichtende Kobra soll ihren Träger bzw. ihre Trägerin durch ihr Gift schützen und symbolisiert die königliche Macht.

Waset — die Stadt Theben (in Oberägypten).

Wawat — altägyptischer Name für das nördliche Nubien; dieses Gebiet war für den Pharaonenstaat vor allem wegen seiner Goldminen wichtig.

Historische Romane im Europa Verlag

Andrew Johnston
Talleyrand oder Die feine Kunst der Intrige
Roman
Gebunden, 3-203-78788-1

Maria Regina Kaiser
Arsinoë – Königin von Ägypten
Roman
Gebunden, 3-203-79000-9

Robin Maxwell
Das Vermächtnis der Anne Boleyn
Roman
Gebunden, 3-203-80008-X

Duncan Sprott
Die irische Mätresse
Roman
Gebunden, 3-203-82050-1

EUROPA VERLAG
Hamburg · Wien